骚动之秋

刘玉民 / 著

茅盾文学奖
获奖作品全集

本书荣获第四届茅盾文学奖

人民文学出版社

图书在版编目(CIP)数据

骚动之秋/刘玉民著. —2版—北京：人民文学出版社,2014 (2019.11重印)
(茅盾文学奖获奖作品全集:特装本)
ISBN 978-7-02-010675-2

Ⅰ.①骚… Ⅱ.①刘… Ⅲ.①长篇小说—中国—当代 Ⅳ.①I247.5

中国版本图书馆 CIP 数据核字(2014)第 253548 号

责任编辑　涂俊杰
装帧设计　刘　静
责任印制　任　祎

出版发行　人民文学出版社
社　　址　北京市朝内大街166号
邮政编码　100705
网　　址　http://www.rw-cn.com

印　　刷　三河市中晟雅豪印务有限公司
经　　销　全国新华书店等

字　　数　273千字
开　　本　880毫米×1230毫米　1/32
印　　张　11.25　插页1
印　　数　24001—27000
版　　次　1990年7月北京第1版
　　　　　1991年11月北京第2版
印　　次　2019年11月第7次印刷

书　　号　978-7-02-010675-2
定　　价　36.00元

如有印装质量问题,请与本社图书销售中心调换。电话:010-65233595

出 版 说 明

一九八一年三月十四日,病中的中国作家协会主席茅盾致信作协书记处:"亲爱的同志们,为了繁荣长篇小说的创作,我将我的稿费二十五万元捐献给作协,作为设立一个长篇小说文艺奖金的基金,以奖励每年最优秀的长篇小说。我自知病将不起,我衷心地祝愿我国社会主义文学事业繁荣昌盛!"

茅盾文学奖遂成为中国当代文学的最高奖项,自一九八一年起,迄今已历八届。获奖作品反映了一九七七年以后不同时段长篇小说创作发展的轨迹和取得的成就,是卷帙浩繁的当代长篇小说文库中的翘楚之作,在读者中产生了广泛的、持续的影响。

人民文学出版社曾于一九九八年起出版"茅盾文学奖获奖书系",先后收入本社出版的获奖作品。二〇〇四年,在读者、作者、作者亲属和有关出版社的建议、推动与大力支持下,我们编辑出版了"茅盾文学奖获奖作品全集",并一直努力保持全集的完整性,使其成为读者心目中"茅奖"获奖作品的权威版本。现在,我们又推出不同装帧的"茅盾文学奖获奖作品全集",以满足广大读者和图书爱好者阅读、收藏的需求。

茅盾文学奖四年一届,获此殊荣的长篇小说层出不穷,"茅盾文学奖获奖作品全集"的规模也将不断扩大。感谢获奖作者、作者亲属和有关出版社,让我们共同努力,为当代长篇小说创作和出版做出自己的贡献,为广大读者提供更多的优秀作品。

人民文学出版社编辑部

序

荒　煤

1987年的秋天,我曾经到浙江绍兴去参观乡镇企业的发展。虽然是走马看花,也不能不为农村面貌的剧烈变化感到震惊、欢欣和兴奋。在告别浙江的一次座谈会上,我还情不自禁地宣告,倘若那位秋瑾烈士还健在,我想她会把她在临刑前留下的那句著名的诗句:"秋风秋雨愁煞人",改为"秋风秋雨喜煞人"!

后来回到北京,我又写了一篇短文——《向阿Q告别》。我认为,我"终于在鲁迅的故乡向阿Q告别了,告别了他那个悲惨的年代。这是值得庆幸的"。不料还引起一个小小的争论,有两位好心的同志发表文章,认为我要否定阿Q这个不朽的形象。不过,当时的确有一个念头,假如有时间再来绍兴,最好再深入了解一下乡镇企业发展,写篇报告文学。这个善良的愿望也没有实现。农村改革的新气象也渐渐在脑海里淡漠了。

时间跑得真快,两年多过去了,我没有想到,在1989年的岁末,我却读到了《骚动之秋》这样一部反映在商品经济大潮冲击下,农村面貌和人际关系的巨大变化的长篇小说。尽管我年逾古稀,又有冠心病,医生频频嘱咐心情最忌激动,似乎不易也不宜心情激动,但终于还不免为作品中几个重要人物的遭遇和命运,在内心激起了一些骚动。也就不能不对这部作品说几句真心话。

我们这一辈老人,恐怕难免有以下某些缺点或遗憾,精力有限,读的作品不多,因而难以作出精确的比较与判断;对当前生活

·1·

中的巨大变化了解不具体、不深刻,因而对作品的思想深度体会不深;对文学作品的基本审美观念——要求作品努力反映生活的真实,创造生动感人的形象,是难以改变的,因而,评价一部作品的成就,离不开这个基本原则。

我始终认为,生活的真实与生动感人的形象是一个整体。过去常讲,真实是艺术的生命。但是这个真实,既是生活的真实,也是形象的真实,没有真实感人的形象,也就不可能表现生活的真实。所谓生活,人是根本。离开了人,不去表现在一定的历史条件下,在社会生活中、现实生活中的各种各样的人,人们各自的生活环境、条件,对生活的需求、理解、信念、意志、思想、道德、伦理、感情等等共性与个性的差异,以及由此而产生的复杂的人际关系和尖锐的矛盾,怎么去表现生活——所谓生活的真实?所以作为艺术生命的真实,归根到底,还是在于作品中真实、生动、感人的形象。

这就是不以个人意志为转移的客观规律。凡是伟大、优秀的文学作品,给人留下深刻难忘的印象的,无非是活生生的、有血有肉、真实感人的典型形象。尽管读者并不都熟悉,甚至不是同时代的人,或同在一定生活范围内一起工作和生活的人,然而经过作者的描绘与创造,这些作品中人物的遭遇和命运,并由此展示的内心世界、精神面貌、性格的特征,却深深吸引读者,使人们去探索这些人物的心灵,去认识、理解了他们的性格和思想感情,去从他们的遭遇和命运中思考许多问题,并获得种种启示。

《骚动之秋》,既是描写一个"农民改革家"岳鹏程在改变家乡面貌中激起的种种骚动:从省市县委领导的关注到全国和省级报纸的社会舆论的宣传,从李龙山的古老传说到李王庙后殿的碑碣上刻下岳鹏程和大桑园的名字……但同时,也着重写了岳鹏程内心的种种骚动,他和儿子羸官在改革中不同见解引起的父子冲突;他和秋玲的感情导致与妻子的冲突和家庭矛盾的尖锐化;他在改革中处理问题的大胆、果断、魄力、远见等等,的确使乡镇企业有了较大发展,然而又的确在商品经济的冲击下,受到不正的社会风气的影响,采用了一些非法的手段进行了倒卖紧缺物资的活动;他在管理方法上确是严格要求,然而又不免独断专横,甚至打骂工人;他既懂得要获得领导的支持,却又不免由此去观察、掌握领导者种种心理,甚至庸俗地迎合领导的趣味;而不合他意愿的人,即使是自己的父亲、儿子也难免产生嫉妒和懊恨,甚至不惜对儿子的事业加以阻挠和破坏……

因此,岳鹏程这个人物难免如作者借他儿子赢官之口,说他是一个带"悲剧色彩"的农民英雄:他反对封建主义、专制主义,可又"常常不自觉地搞起那一套,而且认定是最正确、最先进的"。

作者也借记者程越的心情,表述了对这位悲剧色彩的英雄"感到有一种悠远、深沉的悲哀"。尽管岳鹏程自己讲了,社会现实哪儿都有悲剧色彩,但真正的悲剧却在于岳鹏程根本不能理解,他在历史长河淤积的泥沙中改革创业,即使作出了较大的贡献,也难免陷于封建的种种传统的思想、观念、方法之中而无法摆脱困境。在政治上,他既无法得到父亲岳锐和肖云嫂老一辈革命者的谅解和原宥,也只有和儿子赢官这一代新人决裂;而在生活方面,他既不可能真正和秋玲结婚,也不可能真正和妻子淑贞分离而毁灭家庭。最后"他觉得自己简直成了天边雁、海上舟,于茫茫中显出孤零零一个身影",终于病倒了。

岳鹏程这个人物,虽然只是一个村的党支部书记,一个农民改革家,在一个新的历史起点上突然成为一个英雄。可是,他没有力量彻底消除掉灵魂中沉淀的淤泥,不能不如同一颗流星闪失在空间。从这一点上来讲,这个人物的命运,有相当的普遍性和典型意义。无论是一个基层的领导者甚至是较高一级的领导人,都不能不警惕和反思,在改革开放中,要在创业过程中开拓新的领域、新的境界,不仅需要魄力、远见、胆识,还要善于冷静地思考;在商品

· 3 ·

经济大潮的冲击下,既要清除长期封建思想所淤积的泥沙,也要防止资产阶级不正之风的侵蚀,不然就功亏一篑。

因此,作者创造了岳鹏程这一个真实生动感人的形象,激起人们去思考,形成这样一个悲剧性的改革家的原因到底是什么,指出了改革的艰巨性——改革者在改革中还要严格改造自己。这就使得作品的思想性有了进一步的提高。

中国有句老话,牡丹虽好,绿叶扶持。岳鹏程这个人物形象的真实生动,正是作者在努力刻画他的形象的同时,努力围绕着岳鹏程的"骚动",有层次地分别展示了各种人物相互之间的心灵的撞击。岳鹏程以他的骚动,不断地和自己的父亲、妻子、儿子发生几乎是不可调和的冲突,不断地进行心灵撞击。然而正是这种心灵的不断撞击,不仅真实、深刻地揭示了岳鹏程复杂的心态,也使得岳锐、肖云嫂、淑贞、羸官、秋玲等被卷入骚动之秋的人,显示出各自不同的个性和独特的心理,以致这些人物的形象栩栩如生,闪耀着自己的星光。

特别是岳锐、肖云嫂这种在农村生长,在革命战火中成长起来的老一辈共产党员,按照传统的观念来看岳鹏程的所作所为,实在是叫他们感到痛心疾首的"大逆不道"。可是,他们也终于在第三代——青年羸官一代人身上看到了希望,尽管还有些迷茫。当然,作者也较精炼地写下一个省级干部邢老,听到羸官改革农村的设想,就决定把调查工作的着重点转移到小桑园去,说明我们党内老一代还有头脑非常清醒的领导人,会把握住农村改革的方向。作者描写这老一代人如何看待对待农村改革、乡镇企业的发展、商品经济大潮的冲击、干部的能量,这又是不可缺少的一笔。因为这老一辈革命家的确是我们现实生活中有较大影响的一股力量。他们站在支持农村改革这一边,就会形成一股起推动促进作用的力量。否则,他们也的确可以形成一股顽强的阻力。他们和岳鹏程之间的冲突是不可避免的社会现实。事实也证明,老一辈革命家严格要求自己遵守党章,按照党的原则办事,无私奉献的精神等等,不论进行什么改革,也仍然是改革者应有的道德品质。

对于传统的观念和思想,现在有一种倾向,一提传统,似乎就是指过去的所有的一切旧的传统观念和思想,都是应该摒弃的落后的东西,彻底否认一切传统的观念和思想。这就忽视了一个民族数千年来形成的,随着时代和社会发展实际已经有所变化,特别是在马克思主义、毛泽东思想指导下,经过实践证明,还有所发展和丰富的一些优秀的传统的观念和思想,这些传统观念和思想还是应该加以继承和发扬的。

作者在揭示岳鹏程的心态,谈到他和淑贞、秋玲的关系时,曾经有过一段分析:

> "他有愧于淑贞也有愧于秋玲。但他不能躺在观念和道德上生活。在他看来,生活创造道德,道德理应随着生活的变化而变化。唉,为什么人们只为外在客观世界的变化欢呼雀跃,而漠视人的主观世界必然随之变化的合理性呢?"

我读《骚动之秋》这部作品时,小说一开始就揭出了淑贞发现岳鹏程和秋玲的暧昧关系,我就习惯地直感到,这大概就是岳鹏程这位农民改革家最后垮台的导火线,还有点担心小说过多地落入"三角关系"的俗套。后来才发现作者还只是把岳鹏程和秋玲的关系作为刻画人物复杂心态的一个侧面来写。现在,甚至有个别所谓"改革题材"的作品中热衷于描写男女私情,渲染性爱,以为这也是改革中必然的合理的变化。其实,这正是商品经济大潮冲击下带来的消极因素,而不能认为这就是应该的合理的。

就作品所描写岳鹏程和秋玲的感情来看,是复杂的。我感到高兴的是作者既没有在这个情节上落入俗套,也没有把岳鹏程按照"一半是人,一半是魔鬼"这个模式去描绘。如写到岳鹏程突然意识到淑贞要走绝路,以为妻子会投河自杀那一段心理过程,对淑贞的愧疚心情,都描绘得很细致、很真实,使读者可以理解。

但是,对比之下,我觉得,岳鹏程对秋玲的愧疚心情倒写得不够充分了。我作为一个读者认为,岳鹏程应该更觉有愧于秋玲。他应该明白,无论从哪方面来讲,发生这样的事情,他要负主要的责任。

在一个大的历史动荡中,新旧思想、观念、行为、心理都不可能不发生剧烈的撞击、冲突,因而人们某些思想感情的确会发生种种变化,要分辨哪些是合理的、必然的、正确的,哪些是不合理、不是必然的、错误的,也还有待于实践的检验,未必都能恰如其分地加以理顺。然而作家既然不能不描绘这种种变化,也就必然要求作者慎重对待,给以科学具体地分析和描写。人类灵魂的工程师终究要为建设美好的灵魂作出贡献。

农村改革家也是多种多样的,由于各自不同的经历、教养、素质、思想、观念的影响,他们也不可能都是完美无缺的"当代英雄"。他们也可能有不幸的坎坷和命运,也完全有可能有这样那样的缺点和错误。他们也可能星光灿烂,在某个地区甚至全国发出他们的光芒,照亮历史前进的道路。有的也可能就是一颗突然闪耀一下就消逝的陨石。然而新潮澎湃,新的一代不断崛起,又是历史前进必然的规律。凡是对改革有所贡献的任何一位改革家,历史是会对他作出公正评价的。历史也是不会忘却他们的。

同样,作家所描绘的真实生动感人的改革家的形象,历史也会对这部作品作出公正评价的,历史也是不会忘记他们的。

可惜,新时期十多年来,在改革开放的汹涌澎湃的大潮中浮沉的改革家的形象,文学创作表现得太少了。这不能不令人感到遗憾和愧疚!

也因此,读了《骚动之秋》,百感交集,不能不对刘玉民同志表示我的祝贺。发表这样一篇读后感,坦率地讲点我个人的感受,倘若对今后玉民同志的创作还有点促进作用,那么,在我有生之年还能多读一两部反映农村新面貌的作品——完全可以再写《骚动之秋》的第二部、第三部,让赢官、秋玲、小玉、银屏,这一代新人再次开拓一个崭新的天地,那就更叫我高兴了。

我真诚地期望看到"骚动之冬",而最终迎来一个"骚动之春"!

第 一 章

鹰在头顶威严郑重地巡视了两圈,忽然一紧翅尖,以极其轻盈优雅的样子滑上峰顶,飘过黝森森的山林梢头,沉没到湖泊似的深邃清澈的大空中了。

谷地上,那只天真灵秀的小鹁鸽,还在扑棱着翅膀,发出惊惧凄婉的呼救。

"真他妈倒霉!"

一丛枝叶张扬的山桃树后,跳起一个三十五六岁的男子,不胜遗憾的目光朝着鹰去的方向望了几望,侧转身子,向旁边的一方草地,做了一个无可奈何的手势。

草地极小,处在乱石棘棵之中。柔弱密匝的野草梢头渐次染出一圈蜡黄。几只四肢伸张的蚂蚱和蝈蝈,挺胸腆肚,在唱着甜润悠长的秋歌。正是午后时光,山风伸出无数只温情绵绵的手,把草地连同草地所在的山林山麓,一齐浸泡到辉煌而又祥和的阳光中了。

"妈拉个巴子的!"

卧在草地上的人,吐掉一直咬在嘴里的半截草棍,翻身跃起,随手拍打几下粘在质地极好、做工极为精细的中山装上的草叶土粒,接过旁边递来的一副天然水晶石变色镜,又朝山坳中那块平坦的谷地那边望了望,这才问道:

"彪子他们呢?"

"那儿,山枣树后边。"三十五六岁的男子,甩了几下三角肌凸裸的胳膊,喊起来:

"彪子!彭彪子——"

如同一座假山似的山枣树后,探出一颗干瘦的、毛茸茸的脑壳和同样干瘦和毛茸茸的手臂。那手臂朝向这边怒冲冲地挥舞着,同时传来几声含混不清的喝骂。

"这个彪东西!"三十五六岁的男子骂着,瞟一眼手腕,摘下挂在山桃枝上的棕色皮包。"岳书记,你不是还要去开会?快两点啦。"

被称作岳书记的人名叫岳鹏程。按当地习惯说法,是年四十六岁;以实数而论,离四十五还差俩月零七天。因为近年从膝盖以上均呈圆形发展,一米七五的身高无形中至少缩短了五公分。好在目前他并不是姑娘们追逐的猎物,并不存在"二等残废"的苦恼;倒是作为中年人和"书记",恰到好处地显示出某种稳重和威仪的气度。

他并不匆忙,搭眼向空旷的天空中扫瞄了一通,戴好变色镜,这才缓缓向山坡下起步。

山坡下的公路上,一辆银灰色的超豪华型"皇冠"轿车,在秋日的阳光下流金溢彩。年轻的司机正从车窗里探出头,朝这边瞭望。

"胡强,你告诉彭彪子,两天内无论如何得把老鹰给我打着。"踏着下山的小径,岳鹏程吩咐说。

"你放心,两天内保险不会有问题。"

"你不用觉着吹破牛皮税务所没章程!月牙岛的老客来了,少了这个节目,看我不把你的舌头撕了,给恺撒开洋斋!"

恺撒,是岳鹏程喂养的一只狼狗的名字。

胡强不做声,只是咧着厚唇,扶住岳鹏程的一只胳膊,蹚下一道乱石堆陈的陡堰。

"兔子!"

几块碎石滚过的一丛树棵子里突然窜出一只野兔,红红的眼珠、灰色的皮毛一闪,飞快地朝山坡上奔去。

"抓兔子——"

岳鹏程、胡强稍许怔愣,各自从地上抓起石块,朝兔子投着、喊着,追去。

野兔前腿短后腿长,下坡如小脚妇女,上坡是运动健将。二人拼尽力气,追到方才掩身的山桃树下时,那运动健将已经跳上几近山顶的一片裸露的石硼群;停下来,回转脑壳,用一条后腿挑逗似的拨弄起两只顾长灵巧的大耳朵。

岳鹏程脱下皮鞋,气喘吁吁地倒出里面的泥沙,同时悻悻然地眯起左眼,向挑逗的野兔做了一个瞄准的手势。

"妈的! 好小子! 把那支苏式老双管带上也好哇! 叭勾——"

那野兔仿佛真的被击中了,猛丁里从突兀的石硼上栽落下来,极其神速地顺着山势,滚进了一片荆棘丛。"耶?……"岳鹏程一句惊奇未曾出口,远处两座并立的山峰之间,便射过一道黑色的闪电。

——鹰! 正是方才远去重又归来的那只老鹰!

与此同时,假山似的山枣树后,那只干瘦的毛茸茸的手臂和含混不清的喝骂又出现了;喝骂中增加了一个尖利凶狠的童音。

岳鹏程、胡强慌忙扑到面前的一片牛舌头草上,全然不顾牛舌头草张开的千百双牙齿,紧张地把目光寻向那道已经君临头顶的黑色闪电。

这显然是一位久经沙场的空中老将。它早已发现了山坳谷地上那只鲜美灵秀的猎物,却不肯轻易下手,只是警觉地在半空中做着盘旋:一次比一次低,一次比一次慢,极力试图寻觅出可能存在的危险的蛛丝马迹。这害苦了地下的人们。"鹰眼有滚豆大的劲儿。"一颗滚动的豆粒尚且逃脱不出鹰眼,稍许破绽或疑点,都是足以使一腔期待化成泡影的。他们趁空中老将盘旋离去的当儿,迅

· 3 ·

速地、极力地,把自己显得十分多余笨拙的身体,掩埋进山枣枝和牛舌头草中了。

空中老将终于未能发现危险和破绽。当它确信那只小鹁鸽只是由于无知或慷慨,在那里等候它的光临时,它选择了一个最佳角度,猛地收拢双翅,直向谷地俯冲而去。

这是强弓劲射,速度之快、时间之短,以致空中老将在离地面十几米时,忽然发现了大张着的"天网"之后,竟无法收住双翅,无法哪怕稍许改变自己俯冲的落点。

"哇——"一声绝望的、山谷回声的嘶鸣。

——天真灵秀的小鹁鸽永远地结束了惊惧,一张透明度极高、经过精心伪装的大网呼啦落下,方才还在翱翔风云的空中老将,只剩下撕啄扑蹬、拼命挣扎的份儿。

"噢——"岳鹏程、胡强向谷地那边奔去。

谷地上,老鹰和尼龙丝网已经滚作一团。

"别动!哪个也别动!"彭彪子一颠一拐跑来,离开老远嗓子眼里便敲起破锣。

一双露着窟窿的军用胶鞋,套在满是污垢的脚上;一条油光发亮、很难辨出颜色的裤子上,张着几个奇形怪状的嘴巴;赤溜的上身,恰似镀上了一层铁色的、经久不退的锡水;头发并没有几根,却十分潇洒,使人一见便生发联想:联想起风尘飞扬的马路旁的那一蓬蓬弱草。

彭彪子就这样站在鹰网前。他的身后是一个十二三岁的瘦小少年——石硼丁儿。石硼丁儿怯怯地睃着岳鹏程和胡强,停在一棵松树那边,只把贪婪的目光放射过来。

彭彪子张着两手,围着鹰网转了一圈,厚厚的浮肿的眼皮下,透出好不得意的光亮。

"你们谁也别靠前!别靠前!要命的事儿哩!……嘿嘿,亲儿子!我就知道咱爷儿们有情分,有情分……别急!你彪大爷这就让你出来亲亲嘴儿！亲亲嘴儿……"

他变戏法似的掏出一副宽长的帆布手套,用手套裹起半截胳膊;熟练地抓起鹰的两腿,以难得想见的麻利,把它从一团毫无头绪的乱网中择出;随之,从捆在腰间的一件破衬衣上,撕下几条约摸半尺宽的布片,一缠一缠,不过半刻工夫,又扑又啄、拼命挣逃的老鹰就被从头到尾裹住,裹成了一个严严实实的布卷儿。布卷外只露出一个小小的脑壳,连愤怒和恐惧的表达,也变得有气无力了。

看过放鹰的全过程,问准了鹰的成色和可以放飞的时间,岳鹏程满心欢喜地来到公路边上时,又说又笑的胡强忽然站住了:

"岳书记……"

岳鹏程发现了那舌尖上的迟疑,故意望着不远处的石桥。他的"坐骑",送他前去开会的那辆银灰色的小"皇冠",正通过石桥向这边驶来。石桥对面是又一道山梁的起始,一株搔首弄姿的老椿树下几只牛羊正在吃草。放牧的一个老人和一个童子,不时扯开粗哑尖脆的嗓子吼几声野曲。那怪里怪气的腔调,在山坳里荡起一阵阵回声。

"岳书记,有件事告诉你,你可别……"虎背熊腰、满脸络腮胡子的胡强,一时间仿佛成了未出阁的大姑娘。

"有么事痛痛快快！别他妈老娘们似的！"

"是这么回事,先一会儿我来时,淑贞嫂子把大勇找回家了……"胡强满面小心,却极力想显出平淡的样子。

"喊回家怎么啦？说呀！"

小"皇冠"停到路边,司机小谢打开了后门。

"我从外边听了几句,好像……好像是因为秋玲的事儿……"

山坳里涌过一阵风。风在岳鹏程宽厚的面庞上涂上了一重紫红。他的目光在路边一株老椿树胸前游弋。

"还有吗？"

"好像还说到了你……"

"就这些啦?"

胡强低着头,脚尖在路边一块石头上蹭着。

"真他妈狗咬耗子!"岳鹏程脸上的紫红已经遁去,浓黑粗重的眉头跳跃着,显出几分凶狠,"你这个治保科长可真有两下子!叫你注意动向,你把耳朵架到我家墙头上去啦!好大的胆子!"

"岳书记……不……我确实不是……"

胡强一脸殷勤变成了满面惶恐,支撑身体的骨架似乎也被锯去了半截。岳鹏程并不看他,径直走到车旁,才又回转头来:

"这个事我告诉你胡强,到此为止!以后有半句话,你把你老舅搬来,也别说我不给他面子!你可清楚啦!"

"岳书记,我决不敢!我胡强是头牲口,也不敢朝你炮个蹶子!……"

岳鹏程知道目的已经达到,抬腿上车,又把屁股朝里挪了挪,口气缓和下来,说:"上来吧,把你捎回去。"

"不用了岳书记,别耽误了你开会。我还得到园艺场那边看看。"

"也好,果木眼看下来了,治保工作不能出漏洞。还有,告诉岳建中,别把个脑袋死往钱眼里钻,该流血的地方得流血!"

胡强认真应承下来。岳鹏程稳稳地向背椅上一靠,门立刻被从外面推上了。机灵的小谢脚下只轻轻一动,银灰色的小"皇冠"便像一只掠地的燕子,飞翔而去。

秋天曾经是一个何等富丽堂皇和诱人的时节啊!

当爬山虎在耸然的山崖上和枯老的古树枝头,燃起晚霞般的赤红;当遍野苞米、谷子、大豆、花生,在爽风中挥舞起金黄色的旗帜;当高空掠过"一"字和"人"字雁阵,雁阵下的山涧谷地,沟野河滩里的果树上亮起无数盏红色的、黄色的、紫红色的和青绿色的灯笼;当骡马挣断缰绳,汽车、拖拉机加满油箱,母亲和妻子二更天里点起炊烟……秋天便宣告成熟了。成熟的秋天,曾经使岳鹏程怎样为之心神颠倒啊!

可是不知从什么时候起,秋天被无形中淡化了,淡化得失去了神韵,失去了使人心灵颤抖的魅力。

小"皇冠"在秋天丰满神秘的原野上行驶,窗外四处炫耀着令人心醉的色彩,岳鹏程眼珠儿似乎也没有转动一下。

车内舒适优雅。他从小冰箱里取出橘子水吮了一口,把可以前后移动的座位调整到最佳位置,便闭上眼,半躺半倚地进入到出神入化的境地。

温柔的歌声徐徐入耳。前排座台上精巧玲珑的宝塔形香盒里逸出淡淡的馨香。茶色玻璃遮住了耀目的阳光。缓缓吹拂的冷气,旋即把山风艳阳的痕迹清除得干干净净。

从反光镜中注视着后排座位的小谢,悄然地把收音机的音量拧小,目光前视,极力把车开到最平稳的程度,生怕惊扰了岳鹏程的"黄金梦幻"。

"黄金梦幻"!这是属于小谢的版权。只有小谢知道,在催人昏睡的长途旅行和只有几公里甚至几百米的行驶中,这位岳鹏程生出过多少荒唐绝顶、终了却赢得成功和赞誉的梦幻。这辆在长安街上行驶也无人敢于小视的轿车,最初只是一辆价格一万五千元人民币的八成新的小"上海"。那时已经够威风的了,县委书记也望尘莫及。小谢,这位跟着岳鹏程推着独轮车从田野里走出来的小伙子,是带着一脸蜜糖般的笑登上那个驾驶台的。仅仅一个月,驾驶台上还没有能够留下他的手温,车就被人开走了,他的笑脸也被人开走了。可一星期后,岳鹏程带着他从一座撤消的军营里,开回了一辆崭新的"红旗"车。而且,小"上海"卖得的四万五千元人民币剩下了一半。那是全县乃至全市第一辆小"红旗",小谢开到哪里,哪里总要围上惊讶羡慕的人群,连颐指气使的交通民警也从不敢放出红灯。然而一年后,小"红旗"又变成了一张八万五千元人民币的支票。带上这张支票和小"上海"挣下的那笔款子,小谢和另一位司机,从广州一口气开回一辆"皇冠"一辆"蓝鸟"。

三年,一辆半新的小"上海"变成了两辆崭新的高级进口轿车,一万五千元人民币无形中翻了十几个跟斗。更有意思的是还落下一串人情。那些留下支票现金开走小车的人无不感恩戴德,留下几箩筐甜言蜜语,有的还要额外破费上一番。

"俺那书记两眼一合,票子就哗哗地朝腰包流。那些县长市长哪儿摆!"小谢逢有机会总要夸,由衷地、得意非凡地夸。他对岳鹏程的崇拜,是决不逊色于对待当今世界上任何一位伟人的。

岳鹏程此刻的心绪,实在却与"黄金梦幻"没有关系。

捕鹰的欢乐没有留下多久。胡强的几句含含混混的话,一直在脑子里翻转缠绕:……淑贞把大勇找回家去了……好像是因为秋玲……

对于胡强的忠诚岳鹏程并不怀疑。这不只因为那小子在城里开车轧死过人,被他好不容易保下来,弄到村里当上治保科长,还因为他与那小子的老舅,原县委组织部长、现任县人大常委副主任的陈大帅,有着很深的关系。大白天上班时间,淑贞把身为公司财务科长的大勇找回家,会有什么事情呢?因为秋玲的事,因为秋玲的什么事儿?难道自己与秋玲的关系,被淑贞发现了什么?……

岳鹏程心尖一跳,额头上立刻感到了一层燥热和潮湿。

难道昨天晚上……

昨天晚上。按照秋玲约定的时间,岳鹏程提前赶到办公室,擦了桌子茶几,又把里间的床铺收拾了一番。这里曾经印下他和秋玲的许多记忆。只是近半年里,秋玲轻易不肯到这个办公室里来了,尤其不肯进到里边的屋子里去。这使他只能在时时生出的期待和焦灼中,忍受煎熬。

"晚上我找你有事。"下班前,在楼梯上,他们擦身而过时,秋玲轻声说。

"到我办公室？"

秋玲眼角闪过一丝不易察觉的流波,她点点头:"好吧,八点我来。"

如同天边的一片彤云,梦中的一只仙鹤,秋玲飘然而去。

楼梯上传来一个供销员与几个前来求援的客户道别的声音。岳鹏程快步登上去,以难得见到的热情把客户留下来,并且带到宾馆小餐厅,要了几味海鲜、几瓶青岛啤酒。客户们千恩万谢,临走也不明白这位大名鼎鼎、往常连面儿也难得见到的大桑园村党总支书记、远东实业总公司总经理,今天何以如此慷慨盛情。

表针指到七点四十五分时,楼梯上响起了脚步声。岳鹏程立刻拿起一张报纸,坐到沙发上。他不愿意让秋玲看到自己心神不宁的等待着的窘态。与女人交往,与比自己年轻得多的心爱的女人交往,是不能不讲究一点谋略的。这半年,他对秋玲和秋玲一家关怀备至,却从未对她有过丝毫勉强。女人的心柔弱而坚硬。征服女人的心也只能如此。他知道秋玲是不会忘掉他的,会同以前一样时常到这里来的。当然,除了关怀体贴之外,他还有另外的考虑和办法。没想到他的"考虑和办法"尚未付诸实施,秋玲便飘然而至。

女人哪！女人哪！

楼梯的脚步声传到门外,推门而入的是司机小谢。小伙子的未婚妻要回县城的家里去,小伙子问书记晚上用不用车。

"你去吧,把车也开去,让她爹妈开开眼！有人问,就说到县里接我。"

小伙子欢蹦活跳地去了。楼梯一直没有再响。

七点五十五……八点……八点五分……

岳鹏程觉得身上好像有一些虫子在爬,沙发上也像被谁点着了一团火。他跳起来,走到窗前,掀起紫色和乳黄色的双层窗帘,朝楼下左侧的那条胡同张望。

还是不见人影！还是不见人影！

他心烦意乱地将报纸丢在沙发上，坐到写字台前的藤椅里。蓦的，他惊住了：对面靠墙的高背沙发椅上，一个姑娘正朝向这边在笑。

那笑像是欣赏又像是讽嘲。夜的沉重显示出两排洁齿的银亮；额头，如同一片落雪的原野；原野下方，两抹浓眉下镶嵌着两颗星辰；鼻梁挺秀犹如一架山脊；一头浓发，凤尾菊似的在脑后和颈下恣意飘逸和流泻。她向墙边伸出纤细的食指，柔和的、乳白色的日光灯的亮光，立刻使她周身闪射出春天的光环。那光环遮蔽了眼角上的几道细密的褶子，和褶子下方的眸子里隐隐外泄的某种忧郁和不安的情思。

"秋玲！……"

岳鹏程带着喜悦的冲动，上前拉起了那双姑娘的小手。

那手柔软滑腻，像是一块温热的海绵。一股电流经由海绵传到神经中枢，岳鹏程就势俯下身去。

那只手把他推开了："你别乱动，我找你有事儿呢。"

"有事儿就那么急，还耽误了……"

"你想不想听？不想听我立马就走！"语气中没有回旋的余地。

"好！听，秋玲的话咱还敢不听！"

岳鹏程乖乖地退回到沙发那边，随手丢过一袋高级酒心糖。

"我准备结婚。"

"结婚？"

岳鹏程的眼珠蓦地凝住了。他差一点跳起来，眼珠几乎滚落到猩红色的化纤地毯上。

"我想你应该理解我。"秋玲把低垂的眼帘挑起，审视的目光中流露出温和的期待。

"和谁？"终于问出一句话。

"贺工,贺子磊。"

果然是他,这个被收留的"坏分子"!一个月前,岳鹏程就风闻秋玲同这位流浪工程师有了关系。但他没料到事情会发展得这样快。

"他以前那些事,都了解清楚啦?"

"那是那个书记对他的陷害。"

"这么说已经决定了?"

"我想是。"

静默。好难挨的……

窗外漆黑。有风。风像一个顽皮的孩子,悄悄地尝试着揭开那道厚实的窗帘,窥探那背后的秘密。蓦地,窗帘果真被揭开了,沉闷的屋子里透进了夜的神奇和美妙。

岳鹏程在整洁的地毯上踱了几步。然后回到藤椅中,从写字台里拿出一盒烟,点上一支,用力吸了一口。

烟雾弥漫了他的脸,弥漫了秋玲的视线。

因为胃病和咽炎,他的烟已经戒了将近一年。那是秋玲劝诫的结果。但此刻秋玲只能眼睁睁看着,压抑着几次冲涌上来的劝告的意念。

"今天你是专门来告诉我这件事的是吗?"岳鹏程咳嗽着,但心绪显然已经平静下来。

"是。"秋玲的脸忽然有些燥热,目光盯到写字台一边。那里有一个已经成了装饰品的绛红色的自立式自动旋转石英电暖器。

"如果你能谅解我的话,我还想求你办一件事……"

"谅解你?"岳鹏程抿唇沉吟,片刻身体向后一仰,显示出一种热情爽快的样子。"你要结婚是好事,我有什么不谅解你的?咱们一起走过这么多年,论功劳论情谊,只要我岳鹏程在大桑园还说了算,你秋玲有么事就说吧!"

秋玲反倒吞吐了:"我只是想……"

"要盖房？要地基还是要材料？"

"不，我只是想把他的户口……"

"哦，户口落下才好结婚。"

岳鹏程沉吟地屈了屈手指，眉头微微蹙起："秋玲，迁户口的事上边已经卡死了，这你知道。尤其像贺工，屁股后边还拖着一条尾巴，恐怕更难。"

屈起的手指在桌上轻轻弹了几下，忽然一扬颔："这样吧，我亲自来办。保准误不了你的好日子，行不行？"

秋玲显然被感动了，眼眶里溅出几颗明亮的泪花。她直视着站到面前的岳鹏程，猫儿似的任凭他把她的小手握进两只宽厚、坚实的掌中，并且在她的唇上落下一串重重的热吻……

沉思中，岳鹏程情不自禁地揉了揉手掌，又舔了舔嘴唇，姑娘小手的温润和红唇的甜腻，仿佛还没有消失。

淑贞会发现什么呢？大勇又会知道什么呢？

淑贞是个有血性的人，果真发现了他和秋玲的暧昧，肯定会掀起一场大波。然而这怎么可能呢？昨晚的事，就是那样简单、迅速和秘密的嘛！……或许因为别的什么事，淑贞姐弟和秋玲发生了冲撞？一定是为的那条胡同，大勇那小子偏要把房基向外挪出一砖，真是岂有此理！……对，一定，一定就是那条胡同了！……胡强这小子听见风就是雨，回去非狠狠敲打敲打不可！……

小"皇冠"在岳鹏程的思绪中驶进一所大院。没等停稳，一位干部便跑过来打开车门，对岳鹏程说：

"人都齐了，县委祖书记和省里的邢老都来了，就等你了。"

岳鹏程下车，随手把车门一甩，一阵轻松的小跑，朝一色白玉石铺成的台阶上登去。

第 二 章

起床,头脸没抹一把,淑贞便出了门。走到街上,见众人直把眼珠朝自己身上溜,这才悟起蓬头垢面丢人现眼。连忙返回家梳洗了一番,又对着镜子在红肿的眼皮周围,擦上了一层厚厚的雪花膏。

她是个好强爱面子的人。对着镜子,心里还为方才在人前的失态后悔不迭。

昨晚等大勇,直等到半夜。上床后折腾来折腾去,直到窗户玻璃上放亮,才迷迷瞪瞪合了眼。一合眼就到这个时辰,连编个理由请假也太迟了。

"妈,你到哪夫?"

里屋传出惺忪的、懒洋洋的声音。银屏放假在家闲的没事,晚上一股劲疯玩,早晨从来难得见面。

"到你姥家,找你那舅!"淑贞不愿意让女儿看见自己这副模样,径自走到院里。

朝向院子的一扇窗户推开了,银屏露出半个脑袋。她只穿着裤衩,短袖衫的扣子马马虎虎扣了一个,一对春笋似的顽强生发的小乳房,几乎裸露着。

"妈,你可真是老糊涂啦!都快十点了,俺那老舅还不早狼窜了,还在家等着你去找?"昨晚淑贞去跑了几趟,她是知道的,"家里又不是没有电话,干么满山乱跑咔!"

银屏嘟囔完,也不穿衣服,趿拉着一双火炭儿似的塑料拖鞋,走到收录机那边。邓丽君的"爱呀爱呀"的声音,立时便占领了屋里屋外的大片空间。

唉!真是气疯了!村里三年前便安了总机,各个办公室和中层以上干部宿舍,早就实现了"通讯电话化"呢!

淑贞回屋拿起电话。话务员的询问,被"爱呀爱呀"盖得像是蚊子叫。"银屏!"她喊过一声,丝毫不见结果,只得进到里屋,拧小了收录机的音量。

女儿报以的是一对白眼。

家里电话接通,母亲告诉说,大勇一早就走了,早饭也不知在哪儿吃的。又接财务科。接电话的女会计去找了足有五分钟,回话说:他们的徐科长正在接待税务局的客人,抽不出时间来接电话。淑贞一胸膛子恶气好像一下子找到了发泄的地方,对着话筒嚷道:

"你告诉徐大勇,他姐喝了敌敌畏,他回来晚了,死尸也别想见上啦!"

她感到头晕。不仅晕,太阳穴两边的两条青筋,一股劲地跳着痛。也不仅痛,心口窝里似乎浇铸了钢筋混凝土,堵闷得让人难受。她想喊银屏,又觉着没意思,便倚到床上,捂着脑门闭起了眼睛。

真是不可想象!真是大白天见了鬼!他岳鹏程竟然做出那种伤天害理的事情来!他怎么对得起天地良心!怎么对得起她——把一颗心扒给了他的妻子!

巧合,令人悲哀的巧合啊!

昨晚刚刚吃过饭,家里来了两位客人。来客本来是极平常的事。自从大桑园和岳鹏程上了报纸电视,熟悉的不熟悉的,认识的不认识的,有事情的没事情的,隔着一道墙一条胡同的和远隔几千几百里的客人,几年里从未断过。淑贞大多时候只回答一声"他不在家",或者"他出去了",就算完成了任务。偏偏昨晚来的是岳鹏程当兵时一个连队的战友,现在是外贸公司的科长,而且当晚就要赶回青岛去。人家只想见见面,把断了线的联系接起来。淑贞不敢怠慢,一边端茶递烟招待,一边让总机话务员帮助找岳鹏程回来。

总机的两个小姑娘查问了商场、宾馆和几个厂子,都说没有见到岳鹏程的面。

"疗养院去了没有?"

疗养院属部队建制。岳鹏程在那里有一个房间,晚上时常在那里过夜。

"问过了,岳书记没去。"

"小谢在不在?车是不是出去了?"

"小谢和车都不在。"

"那是出去了。"淑贞正要放话机,责任心极强并且觉得过意不去的话务员,又告诉说,岳鹏程办公室的电话,不知出了故障还是别的什么原因,一直要不进去。

车出去了,他还能在办公室有什么事儿?淑贞看着失望的客人,并不抱多少希望地向挂着"远东实业总公司"巨大标牌的办公院那边走去。

二楼那个熟悉的窗口像一口漆黑的井。淑贞踅身欲回,一阵风讨,漆黑的窗口里逸出几道明亮的光束。光束映到淑贞脸上。顺着光束望去,淑贞依稀看到了一个男人和一个女人拥偎在一起的情景。那男人不需说,正是自己的丈夫!

她无论如何不敢相信,死劲地、怔怔地盯着那个方才开启的黑井,企望夜风给她一次验证的机会。夜风回绝了她的愿望。一个她所熟悉的苗条的姑娘的身影,不一会儿却从她眼前飘了过去。

她看到满天星星狂舞;

狂舞的星星如天雨般陨落;

陨落的天雨击中了她的四肢、躯体和脑壳……

如果不是亲眼目睹,如果不是坚信神经和视力的可靠,如果是别人,包括父母、兄弟、儿女,把夜风无意泄露的情景讲述给她听、描绘给她看,她,徐淑贞,都决不会相信。岳鹏程,那是她抛家舍命、倾心袒腑追恋和钟爱着的人哪!那是曾经面对山海星月,发誓一辈子对得起她和使她幸福的人哪!

泪水潮涌般地充满了淑贞的眸子,不声不吭地在她面颊上划起了两道平行线。痛苦仿佛受到了鼓舞,立时在她的脸上、心中肆意地泛滥起来。

岳鹏程,你这个负心汉!过去的岁月你全忘记了吗?连那个薄雾的清晨和海滨的黄昏,你也忘记了吗?……

那是一个薄雾的清晨。河堤葱葱,罩上了一层奇妙的羽纱,流水悠悠,滚淌着一汪甜腻的乳浆。带着豆蔻年华楚楚风采的淑贞,在河边洗完衣服正要回家,外号"小铜锤"的岳鹏程,忽然从河中冒出来似的出现在她面前,红着脸,把一张皱皱巴巴、小得不能再小的纸条,塞到她手里。突如其来的情势使淑贞一阵慌乱。但她很快意识到事情的重大,不顾岳鹏程固执期待的目光,急急地跑回家去,躲进厢房打开了纸条。纸条上是几个被描得又粗又重的字:

  我走了 给你写信好吗

淑贞与岳鹏程在天阴要点起蜡烛的屋子里一起读过书,在下雪天要铲出冰疙瘩、撒上沙子的井台上一起挑过水。她知道,他的父亲是个犯了错误的大干部,他是为了照料爷爷自小留在村里的。如今爷爷死了,他要参军去了。他给予她的最深的印象是胆大、有劲。"小铜锤"的美名就是上二年级时,一次与高年级学生比武,他一拳砸破两块土坯赢得的。而她是以聪明、文静闻名的。而且户口在县城,要算是村里少有的金凤凰呢。她怎么也不敢想象,这个往常与自己话也没有讲过几句的小伙子,会在她情窦初开时,第一个向她投出爱的利箭。

第二天,还是同样一个薄雾的清晨,还是同样披着羽纱、淌着乳浆的河边。满面烧着早霞的淑贞,把一张同样皱皱巴巴、小得不能再小的纸条,丢到洒满露水的草地上。远远等候着的岳鹏程,马驹撒欢般地奔过去,在草地上捡起了几个更加简单而且并没有描过的字:

随你便

"两张纸条牵起两颗心,薄雾的清晨是最好的媒人。"淑贞至今记得岳鹏程从军营里写回的两句"诗"。而那个写"诗"的人,却早已把那个印满了柔情蜜意的清晨,丢到茅厕坑里去了。

淑贞哽咽地扑到枕头上,枕头上立刻被淋湿了一片。她抓起枕巾,试图制止悲哀的倾泻,那悲哀反而更加汹涌了。一个遭到背叛的女人,总是最先和反复地忆起以往幸福和奉献的时刻。而那个时刻的记忆,又总是伴随和加重着无可遏抑的痛苦和悲哀。如果说那个薄雾的清晨,对于淑贞还只是一种淡淡的甜蜜、淡淡的痛苦和悲哀的话,那个长了眼睛的黄昏,便不知要浓重出多少倍了。而那个如此重要的黄昏,显然也早已被岳鹏程从心目中剔除干净了。

岳鹏程!你这个负心汉哪……

那已是离开那个薄雾的清晨几年之后了,淑贞成了县棉麻公司的一名会计。正当她陶醉在爱情的憧憬中时,在部队当了几年"学习毛主席著作标兵",眼看就要提升当连长的岳鹏程,由于来自大桑园的一封揭发他与"右倾机会主义分子"的父亲"关系极不正常"的信,突然退伍回到了村里。徐夏子婶——淑贞的母亲,是眼看着父亲和两个姐姐被贫困夺去生命,托亲拜友,好不容易才从那个被称作"大丧院"(大桑园)的村子跳出来的。她怎么可能看着自己的女儿,再跳进那个盛满命运苦汁的深渊里去呢!

"我的闺女就是丢到茅厕坑里沤粪,也决不嫁给'大丧院'的金豆子!"第一天,她毫不客气地把岳鹏程赶出了家门。但女儿并不肯屈从她的心意。那天晚上,徐夏子婶拿出了最后的一招。她把一瓶敌敌畏和一张托人好不容易搞回的结婚证摆到女儿面前,要她作出抉择:要么,与结婚证上的那个人(人家是大军官,家里也清清亮亮)结婚;要么,那一瓶敌敌畏就是她们娘俩的最后的一点情分。淑贞知道母亲是个说得出、做得出的泼女人。她木然地望着那个陌生男人的名字,望着那颗鲜血淋漓的印章,一下、两下把结婚证撕碎;然后在徐夏子婶的惊叫中,抓起那瓶敌敌畏,大口大口喝起来。

第三天,淑贞被医生从地狱之门夺回后,立刻拼着性命,逃回到那个因理想和爱情破灭而几近绝望的人的身边。

那是黄昏的海滨。夜色降下帷幔,天穹上方点燃起万千盏灯笼。暖风吹来拔节青草的甘甜和被埋进新土中的枯枝败叶的芳香;海洋奏起壮丽得蛊惑人心的乐曲,神秘莫测的远方一闪一闪,白的、红的或者绿的,渔船的眼睛、夜的眼睛……因幸福而颤抖的岳鹏程紧紧拥抱着淑贞,一遍遍地在她唇上、面颊上、神秘的姑娘的高地上留下热吻;同时轻轻地、庄严地倾吐着心中的誓愿:"一定,一定要让你幸福!一定,一定要让你过上好日子!……"

正是从那个晚上起,淑贞成了那个被称作"大丧院"的村子里的一个倒运农民的妻子。为了那个倒运农民,她几乎牺牲了自己的一切。而如今她得到的是什么呢?

"呜呜……"淑贞心中的苦汁,化作连天波涛澎湃起来了。

大勇很快回来了。一起来的还有公司医院的一辆救护车和两个大夫。徐夏子婶扭着半大的小脚,急急地跟在后面。

"姐!银屏!谁病啦?"大勇进院,未见人影先自嚷着。

徐夏子婶隔着窗子盯住银屏:

"屏子,你妈真个是病啦?"

银屏被流行歌曲塞满耳洞,并没有听清窗外问的什么,只是就着歌曲的节拍,胡乱地点着脑壳。

"哎呀呀!这可怎么得了哇!"

徐夏子婶连忙扭进里屋。大勇招呼两个大夫,提着急救器械也随了进去。

徐夏子婶和大勇,是三年前从县城回到村里来的。每月能挣四十五块二毛工钱的丈夫死去,依靠糊火柴盒的极其微薄的收入,实在难以敷衍县城里一日三涨的生活花销。刚刚退学的大勇当了临时工,徐夏子婶也不得不抹下脸,每天到垃圾场去寻找生路。那时大桑园已经发生了巨变,岳鹏程已经成了全市乃至全省、全国知名的"农民企业家"、"农民改革家"。县城里许多人,包括一些国营职工和领导干部的亲属,都发海潮似的朝大桑园涌去。但徐夏子婶想也没敢想。淑贞结婚后,带着岳鹏程回家向母亲谢罪。徐夏子婶二话不说,把一盆脏水泼到两人身上。淑贞抱住她的腿苦苦哀求,脑门撞到石块上流了一脸血,徐夏子婶连一把止血的锅脸子灰也不肯给,生生把两人赶出家门。因为这,淑贞回去几乎没丢了命。事隔两年,他们的第一个孩子——赢官,过周岁生日时,淑贞托人去找徐夏子婶,想回去或者搬老人家到自己家来看看外孙。徐夏子婶一口咬定,她的闺女死了,她没有"大丧院"见不得人的亲戚,更没有什么外孙子。她头顶未生慧目,自然无从想见"大丧院"会在一夜之间,变成"大富院""大福院"。她实在是把事情做绝了。她知道,就是自己投了河上了吊,淑贞两口子也绝不会再登自己的门槛了。

那年腊月她病倒了。一病二十几天,看病抓药找不出一分钱,大年二十,两眼睁睁躺在炕上等死。约摸到了下半晌,院外好像驶过一辆汽车,窗上的玻璃嗡嗡响了几下。一阵急遽的脚步声从院里传进正屋,脏得发黑的门帘蓦地被撩开了,一声"妈呀"的呼叫,淑贞带着满脸泪水,扑到了她的身上。

徐夏子婶只当做梦,梦里边禁不住搂住淑贞,把浑黄的老泪洒到女儿胸前。

她立刻被送进了医院。

出院的那天,岳鹏程也来了,坐着那辆好不威风的"红旗"轿车。他曾发誓一辈子不见这个可恶的老太婆的面儿,但他终究不愿伤了淑贞的心,不得不亲自出面,把徐夏子婶母子搬回大桑园落了户。……

"贞子,你真个是病啦?"

进到里屋,徐夏子婶便上炕摸淑贞的额头。两个大夫按照大勇的吩咐,也把血压表、听诊器一齐摆了出来。

淑贞挺身坐起,推开徐夏子婶的手,朝大勇啐道:"让你回来,谁让你把医院也搬来的?"

大勇露出一脸苦相:"电话上说你病了,我以为……"

"你以为么个?我不死,叫你就当听不见是不是?"

徐夏子婶松了一口气。两个大夫知趣地连忙退去。院外一声笛鸣,救护车开走了。

大勇有些局促地坐到沙发上,把一肚子疑惑,集中到墙上挂着的那张结婚照上。结婚照早已退色,照片上的淑贞和岳鹏程,看上去竟然有几分滑稽:小平头,小刷子辫儿,一脸呆相,一身泥土腥子气。

"昨夜里,你到哪儿去了?"

大勇听出是问自己,肚里的那颗心一下提到胸口。昨晚他和胡强在园艺场喝酒喝到电视播音员道过再见,出来又醉醺醺地闯进福利厂那个漂亮的小哑巴宿舍去纠缠了半天,逼得小哑巴几乎要跳楼。淑贞一问,他以为露了馅,心想这下完啦,脸上却极力做出平静的样子。

"要盖房子,你又不是不知道……夜里不出去跑,还有么时候……"

他眼皮耷拉着,眼珠乌溜溜地在淑贞脸上搜索,心里在紧张地编着否认与小哑巴有过任何接触的谎言。

淑贞未生疑窦。大勇在商场找了个对象,预定新年结婚,正在操办盖房子,她是知道的。

"见到你大哥干么好事了没有?"

蓬城一带习俗,姐夫也称哥。大哥、二哥、三哥,分不出大二三的,称哥或大哥。

"我怎么见着俺大哥来?昨夜里我回来得晚,今天他不是开会去了?"

"不是问这两天。是问你这几个月、这几年,你看见没看见他跟些不三不四的人在一起!"

大勇被搞迷瞪了,悬在半空的心却放归原处。

"不三不四的人……那些来参观和做买卖的,么路人没有?谁知道你问的是……"

倒是徐夏子婶以女人特有的嗅觉,嗅出了门道,伸手关上屋门,瞅准大勇说:

"你姐问的是女的,骚狐狸精!"

银屏拿本小说要出门找同学,经过母亲屋外,正巧听到里边的问话,连忙推开门,问:

"狐狸精在哪儿?小舅,你抓的?让我看看!"

大勇不回声。徐夏子婶忙把她推出门,嗔道:"大人说个话儿,小孩子听得个么劲儿咪?还不快走你的!"

"走就走!"银屏撇撇嘴,出门,又回头道:"妈,我和巧梅出去玩,拿了二十块钱,晌午不回来!"

没等淑贞回声,人已不见了影儿。

大勇这时已经弄清了淑贞火烧火燎找他回来的意思。对于岳鹏程与秋玲的关系,他早就隐隐约约听到风传。有一次,他还碰见秋玲脸腮红红,从岳鹏程办公室的里间屋里出来。那里间屋,平时岳鹏程是很少让人进去的。但他从来不敢多想,更不敢打听或透露一个字。这不只因为没有肯定的根据,更因为他眼下所得到的一切,日后将要得到和可能得到的一切,都一点儿也离不开那位大权在握的姐夫哥。任命他当财务科长时,岳鹏程把话说得再明白不过了:"让你干,是因为咱是一家人。不凭这个,选二百个财务科长也轮不到你徐大勇。听话、干得好,亏不了你。想要耍心眼儿,或者背地里捣捣鼓鼓,也行,不过我这个姐夫哥可不是供养神的。到时候,把一月三百块的工钱给我留下,当初在县城当临时工翻砂来着不是?还给我回县城翻砂去!"

查问姐夫哥的隐私,如果是别人,就算是公安局长坐对面,他也不会吐一丝丝儿给你。不信?咱徐大勇男子汉一条,谁能砍了脑瓜子去不成!

然而,现在查问的是姐姐,对自己和母亲恩重情深的姐姐……

"你姐问你哪!"

徐夏子婶催促着,语气里已经迸出吃惊和愤恨的火星。

"光是问我,我怎么知道!"大勇支吾着,还是拿不定主意怎样回答。

"你整天跟他屁股后边转,么事儿不知道?我都知道了,你还敢给他瞒着!就是跟彭彪子家的那个不要脸的骚狐狸精!你还不说!"淑贞又落下一串辛酸。

哎呀!姐姐什么都知道啦!大勇心中不禁跳了几跳。

徐夏子婶听淑贞点出名姓,剜着大勇的脑门,骂起来:

"你这个不争气的小东西!你倒是说呀!把你姐气死,看你还娶得上娶不上媳妇!"

大勇对徐夏子婶的指责向来抵触,没有好气地一偏脑壳,说:

"我不争气?你争气!那些都是外边那些人瞎嚷嚷,你让俺姐都听信了,去跟俺大哥打离婚,你就舒坦啦?"

徐夏子婶被顶了一个趔趄。这才意识到事情的严重性。嘴空自张了几张,沉下心,瞅了淑贞几眼,又朝大勇呵斥道:

"你个不懂事的小东西!你这是成心要给你姐惹气生!外边下蛆的人多啦!编筐造篓挑拨离间的事多啦!你都回来胡说?看我不把你个嘴巴子撕烂!"

骂过,真的下炕来揪大勇。

淑贞从大勇的神态话语里,已经证实了想要证实的事。她好不悲哀。见母亲和弟弟并没有为自己撑腰出气的意思,越发像吞了黄连苦胆,"哇"的一声扑到炕上,号啕起来。

徐夏子婶连忙推大勇出去,随之关严门窗,脱鞋上炕,拍着淑贞的身子劝着:"贞子,你可别!……"眼里也酸溜溜地滚下两行老泪。

"你走!你走!我不要你管!……"淑贞悲怆的哭喊,使得屋顶簌簌,像是要塌落下来一般。

窗外,躺在阳光地里的恺撒,发出几声粗重、杂乱的吠叫。屋顶一群鸽子,扑棱棱飞上半空。

第 三 章

岳鹏程推开二楼会议室遮着一层轻纱的地簧门时,会议已经在进行中了。

长长的蒙着一层淡绿色平绒台布的大会议桌前,围坐着登海镇三十几个村子的党政首脑。会议是登海镇委召开的,但坐在迎门显著位置上的,是面色清润端庄、四十岁略微出头的县委书记祖远。他是一年半前调到这里来的,据说是市里重点培养的几位受过高等教育的年轻干部之一。祖远旁边,同样显著的位置上就座的,是一位同他形成鲜明反差、面容清癯、银丝罩顶的瘦老头儿。他是祖远大学时代的老师,后来是省报副总编辑,两年前已退居二线,但在省里仍然算得上一位颇为活跃的人物。这次下来,用他自己的话说,是跑一跑看一看,为下月将要召开的省委农村工作会议和全省农村改革先进经验交流大会,提供一两杯"清茶",或者饭后茶余磨牙的"橡皮糖"。

正在发言的是龙山后村支部书记张仁。小伙子头一次在县委书记和省里的大干部面前说话,眼睛紧盯着手里的小本子,鼻尖上方端端正正地擎着一颗汗珠。他讲的都是老掉牙的问题,而且是真正的"问题":城市改革对乡镇企业的冲击怎么办?像他们那种远离城镇的贫穷山村怎样才能真正发展起来?等等,等等。坐在他对面的镇长蔡黑子,几次打着眼色制止他讲下去,他都没有看见。蔡黑子只好装作认真听的样子,不时打量一眼祖远和邢老——这是祖远对省报副总编辑的尊称——的脸色。

好在祖远并没有什么不高兴的神情。邢老那老头儿,还不时问几句,在本子上写几个字,显得颇有兴趣的样子。

尽管如此,蔡黑子肚里还是像吞进了一只苍蝇。这个张仁纯粹二百五一个!人家领导到这儿来,说一声主要是听听问题,你就真的给我下起蛆来啦?我登海镇是全县农村改革的先进典型,发展乡镇企业的先进典型,成功的经验还讲不完咪!他瞥一眼坐在张仁旁边的镇党委书记。那小子倒显出悠然的样子。唉,也难怪!新官上任,有几个愿意听颂扬自己前任政绩的?何况这个三十二岁的毛小子,正在不择手段地要把权朝自己怀里搂!嗜,如果不是因为几个娘儿们翻了船,怎么会有今天!

蔡黑子姓蔡名聪,"黑子"是人们赠送的"雅号"。那黑据说有两层意思。一是皮肤黑,不仅脸、手、腿、脚,连终年不见天日的那玩艺儿也黑得不掺半分假。二是心黑,搞女人论打往上数,整人论翻扑克牌往下摊,受贿送礼海参海米成箱成麻袋地进出,吹牛邀功日头月亮的光也敢往自己脸上贴。去年因为搞女人的事闹大了翻了船,但也并没有能够把他怎么样,他依然明里暗里,试图控制登海镇的局面。

今天他唱的是岳鹏程的戏。偏偏这个"梅兰芳"到现在还没登场。……不好!祖书记的眼珠转到窗户外边去了,那老头儿也用手掌拢起一丝不乱的鬓发。不能让张仁胡扯下去了!蔡黑子清了清嗓门,便要接过话头。

恰在这时,岳鹏程出现在门口。

张仁的发言停止了,整个会场的目光转移了方向。只有邢老露出了几分询问几分疑惑。

"我来介绍一下。"敏捷的镇党委书记没等蔡黑子起身,先向邢老开了言,"岳鹏程。大桑园村总支书记,远东实业总公司总经理。"

"咱们见过面。"邢老像老朋友似的打量着岳鹏程:"嗯,比过去胖了,发福啦。"

岳鹏程一愣,祖远等人也面露惊诧。

"你忘记我是干什么的了嘛!报上发过你的照片,我签的字,咱们还不算是老相识?"邢老晃着岳鹏程的手,认真地笑着。"农民企业家、改革家,大名鼎鼎,如雷贯耳啊!我一来,你们这些书记,就又向我耳朵里灌嘛!"

"邢老夸奖。老农民,老农民一个。"岳鹏程应酬地笑着。

"坐吧!"祖远打过一个手势。岳鹏程正要向里边一个空位子那边去,镇委书记搬过一把椅子,让他挨着自己坐下了。

"妈拉个腿,抢镜头拍马屁倒有一套!"蔡黑子肚里忿忿,却爽朗地笑着说:"鹏程啊,你这是又被那些参观取经的包围了吧?"

"来了两个大鼻子,想跟我合资建游乐场。我这是跑鬼子才跑出来的。"

与外商谈论修建游乐场的可能性,是十多天前的事,岳鹏程随手拉过来,只是为迟到圆圆场,却立刻引起了邢老的注意。

"建游乐场好哇!谈得怎么样?要建就建个大的,像深圳湾和香蜜湖度假村那一种。什么过山龙啦,摩天楼啦,碰碰车啦,都有。上去玩一次提心吊胆,下来一辈子都忘不了。现在农民手里有钱,花个十块二十块不在乎,有你的好买卖做!是不是?更重要的是意义非常。咱们省里没有,全国的大城市也没几个有,你这农村里就有啦!这是让全世界都刮目相看的事情哩!"

他扫视全场。干部们的情绪被他几句话煽动起来。好像游乐场已经开始营业,大把的钞票已经到手,里根和戈尔巴乔夫正遥相祝贺。

岳鹏程咧了咧嘴,心里说:又是一个看出殡不怕丧大的手。你能跟人家香港的大亨比?不用说像深圳湾和香蜜湖度假村那种,需要上千万、上亿外汇,人家大鼻子不瞎眼不会向咱这儿投那么大本儿;就是人家投、建起来,光是维修费、管理费、折旧费,也得把我大桑园那笔家业踢蹬干净。挣钱?等老百姓都饿成青鱼干再说吧!

岳鹏程话不出口,邢老和干部们更以为说中了他的心思。蔡黑子带头鼓起了掌。

会场上只有一个人看出了岳鹏程的心思,并且听清了他肚里骂人的话语。这是个二十三四岁的小伙子,青年式浓发在额前飘着,显得随意极了。脸盘是宽圆型的,却不胖;几撮从未刮过的黑而柔弱的胡须,翘在紧闭的唇边。体态修长,显得有几分羸弱,透过短袖衫突起的胸肌,却又使人觉出他的内在的强悍和坚毅。从进入会场,他便坐在那个不引人注目的边角,不动声色地听着、观察着。游乐场引起的喧哗,也没有能够感染他。他只是调换了一下交错的两腿的位置,把似乎漫不经心的犀利的目光,几次落到岳鹏程脸上,和在会议桌上不时活动着的那两只手上。

他叫岳嬴官,是岳鹏程的儿子,小桑园村农工商综合开发公司经理和事实上的党支部书记。

"鹏程刚从烟台那边回来。"蔡黑子意犹未尽,带着夸张和夸耀的语气,"要承包开发一座海岛。这在咱们县又是一个创举!"

"鹏程,把你那儿的情况,给邢老汇报汇报。"祖远提议说。

张仁的发言不了自了。同往常一样,逢到这种场合,主角总是岳鹏程。别人至多做一点点缀或补充填空的工作而已。

岳鹏程目光炯炯:"向领导汇报,我是求之不得。不知领导要听哪方面的?"

"邢老很关心乡镇企业的命运,你可以重点谈谈这方面的情况、经验、教训,都可以。"

岳鹏程说:"大桑园和远东实业总公司这几年取得的成绩,是十一届三中全会富民政策和各级党委领导支持的结果。以前讲得很多了,再讲也变不出新花样。我想把我家里眼前的情况和下一步的设想,向邢老汇报一下,不知……"

"好,很好嘛。我最想了解的就是这个。"未等祖远表态,邢老用手指点着桌面,做了一个鼓励性的手势。

"有人说,城市改革必然冲击和淹没农村的经济改革,我不同意这个说法。"

妙语惊人。会议室里的人一下子被抓到手里。

邢老:"哦?谈谈你的这个想法。"

岳鹏程却转了话锋:"道理甲乙丙丁,理论家一列,和秋天晒苞米似的。我还是讲我的海岛开发。如果不是城市经济体制改革,提倡开放搞活,那海岛再闲一万年,也轮不到我岳鹏程动半个指头!"

停顿了一下,见邢老和祖远点了头,又说:

"所以,前些日子中央农村政策研究室两位领导,问起我对乡镇企业的前景怎么看,我说了句大话。"

"什么大话?也说给我们听听。"

"我说:乡镇企业不是能不能存在、能不能发展的问题,是要打到全国去,和国营企业竞争的问题。"

会议室里出现了静场。"大话"似乎大得堵住了人们的喉咙。

"刚才几位同志发言,——当然我们还访问过其他一些农村干部咯。"邢老扶了扶眼镜,缓缓地说,"都谈到不少乡镇企业因为原料、市场或其他方面的原因被挤垮的问题。岳鹏程同志,你对这个问题怎么个看法啦?"

岳鹏程欲言又止,露出几分为难的神情。

"怎么看就怎么说嘛。"祖远鼓动着,"说说你的做法也可以嘛。"

"挤垮的问题我家里不存在。看法的事,咱是土包子,说了也白招人骂。要说做法,我倒可以念几句生意经:'死店活人开'。'头等商人一盏灯'。还有一句违犯中华人民共和国卫生法的:'驴屎抗不了棒槌,好汉打不过死囚'。"

违犯卫生法的话,并没有使邢老感到不卫生。他认真地一句一句重新问过,并且记到本子上,才又抬起头:

"你那个海岛开发计划进行得怎么样了?"

"正在谈判,很快可以签约。"

"开发海岛可不同于建设一个村子,闹不好可是要赔本的。"

岳鹏程一笑:"我只怕一下赚得太多,人家不高兴。"

"预计一年能赚多少?"

岳鹏程似乎带上了几分犹豫:"邢老要我说实的还是说虚的?"

"唔?实又怎样,虚又怎样?"

"实的,一年不下一百万;虚的,一年十万加一个零头。"

邢老惊异地抬了抬下巴,又偏了偏脑壳。在他的记忆和经验中,任何一个企业实得利润的数额,比起上报的数字,总要少得多。

他第一次碰到了完全相反和违反常规的情况,两眼茫然地搜索着那张并无多少特异之处的面孔,试图发掘隐藏在那张面孔里的奥秘和神奇。

他的努力没有成功,直到祖远在他耳边嘟哝了一句,他才霍然大笑着,把手指向岳鹏程:

"好你个狡猾的岳鹏程!你就不怕我到税务局去奏你一本?哈……"

笑声中,他对岳鹏程的忠厚坦诚留下了印象。关于岳鹏程的种种奸诈凶恶的传闻,化作一股风从脑子里吹走了。

在岳鹏程心目里,他却成了一个同只会背诵唐诗宋词、对人间世事杳无所知的老学究没有多少区别的人物。

"你那宏图,什么时候可以实现哪?"

"一个月后开工,两个月后受益。"

开发一个利润不下百万的海岛,只要一两个月时间?邢老没有再问,只是把要求证实的目光,投到祖远脸上。

"如果邢老有兴趣的话,今天散会后我陪邢老到岛上去视察视察。两个月后的今天,我再请邢老去参观剪彩。祖书记可以随行作证。"

疑惑变成了激动。邢老不无惋惜地说:"这次任务很急,今天我们还要赶到五莲县去,你那儿没时间了。不过说好了,两个月以后我是肯定要去的!"

他站起,扶着椅背就地转了半圈,伸出手臂用力一挥,朗声说:"我们中国地大物博,为什么总是发展不起来,总是跟在人家屁股后边挺不起腰杆来?原因固然很多,缺乏这种有头脑、有气魄,能够创造高速度、高效益的干将,我看是主要的一条!不仅农村缺,城市里缺,党政机关尤甚!小心翼翼,亦步亦趋,只知道看上司的脸色,只知道保头顶上那个官翅子。依靠那样的干部,中国的改革、发展,猴年马月也成不了气候!"

他回到座位,对祖远和镇委书记说:"刚才说的海岛开发,你们关心一下。有了眉目给我打个招呼,我请省委领导和新华社、《人民日报》的同志来。这不仅对你们县、你们镇,对全省、全国也应该是一个鼓舞嘛!"

"邢老的意见,是对我们很大的教育和激励!"祖远神采飞扬。"海岛开发我们一定要促上去!不仅促上去,还要借这个东风,把登海镇和全县的乡镇企业推向一个更高水平!以不辜负省里的老领导对我们的关怀和期望!"

他鼓起掌,镇委书记、蔡黑子和参加会议的县镇干部们,一齐鼓起掌。

邢老这时倒沉静下来,目视着会议桌两边的党政首脑们,说:"关于乡镇企业和农村经济改革,你们有些什么话要说没有?啊?可以各抒己见嘛!"

没有人回声。祖远看了看表,看了看镇委书记,正要提议散会,会场一角响起一阵低声议论。

"不要开小会嘛！有话大声讲！"蔡黑子觉得，整个会议似乎还缺少了"大家表态"一项内容。

议论声消失了，会场的那个边角站起一个敦实英俊、还带有几分学生气的青年——大龙沟新任支部书记初胜利。

"我们觉得，大桑园岳书记的经验确实了不起。但我们学起来，困难太大。"

语惊四座。祖远和镇委书记停止了悄声交谈。邢老拿着已经收拢的笔记本侧转身来。那些县镇干部们，露出或者惊讶、或者疑惑、或者气愤的神情。

"初胜利，你这是什么意思？"

蔡黑子的脸真的"黑"下来，口气里透出逼人的气息。登海镇各村的支部书记，三分之二是去年按照上级强制性指示换上来的年轻人。这伙人眼空心大，经常不听招呼。初胜利就是其中的一个。但蔡黑子想象不到在这种场合下，他敢公开跳出来亮相。

倒是岳鹏程坦然自若。厚厚的唇边和眼角闪过几丝淡漠的笑纹，两手搭胸，不动声色地靠到椅背上。

一看议论的方向，一看站起来的人，岳鹏程心里就明白了要发生的事。但他成竹在胸，相信事情只会使自己赢得比方才已经赢得的更多。对于初胜利，他眉毛儿没挑一下，只把目光悄悄地瞟向坐在初胜利旁边的那个额头、鼻子酷像自己的小伙子身上。"龙虎斗！"他脑子里出现这样一个明晰的信号。

"我是说，我们那边的条件，与……与大桑园完全不同……"此时此景，当过两年中学学生会主席的初胜利，嘴巴也变得笨拙了，"不能照搬岳书记的……经验……"

蔡黑子见他这样说，朝祖远和邢老瞟过一眼，批评说：

"你这个支部书记是怎么理解的嘛！邢老和祖书记的意思是要我们照搬吗？是要我们学习岳鹏程同志的精神实质，发展农村的经济改革嘛！你刚当支部书记没有经验，以后可要加强学习哟!"

他见祖远微微点头,这才宽厚地摆摆手,示意让初胜利坐下。

初胜利依然站着:"我的意思是说,我们登海镇要想真正发展起来,还得有另外一条路子……"

"哦?"邢老抬了抬眼镜,朝正要发火的蔡黑子示过一个眼色,说:"你说说看,还得有另外一条什么路子呀?"

"还是让嬴官来说吧。"初胜利忽然坐下了,用胳膊肘碰了碰坐在一旁的嬴官。

嬴官端坐,没有任何表示。

"嬴官,可以把你的设想和计划,给邢老和祖书记汇报一下嘛。"镇委书记鼓动说。他显然了解一些内情。

嬴官是中午才决定参加会议的。自己的一些想法和意见,他曾经给镇委书记和几个关系不错的村支部书记透露过。因为没有实行,他并没有想在这种会议上公开。只是由于方才会场上形成的气氛,触动了他内心深层的一根十分隐秘、敏感的神经,他才断然改变了主意。

"其实并没有什么。"他向前拉了拉椅子,很平静地说。他知道,在这种场合和气氛面前,在自己与亲生父亲岳鹏程目前这种特殊关系的情况下,任何渲染或夸张,甚至一种稍许激动的情绪,都只能被视为张狂和无知。

"我们只是觉得大桑园的经验有它的特殊性。比方起步早,基础雄厚,离城镇近,交通发达,再加上其他种种有利条件。所以,承包开发海岛也罢,打到全国与国营大企业竞争也罢,都是可以鼓舞人的。但这对于全镇发展较晚的绝大多数村子,特别西片、北片的丘陵山区,恐怕只能说是天上的光景。至少十年以内没有这种可能性。这提出一个问题:像这类村子目前应该怎么办,应该走一条什么样的发展路子。这是个钢钎碰石锤的问题,不是单纯学习什么精神实质可以代替或解决的。我觉得,这件事县镇领导是很清楚的,邢老就更不要说了。"

会场上一时出现了真空。

"吗啦吗啦喉——!""唧——了!""唧——了!"窗外杨树上寻偶的雄蝉,终于找到了炫耀的机会,竞相把歌声拉得甜润悠长。几只黄脑壳红尾巴的小鸟在绿阴中嬉戏。一只还带着满身稚气的顽皮家伙,似乎想窥探人间的秘密,用小嘴在窗户玻璃上"笛笛"地敲击着,同时把两只娇嫩的翅膀,扑扇得活像两只多彩的蝴蝶。

邢老微眯着眼,看似并不专心地听完,又低声向祖远询问了几句什么,目光诧异地在嬴官和岳鹏程脸上打了几个交叉。然后,平和地问道:

"嬴官同志,你有什么具体想法没有哇?"

"具体想法当然还不成熟,或者说还没有实施或实行。"

嬴官知道,自己已经取得了第一个回合的胜利,语气愈发平静、沉稳。他说:发展农村商品经济必须因地制宜,多种办法,多种路子。原则就是一个:有利于发挥自己的优势。就登海镇多数农村来说,最大的优势是山多土地多。离开这个优势去谈发展,好比赶着牛车登月球,抓把西北风盖大楼。发挥山多土地多的优势,一是地上,一是地下。地下,李龙山里,石灰石、火山灰、铁矿石、黏土样样有,办个水泥厂,绝对是天作之合。地上,过去就是粮食。但要翻身,单纯种粮食不行,必须上林果和其他经济作物。如果我们从现在开始,把地下地上这两个优势用好用足,从开山采矿到运输粉碎、烧制销售,从果树管理到果品收藏、深层加工,各自形成一个"一条龙"网络,山和土地就会变成摇钱树和小金矿。绝大多数农村就不愁发展和富裕不起来。而这种发展和富裕是谁也动摇不了,可以立于不败之地的。

他说:小桑园原有苹果五十亩,桃、梨、杏五十亩。前年一次栽了一百亩葡萄、二百亩山楂。此外还有几个厂子。我不说厂子怎样,也不说桃梨杏葡萄怎样,单是山楂一项,去年国家牌价八毛七,实际卖到一块五。今年我不向多里说,按一斤一块钱、一亩地五千斤,二五就是一百万。这是地上一项。地下,大伙都知道小桑园村后那座山整个儿是个石灰石矿,储量足够一百年开采。水泥厂建起来,单是开采、卖料、运输这三项,一年五六十万纯利手拿把攥。地上地下这两大项加起来,我小桑园就能稳保人均收入一千元的分配指标。

赢官有板有眼、不紧不慢的一席话、一本账,使会议室里变得一片空旷。在这片空旷里,一切浮躁、喧哗、夸耀,都变得有气无力了。

岳鹏程也被震动了。这是自从他们父子分道扬镳以来,他第一次听儿子摆肚子里的谱。他早知道儿子不是一只善鸟,但这谱精细到这种地步仍然是他未曾料到的。他不能想象,一个对城乡经济改革态势没有深入研究的人,能够得出这样的结论。而这个人正是自己当年四处做讲用报告的年龄啊!他内心涌起一股热潮。热潮冲击得他几乎不能自制:儿子,这是与自己血脉相通的儿子呀!然而,他很快便想起了儿子的锋芒所向,心中不觉又黯然了。

他偏着脑壳,手指在桌面上轻轻弹拨着,眼睛专注地研究起面前的鲁玉瓷茶杯的色泽和花纹来,完全是一副不屑一顾的神情。

赢官的发言还在继续:

"刚才我算的是我们小桑园的一笔小账。前些日子,我给俺们北片的伙计们算了一笔大账。如果从现在起,在保证粮食产量的前提下,集中全力发展果品和水泥,两年以内,北片十二个穷村就会甩掉穷帽子;四年以内,十二个穷村就会成为十二颗金豆子。咱们镇的经济中心,恐怕就得来个北风压倒南风啦!"

赢官露出了得意的神情。初胜利和一溜方才没精打采的支部书记们也都闪出一排排银样的牙齿——十二个支部书记,十二个青皮后生。

邢老只顾向本子上记着。祖远在侧耳听镇委书记的小声汇报。参加会议的县镇干部和另外一些支部书记,三三两两开起小会。

"对于赢官同志刚才谈的这些,大家有什么疑问或不同意见没有?"邢老抬起头,把目光通过眼镜框架上方的空隙,投向会议桌的两边。

"我收回刚才提出的那几个难题。"张仁鼻子上的汗珠变作一片黑红的光泽,讲话也自如起来,"我们龙山后属于西片,但我自动报名,参加北片的'二龙戏珠'计划。"

小伙子随口赠送了一个好听的代号。几个东片和南片的支部书记,也在跃跃欲动,准备向"二龙戏珠"靠拢。

"我提两个问题。"坐在岳鹏程一侧的城关李村支部书记杨大炮,不失时机地站起来。赢官早已注意到,方才岳鹏程丢给他一张纸条,并示过一个不易察觉的眼色。

"小岳经理提出的这个'两条龙',听起来确实灵妙。但我总觉得有点玄。建水泥厂要一大笔钱,过去县里想搞都没搞成,我先不说了。我只想说种果木的事儿。据我粗略估算,一亩苹果或山楂,单是买树苗也得一二百块钱,如果大面积栽种,不知西片北片,谁家一下子能出得起这笔钱,这是一;二呢,连三岁孩子都知道,桃三杏四梨五年,山楂快也少不了四年。这么长时间不受益,还得白贴上水粪管理费。小岳经理刚才说两年甩穷帽子,四年成金豆子,还有北风压倒南风。我这么琢磨着,如果真那么办,恐怕得换几个词儿:两年戴孝帽子,四年变骷髅子,南风不压北风也早倒啦!我的话完啦。"

话虽然尖刻,却戳到了要害。赢官清楚地看到,岳鹏程脸上掠过一层胜券在握的自信和得意。他有意让那自信和得意持续了一段时间,才开口说:

"这怨我刚才没讲清楚。树苗的事是这样:苹果、山楂、葡萄,我那儿育了几十亩,可以满足供应。手头有钱买的我们收下,一时拿不出钱的,等赚了钱再还也不晚。这是对第一个问题的答复。"

他故意不看岳鹏程,朝杨大炮很有礼貌地点点头,又说:

"关于第二个问题,也就是受益时间的问题。我想有人大概好长时间没看报纸和听广播了。矮株密植新品种苹果,一年可以结果;山楂至多三年。不结果这三年里可以育苗,可以间种花生大豆,既养地还可以有一笔好收入。这个经验早就推广了,我们那儿也搞了几年了嘛!"

一阵笑声。岳鹏程和杨大炮脸上的自信和得意消失了。

"刚才说的建水泥厂的事,我也想补充几句。"赢官谈兴勃然,"县里原先确实想搞没搞起来。那是因为胃口大,要一口吃个胖子。咱们没那个胃口,但可以群策群力滚雪球。别看咱们现在穷,只能小打小闹。美国一个亿万富翁还是从卖二分钱一个的扣子发的家!哪位现在瞧不起咱们,小心以后咱们成了亿万富翁,可是登不得门啦!"

又是一阵笑声。会议室里漾起一重难得出现的谐和气氛。

"你们党委对这个问题是怎么考虑的?"邢老悠然地侧过半边身子,注视着从前的学生。

"我们从去年下半年起,议论过多次。刚才赢官同志讲的那些,可以说比较集中地体现了我们的意图。"

邢老忽然坐直了身子,目光炯炯地、极其迅速地在与会的每个人脸上掠了一遍,说:

"我不知道大家心里怎么想。听了赢官同志的意见和设想,我是十分感动,十分兴奋!我这里说的是十分,不是八分,不是九分,也不是九分九,是不打一点折扣、不带一点水分的十分!为什么这样讲?大道理放到一边,就我们这次出来的最主要的任务来说,就是要总结适合绝大多数农村,尤其是边远落后农村迅速发展的路子,找出一个可以全面推广的典型经验。我们之所以急于到五莲去,就是因为那里是山区,便于完成我们的'寻找'。现在可以说,我们已经找到了目标,这就是咱们的小桑园。赢官同志,听说你那里很有一点大农业的样子,是不是?这很可贵嘛!"

他侧身与随同的两位干部商量了几句,说:

"就这样决定了,我们在这里多住一天,会议结束后先到赢官同志那儿看一看,明天到北片和西片去转一转。至于五莲那边,请县里通知他们一声就行了。"

这个决定不亚于千百句颂扬,使祖远、镇委书记喜不自胜,也使初胜利、张仁这伙北片和西片的党政首脑们受到了鼓舞和感染。他们簇拥赢官来到邢老面前。那边立时响起开朗、舒展的笑声。

没等宣布散会,岳鹏程便拉着杨大炮几个出了会议室。他大声地与他们开着玩笑,甚至搬出十分粗俗的语言动作。但在内心深处,多少年里,他第一次感受到了遭受冷落的滋味。

第 四 章

蓬城县地处东海之滨。从地图上看,很像是被海浪拥上滩头的一片蛤蜊皮。这片蛤蜊皮大致可分为二:东、南方向滨海,地势平阔,按当地人的说法可以算是一马平川;西、北两面,则恰好相反,是峰峦重叠、一眼望不到边的李龙山区。

李龙山自西向东,绵延几十公里。在碰到一片海礁之后,忽而转向,向南又伸展了一段距离。从空中或者远处看,确有龙蛇盘踞的态势存在。山峰很多很稠,真正高峻的却极少。这里地面与海平面几乎处在同一条等高线上,海拔五百几十米的李龙顶,便算是摩星擎月的"珠穆朗玛峰"了。这里的村庄地名,绝大多数与"李龙"二字均有缘分。如李龙潭、李龙庙、李龙坟、李龙塘、李龙庄,或者大李龙、小李龙、上李龙、下李龙、山后李龙、山前李龙……等等。

这自然是有缘由的。那缘由就是有关李龙爷的古老而又神奇的传说。

那是什么年代自然无可考证了。这里的一对李姓夫妻,生下一个"神童":一落地,就能叫出爹妈的名字,就能满地里奔跑玩耍;不过半月,就能说出许许多多人世间的事理,就能把磨盘大的礁石搬到山顶风口,给以砍柴为生的父亲遮挡风寒。一方乡亲无不把他视作上天赐予人世的"骄子"。

只是那孩子每隔五天吃一次奶,每次都在父亲离家之后。而等到父亲回家,母亲总在悄悄抹泪,任怎么问也总不见回答一句。

又是吃奶的日子。父亲与往常一样,提着一条扁担,揣着一柄利斧上山了。在山上转了一圈儿,便偷偷地回到家中。从窗棂的碎裂的纸洞里,父亲看到了一个骇人的场景:妻子昏厥在炕上,一条相貌丑陋的小龙伏在妻子胸前,贪婪地吮吸着。小龙好长好大,身子盘满三间屋梁,一条尾巴还垂在正屋的地上。"原来是这么一个孽物!留着也是个祸害!"父亲在惊骇中涌起一股怒气。他撞开屋门,抡起利斧,不由分说,照准地上的龙尾便狠力砍下去。

只一下,李龙爷的尾巴被砍断了。青绿的血如涌泉喷射,染得天昏地暗。从此,李龙爷成了秃尾巴子老李。

剧痛使秃尾巴子老李忘记了一切。他伸出爪子只一抓一甩,父亲就被丢进无边的大海中去了。等到他止住伤痛,捡起地上的利斧,这才发现被他丢进大海的是自己的父亲。他懊悔不已,奔到海边,伸出奇特的巨爪打捞父亲。

一次,巨爪捞起的是海底的泥沙;

一次,巨爪捞起的是海底的礁岩;

一次,巨爪捞起的是海底的森林……

他把这些泥沙、礁岩和森林随手堆放在岸边,岸边便形成了一座偌大的、傲世独立的山——捞山。

捞山至今屹立在一马平川的东南海岸。只是后人为了避免触动秃尾巴子老李心中的那块伤痛,把"捞"字改成"崂",捞山也便成了崂山。

秃尾巴子老李在海上捞了三天,终于未能捞出父亲。母亲经过这一惊吓,不久也离开了人世。他很悲痛,觉得是自己害了生身父母。他在流水清碧、苇叶繁茂的马雅河畔,埋葬了母亲和父亲——那是一座没有死者的假坟,然后漂洋过海下了关东。

那时候关东整个儿是一片荒山野林,只有少得可怜的几个土人,依靠石刀石斧开荒打猎,勉强延续生命。秃尾巴子老李在一个年迈的土人的地窝子里落下脚。老人家无隔夜之粮,劝他赶快另谋生路。秃尾巴子老李只是不听。第一天他采来野果,打来野鸡、狍子。第二天他便开始了垦荒。一天下来,老人问他垦了多少,他翻着手掌说不下一百亩。老人哈哈大笑。又一天下来,老人问他垦了多少,他翻着手掌说不下二百亩。老人眯眯着乐。第三天下来,老人又问,回答是不下三百亩。这一次老人不笑不乐了,等他上山时远远地随在后边。那哪儿是垦荒!飞尘蔽日,山摇地动,数围古树连根拔起,荒荆野棘一扫而光,野獐雄狮难以行走的洪荒之地,眨眼间变成了稻谷繁生、金波涌浪的沃土!……

秃尾巴子老李在关东数年开垦,把那里变成了一片丰饶富足的田园。他伐木成舟,从大海的这一边接去了许许多多无法谋生的乡亲——这便是后来延续千百年的"下关东"的开端;又在黑龙江中度过了几百年悠闲清淡的日子,终于回到了日夜思念的故乡的土地。

他在父母长眠的马雅河畔建起了一座祭奉先祖的庙宇——李王庙。随后便化作了一道山脉,日日夜夜守护着这片土地,和这片土地上生养繁衍的后代子孙……

大小桑园便是马雅河畔十几个历史悠久的村庄中的两个。地处下游,一居河西,一居河东。以河为界,居西的大桑园属于海滨平川的边缘;居东的小桑园,则属于李龙山区的凤尾。据说舜尧年间的某月某日,一位浪迹江湖的高士从这里经过。他在马雅河边一站,立刻噤声息口,悄然欲去。在陪随的老人们的一再恳求下,高士长揖跪地磕了几个响头,才附耳低语,说是马雅河是李龙爷的一根血脉,大小桑园是李龙爷的两只眼睛。李龙爷平素日是在闭目养神,一旦马雅河畔、李龙山区出现什么变故事体,他老人家就会睁开眼睛,用灵圣造就世间英物,使灾祸化无、福气升腾。"宝地,宝地!真是一块风水宝地!"高士三揖九叩,颂声不绝地离去了。

高士的话不久便得到了应验。

秦二世元年,阳城雇农陈胜率九百戍卒,在大泽乡揭竿而起,大半个古中国风起云驰。当时属嬴政第二十七子治下的蓬城,有一位行伍出身的木匠彭三,在李龙山中啸聚反民,是为呼应。"张楚"国覆灭后,彭三筑垒为城,建起了"大行国",并自立为皇帝。史书载:"彭王至处,饥民望风,朝廷兵将披靡,坚城要地迭下。是以大行国威名四扬,国人皆以为彭王得李龙之神助矣。"彭三皇帝和他的大行国,在李龙山中只存在了两年,在蓬城(据传"蓬城"即由"彭王之城"而名)百姓中却存在了两千多年。自彭三而后,仅史书有记载可考的,蓬城地面先后出现的五颜六色的大小"皇帝""国王",便有二十几位,几乎遍布历朝历代。至于公卿将相列侯廷尉一类,则无可尽数了。民国初年编修的《县志》云:"蓬城风水宝地,世所公推。李龙魂,彭王骨,润化风流万千……年五月初五马雅河庙会,远近咸奔,动辄逾万……拜李龙,拜彭王,道场三日,薰香旬日不散……"

"李龙爷又显圣啦!"近几年,那些经过了世事的老人,时常把这话挂在嘴边。毁于六十年代中期那场大风暴的李王庙——不是秃尾巴老李修建的祭祀祖先的李王庙,而是后人修建的祭祀秃尾巴子老李和他的先人的李王庙——作为省级重点文物又重新修建起来。修建时有关单位征集资助,岳鹏程张嘴就是十万。李王庙后殿的碑碣上,赫然地刻着岳鹏程和大桑园的名字。如今李王庙的祀事虽然不及史书上记载的那般场面,烧香上供的,求签问卜的,谢恩报答的男男女女老老少少,也委实时常不断。真的,李龙爷不睁眼不显圣,马雅河畔、李龙山区怎么会忽然间兴隆起来?大小桑园,那两个不显鼻子不显眼睛的村子,怎么会一夜间成为千里百里之外的人们也挑指称羡的地方呢?

县城离大桑园八里。这还是许多年前的说法。由于县城近年里以惊人的速度四下膨胀,向东的一面,已经几乎与大桑园携起手来了。自然,路程并不会因为这种亲近而缩短,八里还是八里。从开会的镇委大院算起,恐怕还要增加一些零头才行。

好在对于小"皇冠"来说,八里也罢,再增加多少零头也罢,都不过是这一脚启动、那一脚就要制动的事儿。

庄稼还没有收割。缨子已经黄萎、穗子也已像个孕妇似的玉米地里,秋芸豆、秋黄瓜挂满支架的菜园边,奶牛正在倒嚼,猪崽正在哼哼呀呀撞着母猪奶头的饲养场上,许多人正在尽情地享受着野风和阳光的沐浴。那些人多是从几十几百里之外的山区招来的。村里,除了很少几个只会与土坷垃打交道的人,早就没有谁肯于接受这种享受了。这些庄稼、菜园、饲养场,在岳鹏程心目中早已成为"被遗忘的角落"。他的土地原本不多,土地能够榨出的"油水",在他的"宏观经济"中所占的比例微乎其微。如果不是上边再三强调粮食生产,他倒宁愿把这个"被遗忘的角落"变成一个"被遗弃的包袱"。

当然,土地不在被遗弃之列。那是宝贝呀!一分一厘都是他建功立业的基石!都是他征战攫取的资本和武器!

他在离一片被推平的玉米地不远的土路旁下了车。土路下,一台推土机正大声哼哧着,把一道碎石垒成的土堰推进一条干涸的沟渠。在它的后面,两台挖土机正伸着坚臂利爪,在平整的土地上挖出又深又宽的厂房地基。在挖土机挖出的小土斤的后面,一群披着花头巾的妇女,正把尚未完全成熟的青苞米摘进篓子筐子,把秸子装上拖拉机后斗。小"皇冠"的到来,使土路下所有人的谈笑的嬉闹戛然而止。一个悄悄的动作,一声轻轻的咳嗽,一个会心的目光,使所有人都变得工作态度格外认真,劳动效率格外显著。

岳鹏程走进正在推土挖土的场地,骨架瘦挺的工地负责人立刻出现在他面前。他不理会迎过来的问候,围着场地转了一圈,来到已经挖好的地基的一边。他搭眼审视片刻,背着手走到一边,对准地基的横线,一步一步丈量起来。量完,眉毛只一挑,问:

"宽是多少?"

"十二米。"工地负责人回答。

"你现在挖的是多少?"

"……十二米呀。"

"十二米?至少短半米!"

"这是早晨刚量过的。"工地负责人小心地解释着,同时喊过一个技术员模样的人。两人急忙拉开皮尺重新丈量起来。

岳鹏程并不看,等二人回到面前时才问道:"短不短?"

"短,短五十六公分……"工地负责人和技术员面色青红,声带打起了颤音。

"我操你们祖宗!"岳鹏程闪电似的跳上去,扬手就是几个嘴巴子。

"叫你们厂长、工程师来!"

"到……到总公司开……开会去了。"

"开他妈狗屁会!工地上给我搞成这个奶奶样,他们倒出去放闲屁!叫他们回来!五分钟以内,跑步!"

脸上印着指痕、战战兢兢的技术员跑进工棚打电话去了。岳鹏程吩咐停工,把工地上所有的人都召集到面前。

"你们知道不知道你们在干的么活?我给你们讲没讲过建这个厂子的意义?"

岳鹏程狮子般地走动着,不时挥一下短而坚实的胳膊。

"你们就这样挣我的大钱?推土机稀松稀松,一条蛐蟮宽的沟半天工!地不平,苞米根子、石头坷垃遍地是!挖土方的给我挖得曲里拐弯!拉米子尺的更了不起,基础地基给我窄出半米还多!妈拉个巴子的!"

他指着工地负责人和一脸大汗赶来的厂长和工程师:"厂房要是建起来,机器进不去我不扒了你们的皮,算我岳鹏程是驴屎蛋磨光的!"

同往常一样,只要岳鹏程炮蹶子蹦高,只要岳鹏程操祖宗骂娘,无论什么场合、因为什么,无论是谁,都只是咬着嘴唇,低着脑袋,不出一言一声,直到他发泄完了或者离去,了事。

今天他的火气特别旺。工人们散去后,他把干部留下又骂了不下二十分钟。什么"有人做梦也想骑到我岳鹏程脖子上拉屎",什么"有人在我家里也打起了主意"……骂得干部们云山雾罩,直翻白眼珠。直到总公司打来电话,请他回办公室,他才总算刹住车。

"地给我重平!地基给我重挖!明天上午我来检查!技术员,找财务结账,回家抱孩子去!你,你,你!"他指着瘦挺的工地负责人和厂长、工程师,"每人记大过一次,罚款一千!"

岳鹏程的奖惩制度,基本上是搬用部队的一套办法。立功分为大功、二等功、三等功,处分分为开除工籍、记大过和严重警告。所不同的是,开除一项除外,功过的每个梯次的背后,都随着一个或奖或罚的特定的现金数额。往常他只要宣布一下奖惩的等级就可以了,今天故意把钱数也带了出来。

打电话把岳鹏程请回总公司的,是总支副书记、副总经理齐修良。岳鹏程手下有五个副书记、五个副总经理。有转退还乡的部队营团干部,有"拔个毛"丢了"铁票"的国营企业的厂长、科长,有没等毕业便自行分配还乡的大学生,也有与岳鹏程一起出生入死走过来的农民。按照分工,这些人都在下边各负一摊责任,只有齐修良被留在上边,做了一个没有"常务"之名的常务副总支书、副总经理。但无论从自身能力还是从实际工作情形说,他这个"常务",都不过是经常围在岳鹏程身边为其服务而已。

他向岳鹏程汇报和请示的问题是两个:一,税务局上午来检查工作时,吕副局长提出要两吨水泥建小厢房,他和大勇按照岳鹏程以前指示的原则,口头表示同意,但需岳鹏程点头才能通知人家来拉;二,县委办公室通知,近期有一个联合国乡村经济考察团要来,预定在大桑园活动两天。

在第一件事岳鹏程点了头,第二件事指示通知公司接待处做好接待准备之后,齐修良正要去落实,却被叫住了。

"今天还有别的事没有?"

齐修良不明白"别的"指的什么,只是眨了几眨眼皮。

"我家里没找过我吧?"

齐修良这才回答:"好像淑贞弟妹病了,找大勇回去看过。"

"没别的了?"

"好像没有。"

"好了,你走吧。"岳鹏程异常温和地示过一个眼色。

轧钢厂工地的一阵雷霆,使岳鹏程因下午会议窝的一肚子火气至少消去了八分。他是个干实业的人,并不过于看重会议上的那一套。对于邢老那种书生气十足,又没有多少实际价值的领导干部的赞扬也罢、批评也罢,他向来看得很淡。激怒了他的只有一个人,那就是他的亲生儿子——一个胆敢与他决裂,依靠自己的奋斗,试图与他一决雌雄的儿子。但这已是往事的延续了,而且某种程度上带有"家庭纠纷"的意味。他虽然不敢小视,也决不愿意让他扰乱自己的计划和意志。出水才见两腿泥!歌唱得再好也不过是嗓门里的玩艺儿!姜是老的辣还是嫩的辣,骑驴看唱本嘛!

现在占据他心灵的,是胡强讲的那件事,是齐修良讲的那件事,是淑贞为什么要找回大勇去的那件事。

他关好办公室的门,让总机通知大勇到办公室来,同时接通了花卉公司的电话。从电话中他了解到,他们的徐经理——淑贞,今天没有上班,也没有请假,原因和去向不明。岳鹏程立刻感到了问题的严重性:按照公司章程,无故旷工一天以上者开除。淑贞平时从不迟到早退,更不要说公然违反公司章程了。

大勇来了。没等岳鹏程问,便一五一十把上午的事情复述了一遍。只是咬定自己从来没有听到过任何闲话,也没有向淑贞透

· 45 ·

露任何哪怕根本算不上是信息的"信息"。

"大哥,你别当回事。俺姐哪儿都好,就是有时候耳朵根子软。我和俺妈都劝过她了。"大勇离开时说。

岳鹏程并不理会小舅子的安慰和表白。他得到了最重要最可靠的情报:淑贞已经发现或察觉了他和秋玲的关系。

"她怎么会发现呢?是有人暗中传言,还是她昨晚真的看到了么个?……"

岳鹏程苦苦思索。这件事对于他绝不是可以置之不理的皮毛琐事。淑贞不论从哪个方面说,都不能说不是一个好妻子。她真心地爱他、疼他,甚至不惜用生命保护他。是她用贤惠和辛劳维系着这个家庭,使他在为生活和事业搏斗得伤痕累累、疲惫不堪的时候,始终有一个能够给他以爱抚和勇气的"后方基地"。这几年,他虽然与秋玲有了特殊的感情纠葛,但他从未想到过可以抛弃淑贞,或者让淑贞离开自己。尤其现在,在有了与秋玲昨晚的那次谈话之后,与淑贞关系中产生的任何裂痕,都是他必须认真对待和全力缝合的。

他又一次拿起电话,告诉宾馆经理,原定由他陪同宴请的山西来的客人,请他们通知改由齐修良和分管能源运输的副总经理陪同;告诉一〇一疗养院值班护士"小白鸽",他今晚有会,不能回去享受矿泉治疗和"席梦思舞蹈"了。

这一切做过之后,他步履沉稳地下了楼,信心十足地坐进小"皇冠",对小谢说了声:

"回家。"

岳鹏程的家,紧靠村子中间的那座清水桥。平房,一溜四间正房,还有一个伙房、两间厢房和一个颇大的院子。院子里两排石凳,摆放着几十盆茶花、扶桑、君子兰、杜鹃和奇巧雅观的各式盆景。两排石凳中间,靠近正屋门外的向阳处,有一个地下花窖。窖口用透明玻璃钢封盖着,冬天可保花木茂盛,春夏秋三季可以用来养鱼。屋子建得很高很敞。除去中厅和走廊,每间屋子都可以分为向阳和背阴的两个内室。室内陈设并无奢华之嫌,却给人以舒适、赏心悦目之感。家电一应原装进口名牌,家具却一色红木嵌银古香古色——那是潍坊近年恢复起来的驰名国内外的古老工艺制品之一。三年前,这座新宅诞生时,曾经引起一时轰动。如今已经黯然了。城关的几个支部书记和有钱户,盖起了大城市里只有高级干部才有可能住上的小洋楼,人们的注意力和好奇心,都被吸引到那儿去了。

这是又一种挑战和冷落。但岳鹏程早已另有宏图,且已在悄然动作之中。在登海镇和蓬城县,有谁平白盖了岳鹏程的"帽",让他无动于衷是不可想象的。

总括算起,岳鹏程家中有四个半成员。他,淑贞,儿子,女儿和恺撒。恺撒是东北林区那位一把手赠送的一条狗,有着雄狮般的骁勇和俊秀。本名"卡西",据说源于一部美国西部片。岳鹏程觉得没盐没味,把威名千古的古罗马大军统帅的大号赐给了它。恺撒已经习惯了作为家庭成员的地位,除了为主人看家护院,增添一种威风和气度,就是逗引主人欢心;或者低吠着闹在主人身边撒娇;或者按照主人的指令,追逐一只老鼠、一块石子;或者做出凶恶狠毒的样子,同主人争食鱼肉和巧克力酒心糖。

爸爸绝大部分时间不着家,哥哥已经到小桑园落了户,妈妈的屋门牢牢锁着;银屏回来的时候,家里只剩下一位恺撒。几个同学到海边疯了大半天,二十块钱好像丢到海水里了,回到家里又饿又累。锅里是空的,晌午厨房里压根儿没动过烟火。恺撒似乎与她一样遭遇,绷着她团团打转,几只蟹子和小鱼丢过去,才算安分下来。一把靠在墙根下的浇花的水壶,惹起了银屏无限的懊恼,"当啷"一声,被踢进摆放花卉盆景的石凳底下去了。

哪里仅仅是饿,更有心事!

再有几天就要开学了。开学后按照各人的志愿和考试成绩重新分班。职业班,学财会、机械修理、园艺技术;高考班,仍然攻数理化,攀登通向金字宝塔的阶梯。假期前征求家长意见,妈妈要听她自己的志向,爸爸一句话堵上来:"考的么大学!大学教授还抢着向我这儿跑咪!"她虽然并不十分乐意,还是报了职业班。今天几个同学议论起来却都为她惋惜:

"小辣椒,你功课那么好,多可惜呀!"

"光有钱有屁用,到了还不是个老农民!"

"咱们这儿就那么个蟹子窝、蛤蜊壳,你就甘心一辈子在这儿窝憋着呀?"

"唉!要是能到北京、上海,还有巴黎、苏黎世、美国去逛上一趟,死了也闭得上眼!"

银屏本来活动着的心彻底翻了个儿,职业班不上了,她要去参加高考!可是据说班级已经分好,要调极难。特别是高考班,因为去年升学率达到百分之八十七,市县头头脑脑的孩子,合格的不合格的不要命地朝里挤,一个班已经达到七十几员名额。校长气得拍了桌子,说天老爷的金豆子来他也不收了,上课挤死人他一概不负责任。这对于银屏无异于一个噩耗。她要找妈妈说,找爸爸闹。这是关系她一辈子的事儿呢!

徐夏子婶打发大勇叫她过去吃饭,她不肯睬,缠上话务员,四处找爸和妈。

好烦人!没见到!这里是没见到,那里还是没见到!都钻进蟹子壳里去了不成?……

突然,院里传来恺撒低沉的欢呼。银屏随即话机一丢,跑出门去。

岳鹏程出现在院子里。

"爸!"

"就你自己在家?你爷回没回来?"

岳鹏程边问边打量着屋院,感觉告诉他父亲没有回来。老爷子前天刚刚从城里来,今天一早被人接去参观和做报告了的。他没有回来,使岳鹏程感到一阵宽慰:与淑贞的事儿让父亲知道了,就会麻烦和难堪多了。

"你妈哪?"又问。

"我怎么知道!早上说是病了,回来又找不见影儿!"银屏到底找到了发泄的机会。

岳鹏程把皮包放到厨房外的窗台上,向屋里走去。

"爸!"银屏拦住了,"我还饿着肚子哪!"

"屏,爸也饿得够呛。你给动动手行不行?"岳鹏程恳求地望着女儿。这种事跟女儿发号施令,等于自找麻烦。更重要的是,他必须支开她。他现在必须和淑贞好好谈谈。就目前事情发展的程度看,只要谈得好,淑贞心里的疑虑和怨恨应当是不难消除的。

"行,我给你做饭。"银屏说,"不过爸,你也得给我帮帮忙!"

"爸现在有事。"

"有事也不行!"

银屏扯住岳鹏程,把要求改班的事说了一遍。岳鹏程心里极不以为然,为了摆脱还是应着:

"不就是那么芝麻眼儿大小的事儿?找你们校长说一声不得了?"

银屏想起校长拍桌子的传闻,连忙说:

"那可不行!那'老花眼'可倔啦!"

"找教育局长、县长总该行吧?"岳鹏程以极大的耐心,把银屏推到厨房门口:"好了我的大小姐,你等着上你的大学得啦!不过以后后悔,可找不着你爸。"

"哼!"银屏把鼻尖儿又戳到岳鹏程脸上,这才回身懒洋洋地进了厨房的门。

厨房里传出欸欸乃乃的流行曲调。

岳鹏程进屋,逐个房间瞅了一遍,这才来到他和淑贞的卧室门前。门锁着,他掏出钥匙还是没能打开,里面扣上了暗销。

他只好敲门:"淑贞,淑贞!你开开门!"

屋里先是没有动静,随之"啪"一声脆响,好像是一只杯子落到了地上。

"小贞!"岳鹏程极力亲切地叫着,"小贞,我有话跟你说。你开开门!"

一阵窸窸窣窣的声音传出,岳鹏程以为淑贞要来开门。可没等他高兴起来,屋里先是几声啜泣,随着啜泣,几个坚硬的杯盘之类物品,接连砸到他面前的门上、地上。

"淑贞!你这是怎么啦?你让我进去,我跟你把事说清楚!……"岳鹏程肚里冒起一股烟火,但又无处喷吐,只好加快了敲门的频率。

淑贞上午找过大勇后,哭一场悲一场之后下了狠心,晚上要把岳鹏程找回来,闹上个天昏地暗。当着银屏爷爷、姥姥的面,把事情搞个水落石出,离婚打官司,日后谁也不碍谁的事儿。但她经不住徐夏子婶苦口婆心地劝导,想到一家子人从此四分五裂,想到银屏小小年纪就没了父亲,想到自己日后的脸面,只好打消了念头。但她绝不原谅岳鹏程!日后绝不让岳鹏程有舒舒服服的日子过!起码在这个家里,他别想得到一个笑脸、一分温情!徐淑贞不是金枝玉叶,可也决不是让人任意蹂躏作践的下流胚!

"你的良心让狗吃了,看你不变成只狗,敢再踏进这个家门!"淑贞把一腔悲哀变成了仇恨,咬牙切齿的仇恨。这时,岳鹏程被雷轰电劈、剖腹悬尸,她也决不会有半分心痛的。

完全没有想到的是,这个没有心肠的岳鹏程,竟然不找自回,而且浑身都喷散着酸臭气。她先以为,他是自觉无人知晓自己的丑事,同往常一样回家讨乖来的。听他叫门的声音,才猜出他是听到风声,特意回来给她灌迷魂汤的。这个丧尽天良的,到现在还想瞒哄我！淑贞越发感到屈辱和愤怒,把桌上的杯盘器皿一阵横丢竖砸。同时,泪水在未干的衣襟和手绢上又留下了一片潮湿。

敲门和呼叫越发委婉急促,淑贞的屈辱愤怒便越发澎湃汹涌。桌上的杯盘器皿被摔得一净,她狠狠心,抱起窗前的圆形鱼缸,猛地摔到了门前。一声爆炸似的巨响,卧室成了水的世界、鱼的世界;一群可怜可爱的小金鱼,成了一群被掐掉脑壳拼命蹦跳的蚂蚱。

随着鱼缸的爆炸,淑贞的胸腔也爆炸开来:

"你个不要脸的！你还有脸回来！你给我滚！滚……"

接下的是哭,悲哀的、激愤的大哭。

岳鹏程想象不出,淑贞会变得如此疯狂。此时此景,任何言语都无济于事了,一切都只能等到淑贞平静下来以后再说了。

银屏似乎听出异常,从厨房里探出脑壳向屋里张望。岳鹏程连忙装出若无其事的样子,出了屋门。

"爸,你又摆弄我的收录机啦?"银屏丢过一把芸豆,又递出一个小凳,命令地说:"哪,择菜。"

岳鹏程却进了厨房,找出一块昨晚剩下的冷馒头,又打开冰箱,从中端出一盘切好的牛肉,往窗台上一凑,便吞咽起来。

银屏瞪过一个白眼:

"爸,那是给你留的呀? 那是恺撒的!"

岳鹏程一愣,住了手。"我他妈连狗都不如啦！"嘟哝着,端起那盘牛肉又放回到电冰箱里。

恺撒是他的"心上人"呢!

他丢下馒头,拿定主意到园艺场打野食。那里几乎没有哪个晚上断得了酒菜宴席。

院门口,恺撒发出几声并不友好的吠叫。

岳鹏程透过伙房窗户望去,心一下子沉了下来:门口回来的,是老爷子。

· 51 ·

姓名：岳锐

姓别：男

年龄：六十八

民族：汉

籍贯：蓬城县大桑园村

曾任主要职务：游击队长、县委书记、地委农村工作部副部长

离休时间：一九八二年六月

现住址：第二干休所五号楼

…………

半月前，在城里的那个家中，岳锐按照干休所的统一要求，登记过这样一张表格。也就在登记过表格之后，他登上火车，经过一天一夜的跋涉，回到了阔别十七八个年头的、清水桥边的这个家中。

在蓬城的革命史上，岳锐应当算得上一个人物。十七岁那年，为了对付多如牛毛的国民党土匪，他在李龙山中发动了"彭王庙起义"，当上了十二个人的"红胡子"司令。日本鬼子占领蓬城后，他成了共产党领导下的第一支抗日游击队的领导人。但那时人们仍然称他"岳司令"。岳司令威名声震一方，使鬼子、二鬼子闻风丧胆，使苦难中的老百姓扬眉吐气。一九四三年游击队升级，他作为主力部队的一名年轻指挥员离开了蓬城。解放后，他先在闽西山区当过几年县委书记，尔后回到北方，一直从事农村工作。他是从农村这片苦难的土地上飞起的一只鹰，为了使农村这片土地像鹰一样飞起来，他倾注了极大的热忱和心血。然而世事阴差阳错，从五十年代末期开始，为着他自己也讲不明白的原因，他竟成了机会主义的代表人物，在宦海沉浮中飘零。仕途滞挫，家庭生活亦然。结发妻子早早丢下他和三个孩子，到冥冥中享受安乐去了。岳鹏程少年时即被送回故里给爷爷做伴。女儿和小儿子是他屎一把尿

一把拉扯大的。后续的老伴是个知冷知热的人,但她和她带来的一个孩子的加入,使岳锐与亲生儿女生分了。离休后,这种生分使他吃尽了苦头。小儿子三十好几还没孩子。一个外孙女,正是如花似玉讨人喜欢的年龄,老头儿视之如同生命之泉。但,常常是好不容易接到家里,不过两天,又被女儿小两口抢了回去,就像是害怕传染上瘟疫似的。孤单、寂寞时时追随着他,他只能爬爬山、养养花,在百无聊赖中打发日出日落。再加之那个城市空气很糟,生活诸多不便;他多年没回老家,早就想回去看看。岳锐一念驱动,也就"呼"地凌空降落到故乡的土地上了。

大桑园的变化使他瞠目结舌。他不是个没有见过世面的人,不是没有对故乡大着胆子做过种种想象,但他还是大吃一惊:村子已经找不见原先的样子了嘛!这已经是一个相当可观的小城镇了嘛!比原先的县城和现在许多不发达地区的县城都要好出许多来了嘛!站在陌生的故乡的土地上,面对一座座仿佛天外飞来的工厂大楼,岳锐说不出的惆怅、感慨。在城里,在干休所,他同不少离职赋闲的老干部一样,经常为某些不正之风愤慨不已,为党和国家的前途命运忧虑重重。而在这里,面对这座乡村新城,他的种种愤慨和忧虑都顷刻间消失了,顷刻间变作了骄傲和自豪:为儿子也为自己——自己当年为之浴血奋斗的新生活,终于在儿子手中实现了!

他还没有来得及与儿子细细交谈,就被卷进一股火一般的浪潮中了。先是老部下、老乡邻闻讯探望;从昨天开始,几个学校和工厂抢着邀请他去做报告。报告已经做过两场了。每场结束,"再一次衷心感谢!""再一次热烈鼓掌!""再一次为老前辈健康干杯!"之类,总是少不了的。

奇怪的是,老爷子今天回来得早,而且似乎也没有了那种生气勃勃的神气劲儿。

"爸,回来啦。"岳鹏程迎出去打着招呼。

"嗯。"老爷子散散淡淡,坐到院中的一个石凳上。

"你没吃饭吧?我这就做。你先到屋里……歇歇……"岳鹏程带着几分迟疑。

"你做你的,我就在这儿坐一会儿。"

岳锐不像儿子,四十几岁就摆出副发福的样子。他腰板挺直,面色清润;个头略高,不胖,但决不显瘦弱;鬓发黑且亮,只有间或几缕灰苍,倒像是为了显示年龄的骄傲,而故意撒上的一层银粉;头发剪得很短、很齐,一件白衬衣随意地扎在腰间。一切都没有矫饰,没有故弄玄虚,一种难以言喻的气度和风范却情不自禁地流露出来,使人一眼便能看出他那不平凡经历所赋予的内在气质。

银屏送来几片切好的西瓜,红透的瓜瓤里溢出饱满的脆甜和清爽。

"小屏,来。你说说,像你们这些青年人现在心里都想些什么?"岳锐向宝贝孙女,提出了回家来的第一个问题。

银屏的名字是他起的,就像鹏程、赢官的名字是他起的一样。他是岳氏子孙,曾经熟读过《宋史》、《金陀粹编》、《续金陀粹编》等有关岳飞的几乎所有的文献资料和文艺作品。鹏程,自然是从岳飞的字"鹏举"中化来的。赢官,是从岳云被将士们称为"赢官人"的典故中摘取的。而银屏,则是鲜为人知的岳飞的女儿的名字。岳飞风波亭殉难,银屏击鼓上朝为父辩冤,最后愤而投井,成为千秋烈女。

现在,他面对着的就是与名彪史册的那位英雄女子同一姓名的、十五岁的宝贝孙女。他等待着她的回答。

银屏似乎有些为难:"爷,你这个问题太笼统了。一个人有一个人的想法,你让人家一下子说得过来呀?"

她顿一顿,好像等待岳锐缩小问题的范围。可未等岳锐开口,又说了下去:

"比方我,以前最关心的是玩,现在最关心的是上高考班,得考上大学。考不上大学,这一辈子就成'家里蹲'啦!比方人家巧梅——就是昨天还上咱家来的那个闺女。人家的舅舅在哈尔滨当市长,早就说好了,一毕业就到哈尔滨去,工作随便挑。她最关心的就是不会游泳,夏天下不了松花江,还有冬天零下四十多度,害怕手粘到墙上拿不下来。再比方有的小子不要脸,整天关心的就是给这个女生递条子,跟那个女生逛崂山。有的明知考不上大学的、山沟里边的学生,整天关心的是有没有哪个好地方招工,打听着了就偷偷去考,考上了书包一背,人就不见影啦!……"

"那有没有人关心一点政治。比方说,听个报告,讲讲革命传统什么的?"岳锐又问。

"当然有啦。比方要考试,不但得去听,还得记了回来背。可烦人啦!"

"要是不考试呢?"

"不考试谁还去听那些老得没味的磨牙呀!"

"要是非去听呢?"

"那还不好办!拿本小说,或者拿本作业,在那儿低着头,老师和台上的还以为认真得了不得,在做笔记呢。什么时候说'热烈鼓掌',就赶快收起来跟着拍打几下呗!……"

银屏说得得意,见爷爷脸上泛起红光,以为听得高兴,越发来了兴致:

"爷,你不知道,现在不光我们,老师和校长也都老耍鬼,糊弄那些做报告的!……"

"好了,爷爷累了,你先去吧。"

银屏兴犹未尽地进了厨房。岳锐起身在院里默默地打了几个回旋,目光呆滞地、久久地停在一个准备用来做盆景的奇形怪状的老树根子上。那是个杨木老根,或许曾经撑起过一棵参天大树?……

"爸,吃饭吧!"岳鹏程招呼着。他警觉地朝屋里张望了一下。

淑贞没有露面,里屋好像有打扫玻璃碎片的丁零当啷的声音。

老爷子没有察觉,坐到餐桌旁时,才望着银屏问:"哎,你妈哪?"

"她不大舒服,已经躺下了。"岳鹏程代为回答。

"赢官怎么没有回来?"岳锐拿起筷子,眼睛同时在儿子脸上瞟过:"跟赢官还闹着别扭?"回家两天,他这是第一次在没有外人的情况下,跟儿子坐在一张饭桌上。

岳鹏程只顾埋头吃着饭:"你总说我犟,你那孙子比我还犟!"

为他与赢官的关系,岳锐写过不下六七封信。岳鹏程对那些信中的大道理,向来缺少兴趣和热情。

"你也得说说你的责任。你一个当父亲的,跟儿子闹得你死我活,脸上还光彩吗?先前哪,我离得远,想管也管不了你们那档子事儿。如今我回来了,"岳锐吃着饭,盯住岳鹏程:"我说明白啊,这次我回来的任务之一就是给你们合好,你没有个高姿态可不行。"

"你还是先找你孙子说去吧。"岳鹏程随口应着。老爷子回来,与赢官的关系被提上议题,这是他先已料到的。

"这可是你说的。"岳锐却似乎抓住了什么,目视银屏道:"小屏,你作证。"

银屏噗嗤一声,几乎没把一口饭喷到桌上:"爷,你不知道,那天我看见两只牛顶角,就跟俺爸和俺哥一模一样:两只眼瞪着,四个蹄子蹬着,谁也不让谁……"

"胡说八道!"岳鹏程凶凶地瞪过一眼,银屏强忍住笑,把身子扭到一边去了。

饭吃得没滋没味,岳锐似乎只动了几下筷子,就搁下了。

"鹏程,那年你写信说你云婶不在了,后来又说得了重病,到底怎么回事?"

儿子脸上不知为什么,忽然仿佛抹上了一层胭脂。"爷,你说的是肖奶奶吧?"银屏又搭上腔。

"大人说话你总打岔!还不赶快吃了找巧梅玩去!"岳鹏程有些忿忿然了。

"哼!"银屏好像也动了气,扒了几口饭,筷子一丢出门去了。

岳鹏程端着一碗没有喝完的稀饭,趄身进了厨房:"那先是误传,后来又救过来了。"

"那你云婶现今……"

"在医院躺了几年了。"儿子的回答,似乎带着几分迟疑。

"我总写信问你,你总也不给我回话!"岳锐埋怨着,又道:"这次我回来了,说什么也得去看看她。她住哪个医院?"

"爸,你刚回来,先好好休息几天吧。"儿子劝说道。

父亲并不领情:"你不懂我们这些上了岁数人的心。……"

门响,恺撒咬,一个结实得肉团子似的中年人出现在院子里。岳鹏程迎出,与那人说了句什么,朝岳锐打个招呼,便要出门。

"鹏程,那医院……"岳锐盯紧一步。

岳鹏程只得站住了:"爸,告诉你,你自己也去不了。这样吧,隔天我抽个时间陪你去一趟。"

大门"吱呀"一声响过。岳锐轻轻叹息着,一步一步回自己屋里去了。

小院成了一片墓地,一点生命的气息也没有了。

好一会儿,淑贞出了门。她看着院里干旱的花草,吠叫着要食的恺撒,厨房里满地的菜叶和一片狼藉的碗、筷、馒头、剩菜,心里一阵凄然,这哪儿还像一个家呀!

第 五 章

他们曾经有过一个夫妻恩爱、父子同心的家,一个足以令人夸耀称羡的家。

初婚的美妙那般短暂,以至如一阵旋风掠地即过。为了淑贞的康复,为了偿还淑贞康复欠下的债务,岳鹏程来到百里之外的玲珑山矿井。他下到几十米深的山底洞中,冒着冰冷的滴水和犬牙交错的危石,凭着强健的体魄和从部队学到的熟练的爆破掘进技术,成为整个矿山的技术尖子和挣钱最多的临时工。他被一位副矿长看上了,不久被调上地面,担任了负责上千人吃饭的食堂管理员。不到半年,食堂面貌大变。岳鹏程又被调到业务处,成了负责计划和购买各种矿山设备的大员,并且经常随着副矿长外出洽谈业务。副矿长满意极了,告诉岳鹏程,他手下最缺的就是能干事的人,上级很快就要拨下指标,他要破格把岳鹏程从临时工转为国家干部。

这消息委实使淑贞几个晚上没有睡稳觉。但却很快冷却下来——消息不知怎么传到镇上,镇委书记一听大桑园还有这样一个人才,立即派人找到矿上,坚决要把岳鹏程要回村里当支部书记。声明说,矿上如不放人,他们就卡户口、卡党籍,向主管矿山的上级党委告状。

就这样,岳鹏程又一次失去了端铁饭碗的机会,又一次回到了村里。

村里的情况当时并不美妙。支部书记是肖云嫂。她是四二年的老党员,从土改一直担任支部书记,是有名的老模范。由于年龄和身体的原因,她几次提出想找个年轻人接替自己。因为早年肖云嫂与岳锐有过一段非同寻常的经历,岳鹏程自小就把她当母亲待。岳鹏程接班她本应高兴,但她总觉着岳鹏程胆子太大,心太野,不够沉稳;加之村里最大的石姓家族想抬出自己的人,极力反对——向部队告岳鹏程状的正是这伙人——肖云嫂一直不肯应声。直到镇委书记亲自带着岳鹏程到肖云嫂病榻前向她保证,村里一切大事都要经她同意,肖云嫂才让岳鹏程扶着她,来到大队办公室。

大队办公室是由土改时的两间饲养棚改造成的,矮、暗、小却干净严整。肖云嫂在那里主持了三十几年村政党务,使那两间小屋成了群众眼中权威和荣誉的圣地。

肖云嫂指着办公室墙上挂满的奖旗奖状,向岳鹏程讲述着那每一面所代表的光荣。末了又让会计拿出账本,指着上边标明的八百元存款,十分严肃地说:

"程子,这是全村几百户老小十多年里攒下的家业。除了买点笔墨纸张,我没舍得乱花一分。现今交给你了。你可记着,别看我把你当亲儿子待,你要是给我丢了红旗、踢蹬了这份家业,我可是不依你!"

岳鹏程庄重地接受了肖云嫂交予的荣誉和家业。学大寨,连夺两年"红旗标兵"。县委书记为他披红挂彩、牵马游行的那天,淑贞领着赢官、抱着银屏,挤在县城拥挤的人群里,落下成串热泪。然而,要保持"红旗标兵",要使土地继续增产,就得舍得本钱投资。土地海绵化、化肥、过磷酸钙、硝酸氨……社员收入只落在纸上,八百元家底也贴了进去。天,这可如何是好哇!

淑贞更焦急的是:买书交学费的时候到了,把两只下蛋的鸡卖了还没有凑够钱;而凑不够钱,赢官的中等技工专业学校就难以上得下去了!

那一天,淑贞正坐在院里急急火火编着柳条筐子。因为急,柳条几次折断,几次把她的手指刺得鲜血淋漓。岳鹏程下地回来,见家中烟火未动,又见淑贞那副狼狈模样,不觉动了肝火,说:

"看看!这家里就缺你那几个工分?"

柳条筐子作为家庭副业,那时是"法定"只能交到队里换工分的。

淑贞见他这副嘴脸,也没有好腔调:

"工分?工分当得了钱用?嬴官的学费你给交?"

岳鹏程一愣,忽然想起似的从衣兜里寻找起一份通知。那通知是技工中专几天前派人送来的,说嬴官的学杂费已经逾期,倘若某日以前交纳不上,他们便要按规定做退学处理。

事关儿子前途,岳鹏程也把一脑子的"保红旗"的事丢到一边,从淑贞手里接过活儿麻利地干起来:多编几个柳条筐,明天一早送到黑市,或许还可以……

然而,并没有等他们忙碌多久,嬴官便背着一个可怜巴巴的行李卷儿,出现在二人面前。

"嬴官,你这是……"迎着儿子,淑贞一脸呆相。

嬴官惨然一笑。

一切都明白了!一切都晚了!

"不行!我找学校讲理去!"岳鹏程如同一条狮子,跳了起来。

"你找谁讲的么个理去?"扑到儿子身边、两眶泪水噗噗下落的淑贞,忽然把尖锐的目光指向岳鹏程,"你整天日只知道抢你的大红旗,老百姓过的么样日子你知道不知道?早先日你发誓赌咒让我过上舒心日子,我过不过上也罢了,可儿子,儿子连个学也上不成啦!你还算个当爸爸的吗?你还算个男人吗?……"

淑贞号啕大哭着跑进屋里去了,岳鹏程像散了架的纸人,一屁股瘫在了地上……

几天几夜的苦苦思索,几天几夜的反复谋划,岳鹏程带领一支"学大寨特别支队",悄然地开上了盐场。一个月下去,一张一万元的存款单落到岳鹏程手里。那张存款单很快又变成了一座小小的木工厂。

"咱这小木工厂,单是挣个手工钱,哪辈子也发不起来!要是自己能搞到木头,那就得啦!"一次吃饭时,岳鹏程发着感慨。

"要搞木头还不好说,关东山有的是!"赢官有意无意地说。

"吃了灯心草,说话倒轻巧!关东山的木头是给你准备的?"淑贞训斥说。

"不是给咱准备的,咱就不兴搞点回来?你没听喇叭里整天喊:搞活,搞活!"

"搞活也不能有李龙爷的本事,搞到关东山上去!"

"那就得看有没有孙猴子那两下子了!"

岳鹏程眨巴两眼听他娘俩打嘴仗。听到高兴,一拍大腿对赢官说:

"好小子!你真的有种,跟老子下一趟关东山,敢不敢?"

五天后他们启程了。搭货车、爬火车、拦拖拉机,外加开动"十一号"快赶慢撵,岳鹏程和赢官几经辗转到达伊春。伊春是一座地地道道的边疆之城、森林之城,参天古木满山皆是,大小林场一个接一个。岳家父子把眼睛朝四下里一瞭,便觉得心高气壮起来。可哪想,那些或大或小的林场端的都是国家的饭碗,做的都是官办的买卖,对两位来自异乡异土的农民父子,眼珠儿也不肯正视一下。第一次进到一个林场,人家把盖着大桑园大队印章的介绍信"研究"过几遍,揉一揉朝火炉里一丢就下了逐客令。第二次、第三次,除了重复第一次的过程之外,还招惹了一大堆冷讽热嘲。那时"开放搞活"还是报纸广播上的新名词,林场还是一眼古井死水。这苦了岳家父子。躲在人家草屋里熬过一夜,第二天更妙,来到一个林场门儿也不准进。岳鹏程冒着胆子朝里硬闯,几乎没有让人家当做图谋不轨的"盲流"扣起来。又饿又冷,父子俩万般无奈,坐在离林场大门不远的一片向阳地里啃起淑贞给带来的锅饼——那锅饼也没有几个了;眼看着父子俩怕是只有靠讨饭返回家园了。

正是中午,下班铃响过,林场的干部职工三三两两向宿舍区去。岳鹏程看着生气,嬴官心中忽然一动,提着包裹走到林场门前,就地一坐,把包裹里煮好的对虾在面前一摊一摆,随之挑出几个又大又鲜亮的,两手抓着扒着就向嘴里填。岳鹏程被搞得懵懂了,下班的林场干部职工却新奇惊讶得停住了脚步。

"嚯!小伙子,好福气哟!"一个干部模样的人说。

嬴官眼不抬嘴不停:"福气?就这烂对虾?你们东北人谁稀罕这个!"

"耶!你这是哪儿得的情报?"干部越发有了兴趣。

"这不大门还没离?我和我爸千里迢迢给你们送对虾来,你们连门都不让进!"嬴官朝正向这边走来的岳鹏程努着嘴。

"哦?"干部带着几分惊讶地打量了岳鹏程几眼,问:"你真是做这买卖的?"

岳鹏程这时已经看出些门道来了,回答说:"这还假得了?在吉林那边,人家对我又是酒又是菜,你们这儿可好!"

干部思量了片刻,又见职工们七嘴八舌,只差没有流涎水,说:"我要可不是三斤两斤打发了的。"

岳鹏程说:"三斤两斤我还得找到你关东山来?明说吧,我看中的也不是钱,是你们的红松木!"

"这就好说了!"干部当即喊过一个人,吩咐把岳鹏程父子请进了林场小餐厅。

合同一夜就签下了:大桑园每年"五一"、"十一"、春节给林场发三个车皮鱼虾,林场每年在相应的时间里,给大桑园发三个车皮原木。双方均给对方以最低价格,差额一年终了以实物补偿。

合同得到了遵守。虽然岳鹏程每年要额外支付相当一个数目的"车皮调拨费","木材加工厂"还是变成了"木器制造厂",并且以超乎人们想象的速度发展和创造着奇迹。

世事乖戾,好景没过两年。一天,岳鹏程正同几位朋友在家中喝酒,木器厂供销科长齐修良送来一封电报。电报是伊春发来的,内容很简单:

发来鱼虾已坏　拟作退货处理

"五一"前夕,岳鹏程特意早早搞了一车皮对虾、黄花鱼和市场上难得见到的嘉吉鱼,发了去。因为前不久得到消息,林场的一把手换了人,这位一把手对前任的许多作法很不满意,不少原先的合同被迫终止或修改。岳鹏程不惜血本抢在前边,原想可以稳住对方,确保自己的财路不受影响。没想等到的竟是这样一纸内藏险恶的电文!

"咱们的鱼虾是从冷库直接装上火车的,根本不可能坏。"齐修良表白似的说。

"什么鱼虾已坏!鱼虾坏了还退的什么货?这种天气,让他们一退,到家不成大粪那才是怪事!"

"这明明是讹诈,逼咱们杀价!"

"杀价?只怕是要废合同哩!……"

喝酒的朋友和新任木器厂厂长赢官等人,忿忿地议论着。

"妈拉个臭婊子养的!"岳鹏程一拳把桌上的杯盘盅碟擂得东倒西歪,"欺负到咱爷们头上了!也不打听打听咱爷们是不是那种软柿子泥!老子早就防了他这一手,律师也早请下啦!想在合同上改一个字,试试看!"

他一气喝下几杯酒,对齐修良说:

"回电报!就告诉他们,想怎么着就怎么着,一切法庭上见面!"

喝酒的朋友们听岳鹏程说得那么有把握,一齐助威叫好。赢官走马上任,正想一展宏图,对惩罚林场背信弃义的行为自然举双手拥护。

齐修良胆颤心惊,站在那里只是不动。

淑贞心中忿忿,但她望着被火气烧透的丈夫和儿子,劝慰说:

"鹏程,今天酒喝得多了,再说天也黑了,电报是不是等明天再发……"

"不行!"岳鹏程牛劲正旺,越发刻不容缓,对齐修良说:"发!一个字不准改!马上就去!今天发不出去,你这个供销科长就不用当啦!"

电报发出去了。当晚岳鹏程喝得云山雾罩,在炕上翻着个儿骂了一宿,与伊春的那位一把手打了一宿"官司"。淑贞也跟着做了一夜噩梦。她梦见木器厂被一阵狂风刮走,赢官成了当年绝望地坐在海边的岳鹏程,银屏成了不久前被学校除名还乡的赢官……她几次惊醒,几次忧心如焚地抹着眼泪。

第二天、第三天,赢官和齐修良请来了律师,并且按照律师的提示,做好了一切打官司的准备。

第四天正午,岳鹏程忽然提出,他要亲自去伊春会一会那位新上任的一把手,并让给伊春再发一封电报,告知他去的日期和车次。

虽是四月时候,地处北国深山林区的伊春,还是显出几分清冷的春意。古松的黑苍苍的针叶尖顶,开始变出青绿;毛白杨高擎的手臂,在料峭的风中,露出一团团毛茸茸的芽片;向阳山坡和公路两边的柳树,用花一般招摇的枝条,歌唱着北国之春的序曲。车站简陋而繁忙,触目皆是红松木垒起的山丘。同预料中的情形一样,林场连一辆卡车也没有派来。

掏出一百元人民币,在简易饭馆里喝了几杯酒,随行的小谢被留下了。岳鹏程、赢官和齐修良,拦住一辆吉姆轿车(当然是有报酬的),直奔林场所在地。

好像是特意为了迎接他们的到来,林场颇为气派的会客室里,坐着十几个人——后来才知道,里边有几位特邀的法院和公安局的头面人物。脸面一色是严峻的。那北国风霜刻下的苍红的印记,那挺胸挽臂如临大敌的姿态,使那严峻之中,透露出冷酷瘆人的寒气。

"欢迎,欢迎!欢迎远道前来同我们法庭相见的贵宾!"

新任一把手,一位壮得像头野熊的中年人,马马虎虎地站起身,与岳鹏程握了一下手。他用劲很狠,似乎作为第一个较量,使岳鹏程感觉手背和手指的骨节都要碎裂了。

没有让座,没有茶烟,甚至也没有一句寒暄。两只箱子抬进来,摆放到岳鹏程面前的空地上。箱子打开,已经变得发黑了的鱼虾,发出一股刺鼻的臭气。

这根本就不是大桑园发的货!嬴官和齐修良打开皮包,向外掏着足以戳穿这个骗局的样品、照片和其他证据。

岳鹏程悄然制止了他们的动作。他环顾全场,忽然发出一阵大笑:

"马书记、吕场长,各位误会了我这次来的意思了吧?哈……"

"岳书记还是不要演戏的好!"

坐在一把手——那位马书记旁边的瘦得如同一把干柴的副场长冷冷笑着,拿出一封电报抖着,满是讥讽地、一句一顿地把电文朗读了一遍,送到岳鹏程面前:

"岳书记,这不会是邮电局哪个孙子,逗咱们乐一乐的吧?"

岳鹏程接过电报,故作认真地看了一遍,放下了,说:

"有这么回事。可这是那位前任木器厂厂长干的好事,我已经把他撤啦。"

没等对方作出反应,他指着嬴官说:"我介绍一下,这位是我新任命的木器厂厂长岳嬴官。不客气地向各位领导说,是我的大公子、儿子。嬴官,"他扯扯嬴官的胳膊,"还不向马伯伯、吕伯伯和各位大叔见个礼儿!"

嬴官被搞得迷瞪了,勉强机械地欠起身,似乎腼腆得怕羞似的点了点头。

会客室里高大敦实的火炉,添上了几块流着油脂的红松木。火苗哧哧地向上蹿着,发出一股风啸的声音。屋里似乎暖和了许多,人们心中的冰冻似乎也开始融化了。

"那么,岳书记这次专程来的意思是……"干柴副场长瞅瞅一把手,依然保持着警戒状态。

"我这次千里迢迢专程来的意思只有一个。"岳鹏程宽厚的脸上,露出坦诚严肃的神情,"那就是:向马书记、吕场长和林场的各位领导、师傅,赔礼道歉。我们工作没做好,鱼虾出了毛病,还不讲理,搞起恐吓来了。这怎么得了! 我们是做生意的,讲的就是一个信用和情意! 这两条都不讲了,都没有了,我这个书记还不该亲自登门,负荆请罪? 用句官场上的老话:'宰相肚里能撑船。'希望马书记、吕场长和各位领导、师傅,别跟我们那些乡痞子一般见识。海量! 海量! ……"

接下来的是,遗像前悼念式的三个九十度大鞠躬。

干柴副场长和在场的人都露出笑脸。惟有一把手正襟危坐,不动声色。

"那么,那一车皮鱼虾,岳书记是打算运回去,还是打算就地处理呀?"

空气无形中又绷紧了。好话好说,动真格儿的才见虚实。运回去显然不可能;就地处理,价格不压到一定程度,你误会也罢,赔礼道歉也罢,九十度大鞠躬也罢,全当放屁!

嬴官和齐修良听得见自己的心跳。那是几十吨海产品、几十万块钱哪,嘴巴稍微松一松,就不是一个小数目。

恰在这时,林场办公室一位工作人员推门进来,问有没有山东来的岳鹏程,市委书记家来电话找。岳鹏程应一声,坦然起身而去。会客室的门,似乎并非有意地留出了一条缝隙。电话是非常亲热的,作为山东老乡的市委书记,说是听司机告诉岳鹏程来了,要请他住到自己家中去。岳鹏程连声称谢,但只答应公事办完后再到家里去看望市委书记和他的老伴儿。

电话内容,一字不漏传进会客室。岳鹏程重新回到会客室时,熊一样剽悍的一把手也不禁露出了几分不自在,逡巡的目光,在岳鹏程脸上飘荡了几个来回。

赢官和齐修良明白了岳鹏程此行的目的,明白了小谢被留在市里的特别使命,心中欢呼:好你个狗熊一把手,这回看你敢不敢压我一分钱的鱼价!

岳鹏程若无其事地坐回到沙发上,故意拿过一只暖瓶一只杯子,把杯子倒上水,涮过,这才又倒满,咂咂有声地吮了起来。屋里的空气越发肃静,一把手和干柴副场长越发觉出全身爬满了毛虫。

"刚才马书记讲到那一车皮鱼虾怎么处理的事儿,"岳鹏程坦然而谦和地朝一把手点点头,"我看还是用杨子荣那句话,以友情为重才好。马书记,你看呢?"

"对,友情为重,友情为重!"一把手尴尬的脸上堆起了一抹甜笑。

"那好!"岳鹏程爽利地把手一摆,朗声道:"有马书记这句话,我岳鹏程肝脑涂地也值啦!这样吧,那一车皮鱼虾算是我们对林场领导和职工的一点心意,一分钱不收,全部白送啦!"

犹如一颗原子弹升空,会议室里所有的人,都把嘴巴张得老大,许久许久拢不到一起去。……

情况发生了戏剧性的变化。当晚是山珍野味,美酒佳酿。当一把手挽着"真够哥们"的岳鹏程走出宴会厅时,干柴副场长报告说:那一车皮鱼虾除留存的一部分外,全部免费分给了职工。职工们说,这是新书记给大家做的一件大实事大好事,有几个人还呼起"新书记万岁"的口号。

"哈……够意思！真够意思！……"

一把手手舞足蹈，抱着岳鹏程在高低不平的院子里，跳起了"慢三步"和"迪斯科"。

翌日，一把手亲自陪同，两辆北京吉普载着几支猎枪、一只"卡西"，穿过原始红松组成的森林长廊，直上"丰林保护区"岭顶。登瞭望塔，逛动、植物标本室，观"倒山"、看"赶羊"①……

第四天，岳鹏程要启程了。在一把手和干柴副场长的一再催促和"威逼"下，岳鹏程才轻描淡写地说：

"我能有么个事儿？了不起是把厂子再扩大扩大，你们要是方便的话……"

"这有什么方便不方便的！"一把手表现出少有的爽快和决断，"办！原先的合同不变，额外再给你发三车皮去！"

一月后，三车皮原木运到大桑园。齐修良算了一笔账：不讲做成家具木器的利润，单是把这些原木转手卖出去，补上那一车皮鱼虾之外，还可以净赚十二万块！

岳鹏程的朋友们折服了，齐修良和村里的干部们折服了。连赢官也为爸爸表现出来的大买卖家、外交家的谋略和气度所折服。岳鹏程回到家里，却像新婚时一样，一下子把淑贞平抱进怀里打起旋转。并且俯在她耳朵上说，他之所以采取了新的方略，是因为淑贞的"参谋"和读了她逼他读的一篇介绍海外一位大企业家成功经历的小文章。

---

① "倒山"、"赶羊"即伐木和放木排。

第 六 章

在岳鹏程人生与事业的道路上,有一个值得镌刻碑碣的时刻——

一九八〇年冬,一个雪云厚重、朔风恣肆的日子。

傍晚。衣着齐整、准备外出喝喜酒的岳鹏程忽然接到通知,说县里有几位同志要到大桑园了解点情况,让他和几位干部在家里等候一下。"准又是来挑刺剥皮的!"放下电话,岳鹏程只好强忍住喝喜酒的兴头,吩咐让人准备酒菜待客。

伊春之行的成功,刺激了岳鹏程大展才略的鸿鹄之志。他志在必得,志在必成。跨渤海,上鞍山,下广州……事业和权势成十倍二十倍地膨胀兴隆。一时间,大桑园成了蓬城地面上出现的一尊令人胆颤心惊的怪物。在万目睽睽中,工商、税务和纪检、司法部门的一些干部,更把全副精力倾注到这个怪物身上。他们不时跑来检查工作,挑刺盘查。挑刺盘查毕,还要熏熏嗓子,品品厨师的手艺,捎带一点"偶然想起"需要的"小玩艺儿"。对于这些人岳鹏程极其抵触和头痛,但也仅仅是抵触和头痛而已。

饭菜做好,佳酿备齐,等来的是一辆碾得雪雾飞旋的警车。警车上走下戴着宽边眼镜的县委工作组尹组长和有着公检法不同身份的工作组成员。尹组长把莫名其妙的干部们召集起来,宣布了县委领导同志的指示和决定:对有严重经济犯罪行为的党支部书记岳鹏程,隔离审查;对嬴官等几位与此案有关联的人,实行保护性措施;发动干部群众迅速查清问题,以严惩罪犯,维护社会主义制度和人民民主专政。

不容任何质疑或询问,岳鹏程被押进大队部隔壁的厢房。嬴官和几个被点了名的干部,也被分别送到几个不同的地方。其他大队和木器厂的干部被留下来,责令连夜揭发岳鹏程请客送礼、行贿受贿、偷税漏税、投机倒把,以及搞个人家天下和独立王国的罪行。"早揭发早回家,有罪的免罪,无罪的立功;晚揭发晚回家,有罪的不免,无罪的没功;不揭发的别想回家,有罪的严惩,无罪的加罪!这就是原则!这次县委是下了决心的,岳鹏程的性质也是已经确定不移的!谁也不要抱什么幻想!"尹组长不时旋转着高度近视的眼珠,不厌其烦地反复交待着政策。

打击来得太突然、太沉重了,以致使所有的人都堕入迷雾苦海,连棵救命的小草,一时也无法抓得到手。

当晚,没有一个干部获准离开大队办公室。消息是第二天早晨,通过工作组的舌头,传遍大桑园的"领土"的。

木器厂的电锯停止了转动,已经习惯了噪音的村子,好像一下子停止了呼吸。不知所措的工人们、村民们蹲在雪地里,蹲在大街两边的石阶上,相互打探和传递着动静。那些等了一夜的干部家属们,拥在已经成了工作组总部的大队办公室院内,哭着嚎着,要自己的丈夫,骂自己的丈夫。

因为岳鹏程和嬴官经常为了厂子的事晚上不回家,加之昨晚银屏发烧,忙于找医生和照料,淑贞是村里最后一个得到消息的人。她赶到大队部时,大多数干部和家属已经回家去了。工作组的两个组员听说她就是主犯的老婆,立即把她"请"进屋里,要她交代和揭发问题。

"我要见岳鹏程!你们把他关到哪儿去啦?快让我去!"

"见岳鹏程不难,就在那边厢房里。"一个戴着宽边墨镜、穿着警服的工作组员,潇洒地晃着大鬓角,优优雅雅地说,"不过你得好好表现表现,让咱们哥儿们少熬点眼……"

淑贞不等他说完,推门便向隔壁厢房去。

"哎?"两名工作组员连忙追出,扭住淑贞的胳膊:"你要干什么?你敢不老老实实的?"

"我要见岳鹏程!我男人!你们管不着!"

淑贞甩开来,推开了通向隔壁的院门。但没等她跨过门槛,就被猛力地揪了回来。

"好一个泼妇!敢给咱爷们儿来这一套!"戴墨镜穿警服的组员,熟练地拧过淑贞的胳膊,向地上一搡,又踢过一脚去。

淑贞被摔到地上,又被揪起来。脸上、胳膊上、身上满是血迹、泥土。

"你们这些不讲理的东西!你们凭哪一条王法把岳鹏程关起来?他要是有个三长两短,我跟你们算不完的账!"

淑贞又向厢房去,但又一次被踢倒了。街上等候的群众闻声而来,把一座小院挤得水泄不通。有人哭泣,有人抹着眼睛。

"要讲理?要王法?要算账?"戴墨镜的警察,好像终于找到了一个可以大耍威风的机会,解下铜头宽边腰带,在人们面前晃悠着:"行啊!去讲啊!去要哇!去算啊!可你找得到咱爷们儿头上?有本事找县委黄书记去!是黄书记派我们来的,这就是理!就是法!你想算这个账,就怪不得咱爷们儿啦!"

呼啸的腰带落到淑贞身上,又在众人头顶飞舞。

淑贞艰难地从地上爬起来,鼻尖、嘴角、额头挂着血迹也挂着愤怒。那愤怒在人群里传播开去,整个院落掀起一重骚动。

匆匆赶来的尹组长,不知是害怕惹起众怒,还是另有心思,急忙制止住警察,把群众"劝"出院去,并且让淑贞整理了一下,亲自把她领进隔壁的那个厢房里。

办公室院里发生的事,岳鹏程听得清清楚楚。如果不是他怀疑某些地方出了误会,相信事情很快会弄清楚,因而极力避免事态

· 71 ·

发展到不可收拾的地步,他会不顾一切后果,把那副墨镜砸成碎片,再一片不留地扎进那个畜牲的眼眶子里去!

他搂着扑进屋来的淑贞,察看着她的伤痕,干涩的眸子里,也禁不住泛起了一重热潮。

"我的小贞,让你跟我遭了多少难……我知道我有错,有些事不该那么做,不该不听你和云婶的劝……"

前一段时间,为着木器厂请客送礼和去鞍钢搞钢材的事,以及与工商税务部门发生的几次矛盾,岳鹏程与几位支部委员发生了分歧。嬴官告诉了淑贞,淑贞劝过岳鹏程,岳鹏程没听进耳朵里去。肖云嫂得知消息后,让孙女小玉把岳鹏程找去,好不严肃地批评了一顿。岳鹏程嘴上认了错,回来后却依然故我,并且撤换了去找肖云嫂的两名支部委员。

"可我一没贪污公款,二没犯那么大罪。还有你知道,这些年我吃了多少苦,费了多少心,把大桑园翻了几个个儿。这些都是明摆着的,他们没有理由把我怎么样!"

淑贞用力点着头。一点不错!一点不错!她心里就是这么认定的。

她回家做好饭,给嬴官送去,把银屏托给邻居照看,便又回到那又黑又潮,散发着熏人的霉臭气味,墙旮旯里时而还有老鼠追逐的厢房里。

天黢黑,厚重的雪云包围了整个天地宇宙。北风像张牙舞爪的狼群,瘆人地呼号着,以集团的力量,向小屋发起一次次进攻。门窗被撕烂了,"狼群"带着助纣为虐的雪花,冲进窗棂门缝,用尖利的牙齿和爪子,撕扯着小小的厢房,和厢房里的生灵。

淑贞用单薄的躯体紧紧拥抱着丈夫。如果能够用自己的躯体燃起一盆火,让丈夫在自己的怀抱里温暖安然地度过这最后的一个夜晚,她也决然不会有半分犹豫。

的确是最后的。晚饭回家时,她已得到通知,让她为岳鹏程准备好要带的衣物,明天一早警车就要带人走。从尹组长那里,她看到了两天前就签发了的逮捕证。

天哪!这究竟是怎么回事?命运为什么这般不公,一次次地把无情的狼牙棒,落到这位善良的女人身上!

天明了,让人诅咒的天明啊!

淑贞为丈夫擦去脸上的灰尘,用手指耐心地为他梳平散乱的鬓发,又从门旁抓一把雪,擦净自己脸上的血痕,把被揪散的头发整理好,把被揉脏的衣服揩净、抚平,重新穿到身上。她要让自己的丈夫体体面面地、安安心心地走。她要让全村的人都知道,她的丈夫是无罪的,她要矢志不移地等待着丈夫归来。

早晨平静地过去了。

吃早饭的时候,一阵纷沓的脚步直奔厢房而来。淑贞明白:最后的时刻到了!

然而跨进厢房中来的,既没有宽边眼镜,也没有铜头宽边腰带,而是一双双惶惑的眼睛,和一个个甜蜜而又尴尬的笑容。

"岳鹏程同志,我们是代表县委来的。你受委屈啦!受委屈啦!……"

县委办公室高主任动情地连连擦着眼角。

"鹏程同志,十二分地对不起你,对不起你的全家!完全是个别人的诬告陷害!完全是个别人的无法无天!完全是……"

是天体一夜发生了逆转?还是四时颠倒、严冬盛夏突然转换了位置?

高主任慷慨激昂:

"我们县委昨晚得到消息,马上召开了常委会。一致决定,立即撤回那个所谓的工作组,让他们检查错误,听候处理!"

原来工作组撤了,要不早晨这样宁静!

"县委认为,大桑园在响应党中央号召,发展农村经济改革中成绩是显著的,岳鹏程同志的功劳和贡献是不容抹煞的!县委决定:号召全县广大干部和群众,开展向岳鹏程同志学习的活动!"

直到这时,岳鹏程和淑贞才真的相信,那张早已签发的逮捕证失去了效力;才真的相信,他们已经重新获得了自由生活的权利。直到这时,高主任和随同前来的县委干部们,才想起他们所要表彰和学习的"功臣",还坐在冰冷的厢房里,坐在落满雪花的稻草地上……

当天上午,岳鹏程、淑贞被专车送往医院,进行全面检查和紧急治疗。一切费用报销之外,另发一百元健康营养补助费。

下午是全体干部、群众大会。愤怒声讨原所谓县委工作组的错误,郑重宣布中共蓬城县委的决定。

晚上便开始了个别谈话和小组座谈,了解和总结大桑园发展商品经济的经验,了解和总结岳鹏程勇于开拓、勇于改革的经验。

一直到了第三天中午,岳鹏程和淑贞才从赢官拿回的一张报纸上,得知了这一切戏剧性变化的真正原因。

那是四天前的一张市报。报纸在头版头条,发表了一篇题为《这里升起一颗明星》的长篇通讯。详细介绍了岳鹏程由一盘大锯起家,把"大丧院"变成"大富院""大福院"的历程。通讯旁边还刊登了岳鹏程的一幅笑容可掬的照片,一篇旗帜鲜明地赞扬和号召推广学习岳鹏程精神和经验的"本报评论员"文章。

长篇通讯末尾的署名是:本报记者程越。岳鹏程把通讯翻来覆去读了两遍,脑子里才蓦地蹦出一个"程越"的形象:那是一个穿着紫红色羊毛衫,脑后晃着一束马尾巴,既时髦又随和的漂亮姑娘。

岳鹏程由阶下囚一跃而跻身于太阳系,成为一颗光芒四射的明星之后不到一个月,那个年青漂亮的女记者程越,又一次来到了大桑园。

这次她是作为市委书记鲁光明的随员来的,与几月前的那一次不可同日而语了。

她是一个知识分子家庭的娇女。父亲是党校教员,母亲是美术工作者。受家庭熏陶,她自小爱好文学。大学毕业后,靠着父亲的一位飞黄腾达的学生的帮忙,她被分配到市报文艺部当上编辑。那是许多中文系毕业生削尖脑壳想要占领的位置呀!她得到了。她感到了满足。惟一使她不满足的,是那位自称"老报社"的部主任,压根儿瞧不起她。她先被分配负责影剧评介。第一次推上两篇稿子,就被毫不客气地全部打回来。接着又分工文艺随笔。编过三篇,算是跟读者见了面,部主任得出的结论却是:这个人根本没有政治头脑和逻辑头脑。于是又去负责散文和小小说。这下好,她约了一篇稿子,部主任粗略一看便大发其火,在稿签上直书两行:

此类黄色作品也要见报,可见编辑水平和思想意识急待提高!

作品不让发也罢,偏称"黄色";编辑水平亟待(竟写成"急待")提高也罢,偏偏还有"思想意识"四个字。程越当即拿着稿签找到部主任面前。

"主任,你说这篇小说是黄色作品,请问有什么根据?"

"根据?"部主任抬起秃了半边的脑壳,说:"把床上的事都写出来了,你还要什么根据!"

"那得看怎么写,写的主旨是什么。写了床上不一定就是黄色作品!"

程越发现自己过于激动,为了避免把事情搞僵,缓了口气说:

"主任,你干文艺工作时间比我长,读的书比我多。小仲马的《茶花女》,司汤达的《红与黑》,包括肖洛霍夫的《静静的顿河》,和这几年的不少好作品,都有过类似描写。我们总不能说这些世界名著和好作品都是黄色的吧?"

程越的本意,是想以尊敬的口吻,通过这些名著的例证,引出对于那篇小小说的内容和意蕴恰如其分的分析。部主任却红了脖子。他是半路出家当起这个文艺部主任来的,对于那些名著他读得很少,有的连名字也叫不出来。他最瞧不起这些所谓本科大学生,同时也最怕这些大学生们瞧不起自己。程越话一出口,他便把意思颠倒了一个个儿。

"好哇程越!真了不得嘛!水平这么高,名著读了那么多,当个小报编辑实在是屈了材!这样好吧,我马上去找总编辞职,这个部主任由你来当好啦!"

程越见事情不妙,想要解释几句,部主任已经忿忿然甩手而去。

当天,在全社编辑人员参加的编务会议上,程越受到了严厉批评。第二天一上班,她就接到了下乡采访和锻炼的任务,把负责的那摊工作,交给了新调换到文艺部"帮助工作"的一位同志。

"这不明明是不懂装懂,压制不同意见,整人嘛!"程越哭红了眼皮,找到大学时的同班同学、现任市委书记秘书的柳边生诉苦。

柳边生很同情她的遭遇,但也只能劝道:

"程越,也不要把下乡看成件坏事。你不是早就想有所作为吗?下去一趟,说不准还能抱回个金娃娃来呢!"

有什么办法?事到如今,也只好朝这个方向寻找真理了。好在程越有一个报社记者的名牌撑在手里,无论走到哪儿食宿交通都不成问题。她观名胜、逛古迹,这里听听那里看看,几个县走过来,一个月的期限也便到了。她急于回去,在蓬城住了一夜就要走。前来送行的文化馆两名业余作者讲起的大桑园的变化和岳鹏程的几件轶事,使她临时改变了主意。下乡一月,回去总得拿点东西交差。她觉得大桑园和岳鹏程,或许会成为一篇散文的素材。

岳鹏程当时正在筹建汽车大修厂和灯具厂,忙得焦头烂额。听说记者来访,摆摆手便要拒绝。

"鹏程哥,你还是见见吧。人家大老远里来,再说咱们这儿以前……"

刚刚当上接待员的秋玲劝告说。她没讲出的意思岳鹏程是明白的:那时大桑园并没有什么名气,记者是十分新鲜高贵的客人呢!

"见见也好,看看这些人长的是不是三头六臂。如果再给吹吹……"岳鹏程心里说。但当他看到站在自己面前的是个乳臭未干的小姑娘时,肚里的热气全凉了。这就是曾经让他仰慕和视为神圣的记者吗?这样的记者也能……

程越并没有发现岳鹏程心里的变化,她只是凭着机敏和一个月乡村采访的经验,以及文化馆同志的大致介绍,几个问题一提出和引申,便使岳鹏程感觉到了沉甸甸的分量。他认真起来。姑娘的容光四射的脸蛋,端庄优雅的姿态,不时发出的诱惑性极强的笑声,和连同笑声传递过来的雪花膏和花露水的芳香清爽的气味,使他的豪爽坦诚的天性得到了激发。他滔滔不绝地叙说起来。从"大丧院"到八百元家业,从塞给淑贞的纸条到他们的婚姻遭遇,从推盐买锯到伊春之行,从已经取得的成就到尚在谋划中的蓝图……他们谈了半下午,临走,姑娘拿出随身携带的照相机,对准岳鹏程按下了快门。

当晚,岳鹏程带着几个人赶赴青岛,为办厂的事展开了紧张的活动。那天下午的谈话和与之谈话的那位姑娘,在他波翻浪涌的脑海里旋即沉没得无影无踪了。

程越回到市里,写了一篇散文,连同那张现场拍摄的照片交上去。部主任已经铁定要把程越从部里赶走,对于她的作品自然不感兴趣,看看照片像是个"暴发户",说了句:"这些玩艺儿没一个好东西!"文章没搭眼便丢了回去。程越又找到柳边生诉苦。柳边生看过她的散文,听她详细讲述了大桑园和岳鹏程的故事之后,说市里正在开会,研究贯彻中央关于农村第二步改革的指示。她讲的这些情况很符合这个精神,要她尽快写一个调查情况之类的东西送给他。五天后,程越把写好的材料交给了柳边生。又过了五天,柳边生通知程越,那份材料市委书记鲁光明已经看了,并且作了很长一段批示。按照鲁光明的批示,报社要大张旗鼓地进行宣传,让她立即把那份材料加以充实,改写成长篇通讯。

长篇通讯和照片,经报社总编辑直接签发,配以由柳边生执笔、经鲁光明过目的评论员文章见报了。部主任惶惑地擦着溢满秃顶的汗水。程越故意把高跟鞋踏得"嘎嘎"脆响,昂然地、眉毛不眨动一下地从他面前走了三个来回……

岳鹏程的事迹发表后,在全市十几个区县产生了一股冲击波。鲁光明在一次会议上点名表扬了程越。这次下来,又特意把她带上了。

鲁光明原是省委机关的一位厅长,到市里三年,可以说已是德高望重权极一时。他这次下来的主要目的,是检查和督促开展农村第二步改革,发展乡村商品经济。他一落脚就声明:不听县委的汇报,先到大桑园和几个村子里去看一看。他几乎像所有领导干部一样,对于自己发现和推广的先进典型,有着一种不能自禁的,由自豪、关心、偏爱糅合为一体的特殊感情。

县里不敢怠慢。一名副书记和那位办公室高主任,连夜赶赴大桑园,布置迎接的有关事宜;更主要的是做岳鹏程一家人的工作,确保一月前那次使岳鹏程一家蒙难的丑闻,不被市委书记得到一点信息。

鲁光明要来的消息,在岳鹏程家中激起了波澜。

"就是!就是他们差点把你关进大牢!见风使舵,还想装好人,不让人知道!不行,鲁书记来了非摆论摆论不可!"淑贞几乎是喊着说。

"人家不是没把我铐去,还恢复了名誉了嘛。"岳鹏程倒是沉稳平和。

"没铐去就是理啦？关了一天两夜黑屋子怎么算？差点没要了我的命怎么算？放几个轻快屁就没事啦？"

"人家不是给咱治了,还给了一百块钱嘛。"

"不说这还好！那一百块钱不是你硬扯着,我当时不撕了扔他们眼珠子上才怪！"

夫妻俩一推一挡,嬴官坐在旁边只顾朝肚里扒饭,聋了哑了一般。

"嬴官,你也说说,他们是怎么逼你的！尤其那个戴墨镜的鳖羔子,多狠！"淑贞捋开额角和胳膊肘上尚未褪痂的伤痕,"这么拉倒了不行,还得给他们说好话？天下哪有这等的理儿！"

"妈！你不懂政治！俺爸那是高瞻远瞩,放长线钓大鱼！"嬴官怪里怪气地笑着,看也不看岳鹏程,说:"反正我不参与。他们不认识我,我也不认识他们！"饭碗一搁,竟自出门去了。

淑贞没有得到援兵,仍然气势夺人:

"行,你答应他们了,鲁书记来了你当哑巴好啦。我可没答应他们,我自己找鲁书记说！"

"哎呀我的小贞！你这不是要把我向火坑里推吗？"

岳鹏程这才急了,拉起淑贞坐到沙发上,轻声地、掏心剖腹地,把自己经过上次那件事情之后思谋的种种道理和利害关系,细细地讲述了一遍。

鲁光明到村里来时,迎接的是一片笑脸。他由岳鹏程和县委书记黄公望、镇委书记蔡黑子陪同,进行了一番参观慰问,而后被引进刚刚启用的办公楼。

"很好嘛！"鲁光明让柳边生和程越帮着,脱下华贵的貂皮帽子和雪花呢大衣,随便地拉过一张椅子坐下,又招呼岳鹏程坐到自己身边,说:"我不知道你们感受如何,我是很受感动和鼓舞的。一个穷得出了名的村子,几年工夫建起这么多工厂、商店,还有学校、幼儿园,很不容易嘛！不是我当着岳鹏程的面说夸奖话,就那么个摊

· 79 ·

子,让我们这些人来干,包括你黄公望和我鲁光明在内,恐怕也未必干得出现在这个样子。是不是,嗯?"

"岳鹏程同志的确是个难得的人才。"黄公望接口说,"发展农村商品经济就得靠这样的人打开局面。前几天我们县委考虑过,想破破例,把岳鹏程调到哪个乡镇去当个主官。"他小心地注视着鲁光明的脸色。

"那怎么可以?"鲁光明笑着,"岳鹏程调走,这一大摊子谁能管起来?再说这个村子搞好了,对你们县,对全市乃至全省都会产生影响,作用并不比当个什么乡镇主官小嘛!"

"鲁书记说得对,我们撤销原先的考虑。"黄公望目视岳鹏程:"鹏程,鲁书记对你可是寄托了很大期望,你可得再加上几把劲咯!"

岳鹏程肚里骂娘:"老子差点让你要了小命,现今卖起乖来倒像个人儿似的!"嘴上却应着:

"那是,鲁书记这么关心,咱不加劲对得起谁呀!"

鲁光明忽然问:"哎鹏程,听说你还有个很能干的儿子,怎么没见哪?"

"他出差去了。"因为近段赢官与岳鹏程一直闹着别扭,中午又声明不愿意与这帮书记打交道,下午岳鹏程干脆没有让他参加接待。

"年轻人能干更可贵,要好好培养培养。"鲁光明拍着椅子扶手,忽然把目光转向黄公望:"哎,我在县里怎么听说,前些日子还有些对鹏程不太好的事情啊?"

黄公望的心像遭到了雷击,猛地颤抖起来,嘴角也情不自禁地抽搐了几下。是谁背后里奏的本?鲁光明已经知道了全部内情还是……容不得多想,也用不着多想,他很快作出十分坦诚的样子,说:

"鲁书记说的这个情况确实有过。说三道四,挑鼻子弄眼,鸡蛋里头挑骨头;还有造谣诬告,攻其一点不及其余,甚至大兴讨伐之师。但那只是一小部分人闹事。当时我在乡下,不了解情况。回来后听说了,马上采取了措施。鹏程啊,县委还专门为你作出决定,号召向你学习的嘛,啊?"

岳鹏程感觉一阵恶心,却爽快地回答说:

"黄书记说的这些都是事实,县委对我还是很支持、很爱护的。"

鲁光明抿住嘴唇不出声了。程越的疑惑的目光,一连在岳鹏程脸上扫了几次。消息是昨晚她从文化馆那两位业余作者那儿听到,又找人核对过之后,向鲁光明汇报的。她对县里这班官僚非常反感,对岳鹏程的遭遇非常同情,她不明白岳鹏程在这种情况下,何以违心地把这班官僚说成自己的保护神。

鲁光明凭着经验和直觉,猜出了事情的大概。他原不想深究,听了岳鹏程的话自然点头了事。黄公望的心这才摆得平稳了。

岳鹏程却又挑起事端:

"说起来让人生气。有一次一伙人跑到村里闹事,还开着警车。有个警察用皮带把我家属抽得浑身是血!就算我岳鹏程犯了天大罪,也不该朝我家属出气呀!这件事我倒也没有么个,就是我家属到现在还在医院里躺着。"

"哦?"鲁光明露出惊讶和气愤的神色。他瞟瞟黄公望,心里说:这次看你怎么个回答法。对于这个干部他并没有多少坏印象,只是觉得他有时心眼太活,难以把握。或许是在一个位置上待得久了,迟迟没有得到升迁的缘故?

黄公望没料想岳鹏程半路上会突然亮出剑锋。昨晚,岳鹏程表示决不在鲁光明面前提及过去那件事的态度,副书记是向他汇报过了的。他的刚刚平稳的心,又抖动起来。

"这件事公安局不是已经处理过了吗?"他故作惊讶地问。

对于原工作组的处理他是有指示的:不究不问,写一份书面检

· 81 ·

讨(自然不准涉及县委领导)存放待查了事。当然这是绝密,对于任何外人都是不可泄露的。

"没有。"岳鹏程立刻说出了那个戴墨镜穿警服的工作组员的名字,"昨天还有人在城里见过他。听说是县里一个局长的儿子。"

"岂有此理!"黄公望一推座椅站起来。但他立即想起这是在市委书记面前,连忙坐下了,"县委做过明确决定,有人就敢欺上瞒下无法无天!"

他对随行的县委副书记说:"回去你亲自去办一下。第一,把那个流氓逮起来,该判几年判几年,该判死刑判死刑;第二,追究公安局党委和那个流氓的父亲的责任,严肃处理!"

岳鹏程从心里笑了。这是他昨晚便预谋好的。决不得罪县太爷——市委书记再支持,终究离得太远,他只能在县太爷眼皮底下生活;但他也必须让包括县太爷在内的人们明白,他岳鹏程并不是一块可以任人糟践揉搓的面团儿!

黄公望做完指示,生怕再生出事端,朗声地说:"鹏程啊,以后你就放开胆子干!上边有咱们鲁书记撑腰掌舵,下边有我黄公望。有什么人捣乱啦,有什么难题解决不了啦,你就找我。打电话也行,到我办公室或者家里去也行。我保证随时接待,尽我所能,啊!"

一切目的都达到了。岳鹏程显出由衷的感激和慷慨激昂:

"感谢市委、县委领导对我们大桑园工作的鼓励和关怀。我岳鹏程是个粗人,粗人不说假话。这些年如果没有党的好政策,没有市委、县委领导的支持帮助,我岳鹏程有天大本事,大桑园也只能是'大丧院'。请领导放心,两年内大桑园不来上几个驴打滚,不在全省、全国给咱们市县和两位书记脸上擦点粉、增点光,我岳鹏程就算是老辈上欠了债,就算是白英雄了大半辈子!"

岳鹏程看到,鲁光明和黄公望脸上,绽开了一坡艳丽的花朵。

第 七 章

赢官回到小桑园时,太阳还擎在半天空里。他是陪着邢老、祖远坐着四个轮子回来的。初胜利、张仁那帮伙计,骑着两个轮子随在后面。他们被鼓动起来了,也非要来凑凑热闹不可。

赢官让老支部书记吴正山在路口等候后路人马,自己领着邢老、祖远等人一路巡视而去。小桑园是个百十户人家的小村,村后有山村前有泊,旁边还有一条马雅河守着,地理位置可谓不俗。加之近年村政建设、村办企业搞得好,使村子大变了模样。一行人一走进村子,便觉出了一股新型农村的气息。第一站是饮料厂,从厂房到流水线,询问一番,赞叹一番,品尝一番。接着是"家庭金库",家家户户果树满枝头,葡萄满墙头,街面上空遮天蔽日,伸手就是"龙眼"、"玫瑰香"、"巨丰"。邢老品尝了几个,说是比大泽山的滋味差不到哪儿去。接着是建设中的轧汁厂,焊枪喷焰,耀人眼目,几个一百吨的储存罐正在隆起。最后是越野登山。几百亩的葡萄,几百亩的苹果、梨、桃、杏,几百亩的山楂园。在青枝绿叶、果实累累的果园中间和周围,是大片招摇着的肥硕成果、等待收获的各种秋作物。邢老看得容光焕发。在他的记忆里,只有那年访问西欧时见到的几个大农场可以相比,而那多是单一的粮食或者果品的种植园。

"有大农业的气魄!很有点大农业的气魄!"他两手叉腰,让风吹起敞开的衣襟,像一个巡视着胜利战场的威武的将军。

"粮食产量有没有问题?这可是根本。"

"新开的果园都是河滩地和山岗地。粮食面积少了一点,大包干之后,产量翻了一番还多。"

邢老满意地点点头,目视果园,又问:"摊子这么大,管理采取的什么办法?"

"专业队承包,个人分工负责。"

"这满山满岭的果树,浇水可是个大问题哟!"

"李龙山里有个锦绣川水库,是五八年大跃进时修的,水渠、扬水站是学大寨留下的。开动起来,山顶上的树苗也能喝饱。"

"好嘛,大跃进和学大寨也发挥作用了嘛!这叫什么好咪?……"他似乎想不起恰当的词儿,望着身边的祖远。

祖远:"承前启后,继往开来。"

"对,就是这个说法!"

开始下山了,嬴官和镇委书记一前一后护住邢老。邢老小心地挪着脚步,同时继续发表着感慨:

"中国的事情就是这样,不改革不行,完全割断历史也不行。原先把过去说得一朵花,现在又把过去说成豆腐渣,一个小钱不值。形而上学嘛!……"

来到山半腰的宽平路边时,邢老侧过身子,注视嬴官说:

"你跟你爸爸干的是一件事,路子走的却是两条。哎,你是怎么跑到这小桑园里来的呀?"

风好像突然间停息了,众人怕热似的住了脚步。

"是这样。"蔡黑子上前几步,"人家岳鹏程和嬴官,在家父子兵,出门双虎将,是要在这大小桑园,来一场联村友谊创业大竞赛的。"

"哦?"邢老回转头望着众人,笑道:"我还以为嬴官同志是找了个好媳妇,来做倒插门女婿的哩!"

众人都笑了。嬴官也露出一口银亮的牙齿。不能说邢老猜测的没有一点道理,也许他真的算是找了一个"好媳妇",来做倒插门"女婿"的呢!

只是为了找这个"好媳妇"和做这个"女婿",他同那个英雄的爸爸——岳鹏程,曾经有过好一场纷争和较量……

分歧最初发端于从伊春凯旋之后。一次支委会上,岳鹏程提出准备到鞍钢跑一趟,搞几十吨钢材回来。一为几个厂子用;二呢,钢材价格上涨,倒倒手便是一笔好收入。钢材属国家计划物资,统得很死;上级当时又刚刚传达了打击严重经济犯罪的指示精神,报纸电台喊得正凶。岳鹏程向外一摆,几个支委,包括当上厂长的同时补入支部的赢官,都成了哑巴。

"听拉拉蛄叫就不用种庄稼啦?"岳鹏程跳了起来。

自从村里大发展这两年,尤其从伊春回来,他在众人眼里身价百倍。他提出要办的事,支委会总是一致通过,从没有谁提出过异议或有过迟疑。这次要算是十分十分特殊的例外。

"你们听外边一喊,浑身就哆嗦了是不是?没他妈出息!在家里咱们这么说,到外边,堂堂正正发展乡镇企业、搞活经济。神仙他也别想挑出毛病来!"

往常出现冷场,岳鹏程一鼓动,劲儿就嗷嗷往上冒。今天也不灵了。支委们嗫嚅着,满口门牙像是都被人打掉了。

"书记,这个事是不是……"

"书记,你的想法很好,只是……"

岳鹏程把眼睛盯到赢官身上。关键时刻赢官总是支持他的意见。只要赢官表态,其他几位也不怕不打回头马。

赢官觉出他的目光,思忖了思忖抬起头说:"既然大家有些疑虑,今天是不是就先不要急于定……"

"妈拉个巴子!这也算是研究工作!"岳鹏程显然没有想到会出现这种情况,一踢椅子,提起皮包把门一摔,径直去了。

第二天,岳鹏程告诉齐修良和另一位供销员准备跟他再下一趟关东。齐修良找到财务取款,作为支部委员的主管会计,找到赢官询问怎么回事。赢官很惊讶,中午回家时问:

"爸,上鞍钢的事定啦?"

"嗯。"岳鹏程淡淡一应,随手逗起恺撒。

"昨天会上不是没形成决议吗?"

"你们都装哑巴,形成的么个决议?特别是你!我把你弄支部里,你也跟着那几个废物打我的横炮!"

"爸!"

"你别浪费那个唾沫星子。这个事就这样啦。主管会计已经让我撤了,由齐修良当。"

岳鹏程起身伸个懒腰,抛出一块奶糖,引得恺撒几个潇洒的弹跳。

赢官默然地洗过手,站到岳鹏程面前:"爸,我想跟你谈谈。"

岳鹏程带有几分惊异地瞟过几眼,说:"好哇,要给我上政治课吗?"

赢官被顶了一个跟跄,迟疑着要进屋,却终于站住了:"爸,你想干一番事业,施展施展才能,把咱村搞好,大家都赞成、都佩服。可你也得注意点影响。你是书记,大事自然你拿主意;可你总得听听大家的意见。还有,对干部你批也行帮也行,可你不能说骂就骂、说撤就撤。"

"还有吗?"

"……人家说你权力越来越大,脾气越来越凶。"

"到底不愧是我儿子。"岳鹏程不认识似的把赢官通体打量一遍,又略带不安地在院里打了几个回旋,"那依你说,改革不用搞了?事业不用干了?我装模作样当个老好人就行啦?"

"搞改革搞事业,也不能想干什么就干什么、想怎么干就怎么干。"赢官小声然而清晰地说。

"好,好！你比你爸强！"岳鹏程淡淡一笑,"那我倒要请教请教,你要是想把一群羊领上山坡,那羊七零八落死活不跟你走,你骂不骂、打不打？你要是坐在我这个位子上,想干件事,这个一枪那个一炮,你能不能随着他们胡来？"

儿子被问得缄默了一会儿,说：

"爸,人跟羊到底是两码事儿。再说,就算是你讲的那种情况,你也总得讲究个……"

岳鹏程一摆手打断了儿子的话："既然今天咱爷俩讲到这份上,我也告诉你一句明白话：我就是要按照我的意志改造大桑园这块地面！在大桑园,谁想挡我的道那是做梦！老石家那伙王八蛋没治得了我,别人……你往后给我经心点,别让那帮子废物牵着鼻子走！"

一个月后,几十吨优质钢材运回来了。虽然惹得工商税务部门一阵忙碌,岳鹏程还是办起了一个钢窗厂,同时额外捞回一把外快。在一片歌功颂德声中,岳鹏程一句话,停止了那几个提过消极性意见的支部委员参加支委会的权利。那几个支委找到镇党委。赢官与岳鹏程吵了几次,气愤不过,把事情的原委向小玉述说了一遍。

小玉是肖云嫂半世里收养的一个孙女,小赢官两岁。因为在一个学校上过几年学,加上原先两家关系就亲密,赢官、小玉经常来往,情意颇笃。那天小玉回家晚了些,病在炕上的肖云嫂问起来,小玉只好把赢官讲的情况学了一遍。肖云嫂一听,顾不上病,当时逼小玉去把岳鹏程叫了来。问明情况属实后,从党的传统作风到组织原则和纪律,连批评带教育,把岳鹏程"剋"了好一阵子。岳鹏程被叫来时知道是有人告了状,为了不惹额外麻烦,问什么答什么,批评什么接受什么,要求什么答应什么。肖云嫂说了一会儿气便消了,觉得岳鹏程还是个听话懂事的人。但岳鹏程第二天一早,就把两个被怀疑去向肖云嫂告状的支部委员找到办公室痛骂了一顿,并勒令写出检查,否则便要开除党籍、工籍。两个受了委屈的支部委员找到肖云嫂诉苦,把肖云嫂气得脸色发白,几乎没晕过去。赢官得到消息,正想找岳鹏程澄清原委,突然间,那个"县委工作组"黑网似的扣了下来。

赢官对岳鹏程的许多做法和日益增长的专横霸道作风,怀有很深的成见和憎恶。但工作组否定一切,非置人于死地而不可的行为,更使他无法容忍。他理所当然地成了岳鹏程的"死党"。黑网撕破,赢官指望经过这一次打击,岳鹏程头脑能够清醒一些,纠正以往的许多错误作法和观念。哪想事与愿违。颂歌盈耳,鲜花满地,公安局赔礼道歉,工商税务部门检查支持鼓励不够,连县委书记也一遍遍向村里跑,赔着笑脸给钱给物。岳鹏程的成绩功劳被吹得上了云霄,岳鹏程的种种错误作法,随之被一笔勾销,甚至成为"改革"、"开创"的壮举。倒买倒卖,偷税漏税,请客送礼,行贿受贿,成为"搞活经济"的必需;骂人打人,专横霸道,个人凌驾组织之上,搞独立王国,成为冲破"改革阻力"的特殊手段。岳鹏程腰粗气壮,金口玉牙,一句话把八九个在工作组压力下"揭发"过他的大小干部,全部罢免,把除了自己和赢官之外的五个支部委员,全部换了人。只这一手,便使他成了"大桑园王国"的"皇帝"。赢官对此痛心疾首,但处在当时的情势下,也只能叹叹气、摇摇头、骂骂娘而已。他恨岳鹏程变本加厉,更恨上边那些呼风唤雨的官僚和趋炎附势的家伙们。"中国的改革就靠这帮子人?嘿嘿,瞧吧!"他心里说。

与岳鹏程决裂,爆发点在肖云嫂身上。

那天,岳鹏程送走前来"看望"的镇委书记蔡黑子后,先把老石家的两个头面人物痛骂一顿,随之仗着几分酒力来到肖云嫂家,指着卧病在床的肖云嫂,问:

"是你,是你和老石家那伙王八蛋向县委告我的黑状,差点要了我的命,对不对?"

肖云嫂似乎并不感到意外。欠起半边身子,指指炕沿,说:"程子,你先坐下,听婶给你说几句实情。"

事情本来很简单。那次肖云嫂批评岳鹏程失败后,出于一个老党员老干部的责任感,和对岳鹏程的特殊感情,口述着,让小玉给黄公望写了一封信,请求他以县委书记的身份找岳鹏程谈一次话,帮助他回到正路上来。信到黄公望手中时,正赶上县里有关部门和大桑园石姓家族的几个头面人物反映大桑园经济方面存在的严重问题。而前几天,黄公望刚去参加过以"严厉打击经济犯罪"为主题的会议。他以为抓到了大案典型,当即笔一挥,着令公检法一齐出动,一定要把"要犯"岳鹏程捉拿归案。对于工作组的做法,肖云嫂并不赞成。岳鹏程被关起后,她让小玉搀着,去找过尹组长两次,让他向黄公望转达她的意见放人,都被尹组长以"黄书记的指示向来没有更改的先例"为由挡回了。

肖云嫂觉得,只要把事情说开,岳鹏程应该是不难体谅她的心情的。

岳鹏程丝毫没有听她解释的意思,说:"既然你当婶子的下得了手,也就用不着扯咸呱淡。从今儿起,你当你的老模范,我当我的老罪犯!你不认我这个侄子,我也权当没你这个婶子!一笔两清,各走各的道儿!"

肖云嫂没想事情会闹到这种地步,还想解释几句,岳鹏程径自又道:

"还有,这块地场要盖工厂,所有住户都得搬迁。看在你过去有功的分上,村南的新房我批给你一套,你可以住进去好好养老啦!"

肖云嫂听这一说,面色骤然严峻起来:"你说么个?那房子是你的,你想批给谁就批给谁?你要撵我走也好说,村北不是还有几间旧房子?我这房也抵得上啦!"

"这可是你自己点的。"岳鹏程顺水推舟,径自出门而去。当晚,他在给远在千里之外的父亲回信时,发狠地写下了"至于云婶,大桑园已经没这个人了,你不必挂念了"一句话。后来在岳锐的再三追问下,他才不得不把"没这个人了"说成是"病倒了"。他自然未曾想到,如今父亲还会回来向他查问肖云嫂"病倒"的"医院"。

赢官是一个星期后出差回来,才得知事情经过的。他立刻找到岳鹏程,问道:

"爸,谁给你的权力,让你胡作非为?"

回答的只是一阵冷笑。

回答冷笑的是更加尖利的质问:"你明明知道责任在黄公望那些人身上,你又吹又捧;你明明知道肖奶奶没有什么坏心,你又狠又凶。你还有点良心没有?"

"王八羔子!教训起老子来啦!"岳鹏程把桌子拍得山响:"谁给你点的火,你说!"

赢官:"你办事不公,我看着不舒坦!"

"你多了不起呀!"岳鹏程冷笑着,"你不就是跟那个没爹没妈的小玉相好吗?我告诉你,你要是不想当你老子的叛徒,就趁早跟那个小妖精拉倒了事!你当叛徒,老子对你也不客气!"

赢官:"这个叛徒我当定了,你要怎么办就明说吧!"

岳鹏程:"我撤你小子的职!开你小子的除!"

赢官:"我还正不想干了呢!按你的话,从今天起咱们也来个一笔两清:你不认我这个儿,我也权当没你这个爸!……"

"王八羔子!我砸死你!"

岳鹏程红了眼珠子,抓起一根木棍直朝赢官头上抡。急急赶来的淑贞和齐修良等人,慌忙死死抱住岳鹏程,同时连推带搡把赢官劝出屋院。

一连五天,谁也不认识谁,谁也不答理谁。

五天后终于又爆发了。赢官忽然提出,要搬到小桑园去,去承包那个破产倒闭的饮料厂。

"嬴官,我的好孩子!你千万千万听妈一句话!千万千万别去冒那个险!……"淑贞苦苦阻拦,劝导连带着乞求。

岳鹏程原想过一段时间,一切成为过去、成为现实,不愁嬴官不消气、不回心转意。听他要去外村另挑户头,心里一愣,全身呼喇喇地像烧起了一团山火。他扯开淑贞:

"你让他走!他本事大得很!国务院总理也不够他当的!你这么下贱,我都替你丢人!"

嬴官去心已定,耳鼓刺得生痛,也只当没有听见。

"命大敲得天鼓响!有种干出个花儿来给老子看看!岳家没有那种丢人现眼的败类!"岳鹏程吼着。

嬴官牙关紧闭,噔噔噔一串脆响出了家门。等到淑贞挣脱开岳鹏程追到街上,街上只有风卷着树叶草枝,在沿着墙角路面追逐旋转,一团,又一团……

嬴官去小桑园承包饮料厂,是小玉鼓动起来的。

小玉外表看起是个纤弱、文雅的姑娘。眉眼清淡,鼻子嘴儿不高不阔。穿起高跟鞋,不过一米六稍许冒尖的样子。比起当今因为生活丰裕,长得又高又胖的同龄人,显得不够丰满,甚至有几分孱弱。但风姿自成一格,决不比她们逊色。更主要的是这姑娘内秀。在学校,平时不显山不露水,年终考试总在前几名。去年高考,七门功课总分六百一十,北京大学发来录取通知书。但她为了照顾病重的奶奶,给高考办公室和学校去信,主动取消了升学资格。肖云嫂后来知道了,发了一通脾气,抹了一阵眼泪。肖云嫂与岳鹏程关系的变化过程,她从根到梢清清楚楚,并且猜出了岳鹏程之所以把事情做绝的最内里的因由:不能容忍在他的绝对权威之上,存在一个有形无形的制约力量,哪怕这种制约力量来自他的亲娘老子。嬴官来她并没有多说一句话,从心里也没有想挑动他们父子分道扬镳。但嬴官与岳鹏程决裂后,她却觉得在自己感情的天平上,增加了沉甸甸的砝码。自己的命运,是真正地与这个坚毅决绝的小伙子粘到一起了。

那天,在李王庙旁边苇丛飘忽的河堤上,小玉把小桑园饮料厂垮台的消息告诉了赢官。那是小桑园五十六岁的支部书记吴正山,在一位本村人鼓动下搞起来的。那位本村人在济南一家工厂工作,据说对饮料生产很有一套。但他搞出的饮料,不是被卫生局查封,就是让人喝了摔瓶子骂娘。不到一年,十万块贷款赔得光光,那小子拍拍屁股溜回城里去了。厂子成了一具死尸。信用社追在屁股后边逼债。吴正山几次要投井上吊。这件事让副县长方荣祥知道了,他跑去看了看,留下话说:"这个厂,有哪个孙猴子敢包,我开绿灯!"

"你敢不敢当那个孙猴子?"小玉讲完,眼皮一眨一眨,两颗星星一闪一闪。

这确实是个机会。凭赢官这几年东奔西闯和办木器厂的经验,救活这么一个小饮料厂,应该是不成多大问题的。问题是要到别的村子去,那里的情况不摸底;而且干起来,自己村里的老少爷们难免要说三道四。

"唉!当不了孙猴子,当猪八戒也好哇。回去给师傅叩个头、赔个礼儿不就得了!他不认别人,亲生儿子总不会不认吧?"

小玉见赢官只顾低着头,朝半截苇枝用劲,故意讪他。

"你别拿话刺我。"赢官丢掉苇枝,又拣起一块扁平的石块朝河面撇去。河面上出现了一串水漂。水漂跳跃着划出一条斜线。斜线把彼岸的苇丛勾联起来。苇丛中一只黄鹂被惊动了,发着叽叽嘎嘎的抗议,飞到远处的一棵槐树上了。

"我是担心,只我一个人,就算是孙猴子,也不敢保险不栽跟头。真栽了跟头,我又不比人家孙猴子,还有个花果山水帘洞。"

"谁说只有你一个人?"小玉偏起脑壳和脑壳后边两根又粗又长的"马尾巴"。

"还有谁?"

"……秋玲啊!"

"谁?"

"你那个相好的呗!"

嬴官好一段时间里悄悄恋着秋玲,小玉用她特有的敏感,早已瞧出了眉目。

嬴官的脸倏地变了颜色,灰冷黑沉,牙根咬了几咬,总算没发作;却跳起,径自离去。

小玉吃了一惊,眸子里随即闪出了灿烂。她追上,和解地说:"算我瞎说行了吧?我的意思是不只你一个,还有别人。比方,我。"

"你?真的?"

"不相信?"嬴官不知道,为了鼓动他去当那个孙猴子,小玉已经去小桑园考察过几次了。

"那可太好啦!"嬴官一阵兴奋却又一阵忧虑:"那肖奶奶知道了,能同意啊?"

小玉嗔怪地白他一眼:"还是个男子汉哩!咱不会先不说,等成功了再告诉奶奶!"

"哎呀!"嬴官满面愠怒旋即逸去,一个高儿蹿起,折下一枝盛开的木芙蓉。他把木芙蓉罩到小玉头上,趁她高兴的时候,以迅雷不及掩耳之势,在那个馋人的、红透的"香蕉苹果"上,狠狠地啃了几口……

嬴官踏上小桑园领土时,那片领土上空正奏着无声的哀乐。吴正山用刮脸刀片割断喉管。被救过来后,说话如同拉风箱,老伴孩子也得仔细听着才能分辨出来。嬴官找到他家里时,他以为又是法院来传讯的,五十几岁的人鼻涕眼泪流了满脸。

听完,并且终于听懂了嬴官的话,吴正山只笑了几声,又号啕起来:"小兄弟啊!我不能再害了你,不能啊!……"

直到赢官把承包条件说了两遍,一再声明要签合同,合同实现不了愿负法律责任,吴正山才猛地双手搂住赢官的脖子,说:

"小兄弟,你干,你干!你要是救了你老哥,救了小桑园几百口子老小,你老哥不在村头上给你竖个三丈高的碑,就算是大闺女养的!"

工作终于开始了。小玉在铲除了荒草的厂门口竖起"龙泉饮料厂"的标牌,并着手招收工人、清理机器。赢官的任务是跑外。他的第一个目标是争取留下话把的副县长方荣祥。方荣祥是蓬城经济工作的"大拿"。当过工业局长、商业局长、经委主任,五十几岁的人,依然一头青丝,精力魄力过人。他去小桑园只是顺路,留下的那些话也只是顺口而出。但他与赢官只交谈了五分钟,就喜欢上了这个小伙子,认定这是个能干出一点事情来的人。

"说吧,我能帮你什么忙?"

"贷款,我需要马上拿到十万块钱。"

难题!信用社正在追逼,法院正在传讯。

方荣祥还是很快应了下来。

"还有什么事情需要我做吗?"又问。

"……还有,"赢官带着几分冲动地注视着方荣祥信任和期待的目光,"要说还有,就是等龙泉饮料打出牌子后,请县长一定去品尝品尝。"

方荣祥笑着,又问:"工程师也不需要?我这里可是有几个货真价实的。"

"谢谢县长,我们已经有了聘请对象。"

"谁?哪里的?"

"刘沟西岙,苏立群。"

"哦!"方荣祥拍着脑壳,"就是那个过去孔祥熙的什么总经理,要价很高,又没有谁愿意要的'棺材瓢子'吧?"

所谓"要价很高",是这个因政治问题被赶回老家多年的、孔祥熙当年一个公司的总经理,对于要请他出山的人的要求:一、有事业心能干事;二、年富力强;三、从善如流肯放权。所谓"棺材瓢子",是那年有人向岳鹏程推荐这个人时,岳鹏程一听七十有二,当时送他的一个俏皮而又轻蔑的绰号。一次偶然机会,赢官曾经以好奇的心情与那人做过一次闲谈。结论是:经纶满腹,非寻常之辈可比。赢官本想跟方荣祥解释几句,又觉得没有必要,只是笑着点了点头。

"选这么个人,意欲何为呀?"方荣祥显然很感兴趣。

"我需要技术,更需要管理和经营。只要他再活两年,我就不会亏本。"

"嚯,有见识。你这分明是国共合作嘛!"

三顾茅庐,设坛拜将,"棺材瓢子"苏立群走马上任了。这位当年孔祥熙眼里的大红人,上任伊始,便与赢官立下"君子协定":凡有关厂子的大政方针,大的财政开支和产品销售决策,苏立群可以当参谋提建议,决定权归赢官所有;凡厂内人员、物资管理,产品质量和技术方面的问题,赢官可以当参谋提建议,决定权归苏立群所有。苏立群虽说年过七旬,却如苍山古柏,腰不屈,腿不弯,声若洪钟。他上任的第一件事是停工上课。把包括赢官在内的所有职工召集一起,听他讲了三天办厂之道、经营之道、厂规厂法。三天之后,办起职工速成夜校,由他和小玉教授技术规程和文化科学知识。不经特别批准旷课者,经考试不合格者,学习期间谈恋爱者,即作自愿退职和除名处理。前两条不成问题,谈恋爱一条因为有侵犯人权之嫌,赢官几次提出协商,老头儿才不得不让了步。与此同时,他拿出一个珍藏多年的饮料配方,经多次修改,制成样品,又经多方品尝赞许后,开始了正规化的批量生产。

一切紧张而又井然。死去的饮料厂,如同冲出发射架的火箭,以令人瞠目的速度飞行起来。

销售是一个难点。赢官亲自带领一支精干的队伍,很快占领了相当一片阵地,"龙泉饮料"一时成了热门。开工第二个月概算,纯利润便超过了五万。吴正山目瞪口呆。全镇支部书记会议上炸了锅。岳鹏程虽然没瞧进眼里,却悄悄地打探了一番,淡漠的、傲视一切的眸子里,闪过一缕狡黠的光波。

岳鹏程之所以没有阻拦赢官到小桑园去,是断定赢官必败无疑。小桑园是个一姓村,全村一百多户人家都统领在一个"吴"字下面。一个外姓外村人只身闯入,要想干成一件事难乎其难。此外,赢官这样一个二十岁冒头的小伙子,在岳鹏程心目中实在也没有几斤几两分量。因此,无论淑贞怎么劝、怎么求,无论蔡黑子、杨大炮等人怎么自告奋勇要为其父子调停,岳鹏程总是一句话:"急的么个?等他施展施展再说吧。"

他等的是饮料厂承包一败涂地的时刻,等的是儿子——一个不肯驯服的、血气方刚的家伙——乖乖地、老老实实地回到自己身边的时刻。他相信,那个时刻是要不了多久就会到来的。

然而,等来的却是全然相反的消息。

下一次支部书记会议上,老实巴交、被喜气怂恿得颠颠踬踬的吴正山,又报出纯利润超过十五万的捷报。一个倒闭的小厂,承包四个月就创出如此显赫的奇迹,这对于那些全部家业比八百元多不出哪里去的支部书记们,该是怎样神奇、怎样馋人流涎水的事情啊!

岳鹏程不动声色地听了一会儿,慢悠悠地说:"既然都知道赚钱好,干么瞪着两眼看光景啦?"

"说说容易,咱干得了吗?光那一套流水线,也要了咱的老命啦!"一个支部书记说。

"耶,你这一说倒神啦!不就是喝的水吗?出去找个配方,搅和搅和装瓶子里,再贴上个好商标,钱不就回来啦?等发了财,再想流水线还晚得了吗?"

这一说,几个支部书记围上来,一个个露出跃跃欲试的神气。

"干好干,就怕销路不好办。"

"这有么难?你们谁干,销的事我开路条。"

"岳书记说得这么容易,你自己怎么不干哪?"

"我干它?我哪个厂子拔根汗毛也比它粗!"

岳鹏程说到这儿,突然醒悟似的说:

"不好!我他妈又胡说八道啦!让谁传过话去,这一辈子我岳程鹏跟儿子算是坐不到一条板凳上啦!我声明啊,刚才我说的全当放屁!谁信了,得让李龙爷咒得他肚子痛三天!"

众人在嘻嘻哈哈中散开了。会议之后不到半月,登海镇这块小小的地盘上,猛古丁冒出了十几个饮料厂。什么橘子可乐、柠檬可乐、崂山宝汤、冰雪淋、新龙泉饮料、真正龙泉饮料……五花八门。推销员满天飞,吹得李龙顶乱晃荡。

"龙泉饮料"出现了危机。大批产品被堆放在库房和棚子里。利润暴跌。更可怕的是,流动资金被压住,流水线眼看就要封冻了。

这使岳鹏程悠然自得,也使淑贞心急如焚。刚巧那天岳鹏程拉着蔡黑子、杨大炮回家找酒喝,两人便顶上了。

"再怎么说赢官也是你儿子,你怎么就非得看着他垮台倒霉不可?"

岳鹏程自然不肯认账:"你光说一面的理不行。你怎么不去劝劝他,让他听我的话?"

淑贞何曾没有劝过,何曾只劝过一次两次!可她听岳鹏程这说更觉来了气儿:"我这会儿说的是你!你整天阴不阴阳不阳的,有个当爸爸的样儿吗?"把几盘花生、猪肚乒乒乓乓搁到桌上,把原本圆秀的脸拉得足有几尺长。

岳鹏程只当没看见,招呼着下了几口酒,才怪腔怪调地说:"当爸爸的是个么样儿?还非得装熊装鳖当孙子不成?"

淑贞对蔡黑子、杨大炮原本没有多少好感,对他们这种时候登

· 97 ·

门喝酒更是有气,见岳鹏程这副腔调嘴脸,把准备下锅的一条黄花鱼一丢,把屋门一摔,径自离去了。

岳鹏程却不在乎,从饭橱里又找出一盘青豆一块牛肺,撒上几片葱浇上几匙酱油,照吃照喝不误。

倒是杨大炮开了口:"你别说,你们爷儿俩这么闹腾,也够人家淑贞嫂子难为的。"

蔡黑子见是时机,说:"鹏程,干脆我出面给你们和和好算啦!"

"别!你可千万别!"岳鹏程说,"那小子苦头吃不够,回来也没个好儿!妈拉个巴子的!我岳鹏程连儿子都伏不了,不得跳河上吊去呀?不出一个礼拜,他不给我老么实地回来,你们把我的舌头割了去!"

岳鹏程越自信轻松,赢官自然越难熬难挨。

紧急会议紧急召开,几员大将围坐在几张三抽桌前。

听过吴正山讲述岳鹏程的那次声明作废的"闲聊",赢官原本惊疑惶惑的脑子里,嗡地出现了一片空白。他想到了承包饮料厂的种种困难,惟独没有想到这来自亲生父亲的致命一击。赢官,你好糊涂啊!怎么可以设想那个骄横跋扈的人,能够容忍你这个"叛徒"在他身边冒出头角来呢?

焦急的工人们聚在门外,屋里的人也被一阵阵烦恼燎灼着。只有苏立群二目微闭,如同进入了梦乡。

赢官大口大口地吸着烟。烟雾遮掩了半个面孔,使原本清晰、棱角分明的五官,变得有些模糊了。

"实在不行,我出上这副老脸,到各村去说道说道。"吴正山无可奈何地说。

吴海江戗道:"现在这种时候,人家巴不得你关门,你还想……"

吴正山不言语了,沉重的脑壳晃了几晃,沉到两腿中间的胯裆里了。

一屋子的目光都汇聚到赢官身上。这样一个生死存亡的时刻,这位承包人的责任和决策,是任何人也无法替代的呢!

赢官终于掐灭烟头,说:"苏老,你有经验,你看怎么办吧?"

苏立群微眯的眼睛睁开了:"我那些经验都是过时的。不过共产党的章法上,也没有写着让咱们捆住手脚被人掐死吧?兵来将挡,水来土掩,以其人之道还治其人之身,这可是上了兵法的。"苏立群说完,又眯起眼睛,又似乎进入了梦乡。

赢官脚上张着小嘴的皮鞋,在三合土的地面上不安地、反复地吟哦着。良久,他断然地扔掉烟头,不容置疑地命令说:

"降价!一分钱不赚,覆盖市场!"

降价?一分钱不赚?吴止山、小玉和门里门外的人们好不失望。这算什么对策?这样的对策有什么意义呢?唉……

"按厂长决策办!坚决降价销售,尽可能把市场覆盖起来!"老奸巨猾的苏立群立刻跳了起来,并且破例地不等赢官同意,便部署起执行的具体方案和措施。

决策得到了严格执行。一瓶原价四角八分的龙泉饮料,降为三角二分。除了苏立群和小玉奉命坚守岗位、收集信息,赢官带领所有职工开赴各个"战场"。五天,龙泉饮料夺回了失去的阵地,并且使这个阵地几乎扩大了一倍。五天后,突然冒出的十几个饮料厂偃旗息鼓了,那些五花八门的新品种、新花样一扫而光了。

流水线又流动了,装瓶机、压盖机又歌唱了。大笔利润,随着那流动和歌唱,进入了银行中那个专有的账号。

岳鹏程听到这个消息,面对沮丧着脸的十几个支部书记,故作轻松地说:"怎么样,你们没有人家国民党棺材瓢子那两下子吧?不听好人言,吃亏在眼前。我是有言在先,李龙爷没让你们肚子痛就算是没报应。"接着,话锋一转:"当然啦,那个棺材瓢子也太缺德啦!把资本家那一套搬来对付起咱们共产党来啦!我就不信共产党斗不过个棺材瓢子!他那龙泉饮料里,说不准还有苍蝇屎、老鼠尿咪！工商局、卫生局就都被他买通啦？"

不几天,龙泉饮料厂又遇到了一次麻烦:卫生局、工商管理局和几家用户同时找到门上,说龙泉饮料变成了凉水拌染料,里边还发现了苍蝇头、蚊子腿和老鼠屎,要求赔款、查处。这一次赢官心不惊肉不跳,敞开库房、车间,让来人任意检查。假相当场戳穿,随之采取了一系列防止伪造和诋毁声誉的措施。阵地又一次巩固和扩大了,"龙泉饮料"成了驰誉一方的"可口可乐"。

事后,从淑贞的询问中得知,那几天岳鹏程每晚喝得烂醉,上床后就大骂"叛徒"、"兔崽子"、"鳖羔子"。赢官听了一蹦三尺高,当晚把苏立群、吴正山、小玉和吴海江几个请到自己的小屋里,喝干了一瓶茅台、一瓶金奖白兰地。

这场"龙虎斗"经过不少人的口头加工,传到县里。方荣祥亲自赶到厂里,审讯查证了一番,称赞了一番。回去时还特意给县里的几位领导每人带去了几瓶"龙泉"。……

秋去冬来,新年一过春节眨眼就到。财务上传出消息,承包九个半月,厂里除去工资、税金和应当上缴村里的五万块钱,净得利润四十二万。职工们急于回家置办年货,更关心那四十二万巨款的下落。按照合同,这笔钱应当是归到承包人赢官名下的,但人们情不自禁在想:那么一大笔钱就真的归他一个人了?他一个人拿那么多钱怎么个用法?大伙给他卖了不少力,或许也得恩典恩典发几个"收岁钱儿"吧?

偏偏也怪,职工们越是急、越是猜测,工资越是不发,赢官和小玉越是面儿也见不着了。

猜测变成了怀疑。怀疑经几个人之口变成了有根有据的说法:赢官正在偷偷做着准备,要把四十二万巨款连同这个月的工资全部带上,凭着苏立群当年的老关系,同小玉跑到香港和新加坡去,当阔少爷阔太太。

这一下掀起了波澜。直到连苏立群也坐立不安了,赢官和小玉才来到厂里。职工大会在车间举行。嬴官先总结了九个半月的工作,公开了全部账目,接着念了两个名单。一个是表彰奖励的,三十五名,每人五百到两千元不等;一个是散布流言涣散人心的,五名,除工资外奖金全免,而且春节后不再是龙泉饮料厂的职工了。最后他声明,按照合同他应得的四十二万全部归饮料厂集体所有,他和小玉并不认为香港和新加坡比小桑园好,他们要和小桑园的乡亲们一道,把这片土地建设得比香港和新加坡更富裕、更美丽!

工人们带着激励和满足,在纷纷扬扬的瑞雪中散去了。只有被除名的那五个人垂头丧气,发出了几声怨恨叹息。

"你这个小厂长搞的什么名堂,吓了我一大跳!"一直被蒙在鼓里的苏立群板着面孔。

小玉说:"嬴官觉得,厂子发展起来不容易,但发展起来以后,保持上下一心更不容易。他是想关键时刻测测人心,也测测你苏老治厂治人的结果。"

"测得好!测得好!连我这老头儿也让你们测了几身大汗!哈……"

苏立群多少年来,第一次发出一阵由衷的大笑。

嬴官陪同邢老一行进村不一会儿,那伙乘坐"双轮卡车"的支部书记们就赶到了。北片十二个支部书记一个不缺,额外多出张仁和西片另外三个人。登海镇总共三十二个村支部书记,加上吴正山,来的人占了半数以上。

吴正山与这帮人相比,算是老掉牙的古董了。那年饮料厂打了翻身仗,吴正山大年初一找到镇里,要求辞职让嬴官接任支部书记。得到的回答是:嬴官办厂属于个人承包性质,党的关系还是临时的,不好办。吴正山认定要让嬴官主事,四处托人,要把嬴官的组织关系转到小桑园。岳鹏程只是一个不松口。一直压了将近两年,后来是方荣祥拉着县委组织部长陈大帅和蔡黑子亲自登门,岳鹏程才算应了声。去年镇里搞班子大调整,吴正山第一个打的报告,还特别加了几个"坚决"。蔡黑子给岳鹏程打过电话后,仍然没有批,只给赢官加了个副书记的衔儿。

吴正山见正理不通,两腿一伸来了绝招:病了。一病两月,家门不出一步,蔡黑子登门也不照面。后来还是赢官多次做工作,答应负起支部和村里的全面工作,吴正山才算好了病。如今他只负责村政事务、参观接待。再就是,经常去出席一些没有多少实际意义的"重要会议"。他虽然没能实现为赢官在村头竖碑立传的誓愿,赢官对他却很尊重,凡有大事总要先同他商量,然后由支部或公司作出决定实行。越是这样,他越是觉得赢官这个人了不得,全力支持赢官工作,并且从不放过宣传小桑园变化和赢官作用的机会。

省里县里的大干部来视察和总结经验,吴正山自然高兴。但作为全镇惟一留下的年岁最大、资历最长的支部书记,作为小桑园变化的见证人,更使他激动不已的,是十六个支部书记的到来。这在登海镇是史无前例的。大桑园声名远扬,中央领导也曾去过,可有这么多支部书记自动结伙向那儿跑过吗?嘿嘿,岳鹏程!你再煽风点火拆台呀,有人听你的才怪!你喝醉酒骂娘去吧!

支部书记们在新建的甲鱼池边浏览一番之后,直奔果园方向。漫山遍野变得苍老起来的果树枝叶,和触头碰脸使人目不暇接的累累果实,形成一片辽阔的绿色海洋。置身其间或远远观望,人们便会生出一种激荡的豪情。初胜利来过多次了,这种情感也还是无法消失。

吴正山用沙哑的嗓门,不停地讲述着,回答着惊奇的支部书记们的问题。

他们登上马雅河堤岸,站在一片一眼望不见边角的葡萄园前。

"说起来,这是俺们赢官当上经理之后,干的第一件大事,是一段有趣的故事哩。"

吴正山不失时机地讲起来。

"那年大年初一我辞职没成功,回来总不舍气。正巧那时候到处时兴建公司,我思谋着也成立一个,让赢官来当经理主事儿。意见一提,村里老尊主的脑壳成了拨浪鼓子。我说:不让赢官来干,人家可只管厂子,咱们大伙可谁也沾不到好处。这一说,老尊主也没谱了,赢官就当上了。赢官的第一招是'庭院经营化',房前屋后、村口路旁都栽上葡萄果木,让每一寸土地都变成小金库。这是天大的好事,大伙没有不响应的。赢官说:'这还只是小打小闹,小桑园要翻身,得来大的。'么个大的?他看上了这二百亩沙窝地。这二百亩地是学大寨时开的'黑地',为的是凑产量过黄河跨长江嘛。这片地种的麦子经过一冬返过青来,乌黑乌黑的,谁看了都从肚脐眼里向外笑。赢官提出要把这二百亩地栽上葡萄。栽葡萄也行,等过了六月割倒麦子呀。赢官说:'不行,等那时就要耽误一年,得把麦子翻了。'我的老妈,这可不是闹着玩儿的!从去年秋天到这会儿,多少老少爷们正张着嘴等着吃新饽饽哩!管你赢官说破大天,支部会上没通过,经理办公会上没人支持。召开全村群众大会,没等赢官把话说完,有人就操起祖宗,把赢官骂得一摊狗屎。有的人还要起哄,我想制止,朝我也来了。赢官倒沉稳,在台上坐着,一动不动像个佛爷。直等到下边闹得差不离了,他才站起来,说:'我岳赢官到小桑园来是承包饮料厂的,有合同,是受法律保护的,大伙都知道。让我当开发公司经理,我本想为咱小桑园老少爷们早一天过上好日子卖卖命。现今,既然老少爷们把我当成败家子,我也把话说清楚了:开发公司经理我现在就宣布辞职;我收回原先说的话,饮料厂那四十万块钱我按合同全部提走;按照规定,我现在正式提出撤销承包饮料厂的合同,三个月以后,饮料厂不管发大财还是关大门,一概与我岳赢官无关。我的话完啦。'

"他说完拍拍屁股,喊着饮料厂的会计结账去了。这一下,那些操祖宗的,起哄的,还有我这个想让群众压压他锐气的,老少爷们全翻了白眼。人家是说得出做得到的。那样的话,小桑园还不得回到原先的老样儿上去?我吴正山还不得拿刮脸刀片抹脖子?还有么个说的?重新开支委会,重新开经理办公会,重新开群众大会。有愿意跟我吴正山一起上吊抹脖子的,举手!没人举?好,一致通过啦!

"翻地那天,几十口子老少爷们站在这个大堤上。犁耙扛来了,牛套好了,就是找不出扶犁耙的人。赢官是不肯动手。还有谁?我狠狠心只好拿起鞭杆儿。当时犁耙就在那儿,赢官就站那儿,老少爷们里三层外三层。我攥着鞭杆儿朝那儿连瞟几眼,寻思他到最后也许会来上个'刀下留人'?那小子却眼珠儿不动一动。我知道没救啦,把鞭子狠命地一甩,一声'驾!',眼珠子就像掉下来了。那些围着看的呜呜呀呀哭成一堆。谁见了,也挡不住以为是出大殡的。……

"地翻了,架起一片石桩子。虽说没影响国库任务,社员分的麦子也不比往年少,但起码有半年,赢官不找到我眼前我不答理他。心里整天整宿地咒:你个王八孙子,觉得能拿住谁,就祸国殃民!当不了哪天被汽车轧死,被雷劈成八瓣!直到秋天结算,那二百亩沙窝里间种的花生、芝麻,压的枝条,比小麦没赔几个钱,我才算不咒啦。

"往后的事大伙都知道了。第二年光卖枝条赚了两万七。第三年平均亩产五千斤,又碰上果品涨价,一挣十几万,还赚了个罐头厂。赢官又从这笔钱里拿出五万买化肥、买优良品种,搞科学管理。粮食呢,不到两年也打了个滚儿。有回我对赢官说:'那时多亏你用饮料厂拿了俺一把。'你知赢官怎么说?他说:'我那是一计。我哪舍得丢了厂子不管哪!'……"

吴正山锐声粗气的介绍,使支部书记们听得眼珠打横。他却意犹未尽,又说:

"妈拉个巴子！从那我是真宾服啦！发展农村,改革,商品经济,过好日子,靠我这种老土鳖门也不门！所以我是真心拥护让你们这些青年猴子上来干。我现今么个愿望也没有,就是多跑上几年腿,多活上几年,看着小桑园超过香港、新加坡,看着你们这帮孙猴子也跟嬴官似的,把天地翻上几个个儿！……"

吴正山的话,显然在支部书记们心里引起了波澜。走下河堤,穿过山楂园,穿过苗圃,除了几声压低的询问,没有谁咳嗽过一声。直到来到果园办公室,嬴官连声道着歉迎上前来,初胜利、张仁几个才恢复了青年人特有的爽朗和活力。

嬴官是送走邢老和祖远他们之后半路截来的。果园办公室里,主人已经摆下几大盆葡萄、苹果、鸭梨,在等候支部书记们的到来。

支部书记们倒好像刚刚吃足了,站在院里不肯进门。

"怎么,看了一圈好像意见不小哇？我可不是那种人,有意见不说那可是不够朋友！"嬴官半认真半开玩笑地说。

"意见确有一个。"初胜利说,"就是不知道你老兄和其他各位老兄尊意如何。"

听说真有意见,而且牵扯到在场的每个人,嬴官和支部书记们都竖起耳尖。

"我觉得小桑园是一条路子,也是一个样子。要使这条路子和这个样子在咱们这一片变成现实,要费很大劲、解决很多难题才行。比方土地使用问题、技术问题、管理问题、新品种引进和信息传递问题等等。各个村也有各个村的优势和劣势。搞不好优势也会变成劣势,好好一条路子照样走不下去。更要命的是,咱们这伙人太嫩,除了想干、敢干,没一点实际经验——这当然不包括人家嬴官在内。我说这么多的意思只有一个:咱们最好成立一个协调咨询中心,给各村当当参谋顾问,帮助各村正确决策,少走弯路。大家看怎么样？"

见众人投来的是一片赞赏目光,初胜利又说:"要是大家没有异议,这个协调咨询中心的主任,我提议就由赢官来当。"

"拥护!我举双手!"张仁和西片的三个支部书记率先响应。这恰好是他们所求之不得的事。

"办法好是好,就是那不把镇里给顶了吗?"

"各事各码,镇里是上级领导,咱们这是群策群力。"

"对啦!这就叫:骑马得靠自己骑,吃饭得靠自己吃;爹妈再好,顶不了一件破棉袄!……"

一阵七嘴八舌,目光汇聚到一个人身上。

提议来得突然,赢官却不能不承认意义非常。只是事情重大,还需要仔细考虑斟酌一番。

"胜利,你这不是要我的命吗?小桑园这一摊已经让我……"

"共产党员以天下为己任嘛!'专拣重担挑在肩'!"后一句成了样板戏京剧唱腔,并且伴以相应的亮相动作。

一阵大笑,一阵起哄。

"胜利,你还让不让大家尝尝鲜了?"赢官板着面孔,"在这儿你满嘴抹蜜,一离开就埋汰我:这个岳赢官真不是玩艺儿!让大家捧了半下午场,连个酸枣也没舍得给个尝尝!我就知道!"

"这可真是好事碰破头,坏事没处溜。来,弟兄们!吃他娘的!省得让他占了便宜还臭坏咱们!"

初胜利抢先抓过一个鸭梨啃了一口。张仁和其他支部书记们闹嚷嚷地拥进屋,开始了他们如狼似虎的"大扫荡"。

第 八 章

　　暮霭蛇一样悄然滑下李龙顶,蹚过丛林梢头,跳过芦苇和田野里宽的、窄的、长的、圆的……各式各样的叶片,溜进炊烟袅袅的村庄院落,把夜的神奇和诡秘撒到无边的人世中了。

　　暮霭祥和,灯光已经燃起夜的眼睛,傍近马雅河边的那间被称作"官邸"的屋子里,小玉正静静等候着。

　　天色这等时分,这个赢官,还是不见影儿!

　　这座孤立村外的小屋,本是看场人落脚的地方。四年前的那个春天,成了龙泉饮料厂承包人的"官邸"。翻天覆地四年,"官邸"依然如故。当然,主要由于小玉的努力,屋内脱落的墙壁和触目可见的蜘蛛网、老鼠洞,已为雪白的墙皮和平整的地面所代替。单人床上的毛巾被刚刚撤下,拆洗得干干净净的一床薄被,按照军人的规格方方正正地叠放在靠窗的位置上。被子下边还增添了一个棉垫和一张小小的狗皮褥子。这里靠河,潮湿,是肖云嫂让小玉把这床又小又旧的狗皮褥子拿来的——新的大的年轻人容易铺出毛病来。床四周的墙上有几幅书法和山水。在书法和山水之间的最显眼的位置上,是小玉和赢官的两幅炭笔画像。画像出自一位业余画家之手,夸张的手法和黑白鲜明的线条,使小玉显得既俏皮又灵巧,赢官显得既呆板又滑稽。

　　"不好,不好!这个画画的太偏心眼!你哪儿那么俊?我哪儿就成只大狗熊啦?"拿到画像时,赢官大声嚷着。

"本来你就是只大狗熊嘛！北极熊,雪窝里钻出来的,又呆、又笨、又傻！动不动,'嗷——'吓死个人！"小玉搬把椅子,便选了那个位置挂上了。

画像对面的写字台上摆着仅有的一件奢侈品:一只龙虾。龙虾足有一尺长,盔甲如火,红髯飘忽,好不威武。那是初胜利给老同学的馈赠品。小玉说那正是赢官的形象:野心勃勃,张牙舞爪。赢官视为褒扬,越发珍爱。在这只龙虾前,他们一起吃饭、读书、讨论问题,一起度过许多温存美好的时光。

现在,小玉正坐在龙虾前,读着一本《国民经济管理学》。书的旁边,桌子边角处,放着一个封紧的保温饭盒。大概是饭盒里渗出的气味使她受到诱惑,她目光不时跳跃着落到坤表上,继而又投向暮色愈发浓重的屋外。

她是包好饺子,伺候奶奶吃过,空着肚子送来的。吃饭时间已过,那个野小子还不见回来。回来晚了饺子会凉,新鲜鹰爪虾肉的馅儿会变得腥气呢！

小玉是小桑园的职工,但又不能全算小桑园的职工。她有个病卧床榻的奶奶,需要照料。她只能尽自己所能,为提高职工文化水平,为赢官学习新的管理方法、掌握政策动态和各方面信息,做些工作。她多想同别人一样,贡献出自己的全部才华和热情啊！但为了那个既是母亲又是父亲的慈爱的奶奶,她必须继续做出必要的牺牲。

占据她心灵的一向只有两个人:奶奶和赢官。奶奶已经安顿休息了,赢官呢？

四年前,当她发现赢官把感情投向秋玲时,柔嫩的心像是被老鼠啃咬着。是岳鹏程的骄横和小桑园的事业,帮助她把赢官从秋玲身边夺了过来。如今,两个人的感情已经融为一体了。

夜的笔墨把天空的颜色涂抹得难以辨认。村里谁家传来划拳行令的喧闹;街心大石条那边,听京戏和唱京戏的人们在捧场、起哄。而远处,在马雅河尽头的大海那边,海龙王嬉戏的喧腾,也变得侧耳可闻了。

嬴官呢?也许在陪客人?也许去职工食堂了?……哎呀!事先并没有告诉他要送饺子来,他怎么会回来呢!

小玉推开书,把饭盒盖上一条毛巾。嬴官却突然推门而入。手里端着半碗豆腐炖肉,还攥着一个啃了半边的馒头。

"呀!我的小老太爷,你可真够难请的啦!"小玉嗔怪地瞪起两只秀目,似乎先已送过几十张请帖,派出过几十顶大轿。

嬴官只是嘿嘿笑着,毫不迟疑地把豆腐和馒头放到墙边的一个凳上,揭开毛巾,瞄准了那个保温饭盒。

"呀!你洗过手没有?你知道这是什么就胡乱抢?"

嬴官在盆里搓了把手,也不用毛巾,在小玉脸上擦了擦,又抓起她的两只小手,把她揽到怀里,在额头上亲了亲,说:"玉儿,这会儿总没说的了吧?"

"去你个小官子!"小玉似乎生气地把他推到桌边的椅上。

"玉儿"和"小官子",是肖云嫂对两人的昵称。两人在一起,时不常地便学着肖云嫂的腔调。

饭盒打开,一股热气喷到脸上。嬴官敏捷地抓起一个饺子塞进嘴里,随之便是欢呼:

"鹰爪虾!新鲜的!哪儿来的?"

蓬城地处海滨,海产品本属常有。近几年因为外销太多,加上冷藏能力增强,群众要吃点海鲜已经难乎其难了。

"你管哪儿来的!奶奶说今天是好日子,得犒劳犒劳你这个大明星!"

"哎,怪啦!那些人来,奶奶也知道了?"

"你呀,自觉精得要命!你爸回去又蹶又骂,小鳖盖子一溜串向河这边跑,那些小书记就差没吵破天——哟!我当你是忙糊涂了,原来是成心对我和奶奶搞封锁呀!我看这饺子,你也别……"

一个饺子堵住小玉的嘴。小玉好不费力地咽了下去,眼泪差点也被挤出来。

赢官已经吃了半饱,见小玉吃得慢,便一边吃一边眉飞色舞地讲起下午的情形。小玉静静地听。心却跳跃着,跟随赢官到了镇委会议室、轧汁厂工地和果园。邢老和祖远的每一句话、每一个动作,支部书记们的欢跃和吵闹,都清晰地出现在她的面前。她是个富有想像力的姑娘,赢官的话经过她的大脑,立刻幻化成色彩斑斓的电影画面。她的惊讶、喜悦、激动、自豪……所有所有的情愫,都一滴不漏地融会进那些"电影画面"中了。

"胜利那小子更绝!要成立'西北片咨询协调中心',还非鼓动那帮小子们选我当主任不可!"

"那你还不得蹦到房顶上去!"

"想好事!我提的是'二龙戏珠',他们打的只是'果品一条龙'的谱,我上那个当?"

"建水泥厂他们不干?"

"说那是长远目标!眼前顾不得!"

"你怎么说的?"

"我?我觉得,也是有那么点儿……"

"哦!原来是你自己先动摇的呀!"小玉讪道。"二龙戏珠"的设想里,是包含了她的许多意愿和才思的。

"这不是个动摇不动摇的事儿。"赢官辩解说,"眼下果品一条龙就要上马……"

"耶!还不承认?果品一条龙眼下不就是栽果树?忙活十天半月不就过去了?再说,现今哪个村里没剩余劳力?真要想干,选个地方,请几个工程师来不就得啦!"

赢官以拳击掌:"还真是这么回事咪!先会儿那帮小子们一叫苦,我怎么也就……"自嘲地晃晃脑壳,又思忖地说:"这么说关键还在贷款上。先一会儿胜利一个劲儿嚷嚷,说手里没有钱,放屁也不响!"

"这不就显出你的神通来了?"小玉半是欢欣半是嘲讽地瞟过几眼,忽然端起饭盒道:"这饺子你还吃不吃了? 不吃我可是……"

"饺子不让吃?"赢官迎着小玉挑衅的目光,突然上前把小玉拦腰抱起,原地打了几个旋转,把一腔爱的温柔和粗暴一齐倾泻出来。小玉成了一只温顺的猫儿,咯咯笑着搂住赢官的脖子,沉浸到一种令人心驰神迷的爱的激流中了。……

与赢官、小玉享受爱河沐浴的同时,淑贞正揣着一颗咸苦破碎的心,向"官邸"走来。

晚饭后,徐夏子婶又找到淑贞,闺女长闺女短地劝导了半天。归结起来就是一句话:忍了吧! 忍? 我徐淑贞为他岳鹏程忍的还少吗? 远的不说,他成了"明星"这几年,管过家里几件事? 问过我和银屏几声冷暖? 别人家,吃饭团团圆圆坐一桌儿,说说笑笑热热闹闹;我做好了饭,有几次不是等,等! 等到凉了,等到他打着饱嗝或者东倒西歪地回来。别人家,晚上夫妻双双热热乎乎、欢欢乐乐;我多少次还是等,等! 等到过了半夜,有时等到天亮也不见影儿。我忍受了多少孤单、孤零和孤单孤零引起的痛苦,只有牛郎织女知道! 人家牛郎织女每年还有个鹊桥相会,虽说隔着一条河,心还是贴在一起的。我淑贞没有鹊桥相会也罢,盼望的那颗心,竭尽精神维护的那颗心,装的全是欺骗和背叛! 我凭什么忍? 我怎么能够忍得下去! 即使为了银屏和这个七零八落的家,放弃离婚的打算,我也得让他得到惩罚,吃够苦头! 让他老老实实低头认罪! 让他规规矩矩,保证以后绝不再与那个骚狐狸精勾勾搭搭、眉来眼去!

实现这个目标的惟一办法就是把事情的真相告诉老爷子,当着老爷子的面儿,逼迫岳鹏程拍一拍自己的良心,写保证书,签字画押。

淑贞拿准主意,几次要向老爷子屋里去,几次又都停住了脚。

她不知道该怎样跟老爷子说,不知道老爷子知道真情后,会不会按照她的愿望管教儿子……直到这时淑贞才明白,自己的主意其实并没有拿准。她需要一个能够一吐肚中苦水、帮助她拿定主意的人。可这个人在哪里呢?她想到了赢官,想到了与自己心心相印的儿子。虽然她原本丝毫也没有把儿子也牵到这种事情中来的意思。

越过马雅河桥,那座小小的"官邸"便出现在面前了。"官邸"窗子上方,透出几束柔和的光亮。那光亮把淑贞的心暖得熨帖了许多。

自从四年前赢官独自住进这所隔河相望的小屋,这所小屋和小屋中的灯光,便时刻牵动着淑贞的心。夏天担心蚊子多、山洪下泻,冬天担心风大吹透了墙、雪大压塌了房。做梦饮料厂着火,警车呜里哇啦怪叫着(正是当年黄公望工作组的那辆警车和那个戴着墨镜的警察!)铐走了赢官。她半夜三更不顾一切地蹚过齐腰深的河水,跑到小屋门前。直到明明白白听清屋里那熟悉的呼吸和梦呓,才拖着冰冷的身子,一步一步朝回走。听说赢官与岳鹏程斗得你死我活,他恨丈夫太狠心,也怨儿子太倔犟。儿子胜利了,她可怜丈夫,又搂着儿子高兴得落泪。赢官成了一方人物,她感到骄傲满足,却又担心儿子太嫩、太冒尖,说不准什么时候栽跟头……世界上何曾有第二个这样的女人:她必须把自己无私的心、无私的爱,掰成截然不同的两瓣;她必须独自吞咽这两瓣心所带来的无尽的忧郁、愁苦、惊惧和辛酸!

如今,这女人总算解脱了。她的那一瓣心和爱,被撕割得破碎不堪了。她只剩下了一瓣心和爱,那就是她的儿子和儿子所在的这座小小的"官邸"。

敲门,不见动静;推,门竟然开了。室内有些乱,赢官正在水盆那边擦着脸。

"我还以为睡了呢。"淑贞说。经过一天一夜的熬煎,她比什么时候都想念儿子。此时,儿子总算站在面前了。

掂量着怎么开口,淑贞坐到桌边的椅上。桌边开敞着的保温盒和凉成一团的饺子,引起了她的注意。

"小玉来过啦?"她问。

"嗯。"不得不应付的一声。

"小玉没说你肖奶奶的病,这几天强没强些?"

"没。"简练到不能再简练的程度。

"怎么饭盒也不带,小玉就走了?"

没有回声。

淑贞有些奇怪地打量着,这才发现赢官一脸忧郁和沮丧的神情。

"你们怎么啦?吵架啦?"淑贞问。打从四年前起,淑贞就把小玉看作自己的儿媳妇了。在她的印象中,赢官和小玉一向亲亲热热和和睦睦,闹矛盾的事儿还是第一次碰上。

"你这个孩子这是怎么啦?到底出了么事儿,你跟妈讲嘛!"淑贞着急起来。儿子的幸福毕竟是最重要的。淑贞把自己满肚子的心事,都抛到一边去了。

小玉出门一路跑,气喘吁吁回到家,扑到门前的老柿子树上,更觉一阵心酸。老柿子树用遍体鳞伤的、苍劲的躯干支撑着她,好一会儿,她的心绪才渐渐平和下来。

意外的情况几乎使她昏了头。她与赢官相爱不是一天两天了。自从共同的命运和事业把他们连在一起,这种爱也便升级了。但她从来没有允许(他也声明过绝不试图)越过那道森严的、象征着爱情成熟和人生又一起点的警戒线。今天是怎么啦?那个该死的坏小子 阵发狂,竟然敢……

小玉进到院里。最初的惊惧和气恼逝去了,小玉只觉得脸上一阵麻沙沙的燥热。那燥热说不出是一种辛辣还是一种甜蜜。或许是辛辣中的甜蜜、甜蜜中的辛辣？

小玉不愿意让奶奶看出什么异常,把满脸的燥热浸泡到自来水管上了。

"玉啊,回来啦?"屋里传出肖云嫂的声音。

"奶奶,回来啦。"小玉连忙抹干脸,露出一副甜甜的笑容,进到屋里,来到奶奶身边。

奶奶一辈子受过说不尽的苦难。二十五岁守的寡,不久又失去了惟一的、不足三岁的儿子。打鬼子她是"堡垒户",打老蒋她是"支前模范"。解放后当了三十几年支部书记,领着全村老少爷们拼了三十几年的命。前任县委书记黄公望在一次"三干"会上,曾经说过一番话:"论功劳、论苦劳,除了牺牲的先烈不说,在蓬城县,包括我们县里的领导干部在内,没有一个人能够同咱们的肖云嫂相提并论的!"他的话曾经博得了会场上几千人的浪潮般的掌声。虽然后来这个黄公望忘记了肖云嫂——为奶奶的处境,小玉曾给他写过两封信,都没有得到回音——他的这番话,人们却都记住了,并视之为是对肖云嫂最公正的评价。

"饺子都吃啦?小官子没喜眯了嘴儿?"肖云嫂慈祥地抚着小玉的手。

"嗯……"小玉胡乱应着,问起奶奶的感觉。

"心口窝还是有点闷,心跳比昨儿平稳多了。你不用记挂我,歇着去吧,啊!"肖云嫂轻轻地摸着小玉的脑壳。一个卧病多年的老人,那一摸带着多少慈爱和深情,仿佛一身的病痛和孤寂都随之化解消散了。

小玉端来水,为奶奶擦洗起手、脸和身子。擦洗着,跟奶奶又讲起了新鲜事儿。

"今天我去果园,你知道一个苹果有多大?半斤还多!"

"又是瞎掰!没听说苹果有半斤沉的!"

"你以为是小国光啦?富士!又甜又大,一斤卖到一块五!"

"那不成金子了？吃了，那牙还不得倒啦？"

"人家抢还抢不着哪！——俺国方叔说，隔天给你送几个来，让你也尝尝东洋果子味儿。"

"可别！我还想留着牙吃饽饽干呢！……说来也玄，那鬼子长得黑不溜秋、跟个小地梨似的，怎么苹果倒比咱们的大啦？……"

肖云嫂一辈子为村里的事操心费力，如今虽说家门不离，村里的事还是时刻记挂着。为这，小玉经常把村里的奇事轶闻、家长里短说给她听。听这，有时比吃药打针对肖云嫂的身体还有好处。

"哎，小官子没说么话儿？省里的大干部来，他那鼻尖上没流油儿？"肖云嫂问。对于赢官，她是每天必定念叨几遍的。

"他？"小玉舌尖才要打卷儿，却笑着："他穿了一件大红花袄去陪的人家！"

"这可是真格的？"肖云嫂一打愣，随即笑了："你个小坏闺女子！等哪天我好了，看我不揍你个屁股墩儿！"

几年前，村里的青年们时兴穿新潮服装，一次赢官穿了件蓝格衬衫，肖云嫂看着怎么也不顺眼，非让小玉去买一件新的给他换下来不可。哪想小玉买回的是件红格衬着蓝色图案的广州产品。这一下把肖云嫂气得不轻。偏偏赢官对那件广州衫格外垂青，有时来见肖云嫂和小玉也穿着。小玉为了不惹奶奶生气，有几次不得不让他临时换上粗布褂进屋。一次赢官故意还光着脊梁，说是没有衣服可穿了，逗得肖云嫂哭笑不得，说："别装啦！你穿大红花袄我也不管啦！"那是过去的事了，肖云嫂如今也早已开化多了。小玉旧事重提，完全是为了逗奶奶乐一乐的意思。

为肖云嫂收拾完，小玉才回里间屋里去。肖云嫂又叮嘱说："玉啊，这一阵儿忙得你不轻，可别误了学习功课，啊！"

小玉放弃了进大学的机会，肖云嫂一直觉得是自己的罪过。她不允许小玉把学过的功课丢了，今年以来盯得越发紧了。不知为什么，她总说小玉今年是准定要上大学的。

"误不了！奶奶。"小玉应着,掀开了里屋门帘。

这是三间屋子。原本做饭的正屋在中间。为了照顾奶奶方便,小玉让嬴官把伙房改到西间,让奶奶住向阳宽敞的一间,自己挤在放着粮食和一些杂物的里间屋里。

里间东西又多又杂,却收拾得干干净净利利落落。床靠在临窗的墙边,被面、床单、枕巾都是小玉自己挑选和缝制的,淡雅而又素净。窗台的镜子后面,摆着惟一的一件奢侈品——一只纵身跳跃的瓷兔。小玉属兔,性情温柔而又欢跃。那是嬴官特意送给她的礼物。

想到嬴官,小玉薄薄的面皮又变得火烧火燎了。她扑到床上,散发着淡淡香皂味的枕巾上,立刻湿了一片。

小玉倘若是城里开放型的姑娘,或者是心灵没有特殊创伤的姑娘,嬴官的"发狂"或许压根儿算不上一回事情。然而,小玉是个苦命的姑娘。

二十一年前早春的一个清晨。天上有雾。浓雾像淡蓝的涂料,把远山近野融为一片湖泊。当时兼任联村大片片长的肖云嫂,路过一道岗子时,忽然听到路边草丛里传出婴儿的哭声。她循声觅去,抱起一个眼睛睁开不过三五天的婴儿。她大声呼喊,恍惚中看到一个人影在树丛中向这边探望,跑去时却只见树枝轻轻摇摆。显然,这是个被人遗弃的孩子。而从孩子的体态和襁褓看,并不是穷苦人家养活不起丢下的。肖云嫂抱着婴儿找到公安局、民政局,找到妇联,终于未能找到婴儿的父母。她自己却被那婴儿的娇态揪住了心,死心塌地当做自己的亲生骨肉抚养起来。吃奶,这家一天那家一次;开会外出,能背着抱着就背着抱着,不能背着抱着就托给亲戚邻居。多亏她人缘好,村里人情淳厚,那孩子没吃多少苦。三四岁上便长得伶俐乖巧,逗人心疼喜爱。名字起下了,称呼就是奶奶。妈妈爸爸呢?死啦,为了人民公社,修马雅河,被大水冲走了,那要算是英雄哩。小玉为奶奶骄傲,也为爸爸妈妈骄傲。

直到上小学时,邻村一位喂过她奶的婶子,无意中把真情告诉了她。她跑回家,抱着奶奶的脖子放声大哭,直哭得奶奶也跟着抹起酸水。

"玉啊,那不是正经男女。正经男女丢不下自己的骨肉。你就当他们死了,人世上从来就没有过那么两个人。别哭啊!奶奶就是你亲生的妈和爸,你就是奶奶的亲骨血!奶奶把你养大,你去做个正正经经的人、有出息的人,像你小官子哥的爷爷那样的人!玉啊,听奶奶的话,别哭,啊!"

从那以后小玉对奶奶情意更深。老少二人相依为命。上中学时,有人去找过小玉,据说是在上海工作的一个好大的干部。说小玉是她的女儿,想见上一面。小玉立时躲了起来。那大干部留下手表和许多衣物,说是第二天还要来。小玉连夜让人退了回去,一口一个钉地说:她死也不见那个人!如果再送东西,她就一点不剩扔进茅厕坑里喂蛆!

小玉好恨也好怕。她恨那个人生下她却又把她丢掉了。她怕见了那个人、收了那个人的东西自己会哭、会心软。可当那个人住过两天终于没有见到小玉,怅然而去后,小玉何尝没有心软地大哭了一场啊!就连那恨,也不知不觉中变成了另外一种滋味。

小玉毕生的愿望就是做一个有出息的、正正经经的人。她发誓一辈子都不同那种没出息的、不正经的人来往。她怎么能够想象,自己最爱恋最信赖的羸官,竟然……

流过几行泪水,小玉的心境渐渐平伏了。奇怪得很,一经平伏,羸官的音容相貌立刻出现了,并且很快占领了她心灵的所有空间。

他是那种没有出息和不正经的人吗?有出息、正经的人,也会产生某种发狂的举动吗?他的"发狂"伤害了自己,自己的决然离去,会不会也伤害了他呢?……小玉心中涨满了迷惘和惶惑。

窗外起了风。小玉洗过脚脱衣躺下了。当两手有意无意触摸着自己丰泽、富有弹性的胴体时,她的思绪又翱翔起来:自己不是早就把赢官看作是可以献出一切的那个人吗?哪个姑娘不是都有那样一个人、那样一个时刻吗?那要算是一个人一生中最宝贵的幸福呢!或许自己先一会儿并不应该拒绝……

小玉感到了一阵心蹦气短,面红耳热。一种不可言喻的惊惶、羞赧、陶醉的洪流冲激着她,她紧忙拉上毛毯,把脑袋连同枕头一起蒙了起来。

第 九 章

　　送走最后一批参观的人,夜的灰色翅膀已经开始缓缓伸张时,秋玲才向家里走去。秋日天长,不少人正打着饱嗝朝河滨公园那边活动,去享受湖泊似的水面上的夕阳和金风的沐浴。河滨公园是大桑园有名的"八景"之一,是岳鹏程文明建村和招引外地游客的政绩之一。秋玲不知多少次陪同客人泛舟河上,或者游乐、小憩于柳阴石桌之间。但那是工作。工作之外,她是绝没有福分去领受那种闲雅安谧的乐趣的。

　　同往常一样,她推开那扇熟悉的院门时,屋里院里没有一个人影。烟囱无烟,锅内空空,水也只有凉的,盛在安着提柄的井筒里。爹没有回来,小弟只丢下一个书包和扔得满地的碎纸片。

　　她麻利地戴起围裙,把炕上和屋里清理一番。拿着一把小铲进到小园,挖了一把油菜,摘了两个茄子,又从墙上扯下一个丝瓜。她把菜放到井边洗净,切着;打开蜂窝煤炉,把中午剩下的稀饭、馒头热上;又点起煤气炉,坐上炒菜的铁锅。

　　蜂窝炉上冒出"嗞嗞"的热气,炒好的油菜盛进盘里,丝瓜汤也开始散发出特有的好闻的气味时,院外才传来小弟和另一个孩子的声音:

　　"石硼丁儿,扑弄扑弄声儿,过年变成个小妖精儿!"

　　"乌龟儿乌龟儿,王八孙儿,赶明儿烧成堆烂泥儿!"

　　"石硼丁儿,扑弄扑弄声儿,……"

"向晖!"秋玲隔着墙头喊了一声。嘴仗停止了,一阵急跑的脚步,一个十一二岁的、看上去有几分瘦弱的男孩子出现在院门处。他喊一声:"姐!"奔到井边,一手压着提柄,同时把嘴贴到水管上一阵咕咚咕咚地豪饮。

秋玲连忙过去把他拉到一边,呵斥说:"又喝生水,跟你说过多少遍就是不听!"

向晖抹抹嘴,只是龇龇牙。

"刚才跟谁骂仗咪?"

"谁骂仗咪?是跟石硼丁儿……"

"谁叫你总跟石硼丁儿在一起的?我没跟你说过?"秋玲带出几分气。

石硼丁儿是原先果园技术员石衡保的儿子。因为姓石名小朋,长得瘦小紧巴,大号由此而生。石衡保这几年上蹿下跳,成了"告状专业户"。据说他把秋玲同岳鹏程绑到一起,也糟践得不轻。秋玲从心里不愿意让小弟同这个人的孩子在一起玩。

向晖低着头,摆弄着手指头。

"作业完了吗?"秋玲拍打着他身上的泥土。

"还差一点……"

"小弟,我给你说了多少遍!……"

秋玲想起炉子上的丝瓜汤,跑去打进一个鸡蛋。又问:

"爹哪儿去啦?怎么还不回来?"

"听石硼丁儿说,他去打老鹰啦,打了一只好大的老鹰……"

秋玲这才想起,早晨胡强好像因为打老鹰的事找过爹。她本待阻拦,听说是岳鹏程安排的,是为了接待什么贵客,才装了哑巴。可既然老鹰打着了,天到这会儿,饭也不知道回来吃!爹,她这个爹呀!

妈活着时,请人给秋玲算过一次命。说她是"桃花流水向东奔,一生几得好时辰"。小秋玲好不高兴:桃花多俊哪,流水多清

120

啊！妈却偷着不知落过多少次泪。妈一辈子就是那么个命儿。小时候跟朵花儿似的，十四岁时却被送进姑子庵。直到四十岁才还俗，跟上个痴不痴傻不傻，却邋遢窝囊得让活人瞧不上眼的老光棍——彭彪子。秋玲出世，皮肤细白细白，小嘴、小鼻子、小眼睛无不周周正正，俊秀得馋人。长到四五岁时更出脱了。村里有人认定她不是彭彪子的后人，说："和尚尼姑哪有一个干净的？这小闺女保准是哪个相好的和尚下的种！"秋玲不懂，回家问妈。妈搂着她直哭得差点憋过气去。秋玲自小尝尽了遭受白眼和歧视的滋味。夏天分麦子，明明挨着户头顺序叫，小秋玲见轮到自己家了，把口袋撑开凑到磅秤前，计账的和过磅的却故意越过她去。直到领粮的人走净了，计账的过磅的要收摊了，这才好像忽然想起似的叫："哎呀！还落下个彭彪子哪！"于是把剩下的，掺着不少泥土沙子的麦子，一呼隆倒进秋玲的口袋。有时还要捎上一句："有沙土好哇，彪子吃了那玩艺儿结实，能下好崽儿！"上学了，秋玲总拿"双百"。老师表扬她，有的男生和家长竟当着众人的面，说老师是受了那个下种的和尚的贿赂……

开始，小秋玲总是随着妈哭。后来，泪哭干了，她的变得日益懂事的心，也日益变得坚硬起来。她小心地躲避着是非，对于无端飞来的凌辱决不忍受。爹一辈子只好摸鱼捉虾、打狗放鹰，还有捉蛇的本事。几尺长碗口粗的蛇，伸着瘆人的毒芯子，爹只猛地提起尾巴一抖，那家伙便趴在地上动不得了，任凭爹把皮剥了，拿到中药铺卖了换酒喝。秋玲对蛇怕得要死，上山偶尔碰上，叫着爹妈跑，鞋掉了也顾不上捡。一次下学，她和几个小伙伴到马雅河边挖菜。挖到一片洼地时，正碰上一群人在看彭彪子剥蛇。一个没脸没皮的小子，用树枝挑起一条腰椎脱节的活蛇，冷不防丢到秋玲脚下。秋玲吓得尖声厉叫，哆嗦不止。但她见那小子乐得前仰后合，陡然生出虎胆，一把抓起那条蛇，硬是缠到那个小子脖子上。事后，她做了整整半年噩梦。自那以后，村里大人小孩再也没有谁敢于欺负她,敢于当着她的面讲什么和尚尼姑的混话了。

十三岁那年,秋玲以优异成绩考进蓬城一中,成为全村有史以来第一个女秀才。不久,又成了那些自命不凡的男生们集中追逐的对象。但就在这时妈死了。为了弟弟和那个不争气的爹,她只得放弃自己的理想和学业,回到村里。那个在半年时间里给她写过三十几封信的一表人材的团支部书记,只到她家里来过一趟,便从此不见了影儿。

她成了一个农家妇女,一个既是女儿、姐姐,又是妈妈的农家妇女。那时,她刚过了十五岁生日。

她家里外边,什么脏活累活都干过。夏天割麦子、锄高粱;秋天收地瓜、打青草。日头毒,山风辣,别的姑娘媳妇包上头巾、戴上手套,皮肤还是老粗老黑。秋玲不采取任何措施,日头和山风只是滋润着她,使她皮肤越发细润白皙,身子刷刷地长,苗条而又丰满。邻近村里的大姑娘小媳妇没有不眼红的。小伙子更是恨不能眼珠子变成钩儿,不论走到哪儿都勾在她身上。

岳鹏程是在一个偶然机会领略到姑娘的美丽的。他当支部书记不久,一次从镇上开会回来。当时刚刚下过一场大雪,太阳一出,漫山遍野银光晶亮。走到村头时,岳鹏程见雪地里站着一个姑娘。姑娘穿着一件黑呢子大衣,脖子和头上裹着一条白色头巾。一身黑,在雪地里显得分外醒目;白头巾又使醒目变得十分和谐高雅;高雅中透出的青春的活力,映着红润动人的面庞,使她仿佛全身都罩在一层圣洁的光环里。岳鹏程断定是城里来的一位阔小姐,走到跟前正眼没敢瞅一下。那姑娘却迎着他露出两排整齐洁白的牙齿:

"鹏程哥,回来啦?"

那时村里的支部书记,绝少有人以官衔相称。长辈、年长的或同辈、同龄的,直呼其名;辈分小年龄小的,则在名字后面适当地缀上哥、叔、伯、爷等尊号。那是一种同志式、宗法式的称谓,与官场风气绝无瓜葛。

岳鹏程站住,惊讶地打量着,一时认不出姑娘是谁。

"鹏程哥,我是秋玲,向晖的姐姐,彭……"

岳鹏程这才恍然大悟。秋玲小时候的模样他是见过的。女大十八变,加上自己在外边当了几年兵,回来后又一直在矿山上。如果不是秋玲自我介绍,他怎么也不能相信这会是彭彪子的女儿。他细细打量,那大衣和围巾都是很旧的,甚至有几分寒酸——后来才知道,那是姑娘舅舅留下的旧衣物。但这旧的、寒酸的衣着穿到秋玲身上,竟然也是那样脱俗和雅致。

"玲妹,大冷的天,你这是……"

"等俺小弟放学,那条雪沟我怕他过不来。"

岳鹏程只同秋玲聊了几句,留在脑子里的印象却极深。"一朵牡丹花,长在牛粪堆里了!"他心里很为秋玲惋惜了一番。

几年后,木器厂招工时岳鹏程与秋玲才有了进一步接触。那时工厂初建,村里的姑娘小伙子们把进厂当做一件莫大的荣耀。那天来的人很多,连同看热闹的,把木器厂门前的空地挤得满满当当。当秋玲怯怯地出现在待招的人群后边时,一伙自视清高尊贵的小伙子发出一阵鼓噪:

"耶!看哪,野和尚种也要进厂子啦!"

"嘻嘻!野和尚种!野和尚种!"

"哎,去问问,木器厂要是给野和尚种开的,咱可是一边去咯!……"

秋玲是鼓了好一番勇气才来的。迎面一通冷言冷语使她进退不得,只是用力咬紧嘴唇木然地站着。那情景被岳鹏程看在了眼里。一种同情和义愤冲涌而起,他拨开负责招工的副书记,走到那伙鼓噪的小伙子面前说:"你们几个不用在这儿等了,回去给我修大寨田去!"未等那伙被淘汰者说出一字惊讶,他又指着秋玲和另外几个姑娘小伙子,说:"你、你、你……进厂!"

123

结果出乎意料。被淘汰者目瞪口呆。那几位被幸运地选中进厂的姑娘小伙子自然高兴,但见秋玲竟然与自己站到了一起,依旧睥睨地翻着白眼珠儿,躲避着。

这自然也没能逃出岳鹏程的视线。他立即把秋玲叫到众人面前,宣布说:"从现在开始,秋玲担任你们的班长,有谁不服从领导,马上开除,决没有二话!"

秋玲就这样进了木器厂,当上了班长。然而,这个班长她并没有当多久。当有一天岳鹏程觉得需要有一个人负责接待日益增多的参观和联系工作的来宾时,秋玲便理所当然地被选中了。果然不负所望,秋玲以热情端庄的风度,脆亮动听的口齿,和得天独厚的容貌风采,给前来大桑园参观的人留下了格外美好的印象。一次,副县长方荣祥陪同省里几位客人来。按惯例,岳鹏程应当亲自出面接待。偏巧他出差了,只好由秋玲代劳。省里几位客人对秋玲的接待和介绍满意极了。岳鹏程回来后,方荣祥特意把秋玲夸了一番。这使岳鹏程对秋玲越发器重。两个月后接待处成立,秋玲便自然而然成了负责接待工作的总管。

岳鹏程把秋玲看作自己和大桑园的骄傲。一次大连来了几个人,闲谈中说起城里的姑娘如何如何,乡下的姑娘又如何如何,一派轻蔑贬斥的意思。岳鹏程恼了,吩咐当时的主管会计齐修良:"去把秋玲找来,让他们涮涮眼珠子!"秋玲来了,只一站一笑,那几个城里的狂人眼珠儿就不会转动了。秋玲对岳鹏程怀有一种由衷的敬佩和感激。在她的记忆里,除了妈,没有谁像岳鹏程这样把她当人看。而且,妈只是把她当亲骨肉疼她,岳鹏程却把她当做人材,让她得到了驰骋的天地,得到了原先想也不敢想的做人的尊严和荣耀!

惟一使秋玲难以解脱烦恼的还是那个家,那个丢人现眼的爹。

彭彪子吃了大半辈子土坷垃,泥土地里的活儿拿不起一件。让他进厂,他嫌当工人受人管辖;让他扫大街,他说是罚他的劳役;

让他看大门,头三天还行,三天后白日里睡起大觉。一次,一伙参观的人不知怎么得知有这么一个人,跑去想跟他拉扯几句。他说人家把他当猴看,又骂又蹶,搞得人家好不狼狈。秋玲听说了气得心口窝疼。下班回家,又见他趴在院中间的湿地上,一手抓着酒瓶朝肚里灌迷魂汤,一手揪着向晖又踢又骂。秋玲上去,好不容易夺下酒瓶,把他狠狠训了一顿。向晖跑了,彭彪子自知理亏,颠颠踬踬躲到一边去了。秋玲想着自己命苦,泪水直在眶子里打盘旋。正在这时岳鹏程来了。他关心地问了声:"秋玲,你这是怎么啦?"秋玲的泪水就哗地冒出来,像受了委屈的孩子见到母亲一样,扑到厢屋门框上恸哭起来。

岳鹏程的心一阵抖动。他第一次窥见这位近似圣洁的姑娘内心深处的痛苦。他不由自主地走上前去,安慰着,掏出手绢给秋玲擦起眼泪;有意无意中,两只大手在姑娘的面颊、脖颈上,甚而隆起的胸前抚过;用温热的面颊和嘴唇,吻着那面颊上滚淌的心的苦汁……

第二天,当岳鹏程带着忐忑不安的目光见到秋玲时,秋玲报以的是羞赧和感激的一笑——秋玲是作为兄长对妹妹的关心,接受那安慰和爱抚的。她多么希望,自己真的能有这样一位刚强果敢、又会关心人体贴人的哥哥,为自己分担难以承受的痛苦,给她沙漠似的心灵喷洒一点滋润的甘露啊!

彭彪子按照自己的愿望,分得(不是承包)一片草场、一个池塘,去干他拿手的行当去了。秋玲与岳鹏程更加亲近了。秋玲有什么事情都乐意跟他说。岳鹏程似乎也真的把她看作了小妹妹,只是有时那眼睛里会发出一种异样的光,心里也会随之引起一阵连他自己也难以遏制的骚动。

这种关系一直持续着,直到天津订货会结束的那一天。

意外得到的消息:北方十几个省市,九月一日至五日,在天津举行轻工产品展销订货会。县里只有两个名额,经委计委各得一个,连轻工局、商业局也干瞪两眼。对于岳鹏程来说,这是一个难得的机会。第一,他的木器厂的几种高档产品急需扩大市场;第二,他的灯具厂刚刚上马,只有几种样品,急需订户;第三,他急需广泛了解行情信息,为进一步发展制定决策。然而没有名额怎么办?管他那些,车到山前必有路,走!岳鹏程一声令下,产品样品装车上船,他和几个人也随之启程;启程的人中,秋玲是他特别点的名。

订货会开幕的那一天他们赶到天津。岳鹏程通过天津宾馆一位当经理的老乡,把样品卸下之后,住处也没顾上看,便带着秋玲几个奔跑起来。从市委一位当局长的老乡手里,拿到了入场券;找到省代表团团长,嘴唇磨得起泡,总算答应在展厅旮旯的空隙里,给他们挤出一块可以勉强站一只脚(两只脚不行!)的地方。精疲力尽,直到下半夜,他们才回到宾馆。宾馆值班员告诉说,因为会议,旧楼已经满员,只能把他们安排到一般只接待外宾的新楼上。新楼就新楼,洋鬼子能住咱老乡熊就不能住?岳鹏程心里不平。可等沿着松软的猩红地毯走进房间,岳鹏程和秋玲他们惊得一齐卷了舌头。妈耶!这是什么地方?电影上玉皇大帝的住处也未必有这个样子呢!

岳鹏程和几个男的两人一间屋,秋玲因为是单挑,独居一室。"盥洗间有温泉水,你们可以洗洗澡。明天早晨七点半开饭,在二楼餐厅。"抹着红嘴唇、描着蓝眼圈的服务员,例行公事地交待几句,便离去了。

当晚谁也没顾上领略温泉水。第二天早晨七点半,岳鹏程、秋玲等人已经出现在订货会现场了。脸是早起抹了一把。饭是几根油条,是在样品匆忙摆好之后填进肚里的。摆放样品的地方实在太小,而且分为两摊,都是那些看样订货的人眼睛难得一顾的死角。岳鹏程又去找代表团团长。团长的回答是:这已经是破例了,大会主管部门知道了,还不知要惹出什么麻烦来呢!

两摊就两摊！死角就死角！岳鹏程变戏法似的弄来一面醒目的大字标幅："远东实业公司敬请光临！"这在安静的展厅里增加了一点热闹气氛，使那些不摸深浅的看样订货的人，不由自主地要把脖子朝这个方向扭动一下。

依照岳鹏程的安排，秋玲没有参与这些琐碎出力的忙碌。她的任务是换装。岳鹏程他们忙碌完了，她的任务也完成了：足登一双四分高跟白色皮凉鞋，身着一套质地极好、款式极为新颖的拼色绣花连衣裙——那是在烟台上船时，特意高价从小贩手里买下的。脸上抹了一层淡淡胭脂，头上打了发蜡，洒了一点香水。加上一头热情奔放的"金旋式"，使秋玲对着镜子，也不敢相信镜中映出的那个人会是自己！

超尘脱俗的妆扮，超尘脱俗的美丽，使妙龄女子一切特有的魅力都闪现出摄人魂魄的光彩。

第一天，秋玲负责灯具那一摊的接待。订货会上骤然发生了变化：那些倒背着手，乜斜着眼，轻易不肯搭腔的采购员、商店经理、宾馆经理和建筑单位的负责人，不约而同地朝挂着"远东实业公司欢迎光临"标幅的角落那边拥，小学生似的仰着脸，听着关于九叉十火金美玉、六叉六火大花棱、十二叉二十四火珍珠宝石花吊灯，以及茶色鸡心罩、刻花瓜轮罩等的种种性能和优点的介绍，客气地讨论着价格，果敢地、大刀阔斧地增加着订货的数额和品种。合同签订后，又满面春风地双手握住伸过来的那只小手，作出信守合同的种种保证。

第一天的订货量，在整个订货会上创了纪录。第二天，订货的数额便超过了灯具厂一年的最大生产量。

第三天、第四天，秋玲在木器那一摊上，创造了同样惊人的成绩。以致省代表团团长几次跑来，追问岳鹏程采取了什么非法手段，抛出了多少"手续费""好处费"……

订货会结束回到宾馆，岳鹏程在只有外宾才能出入的宴会厅

里,一下子点了五百元一桌的酒席。在答谢了两位老乡的大力帮助之后,岳鹏程特意举杯来到秋玲面前,说:

"这次出师告捷,全靠咱们的穆桂英、铁扇公主。来,为咱们的穆桂英、铁扇公主干一杯!"

杯子举起一片。秋玲满面彤云,连忙站起说:

"这可不敢当。就算我是穆桂英、铁扇公主,也是靠你鹏程哥这个大元帅谋划得好。这一杯还是为咱们的大元帅干了吧!"

杯子又转向岳鹏程。

宾馆经理老乡说:"我看哪,穆桂英、铁扇公主离不开大元帅,大元帅也离不开穆桂英、铁扇公主。咱们还是为鹏程大元帅和秋玲公主共同干一杯吧!"

提议得到了一致响应。岳鹏程举杯一饮而尽,秋玲也只好喝了一大口……

回到房间已是十点多了。秋玲带着微微的醉意,在滑腻得似乎永远洗不干净的温泉盆里泡了一会儿,用一条浴巾半遮着赤裸松酥的身子走出盥洗间时,一个同样滑腻赤裸的男子出现在她的面前(他是怎么进到房间里来的?)。他很轻易地把她抱进怀里,抱到松软而又富有弹性的席梦思上。她似乎挣扎着,又似乎并没有,只觉得一阵令人心醉的眩晕,便整个儿卷进一股无法自制的、旋涡汹涌的激流中了……

一个女人一辈子总有那么一回、那么一个人。秋玲从来没有为那个"天津之夜"怨恨或懊悔过。那个人应当得到她。把"第一次"献给那个人是值得的。虽然有时想起来,难免会脸红心跳。

彭彪子回来时,秋玲姐弟俩已经吃过饭,正在洗刷碗筷。

他是打过鹰之后四处招摇去了。一下午,邻近四乡耍过鹰的人的家门被他全踏了一遍。让人家看鹰,让人家看自己的本事。打鹰耍鹰,这一带已经多年没人干过了,他彭彪子开了头一份。这只鹰,头夵夵着,翅膀尖尖着,好一副精神架儿。老时候,这样一只大鹰要顶只毛驴的价钱,至少卖得二百斤花生米。现如今?嘿嘿!驴不打上几个滚儿,看谁擎得去!眼下自然不是论究那些事的时候。他要好好炫耀炫耀,接下还要唤溜,喂垫,熬鹰,保证完成胡强那小子和书记交给的上山抓兔子的任务。不过这对于他彭彪子说来,不过是隔着裤裆抓那玩艺儿,手拿把掐的事儿。

鹰不知藏哪里去了,依然赤溜着身子,趿拉着破胶鞋,顶着一头蓬蓬草。

彭彪子进门不洗手不言声,只把屁股朝井边的石台上一坐,便算是一切都交待过了。

秋玲端来饭菜。他眼皮不抬一下,端起稀饭便向肚里灌起来。

"你的衣服哪?"

只有咕咕咚咚的响声,肚里显然空了多时了。

向晖帮腔:"俺姐问你哪!"

"丢了……反正……丢了……"

"丢哪儿去啦?我给你买了几件衣服?"秋玲带着气,但也只能长叹一声罢了。为了让爹体体面面,她花了多少钱磨了多少嘴,可哪一件衣服也没穿过两次便不见了影儿。

"你去打鹰,羊放哪儿去啦?"

又是问!对这个女儿,彭彪子生不问死不问,却不得不听她管。

"圈在李王坟。"他白白眼珠,极不乐意地嘟哝一句,端起饭菜躲到门外的石阶上去了。秋玲只好又回到厨房,把刷好的碗筷放进橱里。

"小弟,作业做完了赶快睡觉,不准出去乱跑,听清没有?"

秋玲收拾完毕,叮嘱过向晖,又出门了。为了贺了磊户口的事,她还得去找岳鹏程。

把岳鹏程从家里拉出来的是园艺场场长岳建中。下午胡强传达了岳鹏程该出血得出血的指示,他想找岳鹏程把打算汇报汇报。岳鹏程说"到办公室",是想避开家里是非的意思。两人便一起出了门。

论辈分岳鹏程叫岳建中叔,两家没出五服,还算是一个门里。但那些已经论不得了。岳鹏程张口直呼其名,岳建中跟在旁边一口一个书记,长辈的尊严和一家子的亲近,只能隐藏到旮旮旯旯里去了。

他们穿过中街,向办公楼拐弯时,见汽车大修厂那边一群人正在吵吵嚷嚷。岳鹏程喊了声"建中",两人便向那边走去。

事情很简单。邻县运输公司一辆"黄河"到烟台拉货回来,发动机出了点毛病。大修厂给人家换了两个螺丝帽、摆弄了几下,张口要收五十块钱修理费。司机觉着讹人,找到大修厂厂长。厂长不肯通融,几个人就吵嚷起来。岳鹏程听双方陈述了各自的理由,围着汽车转了一圈,又跳上去看了看发动机,指着厂长和修理班长严厉地说:

"价钱确实不公!人家不交就对啦!你们还蛮不讲理,想干么个?"

厂长和修理班长见岳鹏程瞪了眼,低着头不敢再吭一声。

岳鹏程朝司机笑笑说:

"对不起了师傅,我手下这些人不会办事,请你多多原谅好啦!"见司机露出笑脸,又说:"我看天也晚了,你现在回去准定赶不上饭了。而且我刚才看着,你的车后轴和发动机阀那儿也还有点毛病。这样好不好,今晚你就在我们宾馆住下,让李厂长他们陪你吃顿饭,赔赔礼、消消气儿。让修理班把那几个小毛病再摆弄摆弄,明天早晨从从容容地走。"

说完,不等司机开口,吩咐旁边看热闹的一个工作人员说:

"通知宾馆,准备点好酒好菜,花多少记到接待账上。你先领这位师傅去洗洗澡,休息休息。"

司机见他这样安排,喜出望外,连声称谢地走了。

岳鹏程把厂长和修理班长叫到面前,指着两个人的鼻子说:"有你们这么做生意的吗?钱送到门上朝外推!你们眼里就认识那五十块钱,多一分就不认识啦?"

他拨弄着手指头,训导地说:"我要是你们,我就这儿给他检查检查,那儿给他修理修理,一拖就得让他过夜,工钱还不随你算?他吃饭不交钱?住宿不交钱?屙屎撒尿不落在你大桑园地面上?你再格外招待招待,给他点甜头吃,以后还怕他不再登门?你们他妈可好,跟人家吵!再好的买卖不吵砸了才怪!"

见两人心悦诚服,才又说:"今天就这么办,以后多学着点。再出这种事,小心我㧟蹶子给你们看!"

"这些乡痞子真是没有治!"向办公楼去的路上,岳鹏程恨恨地骂。

"书记,你也别怪他们。天底下有几个你这种头脑的。要不人家都说,咱们大桑园是三千个人一个脑子,一个脑子胜过十个皇帝老子!"岳建中带着讨好和夸耀的口气说。

岳鹏程喜滋滋地咧了咧嘴,噔噔噔,一溜小跑上了楼梯。这个人全身上下都是精气神儿,什么时候都极少有拖拖拉拉的情形。这使他手下的干部们与他打交道时,也不得不格外抖擞起精神来。

岳建中带着几分气喘跟上二楼,进屋后立刻汇报起今年果品的收成情况,和按照岳鹏程的指示拟定的"流血计划"。岳鹏程认可之后,他才松了一口气,慢悠悠地掏出一张图纸,放到岳鹏程面前的写字台上。

"书记,这是我从省设计院一个老工程师家里挖出来的。你看看,比起前几种方案……"

这是一座十分气派的别墅式双顶小楼和庭院的布局图。岳鹏程听着介绍和说明,不时满意地点着头,提出疑问和听着解答。为岳鹏程的新宅规划,岳建中和胡强已经费过不少心思了。

咚咚咚,屋外响起敲门声。

屋里的两个人好像没有听见,只是把声音放得低了些。

咚咚咚!

岳鹏程极不高兴地皱起眉头。岳建中收起图纸,朝门口喊过一声:"谁?有么事?"

屋外回答的还是三声门响。

岳建中走过去,猛地拉开门,刚要张口喷粪,却一愣,满脸溢出笑来:"哎呀,是秋玲主任哪!书记刚好在,快进来,快进来!"

秋玲进屋,岳建中立时掖起图纸,找个借口走了。岳鹏程在楼梯口处喊住他,递过一封被揉得皱皱巴巴的信,用压低的声音说:

"下午散会,蔡黑子塞给我的。你搞的么事嘛!"

岳建中一看,先自明白了几分,连忙接过,装进内衣口袋,满心感激地下楼去了。

岳鹏程回到办公室,关上门,从容地给秋玲冲了一杯咖啡,这才坦然地坐到对面。秋玲的到来令他惊讶。对于昨晚与秋玲的谈话,他虽然十分沮丧,却认定自己的态度是明智的。他清楚,他越是慷慨大度,他在秋玲心目中的分量就越重,秋玲就越是难以忘怀他。使他烦恼的是事情惊动了淑贞。淑贞的决绝态度,在他心中蒙上了一层浓重的阴影。秋玲此时的出现,正像一道阳光、一阵和风,使他感到了心底深处的温暖和抚慰。

"岳书记,昨天你答应贺子磊户口的事,办得怎么样啦?"

岳鹏程听出味道不对,说:"头午我给办公室交代过,他们没打报告吗?"

"昨晚你是这么说的吗?"

"昨晚?哎呀呀!……"岳鹏程搓着两手,露出一副焦躁和恼怒的神情。在大桑园,不,在登海镇乃至蓬城县,敢以这种口气同他岳鹏程说话的,绝没有第二个人。

"怎么,你说话不算话还要发火?"秋玲微蹙双眉,舌头立时变成了火焰喷射器:"行啊!你有权有威,打个喷嚏下场雨,跺跺脚跟闹地震。你骂人哪!把我赶出去呀!撤了接待处主任开除回家喝西北风呀!你怎么不发话?不发话就是默认,我还是知趣点得啦!"

她站起,直向门口走去。

岳鹏程连忙拦住,脸上换出甜甜的笑纹:

"秋玲,你也该听我一句话嘛。不错,我答应亲自去办,可报告总得打一个,你也得给我个时间嘛!昨黑夜说的,今天一早就打报告,不能算我迟误吧?再说我有时间向公安局跑吗?就算跑去,就一定找着人家局长?"

"你嘴上说得好听,我才不信你那一套咪!"秋玲舌头不软,心里已经认了账。

"好好,我这就给你办行不行?"岳鹏程拿起话机,用命令的口气对话务员说:"给我接公安局钟局长,就说我有急事,躺被窝里也得请出来!"

电话很快接通了,话务员说钟局长正在喝酒,是从酒席上搬来的。

"鹏程啊,有什么吩咐啊?"话机里传出舌根生硬的问话。

岳鹏程在鲁光明和黄公望面前奏过一本之后,公安局长很快换了人。这位新局长与岳鹏程你来我往,好得如同一个娘肚里爬出来的。

岳鹏程按照秋玲的要求,把贺子磊迁户口的事说了一遍。

"这个姓贺的是什么人?该不是老弟一个被窝里相好的吧?"对方根本没听准事情的来由,打着一串酒嗝,说:"你老兄让办的还敢二话?什么时候派个人来,就行啦!……"

两人又扯了几句闲呱,话机扣死了。

秋玲这时已经带着歉意和得意交织的神情,默默地坐在沙发角上,偏着半边脑壳在笑。

他们两人的关系经常是这样。秋玲时常耍些带着尖刺的、娇嗔的小脾气。每到这时,岳鹏程总以宽厚或是果敢的行动,使那小脾气的尖刺自动折断,只留下令人怜爱的娇嗔的温柔。也正因为此,秋玲对岳鹏程总是怀有一种除了性爱之外的更深沉的依恋。岳鹏程则从秋玲身上,得到了从贤惠、老成的淑贞那里无法得到的、充满姑娘活力的任性和矫情。这对于处于事业和荣誉顶峰,早已进入中年人行列的岳鹏程说来,正是中怀之梦、遐思遥想之爱。

障碍排除了,是重温旧梦的时候了。

岳鹏程纯情地笑着,伸出双手。

秋玲坚决地推开了:"不,鹏程!我给贺子磊说过,要真心对得起他。以后……以后咱们就算兄妹,别再这样了好吗?"

一重悲哀的云翳罩住了岳鹏程的眼睛:

"秋玲,你要结婚,就真的一脚把我踹开吗?"

秋玲像是被那悲哀触起了几分怜悯,抿着唇,把目光投向地面。只这一个动作,两只小手便又一次成了岳鹏程的猎获物。她没有试图挣脱,只把目光盯向那双变得明媚起来的眼睛,说:

"鹏程,你对我好我知道。可我不能……咱们说定:这是最后一次,以后决不!你答应不答应?"

"秋玲的吩咐,咱还敢……"

"不行,说清楚答应还是不答应?你这个人滑,谁还不知道!……"

"行,说清楚,答应!"

岳鹏程又一次纯情地笑着。笑着的同时,果断地搂住了那柔软的腰肢,贪婪地俯下身去。

第 十 章

岳建中揣着岳鹏程交给的那封皱皱巴巴的信,好不容易熬过一个夜晚。天刚放亮,便威威武武地来到园艺场的那个并不怎么作脸的办公室,叫醒看园的几个工人,命令火速通知全体人员集合开会。

园艺场在村北一溜平缓的岗子上。名叫园艺场,实际是苹果园,因为其他果品微乎其微。梨一点,桃子、杏子一点,余下的便只有苹果。苹果也只有常见的红玉、大小国光、金帅、青红香蕉,近年新兴的品种难得一见。果园不大,总算不过一百几十亩的样子。老辈儿传下的老树五六十亩,其他多是肖云嫂当政时,从合作化到"四清"断断续续栽起来的。那些年李龙爷没睁眼,人不兴旺果树也不兴旺。打从李龙爷睁了眼、显了圣,这片果园也才显出了一点"灵光"。

哎呀!说"一点"灵光可得小心咯!被远东实业总公司园艺场岳建中场长听到了,那可不是开玩笑的事儿!"我园艺场是书记的十大台柱子之一!"他会气壮如牛地告诉你。你不信、不服或者不屑一顾?轻者唾沫星子喷你一脸,毛茸茸的拳头晃得你二目昏花。闹不好麻烦了,到治保科胡科长那儿去吧,那儿有特聘的两名"武术教练",他们会把你"教练"得心服口服的。

这几天忙于做下果准备,夜里也要干得很晚。一清早几十名职工就被从被窝里喊起来,许多人的眼睛还毛毛着,粘满眵目糊。

"肯定是下果提前了,场长要下点精神啦!"人们肚里猜测着。进到办公室找个地方坐下,才觉出气氛有些不对:治保科长胡强带着两名武术教练,坐在显眼的地方;平时开什么会也难得到场的场长的亲戚朋友们,也坐了一拉溜。看样儿,不是塌了天陷了地,也是出了骇人听闻的大事件。

作为岳鹏程的十大"台柱子"也是十大金刚之一的岳建中,倒是笑模笑样,带着一种欣赏的目光,望着这些从几十里或几百里之外的山村招来的、见到他只有垂手听命份儿的他的工人们。

他的工人!的的确确、实实在在,这些工人是他的,是他岳建中雇来,并且只能听命于他岳建中或他指定的某个人指挥的。

他这位场长不同于远东实业公司的任何一位厂长、经理。他不是岳鹏程任命的,但必须听命于岳鹏程;远东实业公司编制序列表上,没有园艺场这个名称,但园艺场在远东实业公司中起着无可替代的作用。

他是"承包场长",还需从承包说起。

五年前,果园要承包时,岳建中还是个举步心惊、无足轻重的小卒子。叫行那天,原果园技术员石衡保一下子叫了五十亩。其他人没有技术,心里也没底儿,这个叫五亩,那个叫三亩、二亩,少的也有一亩、半亩的。岳建中原本是边儿也不敢沾的。碰巧,那天他那个在果树研究所干过几天的妹夫来了,硬是鼓动着、逼着他叫了二十亩。这不是要命的事儿吗?二十亩,一年单是上缴村里的提留就是一百张大团结。他这一辈子苹果吃了几个也约摸算得出来,苹果什么时候打杈子、什么时候上肥浇水,他是一窍不通!妹夫说:"哥,有我哪。"有你怎么样?到时交不上提留,当裤子卖房子还不是我的事儿!岳建中当时悔得很。

那年风调雨顺没虫没灾,加之各家各户尽心尽力,秋天,满坡苹果来了个破天荒的大丰收。又赶上国家调整果品价格,一斤苹果顶往年三四斤卖。承包户们欢天喜地,认定抱上了金元宝。那些没有承包和承包得少的人家,只恨自己有眼无珠,干流着两尺长的口水。岳建中的"悔"自然飞到云彩中去了。他算了一笔账:一亩苹果向少里说,按五千斤算,一斤苹果向少里说,按两毛五的价,二十亩苹果就是十万斤,两万五千块钱。除去上缴一千块钱提留,除去施肥打药的花费和应当劈给妹夫的一半收入,他岳建中至少净赚一千张大团结。一千张大团结,一万块钱!这可是从祖爷爷那辈起,把坟茔地卖了也无法想象的一笔数目啊!摘苹果卖苹果那几天,岳建中觉得腿和胳膊全变成了翅膀和风火轮,随时都在向天宫里飞。

最得意、最让人眼馋的还是石衡保。这个只上了五年学的果树技术员,好像一夜间成了万人瞩目的电影明星。他把亲戚朋友、大人小孩全动员起来,还临时雇用了一些人帮助下果。远从几百、几千里之外赶来的采购者,争先恐后向他那片果园地上挤。一辆车走了,丢下一沓票子;一辆车来了,丢下一沓票子还外加上几条"琥珀""大中华"。一百几十亩孤寂了多少年的果园,一时间成了王府井大街和西单商场。

一连几天岳鹏程没有露面。那一天,他溜溜达达想起到果园来了。

"书记来啦!"那些承包主人手忙脚乱,也还是笑迎着脸儿。

"你们可是都发了财了啊!"岳鹏程半开玩笑地说,"没忘了缴提留吧?个人发财是好事,可别忘了财是怎么发的。人不能忘本,忘了本就成了一堆狗屎,是不是,啊?"

他转了一圈,来到石衡保的地面上。石衡保止同几个外地来人讨价还价,他老婆赶忙把他叫回来,同时挑了几个个头最大、熟得最透的金帅,擦了擦送到岳鹏程面前。

岳鹏程并不接,对石衡保说:"衡保,今年捞十万二十万没问题吧?"

石衡保摆摆手说:"哪能啊!今年头一年,我投的本钱大,加上这么多人帮忙,能到手三成就算烧高香啦!"

岳鹏程伸出三个指头:"就算三成,也得这个数吧?妈拉个巴子的,比我这个当书记的强到天上去啦!明年干脆,咱俩换个个儿算啦!"

石衡保只当岳鹏程戏语,笑笑说:"哪能啊,书记!咱村这几年还不多亏了你。就说这果园,没有你也包不了那么痛快呀!"

"嗯,你石衡保还算有点良心。"岳鹏程咧咧嘴,问:"提留缴了吗,衡保?"

"缴啦,我第一个缴的。"

"嗯,好。"岳鹏程在一排排果筐中间随意串着。打开一筐看看,盖好;打开一筐看看,盖好。他好像是忽然想起来似的,说:

"哎,衡保,村里厂子想搞点关系,你能不能支援支援哪?"

石衡保打了个愣怔,说:"支援当然应该支援。不知需要多少?"

"论需要就多了。你是大户,出五十筐怎么样?"

"五十筐……那价钱……"

"自己村里的事,算多算少是个意思。按五分钱一斤,行了吧?"

石衡保心里一哆嗦。五十筐苹果三千斤,按他卖的正价两毛五,是七百五十块钱;如果五分钱一斤,他一下子要贴进六百块。等于一亩地白干了一年,还赔进化肥农药钱去。

"书记……"

"舍不得是不是?"

"不,我是说,我已经缴了集体提留,再说那合同……"

石衡保没有说出的话岳鹏程一字不漏地听懂了。那是说:那合同是一定五年不变的,是受法律保护的,那上面可并没有说提留之外,还得赔着钱向村里再交苹果呀!

"合同是要遵守哇。"岳鹏程说,"不过特殊情况也得考虑进去。

比方苹果涨价怎么算？很多群众对没能承包有意见怎么办？当然啦，这些也可以先不考虑。村里那五十筐我也只是随便说说。你斟酌斟酌，能支援，明儿晚上给我个话；有困难也就算啦，办法我还是有的。"

留下几个意味深长的眼色，岳鹏程溜溜达达回村去了。

石衡保是个犟脾气人。他不是没有听出岳鹏程话里的味儿，只是觉得有盖了大印、签了字的合同在自己手里攥着，岳鹏程就是不高兴，也不能把自己怎么样。何况那六百块钱又不是海水潮来的、大风刮来的，他凭什么就白白赔进去！而对于岳鹏程来说，千儿八百块钱不过是骆驼身上拔根毛，也许真是随便说说，转过眼睛去就忘了的。因此，岳鹏程一走，他一忙活，那"支援"的事儿，也就跑到头发梢上去了。

石衡保忽视了一个至关紧要的问题：岳鹏程的权威和他与石姓家族的关系。

岳鹏程任支部书记前，石姓家族的几个头面人物曾经极力掣肘。岳鹏程当上支部书记后，那几个头面人物，一直明里暗里与岳鹏程斗法，试图取而代之。八〇年的那场几乎置他于死地的灾难，便有那几个人的"功劳"在里边。加上在部队时的那段往事，岳鹏程心目中形成了对石姓家族根深蒂固的憎恶和仇视。虽然随着岳鹏程地位和权势的加强，石姓家族的那几个头面人物已经不可能对他形成威胁了，这种关系却依然处在对峙状态。同样一句话、一件事，别人说了做了，岳鹏程能够谅解、包涵；石姓家族中的人说了做了，岳鹏程便要蹦高骂娘。石衡保自恃没有参与家族中的那些事，对岳鹏程不即不离。然而却恰恰陷进了极为危险敏感的家族矛盾的泥淖之中。

悲剧在于他完全没有意识到这一点。悲剧还在于，他还触犯了被岳鹏程视之为至高至圣的一件宝物——岳鹏程的权威。

岳鹏程的话，在另一个原本不相关的人心里激起了波澜，那是岳建中。岳鹏程各家走时说的话已经引起他的注意。因为要找石衡保商量运输的事儿,岳鹏程后边的那些话他也听了个明白。他是个精明人,岳鹏程的真实意图他很快猜到了:那是要试探一下这些发了财的承包户们,心里还有没有他这个书记,还肯不肯听他这个书记指挥。因为是本家本族,岳建中十分清楚他这个侄子在村里和上边的地位。岳鹏程之所以要把果园承包到户,是觉得它无足轻重,包了,丢了累赘丢不了好处。一旦他觉得包了把好处丢了,他随时都可能改变主意。而主意一改,包在岳建中名下的那二十亩、几万块钱,也就泡汤了。这是个紧要关节。自己表现表现,再加上一家子的情谊,将来岳鹏程也许会手下留点情面。

然而,该怎么表现呢?岳建中找到妹夫。妹夫是个"开明人士",对岳建中的分析大加赞赏,表示宁可赔上血本也要来他一下子,保定那二十亩财路兴旺畅通。

两天后吃过晚饭,岳建中找了辆拖拉机,和妹夫结伴,把经过精选的五筐苹果送到岳鹏程家里。淑贞一口一个叔地叫,逼着人家抬回去。岳鹏程只笑一笑,任随他们搬进平时堆放杂物的厢房里。

厢房里已经拥拥挤挤放了不下二十几筐苹果。这使岳建中连襟两人暗生庆幸,庆幸自己"决策"的及时性和正确性。

"几个苹果算是给书记尝尝。不是书记领导有方,俺们还不知道连口苹果皮啃上啃不上呢。"

见岳鹏程眉眼舒展,又说:

"听说村里厂子想搞点关系,书记提出来了,老石家的人昧着良心不肯支援。那些东西,本来跟咱们就不是一路的。俺俩商量,咱们是一家子,不能让老石家看了你的笑话。他们不出,我出!五十筐苹果就按五分钱的价,明儿头晌我给你送去!"

岳鹏程见这位一向并不起眼的远房叔叔,如此仗义慷慨、忠心耿耿,喜气立时跳上眉梢,说:"你们是长辈。你们送我一个苹果尝尝味儿,我知道你们和那些外人不一样,我这个当侄子的就领情啦!至于那五十筐苹果的事,我只是说过那么一句话。你们肯支援,好!明儿送去,按外边来采购的价钱算。你们放心,我这个当侄子的,记住你们的情谊就是了。"

果然,转年开春,岳鹏程找了几个理由,一下子把石衡保和几户人家承包的果园收了回来,让岳建中挑头,同另外几户一起承包成立了园艺场。为此,石衡保告到镇里、县里,又告到市里。市里有关部门明确指出村里这种做法不符合政策,几次督促纠正。但岳鹏程怂恿岳建中等人抓住石衡保曾经伐过两棵病树的事大做文章,一次次向上送报告,硬把撕毁合同的责任推到石衡保头上,使市有关部门也挖挐了两手。石衡保从此成了"告状专业户"。岳建中则从此跨入了"十大金刚"的行列。

摆在眼前的问题是:除了那个"专业户"之外,又有人向上级写信,敲起岳建中这位八面威风的"金刚"的后脑勺来。

"人都到齐了没有?钟家店,龙启超,石硼丁儿,来了吗?"

岳建中见人来得差不多了,故意点了几个名字。今非昔比,岳建中早已不是五年前那个举步心惊、无足轻重的小卒子了。每个人都有每个人的领地。大桑园是岳鹏程的领地,岳鹏程尽可呼风唤雨。园艺场是他岳建中的领地,他岳建中理应金口玉牙,其他别的什么人,统统不过是狗屁一个。

"都到齐了场长,那几个人也来了。"他的副手,被一起指定承包园艺场的一位中年人报告说。

"到齐了开会!"岳建中朝胡强递过一个眼色,挺起鼓鼓的啤酒肚,"大伙知道今儿开的么巴子会不知?不知?嘿嘿,我看有的人就知!妈拉个巴子,我这个园艺场出了汉奸!出了叛徒、王八蛋、狗杂种!"

岳建中掏出那封经过了不知多少人手的皱皱巴巴的信,在面前晃着,同时把阴鸷的目光投到职工们脸上。

"向上告我岳建中!怎么样,又回到我岳建中手里来啦!这是哪位老爷写的,站起来让大伙看看!匿名告状,罪加一等,这是上了宪法大纲的!来,自动站起来!站起来!"

职工们低着头,好像都在研究着地面的构造和地上的什么奇特物件。

岳建中站起,目光停在屋子一边的几个人身上。

"钟家店、龙启超、刘丰刚、马顺昌,给我站起来!"

屋子一边一溜站起四个人。从那身上单薄粗简的衣着,一眼便看得出,是不久前刚刚从贫困山村雇来的农民。

"不会错吧,又是你们这几个海阳帮!你们这帮吃里扒外的王八蛋!……"

"信是我写的,跟他们几个没瓜葛。"名叫钟家店的三十几岁的人说。

"好小子,有种!你写这封信想干么儿,也说说吧!"

"我写的都是实情。招我们来时,说好每天三块工钱,实际发的不到两块;招我们来时说好八小时工作制,实际哪天也是十一二个钟点;还有,想打就打、想骂就骂。这不是资本家虐待工人、剥削剩余价值是么个?不是法西斯统治是么个?……"

"钟家店,你好大胆子!"承包副场长跳起来。

岳建中笑笑:"让他说。"

"你们却拿着工人挣下的钱,行贿送礼,花天酒地!……"

钟家店忽然住了嘴。他似乎这才明白过来,在这里、在这些人面前,任你说破天讲破地,也全然是满嘴抹石灰,没有丝毫意义。

"说呀!怎么不说啦?我到挺想涮涮耳朵!"见钟家店不言语,岳建中这才一拍肚皮,开了言:"不错,钟家店说的这些都实有其事。工钱是少发了一点,干活时间是长了一点,打打骂骂的事也有过一点。行贿送礼、花天酒地嘛,我看改成别的么巴子词儿也行。法的么子斯咪?你干脆叫稀特屙、蒋光腚得啦!可你这是在我的地面上,在我的场子里,我就是这么个章法!你不愿意干滚蛋哪!三条腿的驴找不着,两条腿的牲口遍地是!你他妈的告黑状!我操你祖宗三十八代,外加姥娘丈人二十四辈!我……"

岳建中活像一只从茅厕坑里爬出来的狼狗,满嘴喷粪,从头到脚散发着熏天臭气。

工人们又一次低下头。钟家店不由自主地攥紧拳头,两眼里"咻咻"地就要喷出火来。这似乎正是胡强等待的,他向两个"武术教练"递个眼色,那两人立刻做好了出击准备:只要钟家店一回骂或一举手,"扰乱公共秩序和正常生产生活秩序"的罪名便成立了,他们也便可以一展身手了。

钟家店终于强自忍住了,紧攥的拳头松开,只把倔犟的脑壳昂向屋顶。——失望!胡强和那两个教练好不失望!按照岳鹏程给他们制定的"安内攘外"的方针,对于大桑园之外的人,只要构不成"现行"行为,他们是不能显示才能的。

岳建中显然也很不满足。为了弥补这种不满足,他断然宣布:把钟家店和另外三个"海阳帮"全部开除,驱逐出场,限令半小时内,必须离开大桑园这块地面!

会议应该结束了。胡强在岳建中耳边嘀咕了一句,岳建中忽然记起似的,点着名儿把石硼丁儿叫起来,手一指:

"还有你,开除!"

石硼丁儿瞪圆两眼,嚷:"我没犯错误!"

"散会!干活!"岳建中睬也不睬,发布着指令。

石硼丁儿被从园艺场办公室赶出来,顺着果园的小岗子,朝向马雅河那边胡乱地溜达着。两年前因为缴不上四百元集资,他被迫从中心小学退了学。那时他九岁,母亲还活着。母亲四处奔走想把他转到别的学校,哪怕只读完高小。但人家一听是"告状专业户"的儿子,只有摇头。如今兴的是"公办民助",哪个学校肯因为多收一个学生,得罪威名四扬且热心赞助教育事业的财神爷岳鹏程?果园那年挣下的几个钱,早被石衡保四处告状折腾光了,九岁的儿子成了无业游民。母亲一口气没上来,过去了。石硼丁儿真的成了山中那任凭风吹雨打日头晒的、小不丁点儿的石硼丁。他夏天下河摸鱼,上山照马拉猴①,烧了填肚皮;冬天把抠老鼠洞、套兔子当做职业。这使他同论岁数能当他爷爷的彭彪了鞲下了伙计。去年因为市里来人处理石衡保上告的事,为了争取个主动,岳鹏程吩咐岳建中把石硼丁儿收进园艺场,当了"正式职工"。一年里他拿最低的工钱,出的力比大人也不少。然而他还是被开除了,连一个起码的搪塞人的借口也没用,就被开除了!

"这些王八羔子不得好死!"

他忍着巨大的仇恨和哀伤,瞅准胡强、岳建中那帮家伙滚屎蛋了,发了疯似的跃上一棵苹果树,又折又打,把成熟的果子摇落到地上。一棵树摇得差不多了,又跳上另一棵树……果子摇落满地,他跳下来,用脚踢,用手扔,用石头砸,把果子搞得稀烂八糟,四处皆是。他恨没有摸一把斧头揣来,把满坡的果树砍他个稀里糊涂!他恨太阳悬在天上,不能瞅准机会朝胡强、岳建中头顶砸黑石头;或者放一把火,放一把毒药,把那两个坏种烧死、药死!不,不只是那两个坏种,还有岳鹏程那个狗杂种!还有这个狗屁果园和这个黑咕隆咚的狗屁世界!……

石硼丁儿摇了不知多少棵树,折了不知多少根树枝,砸烂了不知多少苹果;突然,他停止了这一切动作,扑到地上哇地放声大哭起来。泪水和鼻涕在干燥的地面上播下了种子——这也许是他一生中最重要的一次播种,在他幼嫩的心田中,必定会结出坚硬的果实,并且极有可能成为他漫长生命旅程上的一个起点或源头。

就在半个小时前,石硼丁儿还不理解自己父亲的行为;现在他

---

① 蝉的一种,因叫声为"马拉马拉猴——"而得名。

理解了,而且觉得父亲太无能、太懦弱。就在半个小时前,石硼丁儿脑子里还存在着一片充满阳光、长满花草的绿洲;现在绿洲消失了,变成了一片沙漠。就在半小时以前,石硼丁儿还为自己劲儿大、本领大沾沾自喜;现在他觉出自己是那么熊、那么可怜,就像一只挨了踢只能鼓一鼓肚皮的癞蛤蟆……

他终于抹干眼泪,挺起瘦小的腰板,沿着马雅河宽长的大堤向前走去。他心里拿定主意:他要去城里找到父亲,同父亲一起到少林寺去,拜海灯法师和李连杰为师,学一身霍元甲、陈真那样的功夫再回村里来。让那些坏种见了面儿就得下跪磕头!(跟电影上的那个样儿!)下跪磕头也还得让他们尝尝醉拳或者三节棍的滋味!

马雅河的水变清了。清清流淌的河水里,映出一个英俊少年的身影。

"溜溜溜……""叮铃铃……"

一阵沙哑熟悉的嗓音,一阵清脆好听的铃响,使少年的身影凝住了。他情不自禁地朝响声那边张望,随之一阵小跑,向大堤一边的柳树林子跑去。

长满河曲柳树的林子里,两棵柳树之间拉起一条十多步长的铁丝。铁丝上串一个铜环,铜环上系一条尼龙细绳,拴在那只老鹰的腿上。彭彪子手里拿着一只露出鲜肉来的死鸟,他把死鸟朝向老鹰,站到铁丝这边,"溜溜溜"唤几声,老鹰擎着翅膀,抖着牵在尾根上的铜铃,带着铜环扑到他面前来;他又站到另一边唤几声,老鹰又带着铜环扑到他面前去。他十分吝啬,直到老鹰飞过来飞过去几次,急得眼珠发红、翅膀抖个不止,才肯把那只死鸟的肉割下一点点,喂到鹰肚里去。

石硼丁儿瞪着两眼看得出了神儿,问:"彪子叔,你这是做么个呀?"

彭彪子"溜溜溜"又是一阵唤。唤过,得意地说:"小毛孩儿,懂个屁事咧！这叫唤溜！"

他跑到另一边又唤,又说:"看,听唤不？鹰不听唤,不飞了个咪！"

他大概唤得累了,把鹰擎到手上摸了摸,让它踏到一根粗老的柳枝上,自己仰着身子,躺到满是杂草树叶的地上。

石硼丁儿觉着老鹰好玩,上前想要逗弄逗弄。彭彪子一声喝:"小兔崽子！不要命啦！刚喂了垫,眼珠子也能给你抠出来！"

石硼丁儿悻悻然只好作罢,坐到彭彪子身边的地上,问:

"彪子叔,么叫喂垫啦？"

"喂垫也不懂,笨猴一个！"彭彪子骂着,有滋有味地讲起来:

"你小子学着！捉了大鹰先得喂垫,喂垫。把谷秸放水里泡好了,把皮儿搓去,只剩下一团筋,一团筋。把筋填进手指肚粗细一块肉里,喂到鹰肚里去,肚里去。垫在鹰肚里翻过来滚过去,小刀儿似的,一点一点把油水往下刮,往下刮。喂一次刮一次,越刮它就越饿、越馋,你就越喂,越刮它,越刮它。好儿子！喂上四天垫,再肥的老鹰,你摸摸那嗉子,也得成粉连纸那么厚薄。妈拉个巴子的！这时候你再唤溜,那亲儿子就得跟着它彪爷跑啦,跑啦！……"

彭彪子讲得恣意,比比画画,在草地上翻了几个滚儿。

"嘿！"石硼丁儿听完,好奇地靠到老鹰近前,打量着,问:"彪子叔,这么说就该上山抓兔子啦！"

"石硼丁儿,是个精儿！精儿个屁！"彭彪子更上了劲儿,"还没熬鹰咪！得整宿整天地熬着不让它儿子闭眼,闭眼。熬上四五六天,让它儿子看鸡跟个家雀儿似的,看兔子跟个老鼠差不离儿,见鸭巴子和鹅也急得打窜儿,打窜儿。嘿嘿小子！那时候你就看好光景吧！"

"彪子叔,你么个时候熬鹰咪？"

"这几天的事儿。怎,你小子想跟你彪大叔学一手？"

石硼丁儿点着头,方才要去少林寺的念头仿佛打消了。

"熬鹰这差使遭罪,你彪大叔正愁一个人……哎小子,你不挣工钱啦?"

"……他们把我开除啦……"

"那些个狗兔崽子!"彭彪子骂一句,又叫着:"正好!你小子就跟着我,跟着我!熬完鹰抓兔子,抓完兔子放羊。我让向晖帮我,妈个巴子……"不说了。

"他们压榨人,我得去找俺爹!"石硼丁儿又想起方才的打算。

"尿!我说你那爹是尿!"彭彪子忽然上了邪劲,"告状,告的尿状!驴粪蛋一个,还想往天宫上滚!啐!……"

"谁像你彪子叔哇!"石硼丁儿的心被戳疼了,恶狠狠地跳起来,叫着:

"你占便宜卖乖!种地不行当工人,当工人不行当传达,当传达不行放羊养鱼!谁能跟你比呀?你闺女跟那个姓岳的书记相好,谁不知道哇!"

彭彪子被说得两只干涩的小眼睛直打愣怔。好一会儿才似懂非懂地问:"小子,你说么个咧?"

"就是!俺秋玲姐就是大恶霸岳鹏程的拐老婆!"

"你小子放屁!……我砸死你!"彭彪子以罕有的迅速站起来,两只小眼睛眯成一条线,并且随手捡起一根棍子。

石硼丁儿一点不怕。你骂翻了他祖宗,他也至多吓唬吓唬或者骂几句脏话,动手打人的事,彭彪子这一辈子还没有过。

"这又不是俺说的!要不你能摊上那么多好事儿?……"

"狗兔崽子!你还放屁!"彭彪子手中棍子一抡,"噗"地落到石硼丁儿腚板上。

石硼丁儿被打得愣了神儿,歪着嘴"哎哟"着,威胁地说:"好!彪子叔,你敢打人!"

"你再放屁,我要你狗命!"

147

石硼丁儿后退几步,忽然喊起来:"就是!就是!彭秋玲就是……"

没等他喊完,彭彪子的棍子又一次落到他身上。石硼丁儿吓坏了,回头撒腿就跑。跑出老远,也没敢回回头。

天知道!这个彪子叔是邪啦?疯啦?

这一上午,石硼丁儿一直在马雅河边转悠。但他终究未敢再靠近老鹰和那片长满河曲柳树的小林子。

第 十 一 章

秋玲仿佛忽然间变成了一只画眉鸟儿。声音那么脆亮甜润,脚步那么轻盈蹁跹,连穿过两个夏天的一身仿毛呢接待裙服,也显得飘飘逸逸,像孔雀张开的彩屏。

上午送走两拨内宾。一拨是广东那边来的,一拨是黑龙江那边来的。一南一北天涯相隔,语言、心态、询问和参观的内容,几乎没有一点相同之处。但两拨人都以满意和感激的心情离去了。下午一上班来了一拨外宾。据翻译说,其中有英国人,还有两个德国人。在河滨公园的八角亭上,秋玲用流利的英语介绍了一番,接着又讲了几句德语。这使外宾兴奋不已。尤其两个德国人,伸出拇指连声叫着:"逊!逊!"[1] "Vielcu Dnak!"[2] 读过北京外语学院,又到国外实习过一段时间的翻译,也惊奇地询问秋玲是哪所专科学校毕业的。

回到接待处,表针指到三点五十分。秋玲打开收录机,一边听着歌儿,一边对着镜子梳头、搽珍珠霜;脚下还不由自主地和着曲调的节奏,轻轻挪着舞步。大桑园的接待员跳舞是必修课,秋玲的舞跳得尤其出色。

"咯……"几个接待员乐成一团。

---

[1] 德语译音,"好"的意思。
[2] 德语,"谢谢"。

秋玲觉得奇怪:"你们笑什么?"

"笑你呀!秋玲姐,你真成了歌里唱的:'十八的姑娘一朵花,一朵花;眉毛弯弯眼睛大,眼睛大;红红的嘴唇雪白牙,雪白牙;粉红的小脸,粉红的小脸赛晚霞——'"

机灵调皮的姑娘们,扯着秋玲的裙子又唱又跳。唱完跳完,又是一层笑浪。秋玲要算是远东实业总公司仅有的几位与下属亲密无间的中层干部呢。

"哟!歌也不让唱,舞也不让跳,你们非让我当老太婆才行啊?"秋玲也笑着,笑得那么天真、纯洁,同一个十八岁的妙龄少女没有丝毫区别。

秋玲的变化确是引人注目。这种变化是昨晚与岳鹏程再次谈过之后出现的。岳鹏程不仅帮助解决了贺子磊户口迁移的事,而且答应以后两人以兄妹相待,不再做那种让人脸红心跳的事。缚在心灵上的无形的绳索解去了,从办公楼出来,秋玲觉得自己正像书上写的,成了一只出笼的鸟儿,飞上了高阔、辽远的天空。

与贺子磊建立起特殊关系的这半年里,秋玲一直被缠绕在一种沉重的、难以言喻的苦恼中。一方面,她担心自己同岳鹏程的暧昧关系被贺子磊察觉,影响自己的婚姻。她从心里确实觉得应当对得起贺子磊,并且小心翼翼地中断了与岳鹏程的接触。另一方面,她又担心岳鹏程知道了自己同贺子磊的关系,知道了自己结婚的打算,会暴跳如雷妄加干涉,造成两人多年友谊的破裂。而从心里说,无论从个人感情或者从实际利害关系方面考虑,秋玲都决不愿意与岳鹏程翻脸成仇。如何处理好这两个方面的矛盾,做到既与贺子磊美美满满结婚,又与岳鹏程继续保持一种亲密友好的关系,几个月里秋玲费了不知多少心思。那天决心找岳鹏程谈开时,她是设想了种种情况和办法,做好了应付的种种准备的。然而事情出乎意料的顺利,她的一切目的几乎不费吹灰之力便全部达到了。从此,笼罩在心灵上的无形的阴影消除了,她尽可以去幸福地生活和工作,尽可以自由舒展地去歌唱和翱翔了!秋玲的喜悦和轻松,是的的确确形同一只飞出樊笼的鸟儿。

因为岳鹏程,秋玲已经失去了一次爱情。那是赢官给予的。在赢官从技工学校回到村里和当上木器厂厂长的几年里,他们经常在一起。她常常可以遇到那个充满生气的小伙子投射过来的电火似的目光。那目光时常烧灼得她神思迷离。她喜欢这个小伙子,时常盼望见到他的身影。但她不敢接受那目光的召唤:她大他两岁,而且与他的父亲产生了暧昧。一次,秋玲无意中称赞了一句前来参观的一位客人穿的蝙蝠衫。一个月后,赢官忽然告诉她,他已经为她从广州买回了一件蝙蝠衫,比她称赞过的那一件还要漂亮、洒脱几分。他约好晚上给她送到接待处来,说要亲眼看着她穿上跳一次舞。晚上她去了,他却失约了。她回到家中时,一件被剪得七零八落的蝙蝠衫出现在院门的扭柄上。她惊诧不已,但也很快猜到了因由。不久赢官与岳鹏程分手了。虽然任谁也没有透露这方面的信息,秋玲却明白,那儿子的决绝离去,与自己并非全无关联。赢官在小桑园干出了功业,两人绝无往来。偶尔碰面,赢官不是回避便是傲然睥睨。秋玲也只能低头匆匆而过,心中却总要泛起几多懊恼。人生难得几知己。岳鹏程算得上一个知己,但她更需要一个可以相互依偎、共同走完生命航程的知己。她已经失掉了一次机会,决不能再失掉第二次!

一个女人即使浪迹天涯,终了也需得一个归宿。贺子磊便是秋玲的归宿。

秋玲急于见到贺子磊。正像一个久别的少妇急于见到自己的丈夫一样。昨晚从岳鹏程办公室出来,她直接跑到建筑公司。那间"工程师室"门上把着铁将军。人们告诉她贺子磊到烟台一号工地了。头午秋玲从电话里知道贺子磊回来了,正在休息。她不忍心去打扰他,拿定主意下班后再去。送走外宾后,她却等不下去了。

· 151 ·

"有客人来你们接待一下。有人问,就说我马上回来。"秋玲向那几个姑娘说。

"秋玲姐,你就尽管走吧!"姑娘们笑嘻嘻地把她驱逐出门。对于秋玲与贺子磊的关系,她们早就心照不宣,等待吃喜糖的那一天了。

秋玲出门先奔宾馆,装作有事似的跟值班员拉了几句呱,这才当作顺路,朝建筑公司那边去。

贺子磊原是大连一个设计院的工程师。毕业于同济大学,据说在学校时就曾得到过著名土木工程专家李国豪教授的青睐。到设计院一年,他的才华便显露出来。他设计的星洲住宅区、黄石会馆,在行业评比中连获"最佳"。党委书记看中了他,培养他入了党,提前晋升为工程师,并把毕业于师范大学、分配到一个研究所工作的"千金"嫁给了他。那"千金"在大学时有过一个情人,被拆散后仍然暗中卿卿我我。一次两人正在做爱,被贺子磊撞见抓获。他断然提出离婚。党委书记和"千金"为了保全自己的声誉,抢先行动,反诬贺子磊道德败坏,与女流氓勾结。仅三天工夫,贺子磊便被逐出了设计院和那座海滨城市。他在村里推了三年小车,前年岳鹏程闻讯后专程前往,张口月薪三百,把他聘了来。过去建筑公司出去,挣的只是个工夫钱力气钱。贺子磊来后,设计施工一揽子兜过,利润一下翻了几番。"请来一个坏分子,变成一个财神爷。哪儿有这种坏分子,你们尽管朝我这儿送!"岳鹏程在外边时常夸口。他当然不会想到,这个变成财神爷的坏分子,后来还会变成他的"情敌"!

秋玲与贺子磊真正相识,是在一次陪同外宾考察时。那是专门研究中国农村建筑史的几位学者。因为专业性太强,只好请贺子磊一起陪同介绍。那几位学者开始没有瞧得起这位根子扎在泥土里的工程师。只谈了十几分钟,学者们就愕然了。流利的专业性极强的英语,古今中外南北东西乡村建筑的异同演变,以及贯串于这些介绍中的独到的见解,使学者们夸张地把他称为"中国未来一代的贝聿铭"。秋玲从那一次才知道,这位沉默寡言的"坏分子财神爷",是一个远没有发挥全部才学的卧龙伏凤式的人物。

他们交往增多了。先是秋玲跟他学习英语。贺子磊德语和日语也懂得几句,秋玲也学。但真正弹拨起秋玲心弦的,还是另外一件事。那次因为工作上的事,贺子磊找到秋玲家中。当时,彭彪子正倚在墙根的泥土地上,露着又脏又丑的肚皮晒太阳。秋玲怕丢人,连忙要把彭彪子喊起来。贺子磊却上前尊敬地叫了声:"大爷,晒太阳啦!"在秋玲记忆中,见了爹的人只有捂鼻子、斜眼睛、吐口水和扔土坷垃的。喊声"彪子叔""彪子哥"的极少,而且算是极大的情面。叫"大爷"并且问候的,这是开天辟地第一次。这已经使秋玲受了感动。贺子磊讲完事情后,又特意过去与彭彪子拉了几句呱,让他保重身体,还拿过一块塑料布让他垫到身子下边。"大爷这一辈子也真是不容易。"离去时贺子磊对秋玲说。

这个在贺子磊看来十分自然的情形,在秋玲心田却播下一颗种子,一颗用敬重和爱戴浇灌的种子。一个晚上,当她听完了他平静地讲述的那段被开除还乡的往事时,那颗种子便萌生出了爱情的芽苗。这次是贺子磊感到惊讶,秋玲却觉得是再顺理成章不过的事了。……

建筑公司是宾馆的近邻,不过几分钟工夫,秋玲已经推开那扇"工程师室"的门了。工程师室由里外两间大屋组成,里间是两张单人床,外间摆着几张特制的斜面设计案。室内很静,一个腰身颇为高挺的身影正伏案在画着什么。

门是虚掩的,秋玲蹑步上前,那人丝毫没有察觉,便被突如其来的两只手捂住了眼睛。

贺子磊只一刻便猜出了来人,却故意胡乱地说出几个名字。"噢!你个小笨蛋!"直到那两只小手在娇嗔的责怪中松开,贺子磊才惊醒似的霍然站起,把秋玲揽进怀里。

静静的,谁也不说一句话,只有两颗心咚咚咚地跳,在敲着古代两军阵前进攻的鼓点。

秋玲凝起眸子,踮着脚尖(他高出她半头来呢),在那因忙碌而有些疲倦的眼睛、面颊和长满了生硬胡髭的唇上,落下几记"蜻蜓点水"。那胡髭好厉害,扎得她心里怪痒痒的。

"到工地去怎么也不告诉我一声?昨儿一夜没合眼是不是?中午吃过饭了吗?……"

一连串的问号。问号后边随着的是熟鸡蛋、煮花生和洗好熨好的衣服。

她逼着他吃、看着他吃,逼着他和看着他换下身上那套还说不上脏的衣服。贺子磊被一种滑细而又激越的情流冲击着,感激而顺从地服从着她的一切指挥。时而还一个立正,一个"女王陛下",逗得秋玲娇嗔地嘟起嘴唇,翘起娥眉。

这是她的男人!在这个世界上惟一真正属于她的男人!——虽然"男人"二字现在并不完全确切。

"跟你说个好消息,你的户口公安局已经应声了,马上就可以迁过来了。"

"真的?那么快?"

"骗你是小狗。你是特殊人材嘛!"

贺子磊并没有显示出秋玲希求看到的那种兴奋。他打开抽屉,找出一封信。那是潍坊一个国营公司发来的,邀请贺子磊到他们那儿工作。信中言辞恳切,许诺只要贺子磊同意,公职和职称可以恢复,待遇可以比大桑园高,必要时还可以安排一定职务,把家属子女也一并带去。

"你怎么给他们回信的?"秋玲带着几分急迫地问。

"我这不是刚给你看嘛。"

"金壳篓银壳篓,不如自家的草壳篓;金有价银有价,人心人情没有价。你要是奔着铁饭碗和那点待遇去,我才不稀罕!"秋玲似是劝说,似是倾诉期待。

"回信等你来写,总可以了吧?"

贺子磊笑笑,把信交到秋玲手里。秋玲只一打愣,随即把信又塞回抽屉。她搂住贺子磊的脖子,把一颗心偎依到那宽厚、坚实的胸膛上了。

从中午起,云层就在李龙顶后面的天空卜汇聚。上班时,这边艳阳高照,那边云层已经厚重得像一道漆黑的铁幕。只是这种汇聚是在蹑手蹑脚中进行,而且遥远,隔着一重山,没有引起人们的注意。下半响,秋玲去找贺子磊时,地面上仍是一片平静。高空里出现的一股巨大的力量,悄然地把远方那道厚重、漆黑的铁幕推上李龙顶,又从李龙顶缓缓向这边推来。遥望这个情景,有经验的人们喊一声:"不好!"赶忙收起地里已经割倒、场上和平房顶上正在晾晒的庄稼和粮食,把院子里堆放的怕雨淋的衣物家什搬回屋里,或者盖上篷布苫上草帘。不等这些事情做完,风忽然从地面卷起,以异常迅猛的态势,把地上的枯枝败叶、尘土沙石,乃至能够捕捉到的一切物体,统统抛向半空。房屋和山崖阻挡了风的去路。立时,两股更加凶狠迅猛的旋风形成了。房子被揭去屋顶,树木被连根拔起,两个巨大而灰暗的旋风圈遮住半边天空,摧枯拉朽般地向远方推去。

风带着瘆人的凉气,呜呜地掠过地面,在人们身上留下一层鸡皮疙瘩。这时,那道森严的铁幕仍然离得很远,但已经触目可见了。就是三岁的孩子,也知道一场大雨就要降临了。

然而,形势突然发生了变化。风蓦然刹住,一丝丝儿也不见了。树叶不摇,羽毛不摆。黑幕那边骤然发出一片白光。不是阳光,不是惊雷撞击的电火,是一片惨白得恰同一张失去血色的死人的面孔。在一片真空般的寂静中,先是几颗核桃大的雨点落到地上,溅起一串带着泥腥气味的土雾。接着自远而近,传来万马奔腾般的大雨注地的声响。那声响越来越重地敲击着人们的耳鼓,引动得那些挤在门楼下、过道里,等待着观光的人们伸长起脖子。

大雨在人们的等待和欢呼中降临了。没有雷鸣电闪,没有狂风呼啸,只有粗犷浓密的雨柱,遮天盖地占领整个空间。

海滨山区的人们都知道,这种雨比起那种又是狂风又是雷电、呼呼隆隆大叫大嚷的雨,不知要厉害多少倍。

秋玲是在旋风席卷中离开建筑工程公司的。她跑到接待处检查了一遍门窗,又向家中奔去。在一片惨白的寂静和震动耳鼓的大雨的脚步声中,她收起了刮落到地上的几件衣服。没等她遮盖起院里怕淋的东西,雨点便毫无情面地倾落到她的头上、脸上,又向她身上泼来。

她跑回屋,稍许平静了下怦怦乱跳的心房,才发现整个家院里只有自己一个人。

"爹!小晖!"她喊。

喊过三声,街上观雨的过道那边,才传来小弟隐隐约约的回答。

"小晖!回来——"

向晖顶着一个苇编的大草帽,挽着裤腿,光着脚丫子,像一只鸟儿飞进屋里。

"爹哪去啦?"

"我怎么知道!"

"真是恨死人啦!"秋玲牙根发痒。这种天,这种雨,闹不好是要出人命的!

秋玲找出一件雨衣给向晖套到身上,又把草帽扣到他头上,说:"快去找!别跑远啦,就在村边口,千万不准到河边去!听清了没?"

向晖答应着,消失到雨雾里。

秋玲脱下裙子,套上一身厚料旧单衣,把裤腿衣袖挽到最上边,打起一把雨伞也出了门。

"爹!——"清水桥边,传来向晖尖锐的童音。

"爹!——"秋玲用力撑着伞,抵御着暴雨的凌厉攻势,朝另一个方向,朝马雅河那边奔去。

彭彪子并不"彪",赶在雨前他便从马雅河边回到了村子。这时,他正跷着二郎腿,躺在村北那棵老白果树下的一块石板上。老鹰架在树枝上,几米长的溜绳系在石板旁的一株小槐树上。老白果树厚密张扬的枝叶,撑起一把巨大的绿伞,使倾倒的天河,只疏疏落落漏下几滴水珠水雾。彭彪子肚皮朝天,任凭水珠在肚皮上发出鼓一般喜人的声响。水珠落到头上脸上,他扭扭脖子,张开嘴接住。接多了,嫌苦涩,吐出来又接。雨下大了、久了,树上漏下的水珠水雾,也大了、稠了。老鹰被淋得换了几个枝杈,彭彪子只把两手在肚皮上、脸面上不断地抹来抹去,像是找到了一个难得的天然浴场。

他听到向晖透过雨幕传来的喊声,心里骂:"喊个屎!老子还没死哩!"秋玲的喊声也传来了,很近,直向河边那儿去。他支起身子想应,却又恨恨地躺下了;好像是嫌喊声噪人,又用两手把耳朵捂了个严严实实。

上午与石硼丁儿打了一架,虽然由于鹰和羊的缘故,下晌两人就和解了。但石硼丁儿讲的那件扎心的事儿,依然扎在彭彪子心上。他朝着柳树墩子和马雅河水,把岳鹏程骂了个底儿朝天,却自知连人家一根汗毛也不敢去碰上一碰,骂得满嘴白沫干了也就罢了。他恨秋玲,恨闺女不要脸找拐汉子,恨闺女在外边给他丢人现眼。"妈拉个巴子,还有脸管我!"他骂。发誓赌咒往后不把秋玲瞅到眼里,不服她管。下雨他不肯回家,一是觉得外边有乐趣,一是赌气不愿回去见秋玲的面儿。心下寻思:她说不准正和姓岳的那龟儿子在干好事哩!听到秋玲喊叫,知道她正为自己着急,心里反而得意起来:让你们喊,喊破大天老子就是不应,看你们跳马雅河了不能!

老鹰尾铃的脆响,还是把向晖招到老白果树下。

"爹,满山找你,你聋啦?"

"我聋啦？谁让你满山找的哩!"

"你快回家!俺姐还在找你哪!"

"谁找也不回!反正……不回!"

彭彪子换个地方,躺到一片被雨打得半湿的草地上四仰八叉,好不舒展。

"你真的不回？我找俺姐去!"向晖狠狠地瞪他一眼,朝马雅河那边跑去,边跑边喊:

"姐——爹在这儿——他不回——"

"这个小兔崽子!"彭彪子朝儿子的背影骂着,还是爬起来,把老鹰解下护在胸前,一跛一拐,向村里走去。

彭彪子前脚进家,秋玲和向晖后脚就跨进门槛。秋玲的伞几乎没有起作用,胸口以下全淋在雨里。向晖穿着雨衣戴着草帽,衣服也湿了八分。秋玲顾不上换衣服,把伞朝彭彪子面前一丢,铁青起脸面:

"天要下雨了你知道不知道？你跑到那树底下怪悠闲得慌!喊你,你为么不应声？你不想回来,怎么不跳马雅河去？你去跳!你去跳!等着你闺女儿子跟李龙爷似的去捞你呀!……"

彭彪子翻着白眼,想不服管,却怎么也回不出声来。

"啊嚏!"向晖打了一个喷嚏。秋玲连忙找出衣服给向晖换上,自己也通身换过一遍。同时点着炉子熬起姜汤。

"爹,你的衣服哪?"姜汤下锅,秋玲问。今天早起彭彪子上山时,她特意又给他找了一件穿上的。

彭彪子这时也觉出冷,流着鼻涕,说:"丢……丢了……"

"你撒谎!"向晖揭开里屋彭彪子炕上的席子,席子下边横七竖八地压着不下五六件皱皱巴巴的衬衣和背心。

秋玲气得眼珠直打滴溜。为了把这个丢人现眼的爹打扮得能够遮一遮皮肉,她费了多少心,花了多少钱!而买回的衣服他竟然就这么"丢"啦!她把那一堆衣服一呼隆卷起来抱出,恨恨地、狠狠地、一件一件地摔到彭彪子头上。接着,搂着向晖,呜呜地大哭起来。

这一天,彭彪子第一次正儿八经穿了一件的确良衬衣,第一次规规矩矩喝了一碗姜汤,吃了一顿热饭。

第 十 二 章

大勇快步连带着小跑,进了远东宾馆大门。未及抹一把额顶的潮润,平息一下短促的气喘,问准岳鹏程在三号会客室,便以原有的速度直向二楼登去。同远东实业公司的所有干部一样,接到岳鹏程的召见令,大勇立刻丢下未婚妻小林子和正在吵吵嚷嚷的徐夏子婶,丢下特意请来察看房基的师傅,以最快速度赶到岳鹏程办公的宾馆来了。

大勇今天的快捷还有别的原因:因为那天淑贞的事,岳鹏程已经两天没有回过家,两天没有同他这个内弟和心腹干将照过面儿,他心里正忐忑不安着呢。

"远东宾馆"作为宾馆,在广袤的远东地区,能否列入等级,或者应当列入何种等级,我们不敢妄加猜度。但在蓬城县,在与蓬城县相邻的几个地区,"远东宾馆"无论从外形设计还是内部装修,以及其他种种服务和娱乐设施方面,无疑应当属于上乘。这是岳鹏程的得意之作。蓬城海滨,物产富饶景色秀丽,来往客人很多。尤其近年夏秋季节,颇有人满之患。而县里,除了政府招待所内有一个小院和几个高级房间,竟然没有一所像样的宾馆。岳鹏程看出内里境况,一次投资四百万,以最快速度建起了这座连北京上海的客人也不能不伸大拇指头的宾馆。这宾馆着实非同一般。从外观看,主体部分,乳黄色的墙壁和铝合金门窗,以及厅廊中菱形和瓶形的花台,形成一种时髦的现代气息。主体上部,则是几座古香古色的亭阁楼台。凭栏远眺,可以一览大桑园全貌,一览渔帆点点、白浪细沙滩的蓝色海湾。这种现代时髦的主体部分与古香古色的附加部分,使这座建筑物产生了一种对比度极强,却又相对和谐的卓然脱俗的风格。宾馆内部也是如此。天井式的大厅,是一个幽雅的天地。迎面一座高及二楼的假山。假山顶上,葱绿的大叶芭蕉和遒劲的常青剑麻之间,泻出一片银亮的飞瀑;飞瀑经几个阶梯,以钢琴与小提琴协奏的流畅舒缓的旋律,汇进一片清碧的池中。池中是一群五颜六色的游鱼。鱼池一边是绿地、盆景、舞厅。另一边,则是一色红漆楠木为壁的各式餐厅和宴会厅。红漆楠木上精工雕刻着中国古代的神话传说。一位在岳鹏程家中品过茶,并且同他作过一次长谈的心理学教授断言:这座宾馆的布局,如同岳鹏程家中的陈设一样,体现的正是岳鹏程这个人的独有"心理构建"。

管他的什么"心理构建"! 岳鹏程要的是一年五十万的利润指标,要的是让人称羡和瞠目结舌的气派。自宾馆建成,他许多时候都是在这里召集会议,会见客人,做出各式各样的决策,发布各式各样的指示和命令。

大勇进到三号会客室时,岳鹏程正蹲在正中的大沙发上,听齐修良汇报工作。鞋脱在地毯上,脚上只穿着双尼龙丝袜,袜的前边或后边,似乎有意地露出几个小洞,以便使憋闷得难以忍受的脚趾头得到喘息的机会。这是岳鹏程在部下和熟人面前常有的情态,在上级和客人面前,那是绝无此种情形出现的。

齐修良汇报的是月牙岛谈判的情况。月牙岛在烟台西北十数里,面积不过四五平方公里,与陆地有一条窄窄的沙土线路相连。十几年前,月牙岛隶属部队管辖时,曾经有过一段繁华月。自部队撤走,便日渐冷落了。现在该岛几乎荒芜了,只有 座不过百十人的电子管厂也不死不活。两个月前,新上任的电子局长宣布公开招标时,岳鹏程当即便做出了投标的决定。

"……接触了几次,一直就是这么不冷不热。估计是想逼咱们抬高承包基数。"齐修良汇报说。

岳鹏程似乎漫不经心地听完,说:"那倒不是主要的。主要的是得把开发权、经营权拿到手。"

齐修良不无疑虑地说:"就那么一片荒岛上的一个小厂,要是他们要价太高……"

"这你们不用操心……"

面前茶几上的电话一声脆响,岳鹏程抓起说了几句什么,又放下了。他走到哪里哪里就是中心,电话便载着上下左右的各种情况、要求、请示向中心汇聚。但不论哪儿来的电话,都必须经岳鹏程同意才能接通。

室内还有几个人,或正襟危坐,或站在一边。大勇不敢造次,朝岳鹏程点点头,说声"书记找我",找个位置小心地坐下了,坐也只坐了半爿屁股和半爿沙发,好像害怕弄脏了洁白的沙发套似的。

"远东宾馆"的沙发套一色洁白,上边一律用蓝线勾织着河滨公园八角亭的图案,并配以"远东"二字汉语拼音的第一个大写字母。洁白的沙发配以洁白的茶几、墙壁和天顶,使会客室中的色调显得十分单纯、协调、安详。室内除一部电话之外,只有靠走廊一边的墙壁上,独出心裁地开出一个宽敞的装饰橱。橱内用柳曲木板镶起几个图案式的层次,上面摆放着几件精致的珊瑚花和贝雕作品。

会客室很大,很气派。在这里处理工作,确是无形中给岳鹏程增加了一种大家气派和威严。

岳鹏程接过电话,把目光转向站在一边的两个干部——分管能源运输的副总经理和加油站站长身上:"你们两个想好了没有?"

副总经理说:"想好了。我的主要错误是意气用事,没有处理好和孙站长的关系。"

站长说:"我的错误主要是请示汇报不够。"

"我看你们俩是不见死尸不落泪,不到黄河不死心!"岳鹏程指着先大勇一步赶来的主管会计:"你把汽油的两种价格报给他们听听。"

"平价油每吨九百元左右,高价油每吨一千五百元左右。"

"你们是按平价卖的还是按高价卖的?"

"按平价。"加油站站长回答。

"凭么按平价?"

"因为原先应许过他们。"

"凭么应许他们?"

"……"

"你哪?"

"监理站跟咱们车队经常打交道,我寻思……"

"打交道就一下子给八吨吗?"

"孙站长一开口二十吨,我只……"

"他卖二十吨你卖八吨吃亏了是吧?你应该卖二十八吨才对是不是?"

"我没这么说。"副总经理嘟哝着,口气有几分生硬。

岳鹏程被激怒了,从沙发上跳下套上皮鞋。"你没那么说,你就是那么想、那么做的!"

副总经理心中胆怯,还是嘟哝着:"我没想也没做……"

岳鹏程铁青着脸,稍许思忖也没有,便抓起了话机。

"接加油站。加油站吗?我是岳鹏程。你记一下:从现在起,加油站的工作由副站长贾红升负责,站长停职反省,分管副总经理对加油站和汽车队的领导权终止——这一条由你通知汽车队。以后加油站站长有一桶油的批准权,超过一桶必须经我同意才行。记准!是我,岳鹏程!总共三条,记下了没有?重复一遍!"

对方重复着,岳鹏程纠正了几处,电话放下了。

屋里静得像一丘墓地。

· 163 ·

"妈拉个巴子！"岳鹏程倒背两手，又不时交叉挥舞着，在地毯上来回走动着。"我们费了老牛劲搞回那么点油来，关系户还照顾不了，你们张口二十吨、八吨，平价，还派车去送！你们这是搞的哪门子经营？为大桑园办回哪几件好事来？家里的钞票、电视机、电冰箱不怕撑破门吗？不放权，你们说没有权；放了权，你们就拿着权胡作非为！老的老不正经，小的胆大包天！这一次不给我说出个一二三来，嘿嘿！"

岳鹏程似乎觉得话说得没味儿，坐回沙发，一摆手说："行了，你们俩可以走了。"

被停了职的加油站站长和被撤了职的副总经理满面悲哀，却停住不动。

"鹏程，反省我做，看在你三姨的面子上……"

"鹏程叔……"

两人都与岳鹏程沾亲带故，此时只好乞灵于此了。

岳鹏程一声冷笑，说："你们不用来这一套！我不欠你们的债！"

原分管副总经理和加油站站长，像两只被端了窝的老鼠，悲悲哀哀地退去了。

屋里留下一派肃杀气氛。大勇觉出脊梁杆子上一股冷气上升。

岳鹏程却随即转向齐修良道：

"刚才那个事我看这样，干脆给他来个兵出奇（祁）山，上一趟岛子！"

"么时候？"

"要去就快。你去调车，我随后就到。"

齐修良应声而起，与另外几个人旋即消失了。

会客室里只剩下岳鹏程和大勇。

"大勇，来，坐这边。"只一霎时，岳鹏程脸上堆起一重宽厚、祥和的笑容。

大勇坐到与中间大沙发傍邻的位子上。岳鹏程吩咐倒水的服务员送来一包瓜子、一盘苹果和橘子。

"吃！"他朝大勇做个手势，抓起一个苹果，皮也不削，大咬一口。这也是在自己家里、自己人面前，在外边和客人面前，自然是另外一种情形了。

大勇只抓起几粒瓜子，小心地嗑着。

"税务局吕局长的水泥拉走啦？"

"嗯。"大勇眼皮眨了一下。齐修良早晨才说过，那两吨水泥是岳鹏程昨大吩咐人送去的。

"最近又要搞税检，你们准备好了吗？"

税收检查是上次吕副局长来时透露的。这种事哪年也有几次，形式形式而已。这当然是有原因的。几年前市有关部门专门派一个检查组来查过大桑园。查了两天，发现不少漏洞。第三天再来时，岳鹏程说："我的会计全部不合格，让我全给打发啦！"检查组找不见会计和账目只好回去汇报。汇报的结果是不了了之——岳鹏程后台硬着呢，闹不好要查到自己头上，如今还有谁肯去做那种于己无利惹麻烦的事儿？"老百姓怕二鬼子，二鬼子怕岳鹏程。"编顺口溜的人其实并不真正了解岳鹏程。岳鹏程怎么会仅仅是让人怕的？比方那两吨水泥，比方每月二十几罐煤气，比方……

总之，税务检查并不是值得岳鹏程特意亲自关照过问的事儿。

"你盖房子的事准备得怎么样了？"岳鹏程越发显出亲近，"那天我给杨大炮打过招呼，你需要材料到他那儿去拉就是了。有时间你去跑一趟。"

大勇受宠若惊。盖房子的事，压根儿他没敢奢望得到这位姐夫哥的垂问。把他迁到村里并委以重任，这个恩德就够他报答一辈子的了，何况姐夫哥确是日理万机，忙得山旋水转。更何况，眼下这位姐夫哥与姐姐处在那样一种特殊关系的情况下。

· 165 ·

但他很快意识到,姐夫哥的一切好意,都在围绕着一个目标,围绕着姐姐在转。把姐姐昨天的情况告诉姐夫哥?可这种事,姐夫哥没问,他怎么开得口呢?

"今天见到银屏了没?"还是岳鹏程开了口。

"见了。"大勇不等再问,说:"银屏没事儿,还是想上高考班。俺姐病了,在家躺着。"

"我这几天忙,晚上还得去一〇一——病得还挺厉害吗?"

"就是头痛、心慌。俺妈盯在家里,不会有事儿。"

"银屏她爷没说么个?"

"没。昨天让马家庄吴伯他们请去一天。今儿一早,又让县委派车接走了。"

"哦……"一丝苦涩的欣慰从岳鹏程心尖掠过。从前天与淑贞闹崩,为了避免再肇事端,他一直没敢再进家门。但他一刻也摆脱不了那件事情的纠缠。淑贞把事情闹开了怎么办?淑贞要打离婚怎么办?淑贞把事情告诉老爷子会出现什么情况?如果事情再闹到镇里、县里……作为一个经受过解放军"大学校"教育的人,作为一个在基层官场上跑过几年马的人,岳鹏程比谁都清楚这件事的严重性。丑闻!特大丑闻!可以致人于死地的特大丑闻!他怎能忘记,一位受到贺龙、陈毅等元勋赞许的军校高才生、大军区的作训部长,因为"作风问题"一贬再贬,最后被从岳鹏程所在团的副团长的位置上撤下来,郁悒而死。还有本县的,北沟于家原任支部书记,是与岳鹏程同时崛起的一位"将星",村里搞得跟大桑园差不了多少去。两年前也因为这类问题,搞得差点进了牢门。淑贞那天的疯狂,证实了他一开始对问题严重性的估计。偏偏老爷子又在家里!偏偏又是一个正统得近乎呆板死硬的人!淑贞与老爷子一旦联合起来……每每想到这里,岳鹏程便从睡梦中惊醒,在席梦思上辗转反侧,或者站到凉台上,面对星空和海风,一阵忧郁,一阵懊恼,一阵失悔不迭。

女人是个好东西！可与女人粘在一起,就实在难以说清好坏祸福了！唉唉！……

总得有个办法！办法是这般的有限:只有靠大勇和如今对自己敬之有加的丈母娘了。

大勇的回答使岳鹏程心下稍安。

"老爷子这次回来,可能得惹出点事来,你多留心点。"岳鹏程说。那天老爷子问起肖云嫂的情况,他之所以敷衍搪塞,仅仅是为了避免正面冲突而已。老爷子与肖云嫂的关系,老爷子一旦知道了肖云嫂目前的境况会造成什么局面,他是再清楚不过的。奇怪的是老爷子似乎仍然被蒙在鼓里。是因为淑贞病倒,还是压根儿就没有产生疑问？抑或是因为别的什么原因？

"老爷子好多年没回来,你告诉建中和胡强,去搞点新鲜海货,让他都品品味儿。"他又交代。对于老爷子的过去他一向心存敬畏,如今老爷子非往日可比了,惟其如此,他仿佛更愿意尽一尽做儿女的孝心。

大勇点头应承。岳鹏程稍稍沉吟了片刻,忽然又道:

"其实那天你姐犯疑,也不是一点谱儿没有。我也有不检点的地方。"

大勇仿佛被火燎了一下,惊诧地抬起眼睛。目光所至却是一副坦诚失悔的面孔。

难道……

这怎么可能呢……

"人家秋玲准备结婚,要把贺子磊的户口让来。找找帮忙,找寻思人家求到咱,不管不好,让办公室打了个报告……"

他注意地看着大勇。大勇似乎没有听出多少门道。

"唉！这种事儿,我倒是管它干么个！"岳鹏程在沙发扶手上重重拍了一下,想跳起却没有跳起,"报告打上了,人家秋玲还火辣辣地找到办公室,当着建中的面儿把我埋怨了一通。我这是办的么

· 167 ·

事儿!外边没落好,自己家里也闹得不欢不快!妈拉个巴子!那一天我干脆不管,或者就在大街上说几句,也就没这些事啦!"

大勇总算听明白了岳鹏程所要讲的话,总算明白了那天那场风波的起因。他不知该表示什么态度。顺着说几句?似乎顺不上去。讲几句安慰或同情的话?似乎也难以张得开嘴。

岳鹏程显然并不企望大勇表示什么,擦擦手站起来,说:

"就这样吧。这一阵儿,我得跟月牙岛打交涉,家里的事,你跟银屏她姥多跑跑。你姐的病不要耽误了,需要上北京到上海咱也去。有么事儿,及时告诉我一声。"

"行,大哥,有我和俺妈,你就尽管……"

岳鹏程摆摆手,大勇立时打住,起身朝门外去。

"税检的事儿,好好准备准备。"

"知道了。"

"杨大炮那儿别忘了,抽空去跑一趟。"

大勇出门,岳鹏程从背后又递上一句。

大勇带着一种使命感回到家中时,徐夏子婶还在朝着小林子吵吵嚷嚷。

因为大勇盖房子的事儿,家里这一阵子就没安宁过。为了结婚娶媳妇,把旧房子扒了,按日下时兴的式样重新设计,搞得像模像样,徐夏子婶并没有异议。无非是坚持自己住的屋里要盘铺炕,冬天好睡热炕头;坚持厨房里得有一盘砖砌的锅灶,好贴个锅饼、淋个油饼尝尝鲜;坚持院里得给她垒几个鸡笼子和兔窝,留出一块小园来,好使她闲了有个营生干。这些条件大勇应承得痛痛快快。问题出在厢房的位置或者说方向上。大勇要扒掉那两间东厢房,已经使徐夏子婶脸拉得二尺长。大勇嫌东厢房背日头、光线暗,要改到西边去,徐夏子婶更是梁头上的鬼伸舌头——死不应声。

徐夏子婶的理由简单而又复杂:东厢房里有盛虫,改到西边就得把这个家给败了。

那盛虫的故事,淑贞扎着两只小羊角辫时就听过不知多少回。这次一提拆东厢房,徐夏子婶絮絮叨叨又讲起没完。

"那还是你爷在的时候,我比东院李家没上学的小闺女还小。那时候咱家穷哇,穷得还不如人家喜儿,过年她爹还能买回两根红头绳来。你爷自己没地,租的徐一麻子家十亩。那年打了麦子,给徐家送去后,场上只剩下那么一小堆溜。你爷拿个口袋去,寻思一趟就扛回来了。哪料想,一口袋装满没见出少来,回去又装,还是没见少。你爷心里就有数啦:一定是招了盛虫。盛虫你们是没见哪,听说就跟条小长虫似的,一拃来长,火金火金,顶着个比公鸡还大、还好看的冠子。盛虫到谁家,谁家就该发啦!别处人说是福星爷财神爷下凡,咱这块儿说,是李龙爷派出专帮好人的小龙爷。你爷闷着头,闭着嘴,就那么装满一麻袋扛回来,倒进东厢房的缸里,又去扛。缸里满了围起囤子,围一圈不够就再围一圈。一直扛了半下晌,囤子快碰梁头了,场上的麦子还是没见出少来。天快黑了,你爷又扛着一袋子往家来,不巧碰上巧梅她爷,你六十一叔。你六十一叔叫着你爷的名儿说:'打了那么点麦子,扛了一下晌还没完,是不是遇上盛虫啦?'只这一句话坏啦!这种事儿是千万说不得的!你爷再回去,那一小堆麦子一装就没啦。你六十一叔这才死了几年,这事还假得了?场上麦子没了,盛虫可进了咱东厢房咪。那一年你爷卖了多少麦子,家里吃了多少馍馍,那麦子可就是不见少!你爷和你婆在正房屋里,给盛虫爷专门供了个位儿,天天烧香作揖。怕再被人冲了,东厢房的门老是锁着,钥匙只你婆自己拿着。房门外的墙上挂个铃铛,每次你婆进屋去挖麦子,都先摇几下铃铛,说:'盛虫爷,你老避一避吧,我得进去了。'敲完、说完,才能开锁推门。

"就从那一年,咱家才算翻过身来。要不我还能活到成人?还能有你们姐弟两个?你爷你婆死时,都掐着耳朵根子嘱咐我,咱这个院子里动哪儿都行,就是东厢房死也不能动。你大勇怎么倒腾都好说,就是搬东厢房你别打那个谱儿!……"

大勇对徐夏子婶讲的这些陈芝麻烂谷子不感兴趣,对她最后那几句话虽然有点忤,到底也没往心里去。今天赶上未婚妻小林子休班,两人领着师傅,正正式式考察改建厢房的事儿。徐夏子婶一看不干了,方才已经嚷嚷了一通,见大勇回来越发卜了劲儿。

"你这个小东西说说,这厢房是真挪假挪?"

"妈,你别嚷嚷啦!我跟你有话说!"大勇抓住徐夏子婶的一只胳膊朝屋里拉。

徐夏子婶甩开来:"你不改章程,么话也是老白!"

"是俺姐的事儿!"

"啊?"徐夏子婶一愣,拍拍手,半大的小脚一扭一扭,跟在大勇后边进了屋。

"你姐又怎么啦?啊?"

大勇心里一动,装出一副沮丧样儿:"听人说,俺大哥要跟俺姐打离婚。……"

"么个?"徐夏子婶眼珠儿像是要凸出来,"你这是听哪个胡喷嗒的?"

"谁敢胡喷嗒这?还不是俺大哥生了气。那天是人家秋玲求俺大哥迁户口,园艺场俺建中叔在场见着的。有么事儿?俺姐也不知遇上哪股子风,就说俺大哥这不好那不好。俺大哥还能不跟她打离婚哪?"

徐夏子婶被说得嘴角斜扭着,好一会儿,才问:"你说的这些,可都是实情?"

"我专门找俺建中叔问过了的——哎呀妈,你管不管?你不管,就腈等着俺姐打离婚吧!"

大勇甩手要走,徐夏子婶一把拽住,剜着他的脑门道:

"你个没良心的小东西!我哪会儿说过不管咪?你去找你建

中叔,叫他劝劝你大哥。你姐哪点亏过他咪?他复员回来的时候,穷得跟个小屎蛋似的,你姐都……"

"妈,我问你去不去劝劝俺姐?"

"去,我多会说过不去的哩?"

徐夏子婶是把剩下的年月靠在淑贞身上的,淑贞的事儿她自然没有不管的道理。而淑贞眼下,又怎么离得开那个"乘龙快婿"呢!

徐夏子婶与大勇在屋里说话时间,小林子与请来的师傅在厢房那边比比画画谋划着迁移的事。徐夏子婶隔着窗户看见了,一溜烟儿又跑到院里。

"耶!你们还在磨蹭我的东厢房?你,"她指着师傅,"还不快走!别人家里的事儿,你掺和的个么劲儿咪?"

小林子见她冲客人去了,连忙说:"大婶,你有话跟我和大勇说,不该对人家师傅……"

"我管他师傅不师傅!连你也在内,都给我走!大勇,你过来!看看你这媳妇好的!没过门就训起老娘来啦!"

徐夏子婶揪住儿子不依不饶。大勇见师傅走了,小林子脸上也变了颜色,心里一恼,一伸手把徐夏子婶推了一个趔趄:

"妈!你这是干么个呀!"

徐夏子婶被推得一愣,就势倒在地上,抱住大勇的腿,又揪住上前解劝的小林子的衣襟,呼天号地又撕又捶。三人立时搅作一团。

应着哭喊打闹的声儿,院外拥进一群看热闹的人。胡强也在里边。他吃吃喝喝,总算把一团乱麻撕扯开来。

"犟牛头一个!反正是盖个猪窝,管的么个东西!能下崽儿就得了吧!真是!"胡强不失时机地戏谑着大勇。他俩见面没正经话,总是你一枪我一炮,互相贬斥臭坏。大勇这种时候也不甘吃亏,回道:"猪窝漏不了盖,你就腆等着下猪崽好了!"

两人都压低着声儿。胡强没占便宜,还要张口,淑贞被银屏领着进到院里。胡强只好把冲到嗓子眼的刻薄话咽回肚里,朝淑贞递过一个笑脸,对看热闹的人吆喝着:"都走!都走!人家家里商量个事儿,看的么个味儿!"把众人连同自己,都哄到院外去了。

院里三位金刚各据一方,谁也好像没有解气,谁也好像没有松气。

淑贞是强打精神被银屏喊来的,见三人这种架势,冲着就是一阵火气:

"你们这是干个?怕人丢得不够怎么着?觉着能为大,到大街上找个戏台子打去!"

"败家子!你个小兔崽子是个败家子!"徐夏子婶好像得到了女儿支持,又朝大勇剜着指头。

大勇不回声。小林子接上话:"你说你儿子是败家子,东厢房里有盛虫。那大桑园过去是怎么成'大丧院'的?你怎么也跑到城里去的?"她显然试图说服这位未来的婆母。

"那是他叔家的媳妇子,硬搬东厢房里的东西把盛虫搬走啦。你问问谁不知道,她就是头天动的东厢房,第二天清早被条水缸粗的小龙爷拦道给吓死的!"徐夏子婶振振有词。

"谁知道?你亲眼见过啦?"

"我没亲眼见就不是真的?你个小毛孩子没亲眼见过的事儿多啦!"

"就算是真的,盛虫已经搬走了,还留座空房子干么个?"

"留着房子,盛虫爷知道人敬着它,说不定那雯儿就回来了。"徐夏子婶的道理是成筐成箩的,"这些年大米白面吃不完,你觉着就没有这东厢房和盛虫爷的功德在里边啦?"

银屏在一边禁不住"扑哧"一声。淑贞瞪过一眼,她忙捂住嘴吃吃地暗自发笑。

小林子说:"大婶,你那是迷信。这几年……"

"么个？说我迷信？"徐夏子婶瞅瞅大勇瞅瞅淑贞,"我敬盛虫,不让你们胡作就是迷信？"

"你就是迷信嘛。"大勇嘟哝。

"大勇、林子,你们就不能少说几句吗？妈是干过工作的人,怎么会迷信呢!"淑贞示着眼色,让大勇和小林子不要争辩。

"到底闺女是妈的贴心肉。"徐夏子婶上了劲儿,"你妈比你们强一百个冒!说我迷信？好,我就迷信!你们敢给我把东厢房挪啦,我不让李龙爷咒你们九九八十一灾,才算怪!"

"妈,你快进屋歇歇吧。"

淑贞示意让大勇、小林子离去,自己搀着徐夏子婶进到屋里。

"都是那个小狐狸精啦!大勇原先挺听话的个孩子,让她给搅和得不成个样儿啦!你没听,没结婚就帮着那个小狐狸精咒起我来啦!"

徐夏子婶躺到炕上,让淑贞给她捶着背,嘴里不停地发着狠:

"就跟鹏程似的,原先多好的个女婿!还不是让彭彪子家的那个骚狐狸精给迷惑坏啦？"

她忽然想起先一会儿大勇讲的情形,说:

"人家说了,那天夜里,就是彭彪子家的那个骚狐狸精说是要给她女婿迁户口,硬跑到鹏程办公室去的。那个挨千刀的骚狐狸精啦!……"

背上的敲打忽然停止了。徐夏子婶趴着见没了动静,起身来看,淑贞已经刮风似的出了院门。

女人最隐秘的心事总是与男人相联系着的。淑贞似乎已经没有这种最隐秘的心事了。岳鹏程在她心目中好像化成了灰变成了烟雾。可徐夏子婶的几句话轻轻一拨,那看似成灰成烟雾的隐秘角落,便急速地浮现和膨胀开来。

伴着痛苦和怨恨度过几个白天和夜晚,淑贞的心变得麻木板结了。几天前发生的那件令她撕心裂肺的丑闻,仿佛不过是一个梦,一个似真似假朦朦胧胧的梦。然而当夜深人静,月光爬上岳锐、银屏安睡的面孔,面对孤冷淡漠的灯光,和恺撒的狺狺低吠、秋虫的骚扰喧哗,淑贞便情不自禁地一遍遍翻腾起记忆的库房,不屈不挠地试图寻得那形成今日痛苦和怨恨的因缘、踪迹和来龙去脉。

的确,从什么时候起岳鹏程背叛了自己的妻子?从什么时候起,岳鹏程在与妻子之间播下了疏冷、离弃的种子?

沿着记忆的路标搜索寻找,淑贞终于来到天津订货会后的那个夏日的黄昏。那是海港之城烟台一年一度最为宜人的时刻。海风吹亮了烟台山高傲的航灯;芝罘湾轻软缠绵的海水,染蓝了玉皇顶的红楼玉阁;夕照余晖和初上的华灯交相辉映,为小巧的港口披上了如诗如梦的暮纱。当来自天津的客轮靠岸,淑贞隔着足有几十米的庭廊和大门,一眼就看到了岳鹏程魁梧强壮的身影。消息是太令人兴奋了!大桑园的事业将会因天津之行的成功而跨入一个新的起点!以致接到来自天津的电报后,村里的干部们特意把淑贞派作代表,专程前来迎接凯旋而归的"英雄们"。

岳鹏程也看到了淑贞。当他面对淑贞迎来的笑脸,不知为什么,脸上忽然染上了一层晚霞的颜色。而原本站在岳鹏程身旁的秋玲,也仿佛故意拉开了距离,脸上同样泛起了只有少女才有的红云。当淑贞一手接过岳鹏程的衣物,一手亲热地拉起秋玲向门外走去时,岳鹏程的粗眉大眼之间,奇怪地闪过了一缕尴尬和游移的神情。

淑贞怎么就没有想到,那变红的面色和尴尬中,隐藏着人见不得的秘密呢!

正是在那次回家的最初几天里,岳鹏程好像忽然间变得殷勤和柔情起来。往常吃过饭,他不是嘴一抹扬长而去,就是跷起二郎腿与恺撒打厮磨;那几天他不仅收拾碗筷,还时而拿起笤帚打扫忙活一阵。往常晚上有事没事,不到十点难得见他进门;那几天他竟然门也不出,早早就脱衣上炕,并且以多年未曾有过的激情与淑贞极尽恩爱抚慰。

"哟!这几天你这是怎么啦?该不是在天津吃错了药吧?"那次晚饭后,岳鹏程又一次大献殷勤时淑贞不无戏谑地说。

岳鹏程被说得一怔,脸一红,好像这才明白了淑贞话的意思。他把手中的笤帚一扔,说:"好心好意帮你个忙,你倒……"随着这一丢一说,那持续了几天的殷勤和柔情,如同野穴来风,戛然而止并永远消失了。

淑贞怎么就没有想到,那如同野穴来风的殷勤和柔情背后,隐藏着的是怎样一颗忐忑惶惑的心灵呢!

如果说这还仅仅是淑贞与岳鹏程感情生活的最初缺口,围绕肖云嫂的沉浮所出现的争执,便使那缺口撕裂和深化了。岳鹏程凭借蔡黑子等人的密报,闯进肖云嫂家门的当晚,淑贞和岳鹏程发生了婚后最为严重的一次冲撞。

"云嫂救过嬴官他爷的命,对你又那么大的恩,你怎么就不能顺着她点?怎么就非得那么断情绝义?"没有吃饭也没有做饭,淑贞忍着满肚子不快,执意要拉着岳鹏程去给肖云嫂赔礼道歉,收回那番不近人情的"醉话"。

岳鹏程回答的是一脸冷漠刚硬:"你少嘎嘎!这种事你还是少管的好!"

"我怎么就不该管?"淑贞执拗地扬着脑壳,"你知道村里都骂你个?骂你没人味儿!你让我以后还见不见人啦?"

"你愿见人不见人的啦!"岳鹏程忽然暴跳起来,"我告诉你,外面谁愿放么屁放么屁,家里,你要是也跟着起哄,可别怪我六亲不认!"

淑贞记不起当时是怎样带着满脸屈辱和泪水,把盆碗 丢,门一甩,奔出屋院,跑进肖云嫂家,并且在那里一直待到更深夜半,直到眼看着肖云嫂平安睡去为止。好像就是从那天岳鹏程办公室里架起了床铺,岳鹏程开始经常夜不归宿。那一定就是跟秋玲在一起鬼混的了。一想到"鬼混"这个扎人的字眼,淑贞眼前就仿佛出现了岳鹏程不知羞耻地把一个年轻女子搂进自己怀里的情景。那情景火一般地烧灼着淑贞的每一根神经,种种妒忌、屈辱、痛苦和羞耻一齐飞卷升腾,把她整个儿地投入到一团熊熊烈烈的魔火之中。

她恨岳鹏程!恨那个欺骗和背叛了自己的男人、那个下流荒唐得透顶的男人!

然而,徐夏子婶的几句话,使她仇恨的目标转移了方向。不错,岳鹏程原本并不是那种没情没意的人,如果不是秋玲仗着年轻漂亮诱惑勾引,岳鹏程决不会坏到那种地步!当她瞅准这条道理重新追寻往事时,千刀万剐难能解恨的岳鹏程,被搔首弄姿、妖冶放荡的秋玲取代了。秋玲,那个小婊子,那才是一切罪恶、冤孽、耻辱甚至于可能家破人亡的根源!她暂时放弃了向老爷子告状伸冤的念头,拿定主意,要把秋玲好好教训一顿,解一解心头的怨恨。

只是为了避免让其他人知道,造成不好影响,"教训"必须在没有第三个人的情况下悄悄进行。从昨天下晌起淑贞一直在寻找时机。现在,时机总算出现了——村北那条狭长的胡同口外,秋玲正推着一辆自行车向这边走来。

秋玲今天休班,因为正赶上贺子磊补休,上午家里家外收拾了一通,下午两人约好去城里看一场电影。电影据说是得过奥斯卡金像奖的。更重要的是,看过电影他们还要去"浪漫浪漫"。她觉得,她和他现在特别需要这个不久前还十分生口、生硬的字眼。人生能有几多能够"浪漫"的时光?此其时也!

秋玲今天穿的是一件天蓝色连衣裙。真丝绸面料,领口袖口镶着白边,斜开的领口下方还系着一个漂亮的花结。裙子好像是特意为她设计的,穿在身上,全身上下都洋溢着青春的光彩。这是贺子磊从深圳沙头角买回的,因为式样色彩都是内地绝难见到的,秋玲格外喜欢。今天穿上是特别高兴的意思,是特别为了让贺子磊高兴的意思。

时近中秋,正午的太阳依然热辣辣的。来到村外路口,秋玲在一棵芙蓉树下支起了自行车。芙蓉树不大,张扬浓密的枝叶还是落下一方树阴。约定时间,除非有特殊情况,贺子磊总是准时到达,对于这一点,秋玲格外满意。

离预定时间还有五分钟,秋玲把目光朝建筑公司那边望去,路上空空,不见人影。秋玲摘下太阳帽扇着,却忽然发现一个熟悉的身影,从旁边一条小路直向这边奔来。

淑贞!那正是岳鹏程的妻子淑贞!

对于淑贞,从心里说,秋玲一向并没有什么不好的印象或者嫉妒怨恨,有时还带着几分敬佩。只是由于自己与岳鹏程背地里有过那么一种特别关系,往常她见了淑贞多是客气地打个招呼,很少说更多的话。如今她与岳鹏程干净了,从一种微妙的心理出发,秋玲很想把与淑贞的关系搞得亲热些。尽管如此,意外相逢,她心里还是禁不住敲起一阵小鼓。

淑贞到这儿做什么来了?或许她也要去城里?秋玲心里嘀咕着,淑贞已经来到面前了。

"嫂子,你这是到哪儿去呀?"秋玲努力笑着迎上两步。

淑贞不应声,眼睛朝四下里瞄了瞄,站定了,把冰冷的目光落到秋玲身上。

"秋玲主任,你可打扮得真够漂亮的!你这是要到哪儿去呀?"

"我……"秋玲支吾着。她并不想让自己与贺子磊的"浪漫计划"成为人们议论的话题。一个有过难言的感情历程的老姑娘,在这方面为自己保守"秘密"的经验,比起初恋的少女不知要多出多少倍。

淑贞言语中带出雷电冰雹:

"我知道,这又是和他约好了,要找个好地方去!他怎么不让车接你呀?那不是更方便、更没人看得见吗?"

秋玲被说得一蒙一愣:这个贺子磊!怎么连两个人出去"浪漫浪漫",也把底儿兜出去了?

淑贞不容她蒙愣,说:

"别以为我是个瞎子聋子,整天让你们蒙在鼓里耍!你么时候和他勾搭上的,你们两个在一起干了些多么光彩的事,我清清亮亮!"

秋玲胸腔里仿佛突然爆炸了一枚手雷,她万没想到淑贞会在这种时候、这种场合挑起那件事,而且挑得直截了当,丝毫没有推诿和回旋的余地。她只觉得一阵血流猛地涌上头顶,涌遍全身,全身麻木得近乎失去了知觉。

"没……嫂子……你千万……千万别……"秋玲舌尖颤抖,颤抖出的是什么,自己也全然不知。

"没有?那跟他搂着亲嘴儿的是哪个?你去问问,村里哪个不知道你勾引人家男人?你为了朝上爬,为了那个彪爹,就豁出个不要脸去?你知道不知道岳鹏程有老婆孩子?你知道不知道,勾引人家男人、破坏人家家庭犯法?啊,你说,你知道不知道?"

淑贞气势凌厉,言辞尖刻。既是蓄谋而来,她自然没有容许秋玲有丝毫抵御和狡辩的机会。

秋玲见淑贞讲出这种话,知道隐瞒抵赖不过,心里越发惶悚:

"嫂子……我对不起你……可我没……没破坏……"

"谁是你嫂子?你没破坏对不起我么个?"对面路口有人经过,淑贞声音放低,语调却越发严厉起来:

"我是可怜你一个大闺女家,还准备着找男人结婚,今儿个才特意来告诉你:往后你要是再勾引我们家岳鹏程一回——不勾引靠近乎也不行!我就到法院去告你!新罪旧罪一起究!别说是找男人结婚,不判你十年八年徒刑才怪!我这可不是吓唬三岁的孩子,你可听明白啦!"

见秋玲嘴唇乌紫,只顾哆嗦,淑贞觉得目的达到了,踅身便向回走。走回几步,又掉转头睥睨地瞟过几眼,说:

"那和尚尼姑的事儿,够让人恶心的啦!到了还是个没脸没皮的货!"

淑贞大获全胜,兜马回营。秋玲身上的颤抖却猛然停止了。多少年来她第一次受到这样的"礼遇"。尤其最后捎带的两句话,一下子把她深藏于心底的,往时遭受的一切歧视、侮辱和苦难所累积起来的仇恨,都翻腾出来。那仇恨结下的果实——不顾一切后果的报复欲,也随之升腾起来了。

"徐淑贞!你站住!"

一声喝叫,秋玲快马疾步拦住了淑贞的归路。

"你骂完了要走?我还没说话哪!你给我竖起耳朵听着!你说我勾引你男人了?不假,我就是勾引了!勾引了好多次、好多年!你说我破坏你的家庭?也不假,我就是成心要破坏!成心叫你们过不下去!你说你要到法院去告我?行,你前脚走我后脚就拉着岳鹏程去!让他跟你离婚,跟我登记!我这话也不是吓唬家雀的,你听明白啦!我就不信,他看不上我这么漂亮的姑娘,倒看得上你这么个半老婆子!"

淑贞被这番突如其来且又凌厉凶猛的反攻打垮了。大张着嘴,成了一只木雕的呆鸟。

秋玲犹自汹汹地说:"我明告诉你:岳鹏程是个好样的,我就是喜欢跟他在一块儿!天王老子我也不怕!"

淑贞彻底垮了。捂着脸恸哭着,快步地、踉踉跄跄地朝来路跑去。

望着远去的背影,秋玲蓦然蹲到路边落满浮尘的草地上,呜呜地大哭起来。

因为有事耽搁了几分钟,带着满腹歉疚匆匆赶来的贺子磊,远远看到了方才的一幕。他来到路口,惊诧地打量着不能自制的秋玲和匆匆消失的那个背影,白净的面庞上骤然布起一重黑沉得吓人的云层。

第 十 三 章

元老还乡,县委客客气气表示一番,这本是情理中事,岳锐并未感到惊讶。惊讶的是祖远和县委一班人远远超出了"表示"的范围:正正规规地向岳锐进行了一次工作汇报,正正规规地听取岳锐对于蓬城工作的指示和意见。这使岳锐深为感动。作为一名离开火线的老人,他早已失去了对于重大社会生活的发言权。而这种发言权,几乎相当于岳锐全部生命的价值。惟有在家乡的这片土地上,他的这种价值和影响依然被保存着。这对于岳锐,是远远超出于任何荣誉和客情之上的。

紫红色的尼桑轿车,在新修的柏油马路上悄然行驶。故乡的秋色炫耀着撩人的色彩接连扑进车窗,岳锐才从感动中挣脱出来。

山,还是故乡的山青;水,还是故乡的水纯。故乡的山水,对于岳锐实在是久违了。归乡几日,现在他才终于获得了品尝、回味的机会。

"停,停车!"小"尼桑"驶过马雅河时,岳锐断然地作出了下车的决定。

目送小"尼桑"离去,站在马雅河大堤上,岳锐心中跃起一股如潮的激情。马雅河,他心中的故乡之河!无论岁月逝去多少年代、堆起多少泥沙,马雅河水总是在他心头经久不息地流淌着!

马雅河却变了。记忆中的这条河极宽极深,出现在面前的仿佛只是一条小水渠、小溪流,抬抬脚就能迈到对岸。堤坝更寒酸得可怜,许多地段,不过是比河床高出一些的长着几蓬杂草的沙土带而已。他不明白记忆和现实为什么相距这般遥远。是岁月模糊了记忆,还是现实扭曲了本来面目?疑惑的思索使他很快笑了:那时你见过黄河吗?那时你坐过跨越长江的轮渡吗?那时你在珠江和松花江的大堤上漫步过吗?那时你是这般步履沉重、胡子拉碴的模样吗?……

记忆与现实重合了。马雅河又显出了当年的风采。看,河水多清!刚下过雨,也可以清楚地看到水下雪白的、粉红的和灰绿色的沙砾卵石,看到自由自在游弋在沙砾卵石上的梭鱼、花漂、鲫鱼,懒洋洋地或者鬼头鬼脑地躲在沙砾和卵石周围的鳝鱼、青虾、鳝子……蟹子是难得看到的,得掀起河底的石板,或者伸出胳膊探进紧贴河堤的洞穴里去。有时还得忍受铁钳的攻击,付出几滴血的代价。对付的办法,最有效、最有趣的还是"照"。照蟹子也易,夜黑天提一盏汽灯或打个手电筒,把蟹子招引出来或者使它忘乎所以,就赇等着向篓子里、水桶里拾就是了。碰上蟹子发情或潲子儿,一次照一小篓一水桶要不了花费多长时间。那时候,从清明一过春打梢头,到九九重阳秋收尾,马雅河就是岳锐和他的伙伴们的乐园:游泳,打水架,摸鱼,照蟹子……

如今河水依旧清清,并不凉。如果不是上了年纪,岳锐真会同当年一样,全身脱得光溜溜地钻进水里,尽情地享乐一番。

溯流上行不过一里路左右,河堤下出现了一片苇丛。苇丛不大,像一片青灰的云霭,弥漫在河堤一边的草地上。那时,这是远近几十里绝无仅有的。苇叶很宽,跟条带子似的,五月端午用来包粽子,味道特别纯正。许多人家吃过粽子,苇叶还要留下来年再用。如今下游也生出苇子来了,这一片也还在。这一片还在的苇丛,是岳锐心目中惟一的苇丛,惟一长青和根植于心底的苇丛。

四十几年前,正是在这片苇丛中,肖云嫂为了抢救负伤濒危的岳锐,失去了只有四岁的命根子虎崽!

苇丛荡起波浪。波浪宽广而深沉,恰如岳锐的思绪激荡翱翔。

在马雅河伸向李龙山腹地的第一个支汊口,岳锐离开河堤,踏上了上山的小径。这一带他熟极了。山的变化不比人和村子。人和村子是儿童和少年,眼睛一眨,就让你认不出原样儿。而山是老人,无论过去多少时候,不过那条皱纹深了些,那根灰发白了些,或者那儿白发脱落了几根。大山深处隐藏着许许多多秘密。哪一个山里长大的人,心里没有藏着山的秘密啊!小时候岳锐在这里捉过蝈蝈,搂过草,打过山仗,从对面山顶向下滚过石雷;后来他在这里真的打过仗,用真的石雷炸飞过土匪兵和鬼子的钢盔马蹄。那一切都没有在山的老人身上留下痕迹。只有这条小径和小径两边触目可见的秋山的景物,似乎还恋想着他。这是人生菜,嫩时可以做菜吃,过去要算是渡荒的宝贝;如今自然被冷落了,只剩下高高的、变红了的秆子和谷穗似的种粒。这是懒老婆花——喇叭花,看看,太阳升到半天空了,才像个懒婆娘似的姗姗露出笑脸;漂亮倒怪漂亮,藤蔓攀在山枣或其他树上,把那些并无多少颜色的"男子汉"也打扮得花枝招展;只是要不了太阳落山,她便又关门谢户睡起懒觉来了。熟草、茅草绵软得如同高级地毯,使人觉得飘然欲飞。棘子棵、拉拉羊却又伸出长长的带刺的小手,撕扯着游人的衣裤。漆树张开多情的怀抱含笑迎宾,但你千万不要上当,那多情的笑容里藏着怨恨的牙齿。"你是七(漆)我是八,你要咬我拿刀杀!"小时候岳锐和小伙伴们偶尔碰上漆树总要这样喊,现在的孩子们碰上了也还要这样喊。山是一座宝库,也是一个花园——世界上最大、最富有、最美丽的花园。山菊花成丛成片,蓝的、白的、黄的;野牡丹苗然招展,红的、紫的、粉的;新生木槿如仙如妖,一丛树一个枝上,也可以开出五颜六色的花朵。还有漫山的火一般的柿子树,金一般的檗罗树,银一般的毛白杨,古铜一般的老松树和在海洋一般碧蓝的天空中点染着红的霞云、墨的锚链的石硼花……山的雄峻博大、娟秀绮丽,足以使世界上最杰出的诗人、画家瞠目以对。就连岳锐这位已近随心所欲之年的山的儿子,也只能粗略地感悟出山的奥秘和精魂。

穿过一道坳地,转过一道山梁,小径把岳锐送到一座古庙——李王庙前。

李王庙最初建于何年已无可考,新建的李王庙作为省级重点文物保护单位,比起当年轩峻威严得多了。那时正殿摆不开两张八仙桌子,李龙爷的塑像斑斑驳驳褴褛寒酸。那已经是整整五十年前的情形了。十七岁的初生牛犊岳锐,带着十二个血气方刚的小兄弟,正是在那个正殿和塑像前点起的香火,喝下的血酒。"李龙爷在上!哪个贪生怕死,哪个逃跑装熊,就天雷八瓣,地火烧身!"当年的盟誓回响到耳边,岳锐觉出激情涌动,也觉出某种幼稚和好笑的成分。

站在李王庙后脸的山坡上,一座蔚为壮观的水库出现在岳锐面前。水库又一次牵动了岳锐深沉、凝重的情思。

三面红旗飘扬的年代。

在闽西山区当过几年县委书记,刚刚调回北方担任地委农村工作部副部长的岳锐,回到蓬城检查指导工作来了。他的第一个目标,就是这个当时正在兴建中的水库工地。他谢绝了县委领导同志的盛情,只让留在村里、已经长得跟自己分不出高矮来的岳鹏程陪同,徒步登上了面前的这个山坡。

工地很是壮观,数千民工布满山间谷底,象征荣誉和干劲的各色三角旗四处飘扬。从指挥部的草棚子,到正在隆起的水库大坝,岳锐这位当年的红胡子司令和游击队长的眼睛,也不知该向哪个方向搜索了。

"爸,你是找云婶吧?"儿子看出了父亲的心思。

一九四二年游击队升级,岳锐作为正规部队一位年轻的指挥员离开蓬城之后,怀着一腔真情给肖云嫂来过几封信。肖云嫂也回过几封。但后来戎马倥偬,军务政务繁忙,加之他又在南方扎根,一干许多年,与肖云嫂的联系中断了。这次他重返故园,最重要的任务之一,就是要看望这位给予了他第二次生命,并且从未希求和得到过任何报答的恩人。

"爸,你在这儿找得着云婶啊?"儿子笑着,扶着岳锐下到深深的、潮湿的谷底,又穿过人丛,来到一群正用山石垒砌坝基的人面前。

在那里他看见了肖云嫂——一个与男民工完全一样打扮的工地总指挥。

"云嫂!"他喊,声音里裹藏着一串颤抖。

她听到了唤声,不由自主地打了一个哆嗦,随之侧转身,目光有些呆滞地审视着,突然发出一串动人心弦的惊喜的欢叫:

"我的老天爷呀!岳锐?这是你吗?"

"不是我是谁?云嫂,你再看!"

笑声停止了,肖云嫂猛地抓住岳锐的双臂,端详着,眶子里扑簌簌滚下两串银珠。那同样的两串银珠,也在岳锐的眶子里打着盘旋。

"哎呀呀!看我这是怎么啦!"肖云嫂忽然意识到自己的失态,一抹脸面,拉起岳鹏程的手,说:"走,咱们上去说话!"

在那个搭在半山腰的指挥部里,坐在麦秸茅草铺起的肖云嫂的"炕头"上,岳锐、岳鹏程同肖云嫂一起,吃了一顿"团圆饭"。那饭是掺了榆树叶的几个饼子和几碗苞米楂子做成的稀饭。岳锐想象不出,这位蓬城家喻户晓的革命功臣,生活还过得这样清苦。

"云嫂,你还是一个人过?"岳锐问。

肖云嫂失去命根子虎崽之后,岳锐不止一次萌生要终生陪伴和报答她的念头。在离开蓬城后写回的信里,岳锐一再流露出这种愿望和期待。在他的印象里,肖云嫂对自己同样怀有一腔绵绵真情。无论是在养伤期间还是在伤愈之后,那腔真情都使他感到

185

了无与伦比的幸福和温馨。奇怪的是,肖云嫂在回信中都几次回避了。后来岳锐从另外的途径得知,许多人要为肖云嫂操持找个伴儿,都被她以工作忙不能分心为理由(那时她已是蓬城革命的骨干分子了)拒绝了。岳锐这才死了心,与一心追恋他的前妻结了婚。

"你看,我一个人过得不是挺美的?一个肚子饱了,全家都不饥荒。"

透过肖云嫂轻松的语调,岳锐却能听出某种并不轻松的成分。
"如果不是因为救我,虎崽如今……"
"看看,现今怎么又提起那些事来啦!"
"不,云嫂,我是说,即使你不想再找个人,身边也总得有个伴儿。我那小闺女刚从南边过来,在城里生活不习惯。我想把她送回来,就算是你的闺女。"

肖云嫂无言地注视着岳锐,满是感激的情思里透出责备:
"你这个岳司令啊,还是红胡子脾气!你就不寻思寻思,闺女正是学本事长模样的当儿,到咱这穷地方来不误她一辈子?再说她那么小,我哪有工夫拉扯她呀!"

岳锐缄默了。沉吟片刻,毅然把岳鹏程叫到面前说:"既是这样,闺女不回来也行。可我这个儿子就在你身边。今天我做主儿,让鹏程认你个干妈,日后他就是你的儿子。"

不等肖云嫂应答,岳锐把岳鹏程拉到肖云嫂面前说:
"鹏程,跪下!给你干妈磕头!"

岳鹏程早就听别人讲过肖云嫂的故事,心里对肖云嫂一向怀着敬仰、爱戴的情意;自小肖云嫂对他关怀备至,他心目中也一直把肖云嫂看作自己的亲人。听到父亲吩咐,他没有丝毫犹豫,立刻恭恭敬敬给肖云嫂磕了三个头。

"哎呀呀!快起来!快起来!"肖云嫂手忙脚乱地把岳鹏程从面前拉起,对岳锐说:"看看,你这专署里的大干部,怎么也兴起这种事儿来啦！么个干儿子,儿子是'干'的不远一层？鹏程是你的儿子,也就是我的儿子。以后也别叫那个干妈,还叫婶。我看只要情分重,我这婶跟他那妈也差不到哪儿去。啊！"

岳锐见说到这种程度,只好让步了,说:"行,叫婶也行。鹏程,你可听着,你云婶就跟我和你妈一样。你要是不孝顺或者惹她生气,我可饶不了你！"

"婶！……"十六岁的岳鹏程噙着两汪泪水,扑到肖云嫂怀里。

事隔数月,转年开春时岳锐又与肖云嫂在工地上见了面。那时"处处高炉起,人人炼钢忙"正形成热潮,而水库建设也到了关键时刻:如果不抢在山洪到来之前完成主体工程,几千民工将近半年的劳动就会废于一旦;山下十几个村庄的十几万亩良田,还会长期干旱。偏偏一位大干部在一次讲话中,把李龙山中修建水库说成是干扰大炼钢铁的右倾机会主义。一伙人奉命前来逼迫肖云嫂解散民工。岳锐接到告急后星夜赶到工地,据理力争。水库保住了,肖云嫂挨了批评,岳锐则从此成了右倾机会主义的"代表人物"。不久,他又被降职调到几千里之外的一个边远地区……

站在水库耸立的大坝上,站在当年与肖云嫂共同战斗过的山坡上,岳锐的情怀随着山风和松涛激荡不已。

肖云嫂！这位当年的救命恩人和革命英雄,你现在哪里呢？

对于肖云嫂,岳锐无论何时、处于何种境况中都从未忘怀。尤其儿子在村里安家立业后,他与儿子的每次通信中,几乎都要问到肖云嫂的情况。四年前,他先是听说肖云嫂不在了,随之又得知肖云嫂病倒了。其时他刚刚恢复领导职务,想专程回蓬城一趟,终于未能如愿。对于肖云嫂的病,岳锐并不怀疑:那老太婆已是七十多岁的人了嘛！至于肖云嫂的处境,岳锐更无丝毫疑虑:那老太婆是蓬城人人皆知的老英雄老模范嘛！尽管如此,他还是急于知道她现在住的医院,急于早一点前去慰问和探视。昨晚,他几次要找淑贞,几次又都打消了念头:儿媳妇正病着,怎么好急急火火打扰她呢?

山风送来满山松涛单调、沉郁的吟唱,那吟唱如同一支无字的歌,在岳锐心扉上撞击滚动。

岳锐起身向山下走去。此时,弄清肖云嫂治病的医院,并且立即赶到肖云嫂身边去,成了他最急切的愿望。

越过一道平缓的山坳谷地,一条水草丰茂的溪流旁徜徉着一支羊群。羊群旁,阳光融融、暖风融融的草地上,躺着一个瘦小紧巴的少年。

"小同志,你是哪个村的?"岳锐来到面前。

少年坐起身,眼睛一眨,认出了面前这位书记的父亲。

"跟你一个村。"他待理不理地又躺到草地上。

"一个村?这么说你是大桑园的,还认识我?"岳锐忽然生出兴趣,在少年旁边的草地上坐下了。

少年却翻过几个身,躲开了一段距离。

"你叫什么名字呀?"

那少年白过一个眼珠,并不答话。

"不,你说你爹是谁吧。"

"……石衡保。"

"……那,你爷叫什么你知道吗?"

"听俺二大爷说,叫石老成。"

"哦,老成!这么说你是老成的孙子?好,太好啦!"

石硼丁儿被岳锐的情绪感染了,翻身又坐了起来:"你认识俺爷?"

"不但认识,小时候还一起打过羊腔哪!"

石硼丁儿眯缝着两眼,露出了几分悦色。

"哎,老成的孙子,我跟你打听个人行吗?"

"跟我?"

"是啊。咱村原先有一个老太婆,是书记,管全村事儿的,年岁跟我差不多……"

"那不是肖老太吗？谁不知道哇！"

"对对,就是你肖老太！你知道你肖老太现今在哪儿,住在哪个医院里吗？"

"医院？……"石硼丁儿有些茫然地瞟着岳锐。

岳锐:"是啊。她得了重病,住在哪个大医院里……"

石硼丁儿审视的目光在岳锐身上打了几个来回,突然跳起来,嚷着:"你坏！你儿子书记差点把肖老太整死！肖老太病那么重,管都不管！还大医院咪！说得多好听啊！"

岳锐猛地惊住了。山坳里一阵豪风吹过,松涛又呜呜地唱起了那支无字的歌。

第 十 四 章

　　几乎在岳锐离开县委大院的同时,赢官坐着他那辆小"上海"也从县农行出来,正忙着向回赶。

　　这两天,他一直在为"二龙戏珠"奔忙。第一条龙,果品的那条龙,并没有让他多费口舌,便热热闹闹活动起来了。问题在第二条龙,建水泥厂的那条龙上。关键在贷款上:五十万元贷款拿不到手,任你有张铁嘴、初胜利、张仁那帮小子们的劲儿,也难以鼓得起来。

　　经过两天紧张地"运动",现在问题总算有了眉目。球又该踢回到初胜利、张仁那帮小子们手里了!从农行出来,他办的第一件事,就是通知那帮小子们火速到小桑园会齐,同时告诉吴海江,以最快速度,按最高规格,准备一桌酒宴。

　　小"上海"驶进罐头厂颇为气派的大门时,初胜利、张仁那伙人已大部分到齐,正在吹着电扇、喝着"龙泉",咒"秋老虎"——秋天的太阳太毒,咒赢官比"秋老虎"还毒,搞得他们全身上下没有一丝布条儿不泡在汗水里。

　　吴海江亲自端茶递烟招待,伙房里还在忙个不休。

　　"赢官这是玩的么花招!有迎宾室不让去,把咱兄弟们搞到你这个破厂子里来!"初胜利发泄着愤慨。

　　"叫你们尝尝我的罐头呗!"吴海江故作诡秘地眨眨眼,说,"不是我吹,你那老同学在小桑园施展这几年,我这罐头厂,是他最得意、最显了脸的地场。你信不信?"

"得了得了,我就知道你老给他吹!"

"吹?吹也得有东西吹呀!办厂那一阵儿……"

"噢,我明白啦!把我们找这儿,是要你给上一课的。来来来!"初胜利半真半假地招呼着张仁他们,"咱们先听海江厂长来一堂革命传统教育课,怎么样?"

"忒!"吴海江红了脸,搁下茶壶出门去了。

会客室里一阵哄笑。其实,赢官办罐头厂的那段经历,初胜利他们没有谁是不清楚的。

小桑园葡萄见果的第二年是个好收成。石柱铁丝搭起的几百亩架子上,嘟嘟噜噜,不知挂起了多少串珠宝。事先讲好的,全部卖给"光裕葡萄酒公司"。临下枝时,因为县里与"光裕"闹了矛盾,人家坚决拒收蓬城的葡萄。那时"光裕"是天下独此一家的葡萄酒公司,原料来源多得是。小桑园却被坑苦了。二十几万斤葡萄下不了架,赢官紧急动员起全村老少,把葡萄向市场上送,卖回了一笔款子。但还是两眼睁睁,看着几万斤葡萄烂在了地里。赢官发了狠:不能把命运拴在别人的裤腰带上!不能把眼睛只盯在自己的家门口!罐头厂应运而生。不仅葡萄,苹果、梨、杏、山楂,以及杂鱼、蠓子虾等等,统统纳入视野。"八方交友,千里联姻"的方针也随之形成。第一批产品出来后,赢官、吴海江带着样品跑了近半个中国。在清江他们结识了新成立的"运河贸易公司"总经理安天生。这是位有胆有识的经营家,赢官与他倾心袒腹一拍即合。合同很快签下了:小桑园每年发送五十万瓶罐头,由"运贸"包销。

五十万瓶罐头分作几批,如期发往清江去了。清江却突然来人,要求退货,废除合同。理由很简单:"运河贸易公司"不属于国营单位,按照上边的"新精神",原先贷给他们的二百万资金被银行收回,公司面临倒闭,无力支付这笔罐头的款项,也无力开展贸易活动了。来人一再转达安天生的歉意,一再恳请赢官谅解他们的苦衷。

摆在赢官面前的只有一条路:按照合同规定向对方索取一部分赔偿费,然后将五十万瓶罐头在当地另寻出路。这是件麻烦事。但赢官相信,凭着产品的质量和自己的手段,那批罐头决不至于砸在手里。

十万火急。当晚,赢官与吴海江便随同来人下了清江。

事实与来人来信所言无二。一度雄心勃勃的安天生,只有面壁长叹,表示愿意尽自己所能,赔偿按照合同规定所应支付的那部分违约金,听凭货物另行处理。赢官也只能安慰劝导一番,黯然而退。

消息不知被谁走漏了。第二天起床,赢官还没来得及洗脸,当地几家国营贸易公司和食品商店的负责人便闯进他下榻的清江宾馆三〇二号房间。

一位自称山东老乡的贸易公司经理,十分亲热爽快地拍着赢官的肩膀,说:

"亲不亲一乡人。你小老弟在这儿遇到难题儿,我这个老乡没二话:五十万瓶罐头我包圆儿啦!就按你原先给'运贸'的价,不让你吃一分钱的亏!"

"哎,那不行!"一个果品商店的主任连忙说,"见一面分一半儿。我们店小,要十万瓶。……"

"我也要十万!"

"我要二十万,一瓶加一分钱!"

"我要三十万,一瓶加一分五!"

这真是做梦难寻的美事儿!愁思满腹的吴海江当即便要签约敲定。

赢官笑笑说:"各位老乡、领导这么信任和支持我们,真是感激不尽。可我们刚到这儿,总得先喘口气,总得先跟'运贸'把事情办利索了才好说吧?"

毁啦！这个嘴上没毛的乡下小子原来是个猴精！不需说,这是看出货高热手,要摸行情的。笑眯眯的老乡、你争我抢的同行们露出一脸的不快。不过态度还是非常友好的。买卖不成仁义在嘛！何况小岳经理刚到,轻松几天再谈生意上的事,完全应该,完全应该！嘴上这样说,心里自然还有另外一种说法:你姓岳的小子再猴精,清江就这么大块地面,不经我们几个大户,你那五十万瓶罐头想要轻轻易易出手,恐怕也难。你总不能丢进江里,或者再花一笔运费倒腾到别处去吧？到那时,嘿嘿！……

客人们礼貌地告辞了。告辞的同时各人留下一张名片,声明说:有事可以随时联系,他们愿意随时效劳。吴海江看出赢官的棋,自己进行了好一番反省。

果然,当天赢官对清江罐头生产的情况、市场销售价格及趋势,进行了详细调查。结果是令人满意的:每瓶罐头至少可以再提高三分钱,一万五千元额外利润可以稳拿。赢官很为自己得意了一番,晚饭时对吴海江说:

"这才叫作'塞翁失马,安知非福?''运贸'倒台,倒让咱们捞了便宜！行,晚上给留下名片的那几位通通气,约他们明天来正式谈。"

晚上联系通了,但那几位像是预谋好了似的,一律回话:明天实在抽不出时间再谈,多多包涵,多多包涵！至于什么时候抽得出时间,回答也大同小异:小岳经理大老远地来一趟不容易,清江也算苏北名城,名胜景观很多,可以先好好观赏观赏,玩上几天再说嘛。

忒！一碟子端得走的清江,从早到晚灰灰蒙蒙,别说真正的名胜景观并无几处,即使有,兴致何来？那五十万瓶罐头在库房多压一天,便要多付一天的费用呢！

"清楚了吧,这才是咱们的老乡和同行！"赢官说。这本也是情理中事。做生意嘛,哪个不耍点手腕？任凭别人稀柿子一样捏巴的能有几个？但只要货在行情在，一点小小手腕终究改变不了大局。一段小小的插曲罢了。

令人纳罕的是：赢官当晚竟然睡翻了夜似的在床上辗了半宿，把吴海江也搅得一夜未得安生。

"今天怎么办？"清早起来，吴海江问。

"什么怎么办？人家不是要咱们多玩几天吗？玩！这一次咱们非玩上个够不可！"

事到而今有什么办法呢？或许也只有以逸待劳可以稳住阵脚了。

赢官全然不是一副悲天悯人无精打采的气色。吃过早饭，从宾馆租来一辆小"上海"，直奔"运贸"和与"运贸"有关的几个单位，去跟人家拉呱闲聊。闲聊的中心是那位倒了台的总经理安天生。他原先都干过什么工作，怎么想起要办"运贸"和砸了自己铁饭碗的？"运贸"办起一年多开展了哪几项大的业务活动，都是怎么开展的？他手下有几个助手，家中有几个孩子，爱人为人如何？此人与上下左右关系如何，与客户关系如何，与家庭关系如何？"运贸"倒台，各方面对他有何评论和反应？……问题无所不包，不厌其详。吴海江认定赢官只是出于无聊或好奇心，至多也不过是想从"运贸"总经理的成功与失败中，汲取某些教训罢了。果然，赢官第二天便对安天生失去了兴趣，开始了真正的"玩"。他们登上航轮，先向北至台儿庄，又向南至扬州、镇江、杭州，遍览中运河、里运河和江南运河两岸风光。中途每到一地，还要对当地风土人情、物产经济进行一番考察。赢官一路考察的情况记了满满一大本子，以致吴海江询问他，是不是有意要步安天生之后尘，在运河上开辟一条新的"丝绸之路"，是不是有意效法古代名士徐霞客，写一部二十世纪八十年代的《岳赢官游记》。

这自然是戏语、玩笑话。

然而，五十万瓶罐头的主人失踪二十多天，对于那几位打下如意算盘、留下名片的老乡和同行们,却不是开玩笑的事情。嬴官回到宾馆不过半小时,他们便不约而同汇聚而来。冷落自然是不见了。除了初次的热情之外又增加了慷慨:价格可以再适当增加一点;更重要的增加,是"一点"江苏特产、清江特产和几张邀请前去品尝"便宴"的请柬。

主动权又一次回到嬴官手里!这次是该煞一煞"地头蛇"们锐气威风的时候了!吴海江兴奋不已。

嬴官却连连赔着情儿,对来客说:那五十万瓶罐头已经全部有主了。

惊愕,愤怒,冷笑……客人们拂袖而去。

吴海江大惑不解:天!这是搞的什么鬼名堂嘛!你四处兜风这么多天,不就是迫使对方就范?辞了几家大户,那五十万瓶罐头销给谁?难道真要推进清江再增加一点污染不成?

更使吴海江大惑不解的还在晚上。

晚上。按照预先约定的时间,安天生带着好不容易凑起的赔偿金来到清江宾馆时,嬴官已经摆起一桌酒宴。与酒宴同时,还有一纸新拟的补充合同:五十万瓶罐头的价款,待销售后补交;小桑园综合开发公司自愿暂借十万元人民币,作为"运河贸易公司"开展业务的临时经费。

安天生惊呆了。望着一纸补充合同,恍恍惚惚,如同坠入十里雾中。

"总经理,我知道你是个英雄,现在止是落难的当儿。"嬴官诚恳而豪爽地说,"我岳嬴官算不上英雄,但英雄落难,我愿意搭一把手。我只有一句话:希望你不要因为眼下一时落难失了英雄气!我等着你'运河贸易公司'重新振兴发达的那一天!"

年过四十,身高一米八○的安天生,被嬴官几句话说得大泪珠落。他早已获悉几个单位抢购那批罐头的消息。他想象不出天下竟有如此仗义、如此肝胆的奇人、奇事!当确信这一切都是无可怀

· 195 ·

疑的之后,他起身倒了两杯酒,一杯举到赢官面前,一杯举过头顶,咬钢嚼铁般地说:

"今天就算是我安天生高攀了小岳经理,拜了小岳经理这个生死兄弟!老天爷在上!日后我安天生和'运河贸易公司',果真应了小岳兄弟的话,我……"

他不说了,天下压根儿没有任何话能够表达此刻他的心情。他把高擎的一杯酒洒到地上一半,然后同赢官手中的酒杯一碰,昂首向天,一倾见底……

两个月后,"运河贸易公司"奇迹般地复活了,清江来信报喜告捷。

又过了两个月,"运河贸易公司"振兴了、崛起了,总经理安天生带领手下一行十几名干将大员,千里迢迢赶到东海之滨……

如今,"运河贸易公司"已成为当地一个跨省区、经营额超亿元的大公司。不知多少厂家千方百计,甚至不择手段与之沟通关系。但小桑园的罐头饮料,小桑园的土特产品,小桑园需要的各类物资,无论何时、何种情况下,一律优先销售和供应。赢官用一条无形的纽带,把小桑园同大运河紧紧连接在一起了。

赢官走进罐头厂会客室,立刻被初胜利、张仁那伙"董事"——按照约定,"龙山水泥厂"一旦成立,各村首脑便组成董事会——包围了。他坦然、轻松地回答了人们最关心的贷款问题之后,即请众人入席。

酒宴是丰盛的,对虾、海参、鲍鱼也上来了。这次酒宴对于赢官来说,其重要性,是决不下于当年宴请"运贸"总经理安天生那一次的。

"各位董事先生,咱们是先礼后兵,还是先兵后礼啊?"一切就绪,赢官出了题目,"咱们北方佬老实巴交,一般先签合同后喝酒。广州那边正反着。要谈生意?好,先喝酒。灌你一个迷迷瞪瞪,再拿出合同:签签字吧！你稍稍一走神儿,得了,静等着挨坑哭鼻子吧！"

"那咱还是先签,要不便宜不得让你一个人赚了去呀！"初胜利笑嘻嘻地说。

"那好,对合同稿谁还有意见,说吧。"

没人张口,也没人表态。

"合同就是法律,现在不说,将来后悔药可没处买去！"他干脆点起名:"岭山后。"

"我们不就是保证石灰石供应吗？账我们算过,一年赚个十万八万不成问题。"张仁回答。

"李龙塘。"

"我们保证火山灰。就是那屺祖宗风水破了,少不了爹妈跟着我受点委屈。"

"王思圣。"

"没问题。"

"邹培德？"

"和他一样。"

逐个查对确无异议之后,赢官第一个走到铺着紫红绒布的桌前签了字。初胜利、张仁等依次走过。这伙算得上小知识分子的支部书记们,第一次发现自己的名字有着好不沉重的分量,第一次发现自己连名字也写不理想,而且越认真,越写得歪七扭八不成样子。嗜！早知有这种时候,请个书法老师学上几年也值当哩！

"好了,'二龙戏珠'这会儿算是成了一半,这酒喝的也有名堂了。"重新回到酒席桌边时赢官说,"正山叔,你是元老,你先开个头怎么样？"

吴正山今天一式银灰色中山装,也不推辞,说:"我开个头也行。我早说过我是个老古董。先前赢官说'二龙戏珠',我心里也嘀嘀咕咕。那些不说啦,我敬酒。我就是一句话:今天咱们好比桃园三结义,一百单八条好汉拜忠义堂。往后啊,有福同享,有难同当,哪个当逃兵当叛徒,天打五雷轰!赞成这话的举杯,亮底儿!"

吴正山一饮而尽,众人自然没有敢冒天打五雷轰罪过的。

依次祝酒。轮到初胜利时,他非要与赢官来上几个"哥俩好"。吴正山知道赢官酒量不大,想阻止,赢官先一拍巴掌一扬拳,干上了。

屋里顿时响起"六六六""五魁首"的划拳声。

四五个回合下来,初胜利大获全胜,赢官眼珠儿也有些红了。

"胜利这小子净捣鬼!不算!不算!"

"喔!赖皮咯!""不行!不行!""罚!罚两杯!"初胜利、张仁一伙,一齐冲着赢官起哄。

"你们几个本事大怎么着?"吴正山探过脑袋,"来,哪个跟我来几下子!"

他把手朝初胜利手上拍,初胜利急忙躲开,朝张仁和嚷得最欢的那个鼻尖上挑个红痣的"红鼻子哥哥"面前靠,那两人也连忙摇头。

开玩笑,谁不知道"白干大王"吴正山哪!

据说是在"祖国山河一片红"那阵儿,一次吴正山推着一小车地瓜干子到城里换酒。换了两大桶老白干,还剩出满满一钢精锅没处盛。酒厂的人要他再买一个塑料桶,他说:"我还是盛肚子里吧。"端起钢精锅咕咚咕咚一阵子,酒竟然就没了。那是八十度的烈性酒,那一钢精锅至少四五斤,把个酒厂里的人惊得眼圆舌卷。吴正山抹抹嘴,推起两桶酒就往回返。酒厂厂长认定他走不出几步就得趴下,派人随在后边要看热闹。没想一直跟到大桑园村头,吴正山除了撒了一泡尿,连个趔趄都没打。"白干大王"的名号由此四扬。如今吴正山虽说上了几岁年纪,真要较量起来,初胜利、张仁几个绑到一起,也未必赢得了他。

"要论喝酒,你们差远了,我也不行。我那爷,那才算是这个!"

吴正山得意,挑起拇指。

"你是白干大王,那老爷子不成了'白干神仙'啦!"

"不在这,在个意思。"吴正山绘声绘色讲起来:

"那年我十一,我爷八十,每晚都是我陪着他睡。他馋酒馋得要命。过阳历年前一天,俺妈给他买了一瓶,怕他看见,藏到碗橱里。俺爷知道了,夜里翻过来覆过去不合眼,跟我说:妈个巴子,今黑下怎么就翻夜啦?我说:八成是叫那瓶酒给馋的。俺爷说:可也差不离,你说我是喝了它还是留着明儿过节?我说:我就知道你的意思。俺爷说:知道更好,放那儿说不定叫耗子给我踢蹬了呢,干脆!说着,起身下炕了。到碗橱那边咕咚咕咚一阵回来,恣得不行。我说:行了,这会儿没心事了,睡觉吧。俺爷上炕,咂着嘴唇,好一会儿说:山子,你妈这回买的么个好酒,还咸丝丝的。我一听,忙说:坏啦!俺妈买了瓶酱油也在碗橱里,别是让你喝啦!跑去一看,果不然,那瓶酒一动没动,酱油瓶子干了底儿。俺爷一听倒乐了,说:上算,一瓶酒顶了两瓶喝!⋯⋯"

嬴官、初胜利等笑得前仰后合、捶胸顿足,几乎没把一桌酒席给掀了。

吴正山讲故事有功,被赏了三杯酒。

"谁还有好听的故事贡献出来,赏酒五杯!"嬴官悬出赏格。

"好听的还不有的是啊?"张仁眼珠一旋,伸手抓杯,"我先喝了赏酒再说。"

"那不行!先讲后喝!"

"先讲后喝?"

"先讲后喝!"

"那好,我讲个美人的故事给你们涮涮耳朵吧!你们说,天底下哪儿的美人最绝?"

"这个问题嘛,得认真考察考察!"

"巴黎出美人,这还用问?"

"你们全是老外了不是!"张仁郑重其事地说一句屈一个指头:"天下美人出中国;中国美人出山东;山东美人出蓬城;蓬城美人出李龙山。"

"嚯,有讲究头!李龙山的美人咱怎么没见哪?"

"哎!没见你就别啰啰,听我细细儿跟你说。"

讲故事成了说山东快书。声调抑扬顿挫,一双筷子嗒嗒地代替了铜板。

> 当今世上美人多,
> 美人偏生在山窝。
> 有个村子的名儿咱先不讲,
> 位置就在李龙山的前半坡。
> 村里一个美人你就别说有多俊,
> 柳叶眉,樱桃嘴儿,
> 轻轻一笑就是俩酒窝。……

"老套子!老套子!"有人喊。

> 谁说老套子闭上嘴,
> 听我把新鲜事儿往下说。……

初胜利早已听出门道,接口道:

> 那个美女芳名就叫肖小玉,
> 爱上的小伙是他赢官哥。……

张仁的包袱被人揭穿,沮丧地坐下了。众人一阵哄笑,赢官也被逗得乐了。

"你们这也叫讲故事?罚!每人三杯!"

张仁接过一杯喝了。初胜利却涎着脸盯住赢官说:"说正经的吧,要是在过去,要是小玉再高出那么一丝丝,说不定皇后娘娘也当上了。你老兄,溜墙根去吧!"

赢官招呼众人喝酒,只是装作没有听见。

"哎,你们说,女的漂亮的好还是丑的好?"一杯酒下肚,红鼻子哥哥忽然问。

这伙人正处在一个复杂的年龄,有的刚刚结婚,有的还在谈着对象。女人,尤其姑娘是他们经常的话题。而且一旦提起,每每便肆意泛滥,失去遮拦。

"废话!没听说谁见了漂亮姑娘朝一边躲的!"

"那才不一定!"

"不一定?你怎么单挑俊媳妇,不找个丑闺女搂着?"

"呃,这就得看怎么说了。我给你们说个故事。"红鼻子哥哥鼻尖上的红痣闪了几闪,一本正经地道:"话说苏州有个厂子,厂子里边有个女的,比林黛玉还得猛出几分……"

张仁:"林黛玉算什么呀!挑一担水得掉井里!"

"哎哎哎!"初胜利连忙揪了他一把。

红鼻子哥哥并不受他们干扰,有声有色地讲着:"那女的三十一、二了,屁股后边至少还跟着一打。后来被厂长看上了。两个人先是偷偷摸摸往一起黏,后来干脆就大摇大摆朝家里领……"

张仁:"他媳妇呢?"

"这不就说她漂亮吗?人家厂长的媳妇每次见那女的来,又是买菜又是做饭,还得赶着那女的说:'大妹子,快上床吧,被窝我都给你们暖好啦!'……"

"胡扯!胡扯!""天下哪有这种事儿!""该不是说的你红鼻子哥哥自己吧?"初胜利、张仁等人一阵哄笑、一阵叫嚷。

"别说啦!"赢官突然发一声喊,把一只酒杯拨到地上。一声脆响,众人惊住了。

"我说酒喝得多了吧!"吴正山连忙来扶赢官,"要不要醒醒酒?"

赢官一愣,突然站起,换过杯满满斟上,锐声嚷道:"你们光顾了胡扯！酒剩下谁负责任？喝！缺一罚十！我带头！"

咕咚一声。吴正山心里打了一个颤。

送走客人,太阳已经歪到马雅河那边去了。天上还是没有风,"秋老虎"威风还是不减。田野里收获已经开始,早熟的豆子花生正在被割倒刨出。嬴官坐在河边的树阴下,身上仿佛散了架儿。

"喝多啦,快回去歇着吧。"吴正山劝慰地说,"有事,有我和海江呢。"

"知道。"嬴官随口应着。到小桑园这几年,他一直克制自己尽量少喝酒或不喝酒。今天确实多喝了几杯。但如果论起酒量,实在算不了什么。上技工中专时,他和几个好友打赌,啃着咸萝卜,一次就喝过一瓶景芝白干。

"要不我送你回去?"吴正山问。他对嬴官怀有一种父亲般的情感,也看出嬴官今天的酒喝得有点蹊跷。

嬴官摇摇头,抬起有些发红的眼睛:"正山叔,石衡保儿子的情况,你查过了没有?"

吴正山诧异地翕动了一下嘴角。石硼丁儿被开除的消息,是那天小玉当着他和嬴官的面讲的。小玉的用意很明显,但两人都没有表态。因为嬴官从外地外村招聘了一批能人到小桑园落户,小桑园的一姓天下被打破,惹得老尊主和家族里原先的几位头面人物四处告状,明里暗里设置障碍。嬴官虽然不肯屈从他们的压力,对招人聘人的事却谨慎多了。吴正山是被视为吴家叛逆的,受的气自然也不少。石硼丁儿不过是个十一、二岁的少年,处境纵然令人同情,收到小桑园来也并没有多少理由。这件事已经过去几天了,吴正山不明白嬴官何以重新提出来。

"我想把他先收到咱这儿来,你看行不行?"嬴官又问。

"收是可以。"吴正山思谋着说,"只是那样一来,你和河那边又得一场热闹。我寻思着,你们终究是父子,尽可能的还是别……"

"这根本就扯不到热闹不热闹的事儿!"嬴官跳起来说,"一个十几岁的孩子犯了什么罪?学上不成,活也不让干,这是什么王法?什么共产党社会主义?旧社会碰上善人还收养孤儿咪!咱们总不能眼看一个孩子受欺负不管不问吧?"

好像觉出过于冲动,他缓了口气又说:

"再说,咱可以作为招工,让他半天干活半天上学,等他父亲回来再说嘛!"

透过嬴官的冲动,吴正山感受到了一股动人心扉的浪潮。那浪潮中翻卷的是对弱小善良的同情和对不公正、丑恶的嫉恨。他甚至猜出,嬴官的决定和冲动,与方才酒宴上摔碎的那只酒杯,有着某种隐秘的联系。

"我同意收。妈个巴子,咱揣个党票总得像么回事儿!……我这就找小玉去!"

吴正山跛拉着一串脚步离去了。嬴官整理了几下衣服,起身直向马雅河对岸去。一次酒宴,使嬴官心中生发起一种奇异而强烈的愿望:他急于回到马雅河对岸的那个家中,急于见到那个爱他、怜他也让他爱怜和同情的母亲。

院门大敞而开,院里静悄悄的。嬴官跨进家门时,耳边却传来一声惊叫:

"哥!你回来啦!"

银屏从屋里跑出,勾住嬴官的脖子,打秋千似的悠了一圈儿,又朝从墙角跳起吠叫着的恺撒踢去威胁的一脚。

"哥,你在家,我得温习功课去!"

银屏铁定要上高考班了,这几天已经开始给"摩托车"加油了。

"爷爷在吗?"

"没!"

"妈呢?"

"我怎么知道!"回答已经是在大门外了。

一座院落,只剩下赢官和一位恺撒。

恺撒后腿蜷伏,前足支撑,两耳矣立,警戒地注视着这位似曾相识的来人。赢官与这位昔日的伙伴早已生疏了。不惟生疏,作为一种象征,简直视若寇仇。尤其现在,一见那副神气十足盛气凌人的样儿,就恨不得抓起一根棍子,给它留下几记重重的教训。

两对目光冷冷地对峙了不下两分钟,赢官才撇下恺撒朝屋里去。身后传来几声犬吠,完全是威胁和警告的意思。

"哎呀,我的赢官子耶!"

赢官刚踏上门阶,徐夏子婶忽然从厨房里冒出来。手里端一个药铫子,汤药已经滗净,只把药渣倒进院子一角的垃圾桶去。

"你这个赢官子呀!多长时候没回来了?你把你那妈和你这个姥,全都不要了是不?"

徐夏子婶快嘴如刀,赢官只好赔着笑脸。

"姥,我有那么大胆子?人家事多嘛。"

"事多就不能抽空回来几趟?你没见你那妈,想你都想得疯啦!"

"我这不回来啦——哎,姥,你给谁熬的药呀?"

"给谁熬的?你妈的呗!"

"俺妈病啦?"

"你说说你这个儿子!你妈病了这好几天,你还不知道!"

"你和俺舅也不告诉我!姥,俺妈得的么病?"

"么病,头晕,心口窝疼,血脉不齐。还不都是让你那爸给气的!你那爸呀,真是没良心!在外边……"

徐夏子婶把药渣倒了,又把药铫子在自来水管上冲洗干净。这才又说:

"赢官子呀,待会儿见了你妈,好好劝导劝导她,让她想开点儿。啊!你妈心里头就是有你。你劝劝,她定准能听。啊!"

徐夏子婶出院门去了。赢官一屁股坐到院中的石阶上。

……你妈病了……让你爸气的……他在外边……如同天空中突然袭来一股风暴,赢官的脑海立刻变成了一片波涛连天的汪洋。一种异乎寻常的震惊和痛楚的情感,迅猛地在他心中冲激着、汹涌着,形成了一股异乎寻常的感情的洪涛:刻骨铭心的爱,刻骨铭心的恨,刻骨铭心的屈辱……

这种爱、恨和屈辱,是从那件蝙蝠衫时就开始了的。

那个夜晚他原本多么兴奋!那是他梦寐以求的时刻呀!还是在上初中的时候,他的眼睛就经常不由自主地在人群中寻找那个苗条婀娜的身影。那身影简直就是一轮迷人的明月。从学校回村不久,那轮明月便深深地印进他心灵中了。那一举一动、一言一语、一颦一笑,甚至包括生气时眨起的秀目和撅起的红唇,都无不洋溢着动人的诗情。小玉恬静、灵秀,如山中的一株修竹;秋玲则雍容华贵,像一朵盛开的牡丹。修竹固然可爱,牡丹却更容易让人心迷神驰。对于心狂血热的小伙子,尤其如此。

赢官是真正爱上了秋玲,正像青山爱上了碧水,蓝天爱上了白云。

那次他听秋玲称赞蝙蝠衫后,利用出差的机会,跑遍了大半个广州市区,用高出几倍的价格买回了那件漂亮的蝙蝠衫。那天他与秋玲约好会面的地点时间,把改了不知多少遍、抄了不知多少遍,才终于写成的一封求爱信,小心地放进蝙蝠衫衣袋,要把自己的一片圣洁的爱,奉献给自己心中的安琪儿。

走到街心拐弯的路口,他意外地听到了暗影中的一串对话:

"看见没有,姓岳的把小相好的又找去啦!"

"哪个姓岳的?"

"还有哪个?除了天老爷数他大的那一个呗!"

"小相好的是哪个?"

"还有哪个?彭彪子的闺女呗!"

"这可不敢瞎说!"

"瞎说嘴上长疔！去年秋里人家就眼见了的！……"

赢官被惊得魂飞魄散，心里仿佛喷出了血。岳鹏程与秋玲关系密切他是知道的，却万没有想到……当他清醒之后，立即飞也似的跑回家中，抓起一根棍子便要去找岳鹏程。棍子被夺下了，淑贞连声追问发生了什么事儿，赢官只是放声大哭。他仇恨！他屈辱！然而，他怎么能够把这仇恨和屈辱的真相，告诉慈爱的母亲呢？……

他离开了那个毁灭了他的爱情、根本不配他称为爸爸的人。他用自己全部的生命和才智去创造新的生活，去与那个人争雄斗法。那仇恨和屈辱被深深地埋在心的底层。那无形的东西，正如同掩埋于地下的原子核，无时不挥发出巨大的能量。今天的酒宴失态，酒宴后突然做出的收留石珊丁儿的决定，以及生发的急于回家和见到母亲的愿望，便正是那深埋心底的"原子核"作用的显现。

然而，他怎么也没想到，当他企望回到母亲身边，用自己的爱和母亲的爱，去熨平那仇恨和屈辱的创伤时，得到的却是更加刻骨铭心的仇恨和屈辱！

他要彻底根除这仇恨和屈辱！他要等着母亲回来，坚决地劝母亲与那个人断绝一切联系，搬到小桑园去！为了母亲能够免除屈辱和痛苦，为了母亲能够得到安宁和幸福，他愿意终生侍奉在母亲膝前。哪怕需要把自己的血肉之躯一点一点割下，去换取母亲的一丝欣慰，换取母亲所需要的一粒仙丹、一棵长生草，赢官也在所不惜！……

一种崇高得近乎神圣的情感升腾起来，像股热流。赢官被深深地感动了。他觉出了眼睛的潮润。那潮润旋即便凝作了涔涔热泪，破眶四溢……

那近乎神圣的情感很快升腾到了极致，随之，以一种异乎寻常的速度和力量，变成了截然相反的仇恨。那仇恨使赢官以近乎疯狂的神态跳跃起来。

一盆培植了六七个年头,被岳鹏程视为夸耀之物的君子兰,被猛地摔到院墙角落。一声闷响惊起恺撒,张牙舞爪直向赢官扑来。赢官似乎终于找到了一切罪恶的元凶,抓起一根棍棒,便迎上前去。恺撒从未遇到过这样凶猛的进攻,不得不带着一身鳞伤败下阵去,远远地站在院门那边,用惊恐燥哑的音调,发着警报和已经起不了多少作用的威胁。

赢官气犹未尽。他奔到屋里,拉开抽屉、打开箱子、掀开床单,把属于岳鹏程的一切杯盘器皿、家什物件、书信古玩,统统丢进一个废旧物品堆里。做完这一切之后,他又在房间里搜寻着,把搜索出来的一切物品,以最简便的方式或者就地毁坏,或者丢到人眼不及的旮旯里。

他进到会客间。墙上那幅旧式结婚照上,憨笑的岳鹏程好像在嘲弄他。他搬过一把椅子把结婚照撤下,一扬手就要向地板上丢去。然而,那扬起的手突然僵住了。那幅旧式结婚照在赢官面前微微颤抖着:那憨笑,那短刷子辫,那满身的泥土腥气……一束神奇的电流从赢官心头掠过,两行水晶般的泪珠,缓缓地出现在面颊上了。结婚照落到了地板上,赢官的泪滴也随之在地板上成串坠落。……爸爸,那是赢官的爸爸呀!家,那是养育赢官长大成人的家呀!……

仿佛过了很久,赢官被一串开门入室的响声惊醒了。他连忙爬起来,淑贞已经站在面前了。

四目相视。那是母亲的目光和儿子的目光,是探询和回答、抚慰和劝导、理解和慈爱的目光。用不着一句话一个字,淑贞与赢官的心便彻底沟通了。

"妈……"带着颤音的轻轻一唤。接着的,是与孩提时代几乎无二的一个动作——赢官扑到淑贞面前了。

淑贞身心一阵颤抖。她热泪盈眶,缓缓地抚摸着儿子坚实宽厚的肩膀。儿子已经高出自己一头了,可依然还是那个挚爱着母亲的儿子!

但仅仅一会儿,淑贞便一抹面颊,把赢官推开了:"赢官,你快歇着去。"

淑贞麻利地把结婚照收起,放到电视橱后的墙角,又拿过笤帚,扫起破碎的玻璃片。同时似责备似掩饰地说:

"这么大的人了,还是那么毛毛躁躁!"

好像是为了弥补过失,赢官赶忙把扫起的玻璃碎片送到屋外。

"你从哪儿回来的?小玉怎么没一块来?后天是她长尾巴,可别忘了让她回来过。"淑贞说。蓬城习俗,过生日又称长尾巴,不仅要吃长尾巴面,还要用面捏成鸡狗猪兔等生肖物,蒸熟吃下。长尾巴的日子,对于尚未成家立业的孩子们,一向是有着非同寻常意义的。

母亲形容憔悴,有谁知道她忍受了多少煎熬啊!然而……赢官觉得咽喉一阵堵塞。方才发誓赌咒要劝母亲离婚弃家的念头和决心,消失得无影无踪了。

赢官和小玉两天前就和好了。

那天赢官重新跨进那座旧屋院时,小玉正在煎药。听到赢官故意递过的咳嗽,她回应的是冰雪冷雨:"你来干什么?"

"小玉……怎么家门都不让我进啦?"

"就是!就是不让坏小子进!"小玉一手扶着门框,两片红而薄的嘴唇好看地绷紧着。

"这么说我成坏小子啦?小玉,你听我说……"

"你还是说你这大经理登门有什么公事吧!"

"……报喜。"

"少耍贫嘴!"

"不信?按照你的建议,'二龙戏珠'很快就要上马啦!"

"上马关我什么事儿?"

"没有你还不知拖到猴年马月哪。胜利他们说了,等开工那天,要把你当做第一功臣供到城隍庙里,给你烧香磕头呢!"

两天没到河那边去,小玉盼的就是这个"坏小子"的到来。她不去找他,怕的是会助长他的"坏气";更重要的是要考验考验这个"坏小子"到底安的什么心思。"坏小子"两天按兵不动,把她那颗柔嫩的心如同放进油锅里。嬴官的几声咳嗽和似真似哄的话,带给她的是多大的喜悦和欣慰啊!

还有什么可说的呢?难道非要嬴官认罪讨饶不成?那样的嬴官小玉才恶心呢!

"听小玉说,你又兴隆着要建水泥厂。那贷款的事儿有门了吗?"淑贞转了话题。

"我跟县里和农行一说,人家乐得蹦高。市里也开了口,只等批文下来啦。"讲起"二龙戏珠",嬴官立时神采焕然,把方才的种种心绪都丢到一边去了。

"怎么听说今年银行紧缩,贷款也很有限——哎,你坐着,妈给你做饭去。"

"我刚吃了饭回来。"

"小孩子丫丫,过个门槛就是两碗。我做晚饭。"

"那,你歇着,我去做。"

"你还想把我的锅底烧炸啦?做饭,等着饭做你吧!"

淑贞翻起的是多少年前的一件往事。那次淑贞去姑妈家伺候病人,家里只剩下九岁的嬴官和岳鹏程两人。岳鹏程爹妈一起当,忙得不亦乐乎。一次饭没做完有人找,便吩咐嬴官烧火,自己甩手走了。偏巧锅底忘了添水,岳鹏程回来一看,锅底被烧裂了儿道大口子,饭几乎没有掉进火里。淑贞回来后父子俩抢着告状,惹得淑贞笑也不是恨也不是。淑贞无意中提起这件事,数落中透出了几多亲情温热。

淑贞朝身上系着围裙,又吩咐说:"嬴官,给妈择菜!"

这似乎已经是一个历史镜头了:淑贞刷锅和面,嬴官蹲在一边,笨拙而仔细地择着韭菜。世间一切的一切,一霎间都变得那么融洽、欢乐和甜蜜了。

"贷款再紧缩、再少,还缺得了我的?"赢官边择韭菜边回答着方才淑贞的问题,"我这是重点。再说有小桑园上千万资产作保,对头一年保准本利还清!"

"好!天底下就我儿子能!"

淑贞乐着,赢官也乐着。

恺撒一直站在院门那边偷听着屋里的谈话。它龇着牙,不时颠颠踬踬,似乎怎么也搞不明白,这个院落里发生了什么事情。不明白那位视它如同心上人的主人,竟然撇下它,不知跑到哪里去了。

第 十 五 章

经过将近一个小时的驰驱,小"皇冠"驶上通往月牙岛腹地的土公路时,太阳尚未走完每日的一半路程。

月牙岛名之"月牙",实则更像一只戏游于碧波之中的蝌蚪:长长的、略显弯曲的尾巴,从陆地伸延开去,把硕大而又乖巧的脑袋,探进波涛连天的海面。蝌蚪呈倾伏状,岛的一侧相应出现了一片月牙似的海湾。这也许便是岛名的由来了。

海洋如同一个神奇的净化体,尘世间一切喧嚣和浮华,一经触及它的羽翼便只能安分下来,或者销声匿迹,或者全然改变成另外一副模样。阳光和风也不例外。从陆地登上小岛,秋日的炎热和沉闷顷刻消失,岳鹏程、齐修良等人感觉到的只有一阵阵爽心舒肺的快意。

小"皇冠"停在一片开阔地上,岳鹏程带着齐修良等人,沿着海边漫步前行。

岛上面积原本不大,一边又是一脊隆起的丘岭和悬崖,岛上的人和各种建筑物,便自然而然集中到背山面海的一片地场中了。这里的一切仿佛都带着历史的陈迹:废弃的、被海浪冲得七零八落的码头,生了一层厚厚铁锈的油罐,落满风雨印记的办公楼和宿舍,还有即将被废弃的、萎缩在山脊脚下的一座小小的电子管厂。岳鹏程当兵时来过这儿。那时岛上驻着一个连队,每日里热火朝天,龙腾虎跃。一个月前决定投标,岳鹏程来岛上考察时,发过好

一通感慨。这时他一边走着,一边犹自发着愤慨:

"你们看看啊!这帮吃皇粮的,把个码头糟踏成个奶奶样儿!"

"油罐不用,砸了卖破烂不是钱?妈拉个巴子,就这么竖这儿晒了十好几年!"

"你说那些局长、书记都是怎么当的?我要是有权,非让那些小子们……"

岳鹏程的愤怒和感慨从来都是有感即发,毫无遮拦。齐修良等人早已习惯了,只是不时应着,间或附和着补充上几句。

一行人沿着海边兜过一圈,又到等待招标承包的电子管厂车间转了转,这才朝半山腰的厂部办公室走去。

厂部办公室里,此刻正酝酿着对付岳鹏程投标的方略。

"……对方几次想摸我们的底,我们都按局长的意见挡回去了。"电子管厂书记汇报说。

不过五十五、六岁,却长着一头稀疏白发的董局长点着头。作为月牙岛的上级主管首脑,他的主要任务之一,就是要改变电子行业目前所处的困难境地。月牙岛远离市区,除了对外招标承包是没有第二条路可走的。

"岳鹏程是个奸滑之徒,不能让他轻易得手。不过也要注意,千万不要让他溜了。"他做过指示,又问:"根据你们的摸底测算,标的最高可能定到多少?"

"我们跑了不下十几个地方,最高的一年讲过八万,最少的两万也不肯干。"戴着高度近视镜的厂长回答。

"这样说吧,按你们的想法,标的定到多少合适?"

"十万,再高恐怕就……"

"你哪?"

"我也是这个意见。不过,必要时恐怕还得降低。"

"也好,就按你们的意见定在十万。"董局长思忖片刻做着决断,"不过,这不是最高标的而是最低标的,正式谈的时候要加倍……"

决策刚刚做出,岳鹏程便出现在门口。三位决策者都不觉为之一愣。

"欢迎欢迎!"参观过大桑园,与岳鹏程有过一面之交的眼镜厂长,上前向董局长做着介绍。

董局长热情而又颇有身份地与岳鹏程寒暄了几句,说:"岳鹏程同志的大名我是早就听说了的。与你岳鹏程同志打交道,我也是第一个投了赞成票的。怎么样岳鹏程同志,刚才你这一番私访,有何评论哪?"

"局长说到哪儿去了。我是到长山有事,顺路到岛上看看的。"岳鹏程笑着,话题一转,道:"哎,刚才我到车间,好像已经停工不少天了吧?"

"这是哪儿的话!今天是我们厂休。"

"不瞒岳书记说,这一段我们一直搞突击,几个星期都没有休息了。"

两位厂头儿连忙遮掩。

岳鹏程恬然一笑,低头呷起茶水。

董局长看出岳鹏程心下有底,连忙转了话题:"岳鹏程同志对我们这个地方,印象如何呀?"

岳鹏程:"地方自然是好地方,只是不知道局长准备怎么个承包法?"

"这好说,一标定盘,一包到底!"

"这一包到底是指经营呢,还是全权?"见对方莫测高深,又道:"坦率地说,如果是单纯搞点经营,我岳鹏程没有那个兴趣。"

董局长:"一包到底,自然是全权咯!"

"时间呢?是只准备让我干个一年两年,还是……"

"一定十年不变!十年之后,还可以续订!"

"那好。"岳鹏程微微一笑,"既然今天凑得巧,就请局长出个数吧。"

董局长朝眼镜厂长递过一个赞可和鼓励的目光,眼镜厂长起身拿过一份材料,看了几眼,道:"我们月牙电子管厂创建于一九七五年三月,主要生产电子管配件和漆包线。现有职工一百二十三人,设备五十三台,年均纯利润十二万五千元左右。根据上述情况,本着互利互惠的原则,我们考虑,承包基数应不少于年缴纯利润二十万元。"

董局长和电子管厂书记满意地点着头,把目光投到岳鹏程身上。

岳鹏程微微后仰听过之后,从齐修良手里接过一张纸条,翻来覆去看过几遍,似乎不经意地推到对方可以看得清楚的桌子一边。

那是电子管厂的一份简要情况:

总人数:123(其中退休、病号33)

设备:45(其中淘汰和即将淘汰15)

最高年利润:52000元

八四年亏损:14000元

八五年上半年亏损:25000元

底盘泄露,正如交战未始,先把自己的伤残短缺袒露在敌手面前。两位厂头儿好不惊讶、尴尬,朝董局长瞟过一串不安的目光。董局长心中一阵忐忑,却装作没有看见的样子。

岳鹏程依旧坦然:"董局长,刚才说的二十万,不会是最后的底数吧?"

"具体自然还可以协商。不过,我看这已经是最低的了。我这里环境好嘛!天时、地利、人和是占全了的!"董局长依然气势不减。谈判是一门高超的艺术,不仅需要实力,更需要耐心和心理攻势。

岳鹏程:"我的意思是,刚才这二十万或许不是最高的。如果向最高里说,不知你们认为多少才合适?"

问题违反常理。是岳鹏程有意嘲讽戏弄,还是……董局长和两位厂头,投过几束疑惑的目光。

然而,不回答岂不意味心虚?那也许正是岳鹏程所等待的呢。

"那要看怎么说了。"老成持重的电子管厂书记说,"如果经营得好,一年三十万、四十万也并不是不可能的。"

"那好。"岳鹏程恬然一笑,"就按刚才董局长的话,你们把岛子全权交给我,我每年给你们净缴四十万。"

董局长和两位干部一齐愣住了。世间哪有这种做生意的?这么一个小小荒岛上的濒临破产的小厂,即使折价出卖,大概也卖不出四十万元来的,何况……

这分明是反戏正做!分明是嘲弄戏耍!董局长和两位干部有些忿忿然了。

"岳书记真爱说笑话……"眼镜厂长说。

"呃!"岳鹏程正色道,"君子一言,驷马难追!可以签合同、请公证人嘛!"

两位干部又是一阵惊诧之后,不约而同地露出了满面喜色。董局长不知为什么,反倒二目微闭,沉思起来。

"局长!"眼镜厂长迫不及待了。

董局长全然不动。片刻,突然朗声大笑起来:"好!岳书记果然是个爽快人!不过,合同的事嘛……等我们请示一下,你看行不行?"

这下轮到岳鹏程发愣了。但只一瞬间,那厚厚的嘴唇边角,便闪过几缕嘲讽、轻蔑的浅笑。

或许与当过兵有关,岳鹏程性格中,勇于挑战、勇于接受挑战

215

占了很大成分。这似乎已经成了一种"癖",似乎离开了挑战就干不成事儿,即使干成了也没滋没味儿。

开发月牙岛是岳鹏程意定中的一件大事,隔靴搔痒地试试探探、讨价还价,是他所难以忍受的。撇开中间人,出其不意直插月牙岛,为的就是打破僵局,促使对方做出决断。尽管由于老奸巨猾的董局长的阻梗,协议没能签成,岳鹏程却认定此行的目的已经达到。因此返回时,他几乎是一进车便打起鼾,一路打到小"皇冠"驶进一〇一疗养院大门为止。

一〇一疗养院坐落在崂山脚下。面前,是一片弓形海湾,一片白浪细沙滩。崂山,与青岛那边的崂山虽非一地,却同处一条海岸线,同有矿泉水、温泉水,同是疗养避暑的胜地。

岳鹏程到"一〇一"起因于去年。去年秋天整党,疗养院政委带领全体党员到大桑园参观。由齐修良、秋玲负责接待。参观完介绍完,岳鹏程忽然露了面,邀请院政委和几位院领导座谈,并且吃了一顿"便饭"。"一〇一"在蓬城附近算是一个大单位,据说直属大军区领导。人家的一把手登门,岳鹏程觉得自己不出面表示表示,似乎不大恰当。"便饭"中间,闲聊时岳鹏程讲起自己在铜矿时落下腰腿疼的毛病,一直没有理睬它。"一〇一"政委当即邀请岳鹏程到他们那儿去疗养。"我忙得裤子往头上套,还有闲心疗养?"岳鹏程当时应着,并没当做一回事儿。今年春天,岳鹏程觉得腰腿痛似乎比往常重了,又觉得崂山不过十多里路,小"皇冠"来去也方便,便试着给"一〇一"政委打了个电话。政委还真够情分,立刻表示欢迎,并且把岳鹏程安排到位置和条件都属全院最佳的三疗区。

三疗区是一年前新建的。两座封闭式二层小楼,构成一个花园式庭院。外可登山游泳,内可享受矿泉淋浴和"席梦思舞蹈",接待的全是师以上领导干部。岳鹏程与那些人住在一起,开始难免有些诚惶诚恐:自己在部队不过是个班长,现在的职务如果按部队级别算,也不过小小连长、指导员而已。但很快他就坦然了:倘若不遭到石姓家族那几个家伙的暗算,自己在部队说不定也升到师级了。而且,就目前自己的权力、能力、声誉和掌管的家业来说,也并不比部队的师长、政委们小到哪儿去。他坦然了,那些领导干部们心里却并不坦然,依然把他看成土包子、暴发户,冷眼不瞅一下。那些医生、护士久闻岳鹏程大名,但多是扎得耳朵痛的。只是碍于院政委的情面,才不得不表示一点勉强的热情。岳鹏程胸有成竹。春虾春蟹下来,他一次拉来两筐,煮得火苗儿似的,让人送到各个病房和医护人员手里。逢到樱桃、草莓、梨桃杏李上市,也总断不了带些来,分给医护人员和病友们尝尝鲜。局面很快改观了。医生、病友都把他当成朋友。连最初见了他要戴口罩的原大军区参谋长的女儿"小白鸽",也一口一个岳书记叫得好不亲热。院里那边,岳鹏程也确实为他们办了几件他们想办办不成的事儿。这样,岳鹏程在"一〇一"便算安了一个家。房间是专用的,随到随开,而且不收一分钱。他想"撤退",人家还不肯应声呢。

因为与淑贞闹了不愉快,这两天岳鹏程一直住在这儿。月牙岛一趟往返,天已将晚,他自然没有再回村里去的必要了。

推开房间的门,房间里站起一个大勇。他是为银屏转高考班的事来的。暑假眼看结束,再过两天就要开学了,转班的事还没有结果,银屏已经摔盘砸碗不肯了。

对银屏考大学岳鹏程原不以为然,可转念再想,别人家的坟头上冒青烟,我岳鹏程比哪个还熊些?自己没赶上好时候,没念多少书,银屏果真考上大学,岂不也给自己脸上抹点光彩?这样想也就通了。见大勇催,当即拿起电话要通了分管文教的副县长。

"好了,你回去告诉银屏到高考班报到就行啦!"他放下电话说。

大勇起身告辞,齐修良嘴上说着"书记你休息吧"也起了身,神情却带着几分犹疑。

"月牙岛的事我给你们交个底吧。"岳鹏程看出那犹疑的内容。齐修良早已习惯了自己扮演的角色:执行者而非决策者。对于重大决策方面的问题,岳鹏程不征求他的意见他决不参与,岳鹏程不告诉他的内情他决不询问。但岳鹏程在月牙岛上打的什么主意,实在让他捉摸不透。

岳鹏程说:"说到底我就是看中了那个地方。只要把经营权、开发权争到手,那就成了咱们的第二个大桑园!码头修一修,搞渔船停泊没问题吧?油罐利用起来,搞海上加油没问题吧?办公楼、宿舍,改造成宾馆、会议室也没问题吧?我再添点游乐场所,想办法搞回两只游艇,开辟一条海上旅游线路,把长山岛、崆峒岛、刘公岛、成山角串到一起儿。这哪一项不是赚大钱的买卖?单为那么一个垮了台的小厂,一年倒出五万,我也不会去干那种傻事!"

齐修良早就猜想岳鹏程跑出几十里之外去承包一个小厂,是别有所图。但却没有想到,岳鹏程脑子里描画的会是这样一副大战略!那意味着一个新的王国的兴起,意味着大桑园向外拓展和征服的开始。齐修良甚至闭上眼,就能够想象出那一幅幅激动人心的场景。

"那要是投标基数不抬高……"齐修良想了想,小心翼翼地提出了又一个疑问。

"你不让人家多吃点甜头,眼下可以,往后不照样麻烦?那码头、油罐,他能让你动?那人财物力,他能白出一点?你们算算那是多大代价!"

齐修良彻底服了。对于岳鹏程,早在几年前他就彻底服了。在他心目中,岳鹏程是一个绝世天才,无论他有多少错误、缺点,无论别人怎样说三道四、攻击污蔑,他始终是一个常人难以企及的了不起的人物。

电话机弹出一节好听的乐曲,岳鹏程抓起话筒,打电话来的是市报文艺部主任程越。她是随同市里组织的作家采访团来蓬城的。她要岳鹏程约个时间,接受作家采访团的一次采访。

"怎么样啊,岳书记?听说你轻易不肯见我们这些耍笔杆的哪!"

"这又是哪个造我的谣?你程主任驾到,除非我岳鹏程有一百个胆子!"

约好晚上七点会面,岳鹏程放下电话原地打了几个旋转。程越的到来,显然是他所期待的。

"月牙岛的事先这样,最近几天不要理他们。但要想办法放出风,给他们加加油点点火。"岳鹏程起身送人了。

"知道了。"齐修良应着,与大勇一起退出屋。两个人来到楼梯出口时,意外地与秋玲打了一个照面。

"秋玲主任来啦。"大勇打着招呼。因为淑贞的缘故,他从心里对秋玲怀有一种难以言喻的敌视和警惕。

"岳鹏程在吧?"秋玲随口问着,直朝房间那边去。

"秋玲主任,书记累了一天,刚刚休息……"大勇试图阻止。

秋玲却像没有听见似的。岳鹏程房间的门被推开,随之又关上了。

楼道里一阵瘆人的寂静。齐修良全然无事地下楼去了,大勇觉得一团血气在周身冲涌。他在楼梯上站了许久,才一步一顿,费力地挪起脚步。

秋玲的出现,使岳鹏程感到意外和惊讶。更使他意外和惊讶的还是秋玲的神态:少女般的红润和妩媚荡然无存,代之而来的是满面的憔悴和近乎绝望的惨白。

"秋玲,你这是怎么啦?"

秋玲并不回答,嘴唇咬紧、脑壳低垂,似是喘息,更似是竭力忍受着某种痛苦的冲击。这一切,都明白无误地告诉岳鹏程:她刚刚经历了一场感情风暴!

的确,秋玲的确刚刚经历了一场感情风暴。

那一天由于淑贞的破坏,使一次"浪漫"计划遭到了挫折。贺子磊并没有追问什么。秋玲在迅速控制住情绪之后,为自己的恸哭找出了两条理由:一是方才听人说(她估计贺子磊看见了淑贞),她那个彪子爹,在学校那边无故跟向晖过不去,使她丢人现眼,想起自己命苦;二是怨恨贺子磊不讲信用不守时间,让她在毒日头下一阵好等。贺子磊听了她的诉说责备,信以为真。他拥着她,安慰劝导着,同时赔着礼儿,发誓赌咒以后即使遇上唐山地震,也决不敢误了秋玲的将令。好不容易,秋玲总算是破涕为笑了。但他们的"浪漫计划"也终于搁了浅。为了弥补损失,秋玲两次找到贺子磊,要重新安排一次"节目"。贺子磊两次搬出一大堆图纸挡回了。这使秋玲疑惑不定。她怀疑贺子磊发现了什么,怀疑淑贞为了报复她,向贺子磊透露了底细。天哪!那些让人脸红心跳的往事,那番讲过之后自己也觉得无地自容的浑话,贺子磊哪怕得知一点点,也决不会与自己继续恋情了。她的新生活的梦想和希望,也就化作朝云夕雾散去了。她五内翻腾,但也只能在猜测中等待,在等待中猜测。她真悔恨不该因一时冲动得罪淑贞,悔恨自己与岳鹏程有过那么一种不清不白的关系。

她无法忍受等待的痛苦。她终于又找到了机会。

刘晓庆主演的《无情的情人》,秋玲很早就从报刊上看到消息。电影昨天到县里,只演过一场,忽然风传出马上就要禁演的消息。这一来票价猛涨,人人争购。秋玲托人好不容易买回两张,上午早早地便打电话约会贺子磊。贺子磊的好朋友曲工告诉说他去五十里外的苏村工地了,答应把秋玲的意思转告给他。秋玲放下电话,觉得心里不踏实,便让总机帮忙把电话接到苏村。哪想对方回答说,贺子磊昨天刚刚从苏村走,今天压根儿没有再来。秋玲觉出蹊跷,放下电话立即找到建筑公司。工程师室的门虚掩着,秋玲正要推门入内,屋里突然传出贺子磊怒气冲冲的吼叫:

"我就是不愿意听这种话！什么冤屈了、够意思了？反正绿帽子得我戴、王八得我当！你是我贺子磊的朋友，你就干脆告诉她，我贺子磊是条汉子不是团烂泥！电影我坚决不去！刘晓庆来了也不去！以后让她少来找我！……"

吼叫显然是朝向曲工的，却如同千斤重石砸到秋玲心头上。秋玲的一颗心和一片美好的期待，被撕割得七零八落，浸泡到苦涩酸辣的泪汁中了。命啊！"桃花流水向东奔，一生几得好时辰。"这任谁也难以逃脱的命啊！……

躺在自家炕上，秋玲面前是一片冰冷、苍白的雪地。

她恨贺子磊！这个她恨不能将心扒献的人，这个她愿意在今后的岁月里十倍百倍报答的人，竟然连个招呼不打就逃之夭夭了！这个胆小鬼！这个负心郎！这个草包汉！她把给贺子磊洗好熨好的衣服，把准备结婚买回的被面、衣物，统统翻出来，七零八落地丢在地上、炕上。——那是她的心和憧憬啊！

秋玲更恨淑贞。这个岳鹏程的臭老婆看似面和心善，原来是个什么坏事都干得出来的泼妇！无赖！妖精！毒蛇！她一定不只是去找过贺子磊，还去找过很多人！她是要把我搞臭，让我在村里待不下去！这个泼妇、无赖！这个妖精、毒蛇！她是拿刀子朝我心口窝里捅！她这是要毁了我的一辈子啊！

秋玲在炕上翻来滚去，洒下不知多少哀怨仇恨，才逐渐安静下来。她一动不动望着屋顶，心里只有一个念头在跳：以后怎么办？贺子磊丢开不说，她的坏名声张扬开来，在大桑园还怎么嫁人？怎么继续工作下去？

那就只有走，远走高飞！可爹呢？向晖呢？岳鹏程那个臭老婆呢？让她得逞、高兴？让她盛气凌人继续糟践我？

不！决不！秋玲决不走！秋玲吞不下这口气去！可出路在哪里？老天爷呀！……

秋玲蓦地想起一个人来——岳鹏程！

他不是很爱你吗？你不是也爱过他吗？

他不是淑贞的男人吗？淑贞不是为着他才朝你下的手吗？

你不是要以牙还牙给淑贞点颜色瞧瞧吗？你不是说过要把岳鹏程从她身边夺过来吗？

这是惟一的出路！哪怕仅仅是为了报复也应该……

秋玲猛地从炕上爬起，直奔岳鹏程新住处而去。

现在，岳鹏程已经站在面前了。

"出了么事，秋玲？你说，有我嘛！"

如同紧闭的闸门被突然炸开，秋玲的眼泪和着号啕，一齐澎湃起来。

岳鹏程注视着，很快猜出了事情的大概。他关好门，来到秋玲面前，为她擦起面颊。但他只擦了一下，手就被秋玲抓住了，一张因泪水淋湿而愈发娇艳的面庞随之仰起。那面庞上显示出的是坚毅和决断：

"鹏程，咱们结婚吧！"

岳鹏程的额头仿佛被通红的烙铁烫了一下，猛地一扬，僵住了。

"鹏程，咱们结婚吧！"秋玲把她攥住的两只手贴到唇边，又把扬起的面庞靠向岳鹏程下颔。

岳鹏程在这突如其来的进攻面前，变得懵懂无措了。

与秋玲这样年轻、漂亮的姑娘结婚，也许世界上没有一个男人会拒绝。对于岳鹏程自然更是一桩美事。在与秋玲相处的几年里，他不止一次萌生过这种愿望。但结论总是否定的。因为这意味着必然与淑贞离婚，淑贞多少年里与他生死相依，他下不了那个狠心。因为一离一合的必然结果，是家庭的彻底破裂，父亲、儿子、女儿等都必然把他视为寇仇，他为此将付出太多、太大的代价。还因为他怀疑这样的结合即使成功了，也未必会给他带来长久的幸福。同大桑园这片土地上的几乎所有男男女女一样，他希图有一个和睦、美满的家庭,并把别人对于自己家庭的称羡视为极大的荣耀。只是在这个前提下,在不损坏家庭和睦和声誉的前提下,他才希求能够在极其秘密的情况下,获取一点额外的、赏心悦目的欢愉和享受。

与淑贞离婚,同秋玲结婚,对于岳鹏程来说,无异于脱掉高雅、笔挺的西装,把自己赤条条地晾晒在人流熙攘的阳光地里;无异于正步向前,跨向一道莫测高深的泥塘。但这些,他怎么跟秋玲讲呢?

"秋玲,你别急。到底出了么事儿,你总得跟我……"岳鹏程极力想缓解秋玲的情绪,摆脱面前的窘境。

"你不要管!"秋玲目光执拗地盯住他的眼睛,手微微地打着颤。

"秋玲,我是想……"

"不,你回答,同意还是不同意!"

"秋玲……"

"你不同意?"秋玲脸上泛出一层冰冷决绝的紫青色。

岳鹏程觉出时刻的严峻。严峻得一秒可以决定永恒。

"不,我同意。"他目光闪烁了几下,厚厚的嘴唇吐出了几个字。

"啊!"倾流的江河又一次汹涌起来。秋玲伸出两手,倏地死死抱住岳鹏程的脖子,把蜷缩的身体整个儿投进到岳鹏程的怀抱。

岳鹏程就势抱起秋玲,把一串贪婪的狂吻,印到那因欣慰和陶醉变得红润起来的眼睛、面颊、鼻子和嘴唇上。他把她抱到席梦思上。他发现,她比天津之夜时还要令人销魂。

第 十 六 章

按照约定时间,作家采访团一行七人被"小白鸽"引进会客室时,天还没有黑尽,疗养区里已是一片灯火辉煌了。

作家采访团是按照市委书记鲁光明的指示组成的,目的在于反映市里的改革成就,创作一流作品。作为市报文艺部主任的程越,原本离不开岗位。但一是因为她与各县农民企业家熟,负责带队的文联副主席老党坚持请她同去;二是因为她正在构思一部反映农村改革的中篇小说,想补充点生活素材——她雄心勃勃,要把记者、作家两种身份融为一身。此外还有一个原因,她和柳边生结婚后,岳鹏程几次捎信,要请他们小夫妻到大桑园玩一趟。有了这三条,程越也就应了。他们是转过几个县之后,把脚落到蓬城地面上来的。

七员大将中,情况有所不同,有的初来蓬城,有的来过多次;有的确实想开阔开阔眼界,有的只想看看风光品品海鲜;有的是写小说、诗或散文,有的栖身于戏曲和通俗文学之间。但到蓬城来有一点是共同的,那就是想同岳鹏程见见面——这个人名声大得惊人,传闻多得惊人,要见上一面也是难得惊人。据说,省里和北京来的不少名流也被拒之门外。"以后你们少向我这儿介绍些没用的人来!"一次岳鹏程半真半假地对县委宣传部一位副部长说。从那以后,宣传部真的轻易不敢向大桑园介绍客人了。然而这一次有程越在,情况便有所不同了。

"欢迎!欢迎各位作家光临!"

作家采访团刚刚落座,没有一丝声响,岳鹏程身着蓝白条杠的疗养服,笑嘻嘻地走进会客室。他逐一地握着众人的手表示着欢迎,然后拉着老党、程越坐到正中的大沙发上。

"小白鸽"破例地飘着骄傲的蓝裙,进来给每个人冲了一杯茶,又飘着骄傲的蓝裙朝岳鹏程递过一个媚眼,退出了。这位跟随离休的父亲调到这里的女护士,全身喷放着一种纯粹的、纯洁的城市少女的气韵。她的出现,使程越等人不由地生出怀疑:怀疑在这里会见的会不会是一位令人敬畏的高级干部,而不是一位农村支部书记。

"你们是作家采访团,各位都是名人,能到我这儿来,我非常高兴。"岳鹏程热情而又不失风度地说,"电话上听程主任说,你们是想了解些农村改革的情况,写出第一流的作品。我很赞成。这些年反映农村变革的文艺我多少拜读过几篇。跟各位不客气地说:差距不小。农村改革,几年迈出了几大步,有的作家还在那儿围着个体家庭承包打圈圈,在那儿为一些旧意识唱小调。有的还得了奖,我看得了奖也没出息头。毛主席说,文艺是齿轮和螺丝钉。你那个齿轮、螺丝钉就没安对地方。我是个老粗,当大兵出身,但我从小就爱看书,崇拜你们这些人。现在说《艳阳天》有毛病,可能。但有农村味,有些人神了。比方弯弯绕,今天看也有意义。农村真正的改革单靠政策好,观点意识跟不上没门儿。打不破弯弯绕那种小农观点,改革派当不了也得变成弯弯绕。所以呢,你们来有两条:一是,你们是建设精神文明的先锋队,需要我做的事尽管吩咐;二是,你们这些作家知得多识得广,希望你们给我挑挑毛病,涮涮脑子。"

岳鹏程的开场白使作家们打了个愣怔:这番话像是内行人说的,又不是一般内行人说得出来的;新观点旧观点自然融和,批评、鼓励与表态亲切坦诚,毫无矫揉造作、盛气凌人的气味。

外号"猴子"的诗人,目不转睛地打量着面前这位久闻大名的"魔鬼",眉毛下露出的是惊异和惶惑的目光。程越瞟着他,嘴角透出几分得意、几分嘲讽。

这位猴子,是市运输公司的团委书记。在单位,是个以正统、忠厚而红得发紫的人物。出来,写起诗来,却是"魔眼洞世,兵出祁山"。采访岳鹏程他是最积极的一个。但他这种积极,与急于目睹一个怪物,急于证实一种预言或奇想,没有多少区别。

"你们的计划是怎么安排的?么个时候到我那儿看看?"岳鹏程问。

"你们家里""我们家里","你们那儿""我们那儿",是蓬城权势人物的口头禅。这个口头禅到了岳鹏程嘴里,那个"们"字向来是被省略了的。

"我们听岳书记安排。"老党说。

"这是哪儿话?你们是市里的领导!"岳鹏程这样说,却又道:"明天怎么样?大桑园为作家们敞开门户!"

"谢谢岳书记。就按岳书记的安排办。"

"那好。你们今天晚上要采访我么个?出题目吧。"

"我们想,是不是先请岳书记介绍一下农村改革的概况。"老党说。

"这个问题应该由县委书记回答。农村改革按中央的说法,到现在走了两步。第一步是由集体大锅饭到家庭承包,是一个进步。但我看也得一分为二。好在大锅饭打破了,个体积极性发挥了;不好在实行时一刀切、一风吹。别的地方咱不了解没发言权。咱们这儿,凡是把集体经济拆散了、分光了的村子,都糟了糕。这是大家都看到了的,我不重复。农村改革的第二步,是从今年中央一号文件开始的,内容就是一个:发展商品经济。依我说,这才是真正的改革。小农经济,单一耕种,自给自足,从秦始皇他老姑奶奶那一辈就开始搞,结果怎么样?今年初县里培训支部书记,我发表了一个谬论:马克思把商品经济说成是资本主义的土特产,现在看站不住脚了,大家也都认了;现在把发展商品经济说成社会主义没发达,不得不这样搞,同样站不住脚。依我看哪,就是到了共产主义,取消了商品经济也不灵!这是不是个理儿,大家可以批判着听。"

岳鹏程读书不多,极其认真,重要内容必得抄录背诵,并且能够随时加以引用和发挥。这是他从部队当学习毛著标兵时便养成的习惯。这一手,使许多听过他讲话或报告的人,往往为他惊人的记忆力和思想锋芒,惊诧不已。

他见几个人在做记录,笑笑说:"我的作家同志,我说的这些大部分是中央文件、报纸社论上说的,小部分是我胡说八道的。你们记回去,以后打我的黑枪,我可是一概不认账啊!"

大家都笑了,那几个人合起了采访本。

"咱们谈点具体的好不好?谁有问题提出来,我能回答的,回答;不能回答的,就来个'无可奉告'怎么样?"岳鹏程注视老党、程越,又看了看其他几位作家。

一阵静默。老党的问题得到了回答。程越原本没有问题要提。其他几个人都把目光集中到猴子诗人身上——一路上他就扬言,今晚非要看看魔鬼生的几只眼睛不可。

猴子诗人对岳鹏程的初步印象是:出乎料想,颇为不凡。但他以自己特有的思维方式推翻感觉,得出的结论是:狂妄自大,虚言饰实。

"我想提几个一般人接受不了的问题,不知道岳书记能否允许?"他故作郑重地说。

"一般人接受不了的问题?么个接受不了的问题?我倒想听听。"岳鹏程勇于接受挑战的性格,与猴子诗人的挑战,一拍即合。

"第一个问题,"猴子拿出小本子看了一眼,"有人说乡镇企业是寄生虫,寄生在国营企业身上,靠刮国家的油水而肥私。岳书记对这种说法有何评论?"

"我的评论是,首先应当问一问说这种话的人是么个虫?依我看,不是寄生虫也不是么个好虫。因为稍微懂一点中国国情的人,说不出这种话来。"

问得尖锐,回答得不客气。会客室里竖起一片耳朵。

"中国的国情是么个?一是地大人多,单靠国营工商业满足不了需要;二是农村潜力大,但得不到发挥。二二归一,就是一个'穷'字。乡镇企业解决的就是这个矛盾。使农村潜力得到发挥,农民富裕成为现实,还丰富了商品生产,给国家带来好处。拿我们大桑园说,这些年国家没投一分钱的资,每年创造几千万产值,上缴国家几十万税金。我请问,世界上哪个国家有这种寄生虫?"

猴子:"岳书记的回答我赞成。但有人说,乡镇企业是靠行贿受贿、请客送礼、搞不正之风发展起来的。这个问题应当怎么看?"

岳鹏程:"这种情况有没有?有。是不是事实?是。但要看用么个观点来说。同样一件事,比方我们用土特产品——主要是海产品,跟人家做买卖。按过去的观点是倒买倒卖、投机倒把;按现在的观点,是互通有无搞活经济。同样是请客送礼,有人说是不正之风,我说是礼尚往来。我不知道你这位小同志家里来了客要不要请人家吃顿饭?人家要走,要不要送一点礼物给人家带着?国家元首互访,还要举行国宴赠送礼品哪,那也叫做不正之风?"

猴子一时语塞。

岳鹏程又补充说:"这种事在香港叫做公共交谊,哪个企业都专门有这笔开支。当然啦,咱们不能跟人家比。人家国外在街上走道都是靠左边,汽车驾驶台也在左边。咱们走私日本的那些车,都是驾驶台改了才进来的。"

作为运输公司的团委书记,猴子自然清楚,行路靠左边、汽车驾驶台在左边的,只有香港和英国等极少几个国家和地区,远不是岳鹏程所说的"国外",更不包括日本。他想指出,杀杀岳鹏程的傲气,又觉得没必要,只在小本子上重重地写了四个字:"不过尔尔"。"尔尔"的后边是两个蝌蚪似的"!"。

程越也听出了岳鹏程的失误,想提醒纠正又觉不妥,只有暗自抱憾。

　　猴子:"有人说,农村群众并没有那么富,只有少数干部在那里享受。这种情况不知存在不存在?"

　　岳鹏程:"存在。"

　　猴子:"岳书记认为这是正确还是错误?"

　　岳鹏程:"有正确有错误。比方说我,出有车食有鱼,还可以住住高干疗养院,拿的工资比高干还多,一般群众的确不好比。但你只看这些说明不了问题。八百斤的小车我推过,冰天雪地赤着脚丫子我站过,公安局的黑屋子我蹲过,三天不吃饭、一顿吃五斤地瓜干了的罪我遭过。哪个群众能站出来比一比?中央号召一部分人先富起来,我为么不能包括在内?我现在这些享受确实有些特殊,但我是拼命干出来、挣出来的,问心无愧。至少比上面有些干部整天自己不干事,却指责这指责那强得多!比起那些无功无德,甚至有罪有过,还照样向上爬当大官的强得多!"

　　"讲得好极啦!"程越鼓起掌。她想起那位前任市报文艺部主任。那样一位无德无才干部,并且已经超过了提拔的年龄线,去年机构改革,文艺部主任没法干了,居然通过关系调到文化局当上了副局长!

　　岳鹏程没有因为她的叫好而打断思路,说:"当然啦,我说的这是低标准。但有些人为么个不因为有些地方群众吃不饱穿不暖,去责备有些当大官的住小楼、穿西服、坐洋车?恐怕骨子里还是个轻视农村干部的观点在起作用。农村干部是驴是马也得给点草料吃吧?'又要马儿跑,又要马儿不吃草',毛主席都批判过的,不可能!我这样说,并不等于我否认农村干部有坏的。有的坏得头发梢都生蛆!过去说是'三猛'干部:猛吹,猛舔,猛往上爬。现今说是'三长'干部:手长,嘴长,家伙长。把个村子作践得没个人样,老百姓哭都没地方哭去!我们登海镇就有那么几位。对这种人我主张杀!把小刀磨得锋锋的,坚决彻底干净全部歼灭之!你们哪位

229

肯出面呼吁呼吁？呼吁成功了,我岳鹏程请客送礼,外加敲锣打鼓放鞭炮！"

岳鹏程的赤裸裸的表白,毫不掩饰的感情宣泄,以及让人难以接受却又无法驳斥的理论,使这些惯于内心独处、听惯了虚言假语的作家们,如同进入了另一个星球,看到了与自己全然不同的外星人的形貌。

猴子这位两面人,内心里也受到了震动。但他远没有完成自己的"使命"。停顿了片刻又说：

"岳书记,刚才我问的都是些普遍性的问题。下面我想问几个与你本人有关的问题,你看可不可以？"

"小侯,你提得够多了,该其他同志谈谈啦。"老党连忙阻拦。

岳鹏程却不在意,朝老党笑笑说："既然是采访,凡是问题都可以提,与我本人有关的问题提提也没关系嘛！"

"谢谢岳书记。"猴子故意慢条斯理地说,"外边传说岳书记经常开除人,不知道这是不是谣言？"

"确有其事,千真万确。"

"理由呢？"

"理由可以讲出一卡车。归根到底一句话：为了保持我的企业的活力。我的口号是：有本事吃本事,没本事吃本分。共产党的本事是：'一不怕苦,二不怕死。'资本家的本事是：不把你的钱袋掏出来不闭眼。这两种本事都没有,满脑子还净是些花花道道,那种人不是开除不开除的事儿,是压根儿就不应该要的问题。"岳鹏程目光一闪,又反问道："你们都是文艺界人士,你们说说,你们文艺界有没有个冗员太多的问题？"

猴子知道这个问题对自己不利,不肯做声了。

一位剧团的老编剧说："不是有没有,是十二分之严重！"

"不但文艺界,党政机关、企事业单位,哪个也不强些。"老党发表评论说,"中国的改革,不下狠心解决机构臃肿、冗员太多的问题,很难有多大前途!"

"解决也不能单靠开除吧?"猴子说。

"这就是你们的铁饭碗和我们的泥饭碗的区别了。铁饭碗反正吃的国家,大家可以糊弄糊弄;泥饭碗端着就得小心,还敢糊弄吗?"岳鹏程得到众人支持更加理直气壮:"老实跟大家说,前年商场整顿,我三天开除过五十个人。那时候乱哪,三只手的,聊大天的,朝顾客翻白眼珠的,站没站相坐没坐相的。你不下狠心?干脆商场关门得啦! 诗人同志,这应该算是我的一个优点,你说是不是?"

猴子心中不以为然,却也只好点了头。又问:

"外边传说岳书记经常打人骂人,不知这是真是假?"

"有过,但不是经常。"岳鹏程目光闪烁了几下。这是一个对于外来的人,尤其上级机关来的人,十分敏感而又难以讲得清楚的问题。岳鹏程经常因此而陷入被动和难以自拔的地位。但他还是爽快地说:

"这个事我跟北京来的一位老部长交换过看法。我说:礼治君子,法治小子,棒棒子治驴。前两句是孔老夫子的,后一句是我岳鹏程的。好人能人一句话点到就灵,那些歪脖子驴、犟脖子孙,你不打不骂跟他讲道理? 你讲二百年他能听你的,就算你本事大! 日本鬼子过去为么厉害? 靠的就是打骂、处罚! 日本战后经济发展为么快? 没有资本家、工头的鞭子,恐怕也难!"

猴子被他最后的两句话戳得耳根子痛,在小本子上又写下"山本五十六"几个字。写完,又用红笔在下面重重地划了几道杠儿。

"那位北京来的老部长是怎么说的?"

"老部长说:那算什么! 过去打仗,有人耍熊、当逃兵,还拿枪子崩咪! 好多元帅、将军,都是巴掌上出了名的!"

"那么岳书记的意思是,要改革要前进,不打人骂人是不行的了?"

"不是说建设精神文明吗？精神文明了，自然就不用那一套了。"岳鹏程狡黠地笑了笑，道："你这诗人要是不信我说的理儿，我把一个厂子交给你干几天，怎么样？"

猴子连忙摆手，众人发出一阵哄笑。

岳鹏程笑眯眯地拿起一个橘子剥着，同时示意让众人也吃起来。会客室里漾起一重融洽、轻松的气氛。作家们用敬佩的目光，望着这位宏谈阔论，机智而又富有幽默感的农民企业家、改革家。魔鬼的幻影开始从面前消失了。

猴子陷入孤立的境地，额上开始渗出细密的汗珠。

"岳书记，我提最后一个问题。"他好像下了最大的决心，"外边对你的私生活方面有很多传闻，对此，不知你有什么评论？"

"小侯！"老党严厉地喊了一声，同时十分抱歉地朝岳鹏程拱着手："岳书记，你千万别生气！这种小青年胡言乱语！你千万千万别……"

这已经带有诽谤和人身攻击的味道了。他的任务是带领这几个人采访学习，岳鹏程的脾气和能量他是知道的，事情一旦闹僵，他这个文联副主席是交不了差的。

程越也担心事态恶化。在中国这块地面上，所谓"私生活方面的传闻"，与"乱搞两性关系"、"耍流氓"之类最最丑恶的词句是形同一路的。而这正是最敏感、然而也最吊人胃口的话题。她睒一眼神情突变、起身走到窗口那边的岳鹏程，也朝猴子诗人卅了火：

"你这个小侯也太不像话啦！国民党还骂我们共产共妻咪，你也相信？"

一阵嗡嗡的声浪涌向猴子。猴子翻翻眼珠，也觉出这个问题提得确实有些孟浪。

岳鹏程从一开始就看出猴子的敌意。但他无论如何想象不到这小子会肆无忌惮到这种程度。他的心被戳痛了。为着与秋玲和淑贞的关系，他正在经受着心灵的磨难。这种磨难是痛苦至极且必须深为掩藏的。而这个狂妄的家伙,竟然……他仿佛突然找到了发泄的对象和机会,几天来郁积胸中的一切愤懑、忧郁、烦恼,一齐变作了一股沸腾的岩浆,就要喷发而出!

喷发终于没有发生。迎着程越、老党等人紧张忧虑的目光,岳鹏程突然发出一阵朗笑,并且像喝了蜜糖似的回到沙发上。

"你们不要难为这位小同志嘛!我倒觉得这位小同志挺信任我。本来个人私生活是受法律保护的,我完全可以到法院诉你个诽谤罪。不过,既然你这么信任我,大家也都这么信任我,我也不妨讲几句。"岳鹏程极力显出宽厚、豁达的神态,"第一,说我如何如何的谣言,你们听到多少我不清楚,单是我听到的,说我犯了强奸罪被逮起来或者被枪毙的,不下十几次。但我岳鹏程还是岳鹏程,还在大桑园轰轰烈烈干事业。这不知能不能说明一点问题?"

"我看很能说明问题!"老党接口发挥道,"有些人从来就是靠这种谣言,打击改革者的!"

程越:"可悲的是这种卑鄙手法,总能发挥作用!"

岳鹏程得到了支持和同情,气度从容地呷了几口茶,这才又道:

"第二,既然问题提出来了,今天我也想斗胆问你这位诗人一句:就算我私生活方面有点不大不小的事儿,只要我没触犯法律又怎么样?两个人,一个规规矩矩,但真本事没有一点;一个可能枝枝权权上有些毛病,但事业干得红红火火。按你的意见,群众应该拥护哪一个?哪一个对改革和社会进步有好处?……"

"岳书记,你的电话。"小白鸽在门口出现,打断了岳鹏程的宏论。

岳鹏程走到墙角几案前拿起话筒。打电话来的是齐修良,他询问晚饭前岳鹏程找他为的什么事儿。

"我想问问,月牙岛那边是怎么安排的?"

"我让人传话,说你最近要去广东谈一笔大买卖。估计明天,

233

那边就能听到。"

事情经常是这样:大的决策岳鹏程作出之后,细节交由齐修良等人去处理。而齐修良大多时候总能使岳鹏程满意,这也是他所以能够一直得到岳鹏程信任的原因之一。

"好。"岳鹏程应着又随口问过一句,"下班前,你到哪儿去啦?"

"那天下雨,旋风把几户房子刮坏了,我去看了看。"

"旋风把房子刮坏了?我怎么不知道?"

"我也是中午才听灯具厂于小银说的。"

"几户?"

"三户揭了顶,另外一户,倒了半边墙。"

"人是怎么安排的?"

"暂时住在别人家里,准备这两天派人抓紧修一修。"

"四户都是哪个单位的?"

"木器厂一户,大修厂一户,商场一户,农场一户。"

"四个单位的干部采取了哪些措施?"

"就是饭前一起去研究了研究……"

"妈拉个巴子!王八蛋!这是些么狗屁厂长经理!"岳鹏程勃然怒起。多日闷在心里的愤懑和先一会儿被强制压抑的烈火,一齐喷发出来。"自己单位的职工房子揭了顶,住都没了地方,他们的官当得倒挺安稳!你传我的话:第一条,四个单位的厂长经理立刻把各自的职工领到自己家里去住,没有地方,让老婆孩子睡地铺也得接!第二条,通知建筑公司,今天晚上把四户刮坏的房子修好,保证明天早晨住人!第三条,四个单位的正副厂长经理今晚都要到场,明天写出检查听候处理!"

"明白了书记……"

"你别急,还有一条,你让财务支八千块钱,作为紧急救济款,每户两千,你代表总公司亲自送到各户。"

"好,我马上去办!"

电话机扣死了。岳鹏程怒形于色,想骂又忍住了。他上了趟厕所,回来又变得谈笑风生了。

"关于私生活方面的问题,还需要再讲几句不要？其他还有需要我回答的问题没有？"

猴子诗人没有再提什么。老党、程越他们也没有再提什么。但一个问题却在除了岳鹏程之外的所有人的脑际萦回。那就是方才岳鹏程四条指示中,关于今晚要把四户被旋风揭了顶和刮倒墙壁的房子修好,保证明天早晨住人的问题。

现在是十点零五分,离明天早晨不过七八个小时的时间了……

早晨降临大桑园。最初的曦光是从远处的李龙顶那边漫过,爬上远东宾馆的古式亭阁和村后的老白果树梢头的。渐渐地出现了雾,淡蓝色的、不带炊烟味的雾。曦光和晨雾散散漫漫地在街上、河边、公园和人们的院子里游逛,越来越明亮,越来越疏淡,越来越融为一体。秋天,太阳脚步蹒跚。天大亮,马雅河的尽头,海湾的尽头那边,还只是一片红蓝宝石般的瑰丽。

六点刚过,作家采访团一行七人,出现在村头孤立突出的四户人家的房子前。

旧有的海草屋顶换上一片新瓦。快速凝固快速施工的科学方法显示了威力,倒塌的墙壁修整一新。从外观看,这与刚刚竣工的一排新舍并无多少区别。脚手架正在拆除,几千瓦的碘钨灯正在从悬吊的空中落下。齐修良和眼珠熬得红红的四个单位的厂长经理们,正在挨门逐户搜查潜伏敌人似的进行着最后的检查和验收。作家采访团进到屋里。屋里墙壁雪白。地面平整。如果不是小院里生长着秋芸豆秋黄瓜,磨光的水池和水池旁堆放着若干被清理和存放的旧物品,凭谁也难以相信,就在八个小时以前,这里曾是因暴风雨的袭击而遭受过严重毁坏的地方。

"了不起！了不起！"作家们一片惊叹。

这的确是难以想象的事！八个小时前,包括程越在内的所有人,都把岳鹏程的指令当做神话,当做一种在外人面前故作其态的夸耀和张扬。

车声,人声。四户在厂长经理们家中度过一夜的职工被送了回来。他们站到自家门口和院里时,也不禁瞠目四顾。还是孩子们的欢呼,唤醒了大人们的笑脸和泪眼。

"哎呀,我的老天爷呀！……"一个老太太忽然哭着坐到门外的石阶上。老党他们不知发生了什么事,急忙上前扶住。

"大娘,你这是怎么啦？"

"高兴……高兴啊！……"

"妈,快进屋吧。这是人家市里来的领导。你也不怕人家笑话！"四十多岁的当家人走过来说。

老太太却上前抓住老党和程越的手：

"你们是市里来的领导？你们说说,俺那书记是不是个大青天？房子刮坏三天,我光是愁得哭。这一宿工夫就成这样啦！俺们摊上个大青天哪！你们可得好生犒赏犒赏他呀！我这老太婆就是愁得慌,要是哪天俺那书记殁了,你说俺这几千口子老百姓可怎么过呀！呜……"

仿佛岳鹏程真的殁了似的,老太太又哭起来。

"丽子,快搀着你婆,家去。"当家人吩咐着,道,"不瞒你们市里领导说,俺们大桑园群众上服邓小平,下边就服俺岳书记……"

门外扛进一个铺盖卷,当家人接住,抱进屋里去了。

作家采访团来到院外的小街上。

"一个干部能当到这种分上,真是不容易！"戏剧家发表着感慨。

"要是各行各业的领导都有这种劲头,咱们国家的现代化就快啦！"老党甚至想,回去后把手头正写着的长篇小说放一放,以这件事为素材先写一个中篇出来。

"不容易,我承认。可也不能成了大青天,搞个人崇拜呀!"猴子说。他对老太太和当家人的话很不以为然。

"那是人家群众的心情!你要是能让群众也称你个大青天,我先给你歌歌功颂颂德!"这次轮到程越说话了。

"你给我权!给我权,我要是比他岳鹏程干得差,我就……"

"还是得了吧!就凭你那两面人和伶牙俐齿?"

"行行,我服了你了还不行,我的大主任。"

"你服我什么?你得服人家这种精神!"

"哎!……"

街的另一边,银灰色的小"皇冠"疾驰而来。岳鹏程下车,齐修良连忙迎上向他低声汇报着,陪他来到房前。他未及察看,就被四户群众围住了。

"谢谢你呀,书记!"

"多亏了你书记呀!"

"书记,到俺家喝口水吧!"

…………

七嘴八舌,老少爷们一片感激涕零。

"你们感谢我么个呀!"岳鹏程郑重地说,"你们遭了灾,我知道得晚、处理得晚,你们应该骂我才对。"

一句话说得四户人家心里煮了沸汤。

"书记,我们保准好好干,对得起你!"

"书记,你可千万保养好,可别累坏了呀!"

"书记,俺老百姓可就指望你啦!"

…………

对这些滚烫滚热的话,岳鹏程似乎并不感兴趣,说:"大伙先安顿安顿吧!还有么困难尽管提,我尽量办!"

四户人家刚散,四个单位的正副厂长经理,一溜串儿低着脑袋来到面前。他们头上、衣服上沾满灰泥土粒,疲惫不堪却站得笔挺溜直,眼珠儿带着几分呆滞地斜视着街面,等待着一场无可避免的雷霆和厄运的降临。

岳鹏程正眼不瞅,问齐修良:"于小银来了吗?"

"来了。"齐修良从人群后面,拽着领过一个二十一二岁的青年。不知是被找来得过于匆促,还是过于紧张,青年耷拉着头,一双脚不停地交叉揉搓着。

"你就是于小银?"

"嗯。"

"房子刮坏,是你报告的?"

"是……不,我是说着玩的。真的!……"

"你到厂几年了?"

"三年。"

"现在是几级工?"

"二级。"

岳鹏程嘴唇只一动,对齐修良说:

"通知灯具厂,于小银从今天起定为四级工。另外,颁发两千块钱奖金,通报全公司表彰学习!"

于小银蓦地抬起头,上下眼皮鸡啄米似的眨巴着。

"这是书记对你的表扬,还不快谢谢书记!"齐修良搡了于小银一把。

"书记万岁!"于小银突然一个高儿蹦起,野驴撒欢般地跑去。跑去好远,又一扬手送过一声呼叫:

"书记万万岁!"

四个单位的厂长经理,越发感到了末日的来临。岳鹏程的奖惩制度,是盖着总支和总公司的大印下发到各单位,并且向全体职工公布多次的。但他兴之所至、怒之所生,随时都可以用口头的法律加以修正或发挥。一个职工迟到三分钟被他发现,张口罚款三百元。一个干部让木器厂的师傅帮助做了一个茶几,茶几当场被劈烂,干部当场被撤职,那位木工因为用了公家的锯和刨子,当场被宣布罚交折旧费一千五百元。大桑园的真正法律是在岳鹏程嘴唇上。这些厂长经理们是再清楚不过的。重奖必有重罚。报了一句信儿赏金两千、提升两级,他们这些失职的"父母官"……

"你们几位老爷干了一夜,受了点教育没有哇?"岳鹏程和眉善目打量着众人。

没人回答。这种时候,你把心中的懊悔刻上石碑、铸作铜字,也没有丝毫意义了。

岳鹏程也不追逼,在众人面前走动了几步,忽然说:"你们累了一夜,我也不批评你们了。不过你们得记住,哪个在大桑园耍官僚、不管老百姓死活,我岳鹏程就是他的第一个克星!就这样吧,今天放你们一天假,各人回去洗洗澡睡一觉,准备到大会上做检查。"

厂长经理们像报信的青年一样,一齐愕然地偏起脑壳,神经质似的把眼皮紧张地开启和关闭着。

难以置信!这真是一件难以置信的事!

其实,岳鹏程的治人之道并非只有一个"威"字。恩威并用,以威为主而已。"恩"也是时常布施的。果园没承包时,两个青工晚上偷苹果被他捉到了。他两个耳光子过去,把偷的几个苹果摔得稀烂,说:"真他妈没出息!你们这一辈子没吃过苹果是不是?去,找果业队长,就说我批的,每人抬一筐回去!"第二天,两个青工大气不敢出,果业队长还真派人把苹果送到门上。手下的干部职工有谁在外边闯下祸或惹了麻烦,只要你求到岳鹏程名下,只要有可能,无论原先你与他关系是否亲密(仇人自是除外),他都会挺身而出,把事情朝自己身上一兜一揽,把你保下来。一个厂长去福建贩了几百只手表,公安局准备逮人。他找去把胸口一拍:"能判几年?判了还不得给他饭吃?不是净给你们添麻烦?交给我得啦,我保准不比你们管教得差!"凭他的情面和几句话,公安局真的偃旗息鼓了。"别看书记平时凶,紧要时刻可仗义!"凭着这,有时他炮蹶子又打又骂,许多人也并不记恨他。

厂长经理们得到大赦,感恩戴德地散去了。

岳鹏程好像这才发现了作家采访团。

"昨天我们还不敢相信,刚才来看看,觉得岳书记这才是个真正干事业的大家气象!"老党由衷地说。

岳鹏程只是笑笑:"哎呀党主席,难哪!咱是共产党,你享受一点也罢,做点过头事也罢,九九归一,你不能叫老百姓骂祖宗哇。可有些人哪,你没有治!"

来到路口,老党他们要告辞回去。岳鹏程坚持同众人一起散着步,到宾馆吃了早餐。

上午参观访问,由秋玲负责。程越被留下了,与岳鹏程躲进二号小会客室。服务员端上龙井,送上西沙旺的苹果、芦儿岗的荏梨、大泽山的龙眼,以及新疆的葡萄干、芜湖的傻子瓜子。

"吃。"岳鹏程礼貌而热情地朝程越面前摆放着,说:"我让人捎过几次信去,你怎么也总不见面?"

"忙嘛,我刚接手那一大摊子。"

"柳秘书这次怎么不一起来?他怎么样?"

"他也是忙。我走时他还特意让我捎话给你,说谢谢你的邀请,谢谢你在我们结婚时花那么多钱。我们都觉得怪过意不去的。"

程越把腕上戴的那块瑞士郎琴镀金方壳小坤表亮了亮。去年结婚时,岳鹏程给她和柳边生每人送了一块进口高级金表。

"那算么个。结婚是人生大事,你们收下就算是瞧得起我。哎,柳秘书没说下一步怎么安排?"

"有过话,准备让他下去锻炼半年再上来。可能是当组织部长。"屋里只有两个人,程越还是朝门口睃了一眼,压低了音调。

"鲁,现在对人权抓得可紧啦。该提的提,该调的调,该培养的培养。上边派了个正市级的副书记,才四十几岁,明摆着是来接班的。"

"鲁呢?彻底退?"

"那也不会。回省里他不愿意,可能到人大干几年主任。"

"鲁,人是好人,就是有时候愿和个稀泥。"

程越知道岳鹏程指的是黄公望当市政协副主席的事,说:"上面的事复杂得很,有时候不和点稀泥还不行哩!"

岳鹏程笑笑表示理解。又道:"不管怎么说,将来还是在柳秘书和你这些人身上——夏市长、方巾长怎么样?"

"夏年龄也到了,方很有可能接班。"

方是方荣祥,两年前当上的常务副市长。

"经委计委那帮人呢?"

"物资局商业局那帮人呢?"

"我们县这位祖,有没有可能上去?"

"祖和方的关系还是挺好?……"

岳鹏程一个一个地问,程越尽自己所知一个一个地答。这种对于上层人事变动及相互间关系的关注,是岳鹏程自那年吃了黄公望一闷棍,又喝了鲁光明一顿喜酒之后开始的。在资本主义社会,财产就是权势和地位,有时总统也得听由大财团大资本家左右。在中国,财产无足轻重,而且任谁也不可能有多么大财产,权势和地位才是根本性的。你要想干点事儿?你要个想挨闷棍?不了解上层动态,不抓住几个靠山,试试看!不仅上层、中层、下层,凡与自己有关或可能有关的人事、政治信息都不能放过。也不仅抓几个大靠山,中的、小的,现在的、将来的,都得尽可能考虑到,恰到好处地抓到手里来。这是一门玄妙的艺术,一种一本万利的投资。关键时刻关键人物的一句话,能使乾坤翻转、沧海变桑田。不信?嘿嘿,瞎眼骡子一个!掉进马尿坑里淹死还以为喝啤酒呢!

241

为此,岳鹏程曾经下工夫对干部队伍的状况,对各类干部的心态以及这种心态的变化,进行过细致研究。比如,年轻新上来的干部,生活上比较谨慎,工作上希望打开局面,对尊重并且支持其工作的人特别看重。现职干了几年,有希望升迁的干部,生活上就松一些。工作上好大喜功,对经常给点甜头吃和能够为自己吹得响的人特别看重。现职干了几年或多年,没有希望升迁的干部则复杂得多。有的贪图财利追求享受,有的注重人缘八方交结,有的培植亲信安排后路。这些人共同的特点是:生活上的口子开得比较宽,希望尽可能多干几年。因此,特别看重忠诚如一和能够办实事的干部,最忌恨的是那种捅娄子、揭疮疤、有可能争位子和开始露出不尊重或怠慢情绪的人。靠着这些研究成果,采取"各个击破"和"连环马"相结合的方略,岳鹏程在登海镇、蓬城县,在市里乃至省里、北京,扯起一张无形然而威力无比的网,使他真正达到了"乱云飞渡仍从容"和"风雨不动安如山"的境地。

程越的到来,为岳鹏程提供了一次极好的机会,不仅仅是加深相互间感情,更重要的是提供了攫取上层动态信息的极好机会。

直到问到没有什么值得再问时,程越才轮上开口的机会。

"你这一段日子过得怎么样?"

"怎么说呢,"岳鹏程向嘴里塞着葡萄干,"经济上想大上一上,眼下正在想办法。县镇新来的两个一把手,说冷不冷,说热也热不起来。"

他想起邢老来的那次座谈会上的情形,肚里又烧起一股火。但他还是问:

"听说省里最近要开两个农村方面的会,你听到些风声没有?"

程越想了想:"听柳边生说,邢老那次来,好像对你和你儿子的大小桑园,都很有兴趣。"

"他没向鲁夸我那儿子?"

"好像说过,挺欣赏——现在关系好些了吧?"

"不压到老子头上不死心。"岳鹏程叹口气,"晚啦,都是从小让我给惯的。那小子从小就倔,出去打架不带怯的。哪回打完,人家领着孩子把状告到门上,我赔完礼道完歉总得问他:打赢了打输了?说输了,我说你他妈尿包一个,当不了踹他一脚。说赢了,我说行小子,总算没给你爸丢脸,以后出去不准打架,要打就得打赢了回来!"岳鹏程讲起儿子小时候的事,喜气不由跳上眉梢。

程越乐得前仰后合一阵畅笑。笑完说:"到底吧,矛盾归矛盾,总是父子感情嘛。"

岳鹏程却有道不尽的难言之苦,摇摇头说:"你不知道,那小子现在对我比仇人还仇。"

他想起早晨司机小谢告诉他的石硼丁儿被小桑园收留的事,牙根也似乎隐隐作痛。他不愿意把心中的隐痛暴露到程越面前,赶忙把话题转移到描绘他的海岛开发大业上去了。

· 243 ·

第 十 七 章

岳鹏程的月牙岛之行,有如一股旋风,掠地即去。但那股旋风"旋"起的浪头,非但没有随同岳鹏程一起离去,反而形成了一股更大的冲击波。

直接感受冲击的,自然还是三位打起招标旗的人。

最先是梦境般的幻觉。眼望小"皇冠"绝尘而去,包括董局长在内的三位招标人,竟然觉得仿佛一切都是一种幻觉,一切都并没有发生过。幻觉自然没能持久。接下便是一个又一个的分析猜测了:岳鹏程贸然上岛用意何在?岳鹏程明明知道电子管厂已经衰败,为什么不压低标的反而大幅度上抬?岳鹏程投出的四十万会不会是一个诱饵,以图达到他的不可告人的目的?可就这么一座小厂、一片荒岛能达到什么目的呢?难道还要建立走私贩毒集团或者反革命武装基地不成?……猜测到了自己也觉得荒唐的地步,也便停止了。问题又归结到怎么办。的确,怎么办那才是最重要的。拒绝自然是绝不可以的。那四十万纵然打着灯笼寻遍世界,怕也不会有第二家肯出了。应承签约?那是要负法律责任的,对方真实用意尚不清楚,责任如何负得?那就只有一个办法:拖。董局长最后对付岳鹏程用的就是这一招儿,继续用下去就是!你岳鹏程既然已经上钩,就不怕拖不出你的尾巴来。

妙计一定,天下大安。三位招标人心平气顺,各自回家做自己的好梦去了。

然而,第二天便传来消息:岳鹏程要下广东。两位厂头急忙找到董局长。董局长眉眼一舒,笑了:岳鹏程这点伎俩如何骗得老夫?放出这种风,岂不恰恰说明迫不及待?不要睬他!可没等睡过一个中午,电子管厂的两位头头便接到指令:立刻到大桑园去找岳鹏程,探探风声。两人依令而行,到大桑园后却吃了闭门羹:岳鹏程面儿也不肯见。齐修良见过一面,也完全不是原先那副面孔了,大讲了一番岳鹏程脾气如何如何,招标者们的失误如何如何。两位使臣灰心而归。这一来董局长坐不住龙台了:岳鹏程果真转向他去,他的一切梦想和宏图岂不云消雾散?"走,马上去大桑园!"董局长当即做出决断。

局长亲临,岳鹏程不得不会会面了。

会面被安排在疗养院病房里。病房里新添了吊针架、氧气瓶和其他几种医疗器械。

"你岳书记也太不给面子了!我让他们两个来,你招呼不打一声就给我撵回去了?"董局长一见面,就控制起主动权。

岳鹏程并不在意,道:"不是这两天身上不景气,你局长驾到怕也对不起了。"

"嗳,那天讲的那件事,有些什么新说法啦?"董局长一反沉稳之态,单刀直入。

"我看恐怕够呛了。"岳鹏程皱着眉,指指吊针架、氧气瓶,说,"你们看看我现今成么样了?咱这号人天生受苦受难的命,一天到晚总想着这事业那事业。到了达不是闹一身病两眼一闭拉倒?如今我也想通了:咱一个老农民,有大桑园这份家业守着,也该知足了。以后谁有本事让谁干去,我岳鹏程求个国泰民安、长生不老,才是正经!"

"呃?你岳书记一世英雄怎么也气短了?"董局长听出话中分量,鼓动说:"病要治,身体要保,事业也要干嘛!你岳书记的气魄我就佩服!要不,我才不登你这个门咪!"

"局长,你是不知道我的难处。"岳鹏程掏心剖腹地说,"这么大一个家业,里里外外就靠我一个人撑着。闹好了还行,闹不好我得把命也搭进去。广州那边不是人家看着我的面子,我才不去……"

"广州那边我不管,我就管月牙岛!"董局长决断地一摆手,"月牙岛就按你的话,每年四十万,开发权、经营权全部交给你!"

"局长,你这不是要我的命吗?你不想想,就凭我这几个人、几条枪……"

"呃!人和枪我可以给你补充嘛!凡是需要的,人财物力,一律开绿灯!……我给你在合同上加进去行不行?我这个局长,这个权还是有的嘛!"

岳鹏程默然了片刻,这才勉为其难地道:

"你董局长说到这种地步,也算是够意思了。我要是不仗义……"思忖了一下,断然地说:"既然董局长瞧得起,我岳鹏程就再拼一次命!广州那边推一推,我陪董局长和两位好好玩两天!"

开放搞活,发展农村商品经济,玩,已经成了一项重要活动。蓬城地处海滨,那玩的文章大多是做在一个"海"字上:海景、海味、海趣。主客双方,吃着鲜美的虾蟹鱼鳖,或漫步海滩,或泛舟垂钓,或浪中戏水,其乐融融,其情融融,横向联合和做生意自然也便有了添加剂、润滑油。岳鹏程精于此道。但月牙岛地处海隅,"海"字文章自然是做不得的,他早已另外有了安排——放大鹰!

逮雀放鹰,对于蓬城一带农村的孩子们,原是稀松平常。春夏相交、夏秋相交季节,捕一只或买一只鹞子,一上午抓得下十几只大大小小的雀儿。放这种鹰的多是十几岁的孩子,青年有,极少;上了岁数的人则绝不沾手。呸,小孩子玩艺儿!全然是不屑一顾的神气儿。

放大鹰——也叫放兔鹰,却是大人们的行当。小孩子们至多跟着赶赶山看看热闹。大人们也不是谁都可以放的,尤其擎鹰放飞的掌拳人,没点经验拿手,没点名望身份,是决然轮不上的。这大约同另外那种"掌权人"差不了多少。

过马雅河,从黑傻子沟上路,一支浩浩荡荡的队伍,沿着一溜相对平缓的山坡朝前推去。这里是一片开阔带,没有太高太密的树林,便于老鹰及时发现目标,以最佳的角度和最快的速度去施展才能。

赶山的力量是强大的。胡强带着恺撒和两名武术教练一马当先。恺撒好一阵时间才追忆起东北大森林里那段逝去的岁月,恢复出若干粗犷、乐观的野性。程越和作家采访团的几名成员,为了体验野猎生活,也随在其中。队伍里还有两个背着红十字箱的年轻大夫。沿着进车的路线,山下的土公路上,一辆白色救护车不紧不慢地跟随着。

第一个掌拳的是彭彪子。但他没能享受放飞的愉快,只是讲解着做着示范。

"鹰这样擎,哎,这样擎……"

他右臂上戴一只包起了手和胳膊的大套袖,套袖上鹰站的部位裹着一层厚厚的棉垫。

"得站到高地方,就像这块石硼顶上,石硼顶上……这亲儿子一打蹽儿就得松绳,松绳……打空蹽不能松,劲小能觉出来,觉出来……"

"还有么?快讲!"岳鹏程催促着。

"还有就是,这亲儿子是个好儿子,瞅准兔子贴地飞,贴地飞……专叨兔儿子胯裆下边那撮白毛抓,白毛抓……"

彭彪子昨天已奉命试过几回了。讲起这,要比讲他的真儿子向晖不知得意多少倍。

"它一抓那撮白毛,兔儿子痛得受不了就得回头,就得回头……一回头,这亲儿子的那只爪子就扎到兔儿子眼珠子里去了,眼珠子里去了……不像那些不亲的儿子,看见兔子飞得老高,老高……爪子往兔儿子腔沟子上落,腔沟子上落……"

"这些不用讲,你就讲讲放。还有没有啦?"

因为秋玲的缘故,岳鹏程对彭彪子虽然瞧着恶心,面子上,尤其公开场合总过得去。彭彪子能够得到在这么多人面前炫耀的机会,真像是喝了御赐的美酒,早就把那天对岳鹏程的种种怨恨诅咒丢到马雅河去了。

"还有就是抓住兔子以后,起鹰得小心,得小心……得抓住鹰腿用大拇指朝前推,朝前推……先起后再起前,再起前……要不人手也得让那亲儿子抓啦,抓啦……"

"起鹰由你负责。还有吗?"

"还有,还有没有了……"彭彪子看出岳鹏程不耐烦,兴犹未尽也只好罢了。

岳鹏程小时候只跟着大人们赶过山,这些年村里没人干这行当了,他也没心思去问。董局长年轻时放过大鹰,但他不是本地人,对这儿的放法不摸底细。两位厂头儿是城市里生、城市里长,对这玩艺儿连见也未曾见过。因此,原本照不得人面儿的彭彪子,倒当上了教师爷的角色。

赶山的,在远处沿着一抹山坡,自下而上排成一溜站好。岳鹏程见董局长被扶到一个可以俯视一片空荡山地的高坡上站稳,这才把胳膊在头顶上晃了几圈。远处立刻响起一片吆喝声和敲打树枝、岩石的噼里叭啦的声音,赶山的队伍朝这边推来了。老鹰好像预感到什么,滴溜溜地转着眼珠,两只翅膀扇嗯几下收拢一起,翅尖绷得紧紧,头顶上几撮棕黄色的羽毛也挓挲起来。

恺撒好像也明白了自己所担负的使命,做好了随时出击的准备。

"兔子起啦!兔子起啦!——"

赶山的那边响起一片呼喊。空气骤然紧张起来:老鹰、恺撒、高坡上的人们,一齐把目光盯向那片空荡、开阔的山地——在林子里和地貌被遮掩的地段,老鹰是很难发现和捕捉猎物的。

"汪汪!"恺撒发出两声尖叫。尖叫发出的同时,老鹰一抖翅膀,闪电般地朝坡地那边飞去。胡强撒开手,恺撒也以最快的速度蹿了出去。

顺着老鹰飞去的方向,山坡上的人们看到了一只狂奔的野兔。老鹰俯冲过去,紧贴地面,趁兔子向一道土堰窜逃的时机,从兔子身后猛地把它抓住,随即按倒在地上。

整个过程不过三五分钟的样子。坡上坡下发出一片欢呼。岳鹏程和董局长与众人一起朝老鹰报捷的方向奔去。

鹰已经被起下来,一只老大的兔子被提到面前。兔子后胯下和两只眼睛里正滴着血。

"哈哈哈!"气喘吁吁的董局长,坐到一块岩石上大笑着,直笑得落下两行沉甸甸的老泪。

"哈哈哈!"两名厂头和程越等人,也都笑得孩子似的或坐或滚到草地上。

"有趣!有趣!"董局长抹着眼睛,"我们鲁西南那儿,得把两只兔虎子同时放出去,让它照准兔子用翅膀扑、用爪子蹬,最后还得靠一条宿狗上去才能把兔子按住。你们这儿的鹰好厉害,好厉害!……"

鹰被擎上另一个高地,赶山的又行动起来。董局长和两位厂头儿轮流掌拳,又抓了两只兔子。

"鹏程,你也来一次。"董局长提议说。

"是嘛,岳书记也露一手嘛!"两位厂头儿连忙响应。

"好咪,我也过过瘾!"

岳鹏程麻利地戴起套袖。但没等他擎鹰,一阵沙石滚动、草木碰撞,大勇急呼呼跑来。

"大哥!书记!……"

岳鹏程看出是有急事,连忙迎过几步。

"县里来电话,说是……"大勇用力憋住吁吁气喘,目光四下里扫着,"县里来电话,说是石衡保那个王八蛋,在省里拦了副省长的汽车,副省长有指示……县里让你亲自去把石衡保接回来……"

岳鹏程仿佛遭了雷击。石衡保连年告状,信到过北京城,但最终还是落回到他岳鹏程手里。哼,小子!你有本事就告吧!看你告到玉皇大帝那儿,拔得了老子一根屌毛去!他早就把那个"专业户"忘到胳肢窝里去了。没料想这小子真能豁上!而且,那个混账王八蛋的副省长也多管起这种闲事来!

"这可怎么办,大哥?"大勇显然有些慌张。副省长亲自过问,这可不比黄公望的工作组和某些人的咬牙瞪眼,再凶再恶,有鲁光明的一句话也就万事大吉了。

"这么办。"一霎时,岳鹏程想出了对策,"你跟齐修良去。告诉齐修良,就说我在医院里下不了床。省里无论怎么处理,那个王八蛋无论提么条件,一律应下来,不准讲二话。明白了没有?"

"明白了。"

"快去!哎!还有,给县里回话就按这个意思,也要有个好态度,听见了吗?"

"听见了。"又是一阵山石滚动草木碰撞,大勇旋风般地刮走了。

岳鹏程定了定心绪,回到高坡上时已经露出一副笑脸:"妈拉个巴子!一个出差的在上海撞了汽车,也要找我!"他不等别人开口,先自做着说明。

"不行,叫他们这一折腾,我这鹰八成抓不住兔子啦。还是老局长来吧!"

"不就是一个人撞了车吗?你这书记当的,还真是关心群众疾苦哩!"董局长用不以为然和夸赞的口吻说。

岳鹏程咧了咧嘴,把套袖递了过去。

又赶起一只兔子。老鹰又扑过去。情形突然发生了变化:那兔子被抓住胯下那撮最痛的白毛后不仅不回头,反而翻身向一个山坡下滚去。鹰被滚掉了,很快又扑上去抓住。这一次兔子不滚了,只是闷着头,没命似的直向一片树丛里奔。

岳鹏程心下一沉,顾不上向看得奇怪的董局长等人解释,撒腿朝林子那边跑去。

多亏恺撒拦截,老鹰没被拖进林子里去。但只抓下几片带血的皮毛,兔子逃遁了。

"哎呀,我的亲儿子哟!"彭彪子摸着老鹰翅膀上被折断的几根羽毛,叫着,"你总算命大福大造化大!要不真让那红毛兔子给劈啦!……"

"别瞎叫!"岳鹏程喝过一声,朝随后赶来的董局长等人说:"没有事,没有事,碰上红毛兔子啦。这种兔子被鹰抓过,又刁又奸,闹不好老鹰也得栽到它身上。"

他说着,脑子里冒出一个奇怪的念头:这红毛兔子该不是石衡保那小子,要来栽我岳鹏程这只老鹰的吧?

"再赶!我来掌一回拳!我倒要看看这老鹰,到底斗得过斗不过红毛兔子!"

岳鹏程露出一脸阴鸷的冷笑。

251

第 十 八 章

军旅生涯并没有给岳鹏程留下多少值得长久回味的欢悦。退伍时,他简直是被当作一块用脏用破的抹布丢出营房的——那封灰黑的告状信击碎了他多少草绿色的梦想啊!但军旅生涯给予岳鹏程的有形无形的影响有多大,谁也难以估量出来。军人的豪爽、坚毅,军人的果敢、敏捷,包括军人雷厉风行、强迫命令式的作风,无不在他身上刻下深深的烙印。他的体质也多得益于军队严格地摔打和磨练。时至今日,他经常是喝一杯鲜牛奶便开始工作。只这一杯鲜牛奶,便足以使他一头午保持旺盛的精力和体力。

今天,他是一杯牛奶没喝完,就被一群干部拥进办公室来了。这群干部,一见岳鹏程就神经紧张心跳加速,一时不见却又忐忑不安不知所措。越见越怕,越怕越得见,这似乎成了一种常人难以理喻的心理循环过程。

快刀斩乱麻地答复和处理了几个问题,刚想清静清静,镇党委副书记又堵住门。他是来通知岳鹏程,到县里参加由中央有关部门召集的一个座谈会的。

"参加会的都有谁?"听完通知岳鹏程立刻问。

镇委副书记自然明白问题的真正含意,笑笑说:

"还能有谁?人家单点你的大名。"

"我最头痛的就是这个点名!今天这个点,明天那个点,我都快成猴啦!"岳鹏程发着牢骚。

"你这个鹏程啊!"镇委副书记笑着,"人家点是看得起你。帅书记的话儿,我们这些人想往里挤,人家还不让登门咪。我来时帅书记特别要我告诉你:去好好放他几炮,给咱们登海镇争争脸面!"

"你大书记出面,又有帅书记的令旗,我还敢二话?"

岳鹏程露了笑脸,镇委副书记也露了笑脸。

为了一个会议通知,镇委副书记亲自登门,还要把镇委书记拉扯上,不能说不是一件怪事。

怪事源于今年"五一"节。本来"五一"是城里人的光景,与乡村向无瓜葛。因为近年乡镇企业兴起,"工人阶级"登上农村阵地,"五一"国际劳动节这才下嫁到乡村。一连几年,登海镇"五一"都要举行庆功检阅仪式。请县里领导讲讲话;讲完话发奖;发完奖还要由各村和镇属各单位出动车队人马,来上一个分列式。开始提起这件事,岳鹏程双手拥护。搞过两年觉得纯是花架子,积极性便有所降低,但面子上总过得去。今年"五一"他却大闹一通,使庆功检阅不欢而散。原因是,往年无论表彰或者检阅,岳鹏程和大桑园总是名列榜首、独占鳌头。今年因为小桑园几乎与大桑园形成了二雄并立的局面,为了特别嘉许和鼓励后进的意思,镇党委在发奖时,安排岳鹏程与赢官作为第一轮上台。岳鹏程一听念完名单便大光其火,装作没听见,就是不向台上去。齐修良只好代他领回了事。检阅仪式中,镇里又打破往年规矩,让大小桑园的两辆彩车并驾前行。岳鹏程见此情形,未等分列式开始,传令大桑园的车马人众,开足马力从检阅台前穿过,径直回村去了。此事使岳鹏程与镇党委关系骤趋紧张。蔡黑子又赶来一阵咸言淡语,岳鹏程与镇委新调来的正副两位书记便对峙起来。镇委书记虽是顶头上司,对岳鹏程也奈何不得。撇开其他原因不讲,一,其人确有贡献、威望,许多时候许多方面要靠他支撑门面;二,人桑园现在这个局面,根本找不出也不可能找出代替岳鹏程的人。为了缓和关系,"五一"后镇委书记特意找到岳鹏程家里,作了一番说明和解释。从岳鹏程方面说,芥蒂虽然已经结下,却也不愿意把与顶头上司的关系搞到对自己不利的地步。经过几个月时间,双方关系已经有了改善。但不想又碰上个邢老造访,使紧张关系有形无形中出现了某种回潮。今天镇委副书记,实际上是代表镇委书记疏通、巩固感情来的。岳鹏程洞若观火,好言笑语之外,吩咐搬来两盆正开着花的扶桑,让随镇委副书记来的司机带了回去。

送走镇委副书记回到办公室,齐修良、大勇忽然推门而进。岳鹏程鲤鱼打挺似的弹跳起来,与两人握了握手,将门锁紧,示意两人挨近自己坐到沙发上。

"人领回来啦?"

"领回来了。"齐修良回答。

"怎么个精神?"

"副省长批示,说是严重违法乱纪行为,要求退还石衡保原先承包的果园,对责任者严肃批评。还有,今后如再发生类似事件严加追究……"

"石衡保有么要求?"

"要求赔偿这几年的损失……"

"要求你赔礼道歉,为他恢复名誉。"大勇插进一句。

"你们怎么答复的?"

"按你的意思,全部应承下来。"

"没有把石衡保破坏果树的情况反映反映?"

"反映了,人家很严肃,说已经查过了,石衡保砍的是病树……"

"石衡保现在哪儿?"

"家里。"

"这些情况还有谁知道?"

"没有。除了石衡保就是我们俩。"

岳鹏程不动声色地点点头,站起来说:"你们的任务完成得不错。一夜没合眼吧？先回去休息,其他事以后再说。"

齐修良和大勇把一肚子要说的话,都吞回肚里。岳鹏程等他们出门,立刻拿起电话,吩咐话务员通知胡强和岳建中来见他。

那天,岳鹏程让老鹰捕捉红毛兔子的企图没能实现。但对付石衡保这个试图要栽他这只"老鹰"的"红毛兔子"的办法,经过几天的酝酿已经成熟在心了。在他的领地里,他的臣民们只要好言好语笑模笑样,什么事情都好商量。有谁要戗着毛跟他过不去,他决不让你喘一口匀乎气儿。你有本事闹我有本事治,你能向上告我能向上反告。反正你是个人我是组织,你是群众我是领导,你的小命攥在我手心里,看谁最终败在谁手里。你要下狠茬子栽我,让我活不下去？好,你就不要怨我对不起你！岳鹏程生来一副英雄胆,临死也要捅你两刀子,抓一个垫背的！——这就是岳鹏程处理石衡保这类人物和事件的"原则立场"。

胡强和岳建中很快来了,扑棱着两双眼睛,等候着岳鹏程的指示。

"石衡保回来了,你们知道不知道？"

两颗扑棱着眼睛的脑壳,一齐摇摆了一下。

"这小子告状到底告赢了。上边有令,合同要恢复,果园要退回,再出了事要追究。"

愕然。两双扑棱的眼睛同时僵直了。岳鹏程故意停顿住,察看着面前两位亲信大将的进一步反应。

"妈拉个巴子,这是谁的令？"胡强忿忿然。

"果园退回给他？那还让不让咱们活啦？"岳建中阴沉着脸。

"嗳！你们服不服,这个令还非执行不可哎！你们看怎么办吧？"

"非执行不可？……"激愤中带着无可奈何,无可奈何中到底找到了出路：

"我们听书记的！"

· 255 ·

"听我的?我有么办法?就算我出出点子也是帮你们的忙。反正果园是你岳建中的,人是你胡强的,上边追究下来我顶多是个官僚主义。"

胡强、岳建中听出话音。目光对视了片刻,说:"书记,你说吧,我们保证把这件事办好,保证不让第三个人知道你有过话就是了。"

"那好。我有两句话,你们自己去领会。"岳鹏程压低调门,"建中一句:果园退回,但不能落到石衡保手里。胡强一句:石衡保死了你负责,跑了你负责。"

办公室里静得瘆人,手表嚓嚓的脚步和窗外梧桐叶坠落的声音,仿佛也清晰可辨。胡强和岳建中费力地咀嚼着各自得到的指示。岳鹏程上了一趟厕所回来,两个人似乎已经领悟了,正小声商议着协同方案。

"书记,你还有别的指示没有?"

"就这两句话你们执行不好,将来的苦头就够你们吃的!"

"书记,你放心!"

"书记,你看好吧!"

岳鹏程瞅也不瞅两位大将,只把手朝外摆了摆,端起面前的茶杯。茶是"一○一"政委送的,说是刚从武夷山搞回的"大红袍",过去是专给皇帝老子进贡用的。那皇帝老子果然口福不浅,杯盖一启,未经入口,已觉茶香袭人。岳鹏程吮一口细细品了品,随之大口吞饮起来。

与胡强、岳建中领受任务同时,石衡保七十三岁的二大爷,正打发人越过马雅河桥,去找石砌丁儿回来见他凯旋归来的老子。

小桑园要招收石砌丁儿去做半工半读的特殊"职工",开始时石砌丁儿怎么也不肯相信、不肯应声。小玉几次找到这位二大爷,靠着这位二大爷做主,石砌丁儿才十分勉强地、怀着一腔疑虑地过了马雅河桥。

那天上午,石硼丁儿跟随小玉来到小桑园小学时,正赶上课间休息。不同年级、性别的孩子们,在那座花园式的宽敞的校园里尽情地欢跃着。小玉拉着局促不安的石硼丁儿出现在院中,并且介绍了一声:"同学们,这就是咱们新来的同学石小朋!"孩子们立刻就把石硼丁儿包围住了。女同学接过他的书包,男同学搂住他的脖子,一位幼儿班的小朋友则抬起脸望着他的眼睛说:"小朋哥哥,你怎么迟到啦?"经历了多年苦难,心已经变得又粗又野的石硼丁儿,突然扑到小玉怀里,落下了一阵滚烫的泪雨。坐在宽敞明亮的教室里,听着老师亲切暖人的话语,石硼丁儿恍若生活在神话的世界里——这里没有欺诈,没有冷酷,没有仇恨,比起书本上看到的神话世界,也不知要好出多少倍呢!

石硼丁儿的半工半读,实际上只是一个名义。上午补习功课,下午让他温习罢了。只是石硼丁儿把书丢得久了,补习几乎要从头开始。又加流浪得心里发野,每每把温习的事儿,丢进鱼塘长满绿苔的水里和果园挂满果实的枝叶中了。

今天上午作文,题目是《我美丽的家乡》。石硼丁儿写好后,老师特意让他在全班朗读了一遍,并且把他好一番夸奖。石硼丁儿多少年中没有得到这样的荣耀和幸福了。他只觉得身上仿佛长了翅膀,下课后立刻飞也似的奔上马雅河大堤,奔上秋天的无边的原野,尽情地奔跑着、呼号着。阳光是那般美好!秋色是那般美好!人生是那般美好!石硼丁儿童稚的心中,再次闪耀起生活的七彩光环!……

石硼丁儿终于跑得累了,倒在果园中的一片金色的草地上了。他在草地上躺了许久,让心绪在蔚蓝的天空中翱翔了许久,才渐渐平缓下来。他想起老师让复习的多位数乘法,爬起,找一块平坦的地场,用树枝在地上演算起来。他算得好不得意,直到彭彪子"扑踏扑踏"来到面前才停下。

"耶！彪子叔！"

彭彪子望着地上横七竖八的数码子,偏着脑壳道:"你这小兔崽子,这是摆弄的么戏法？"

"你不懂！"石硼丁儿囔着。

"嘻,涨饱啦！不是求你彪大叔放大鹰的时候啦！"

"人家这是功课,你又没进过学堂！"

"这么说,那儿子真让你进学堂啦？"

石硼丁儿去小桑园前跟彭彪子说过。彭彪子一口咬定:天下哪有这种美差事！不是骗你去出苦力,就是有人存心耍你的猴,要不就是哪个坏种想瞅机会给你耗子药吃！石硼丁儿去后,彭彪子着实为他吊了一阵子心。自然,他更多的还是为的缺了个帮手和好做伴儿的。

"当然啦！俺二大爷说了,人家官子叔跟他爹原本就不是一码子事。他爹那是个么东西！……"他想起那一日彭彪子落到他身上、屁股上的木棍石块,顿住不说了。

"妈拉个巴子！天底下还有这种事儿？"彭彪子心里犹自疑疑惑惑。

石硼丁儿又趴在地上写写画画。

"写个尿！费些老牛劲,屁用！"彭彪子把老鹰朝一棵树枝上擎,同时发表着评论。

"那你彪子叔摆弄老鹰屁用啊？说飞就飞了个尿！"石硼丁儿听得刺耳,反唇相讥。

"飞了个尿？石硼丁儿,是个精儿！精儿个尿！"

彭彪子不把老鹰朝树枝上擎了,在石硼丁儿眼前晃了晃,猛地一颠胳膊,老鹰一个蹿儿飞起;先是贴着地面、果树梢顶,随之升入空中、盘旋着、翱翔着,越飞越高,越飞越远。

"不好啦！彪子叔！"石硼丁儿惊出一身冷汗。

彭彪子像是无事一样,随手摘下几颗又红又大的山楂,躺到地上。石硼丁儿紧张地注视着天空。天空中的老鹰,转眼间消失到山那边望不见的方向去了。

"飞啦!彪子叔!老鹰真的飞啦!"

石硼丁儿火烧屁股似的跳起来。彭彪子似是"彪"劲发作,眯缝着小眼睛瞅也不瞅石硼丁儿,只是得意地啃着果子。望着空荡荡的天空,石硼丁儿沮丧地一屁股坐到地上,两行泪珠悄没声息地滚落下来。他恨自己不该跟彭彪子怄气,把只老鹰给怄飞了。他跟老鹰可亲哩!要不是进学校,他是宁愿跟老鹰厮守一起的。

仅仅过了一刻工夫,没等石硼丁儿脸上的泪水抹干,头顶上方突然传来一串叮铃铃的脆响,老鹰神奇地出现了。神奇出现的老鹰贴着果树梢头盘旋几圈,稳稳地落在了彭彪子胳膊上。

彭彪子亲昵地赏了老鹰几口肉食儿,同时冲着石硼丁儿揶揄地叫:

"飞了个尿!飞了个尿!"

石硼丁儿惊喜地直想上去抱住老鹰亲几个嘴儿,却忍住,悻悻地坐下,冲彭彪子反击说:

"那你彪子叔,也不能说我学习有尿用啊!"

"哎!就是有尿用!你划上一年能划出只老鹰来?尿!"

"划不出老鹰,我可能给老鹰算账咪!"石硼丁儿皱皱眉头,说:"比方你彪子叔一天抓十只兔子……"

"尿!十只?你个兔崽子赶得起来?"

"比方你彪子叔一大抓五只兔子……"

"咋儿只抓三只!"

"我是打个比方。比方你也不懂?比方就是……这么说吧,你彪子叔一天均衡均抓四只,四天一共抓几只咪?"

"一天四只,四天……"彭彪子一个指头一个指头掰着,把手指掰了几遍,似乎费了好一番脑子,才说:"你觉着就你精儿!一天抓四只,四天抓四十只呗!"

259

"四十只?那你彪子叔成兔子大王啦!四四一十六,十六只!"这次轮到石硼丁儿揶揄地叫了:"有尿用!有尿用!"

两人战了个平手。一个"哈哈",一个"嘻嘻",一个骂着"小兔崽子",一个喊着"彪子叔",乐成一团儿。

正在这时,报告石衡保凯旋的使臣到了。

"俺爹真的官司打赢啦?"石硼丁儿听过报告,又问。

"是你二大爷说的。"

"啊——"石硼丁儿一个高儿蹦起,原地打了一个旋儿,威威武武地站到彭彪子面前:"彪子叔,这回你还骂不骂俺爹啦?"

彭彪子困惑地眨了眨眼,好像还没明白过来是怎么回事儿。

"俺爹打官司赢啦! 俺爹回来啦! ——"

山谷里、天空中响起一片回声,瓮瓮嗡嗡,好一会儿才远去了、消逝了。

"妈拉个巴子! 这也能是真的?"彭彪子半喜半疑,摇摇头晃晃脑,又摘下几个山楂果子嚼起来。

石硼丁儿回到家中时,院里站着不少人。多是石姓家族的亲邻老少。正在听石衡保绘声绘色讲述见到副省长和齐修良、大勇去省城检讨、接受处理的情形。

三十九岁的石衡保与三年前承包果园时相比,已经全然换过一个人了。三年"告状专业户"的生涯,给他留下的最鲜明的印记,就是那一头白发,一头如雪如银的白发! 白发是去年春节期间莫名其妙遭到拘禁,在派出所的黑屋子里度过冰冷绝望的二十天之后,突然出现的。伍子胥过韶关,一夜白了头! 命运过早地剥夺了石衡保青丝罩顶的年华,把他打入到白发凌巅的行列! 那一头白发,引起了多少人的震惊和同情啊! 半月前,他凭着同情的人们的指点,贸然出现在副省长面前时,副省长也不禁为那一头白发感慨良久。"老石,凭你这一头白发,这件事我这个副省长也要管到底! 你回去,问题如果解决不好,或者以后再出风波,你就给我写信或者来找我好啦!"离开省城前再次见到副省长时,副省长叮咛说。

石衡保三年的冤情,家破人亡的冤情,终于得到了昭雪。作为一名归来的胜利者,他完全有权利、有必要让关心过、同情过他的人,甚至指责过、打击过他的人,都来分享他的如喷如涌的欢乐的。

"有理走遍天下,无理寸步难行。这一次我是亲眼见啦!省里领导说了,只要咱们行得端走得正,任谁也别想欺压咱们!共产党的天下,到底跟国民党那时候不一样啦!"石衡保演讲似的发表着他的感想。

"爹!——"

院门外一声喊。石衡保和众人不约而同,把目光盯向门口。

石硼丁儿鸟儿似的飞了进来。然而,他瞅着那个盯住自己的人,猛地站住了。

"朋子!"石衡保喊着迎过来。

石硼丁儿躲闪着,仿佛陌生人似的打量着他。

"朋子,这是你爹!你爹怎么也不认得啦?"二大爷扯住他的胳膊。

石硼丁儿的目光,停在了石衡保的那一头白雪上。石硼丁儿的爹身强力壮,哪儿来的这一头雪花?哪儿是这么一副瘦弱苍老的模样?

石衡保的泪光在眶子里流动。那雪花和苍老,他自己又何尝讲得清楚明白呀!

"爹……"

"朋子!"

"爹呀!……"

父与子,生疏与亲昵,期待与盼望……无尽的一切情愫,都在交汇的泪水中会合了。

留下同情和安慰,亲邻们退去了。夕阳投下长长的影子,石衡保和石硼丁儿尽情地领略起相会的欢乐。

"朋子,爹给你做饭。"

"晌饭你没吃呀,爹?"

"是给你做夜饭。"

"这才几点哪!你就……"

"爹今天夜饭不在家吃。咱官司赢了,他们要给咱赔情儿,还得把合同和果园子都还咱。要我去,你懂吗?"石衡保极力想把事情说得简单明了。

"不!爹!咱不去!"石硼丁儿喊着。

"朋子,得去呀。不去那合同和园子……"

石衡保还有一层无法跟儿子讲清的意思:尽管这次官司打赢了,咱到底是在人家房檐底下过日子。人家赔情道歉是看的上边领导的面子,咱要不去,往后的日子还过得好?尽管副省长留下话让有事就去找他,咱一个老农民能真的时不时去找人家大领导的麻烦吗?

石硼丁儿不理解也不想理解这些,只是嚷着:

"他们坏!爹!他们要杀了你的!"

好像爹真的被杀了似的,两行泪水潸然而下。

"他们敢!"石衡保被儿子感动了,面庞上旋即泛起一层青紫。那青紫被西斜的太阳一映,镀银似的铿铿闪亮。"我一封信上去,叫他们哭都没地方哭去!"

一刹那,石硼丁儿抹去了淌到嘴角的泪水。他觉得自己和爹顿时成了比海灯法师和李连杰还要本领高强的、顶天立地的英雄好汉。

第 十 九 章

因为肖云嫂几天病情不稳,血压忽高忽低,心跳时快时慢,心情也时而沉闷时而亢奋,小玉一直寸步不离地守候在身边。嬴官建厂的事正处在紧要时刻,白日里马不停蹄四处奔忙,晚上还要代替和陪伴小玉照料肖云嫂。不过几天工夫,两人就像吞了垫的老鹰,脸面上油光滑润的一层被生生地刮了下来。

下午,陪同请来的两名工程师考察过工地现场之后,嬴官匆匆地又进了马雅河对岸的那所小院。按照嬴官的意思,这个小院和小院中的一切,早就应该扒掉重建,或者一丢了事,搬到河对岸的小楼里去住了。但肖云嫂不肯。说她一辈子就是从草房小院过来的,不愿意人快死了,再去找那个舒坦的麻烦、不方便的新鲜。小玉是从来不肯违了奶奶心意的,嬴官自然也只能作罢。

肖云嫂吃过药正在休息。小玉撑着疲惫的脑袋倚在炕边,见嬴官进屋,把屁股向里挪了一挪。

"奶奶好些啦?"

"心律总算稳了,血压还是高。多亏吃了活心丸。"小玉递过感激的一瞥。那活心丸是嬴官两天前,托人从省立医院高干病房买回的。

"我在这儿,你快去躺一会儿。"嬴官说。

小玉不回答,只把一只绵软的手伸进嬴官掌里,把半边身子和脑袋倚到嬴官肩上。嬴官就势扶住她,同时把身子侧了侧,揽起另一只胳膊,使小玉几乎躺进他怀里。接着,在她疲惫的眼睛上轻轻吻了一下。

小玉实在是太累了,眼睛一闭,立刻便进入了睡态。在这个世界上,对于这个苦命而又纯洁的姑娘说来,有什么样的宫殿和席梦思,能比她的这个"坏小子"赢官哥的怀抱,更使她感到安全、舒适和香甜呢!

忽然,肖云嫂发出一声梦呓似的呻吟,既轻且短。小玉旋即惊醒,揉一把眼睛,伏到肖云嫂面前听了听呼吸,轻轻唤着:"奶奶,奶奶。"

肖云嫂是睡过一觉来的。老人觉短,久病的老人尤其如此。她的仍然有些浮肿的眼皮掀了几掀,露出一条缝隙。她看到赢官,印满岁月艰辛的面庞上,透射出一缕金黄。

"还忙厂子呀,小官子?"

"场地定下了,争取早开工哪。"

"好,早开工好。……学习哪?没忙丢啦?"

"没哪,奶奶。"

肖云嫂一向最关心的是学习:小玉的学习功课和赢官的学习毛主席著作。

"这就好,这就好哇。不管谁怎么说,事儿再怎么变,毛主席的话不能违了。你说对不,小官子?"

"对,肖奶奶。"

对这位卧病多年的革命老人,赢官能说什么呢?肖云嫂的历史功绩,始终是他所敬仰的。但涉及到现实改革和工作,他和小玉自有一套章程,并且有约在先,尽可能少让老人忧虑和挂心。

"奶奶,你病刚好,还是歇着吧。"小玉拉着赢官要进里屋。她生怕引起肖云嫂的兴奋或激动。兴奋和激动对于肖云嫂意味着什么,她是再清楚不过的。

肖云嫂却抓住赢官的手不放:"奶奶闷着难受,跟你小官子哥说说话不打紧,啊!"

小玉只好退去,退去的同时朝嬴官示过一个眼色。嬴官知道那是不许他多说话的意思。

"你爷哪?你爷回来这几天,都忙些么事儿?"

"忙着做报告讲传统哪。"

岳锐回来,嬴官只特意回去看望过一次。第二次回家又没碰见面儿。爷孙二人没有细谈。一是没单独凑到一起儿;二是嬴官不愿意把与岳鹏程的那些陈芝麻烂谷子翻出来,让老人徒增烦恼。

"他对你爸都说了些么个?"

嬴官并不清楚,但为了安慰老人,说:

"俺爷说了,事业要干,不能违着章法胡来。"

肖云嫂满意地似乎带着几分醉意地闭上眼睛。岳锐回来的第二天她就得到了消息,但她不许嬴官和小玉去向岳锐讲一句与自己有关的情况。为的什么,她自己似乎也讲不清楚。或许因为自己的情况牵连着岳锐的儿子?或许是想看一看这位如今的岳锐,还是不是当年那个使她喜爱和怀恋的"岳司令"?

是的,确确实实是她喜爱和怀恋的"岳司令"!

四十几年前,当肖云嫂冒着巨大的危险,把岳锐背回家中时,除了对鬼子的仇恨和对抗日武装的拥戴,也包含着对那位英俊威武的"岳司令"的喜爱。虽然这种喜爱,只是一种发自内心的、并无一定目标的欣愉。当她失去了"命根子",何尝没有悄悄地把"岳司令"当成自己的"命根子"。这种感情好像是在为那个正规部队的副团长送行时突然被发现的。那是柿子树点燃起满山灯笼的时节,她和他一言不发地站在那个如梦如画的山坡地上。当军号响起,岳锐庄重地举起右手行礼告别时,她几乎失去控制,几乎扑进那个期待已久的怀抱……后来,当她收到那个正规部队副团长的几乎是毫不掩饰的追求的书信,她,一个只有二十几岁的青年女子,又何尝没有过许多被风暴袭扰得难以成眠的夜晚!……那的的确确是个难寻难得的好小伙子！可是那算什么呢？要人家感恩报德吗？要扯自己队伍的后腿吗？要让人家笑话我肖云嫂舍了孩子，是为了寻男人吗？……内心里的矛盾和反复、坚定和动摇折磨得肖云嫂面容憔悴。但终于转化为一种埋葬和升华：埋葬的是个人的爱情和幸福，升华的是一种高尚纯洁的对于战友、同志的深挚的友情。那友情悠远而绵长，像李龙山的云，像马雅河的水，像黄海潮起汐落永恒不息的波涛……

那友情又一次牵动和冲激着肖云嫂的心。她合起眼帘，安详地陷入遐思；嘴唇不时嚅动着，发出隐隐约约的呓语般的声音。

"奶奶在叫岳爷爷的名字。"小玉俯耳听了听，说。

"我这就去找。"赢官站起来。的确，爷爷回来几天了，肖奶奶怎么会不思念呢。这一对老人的情谊，是任何人间情谊都无法比拟的啊！

未等赢官出门，院子里意外地出现了岳锐那略显佝偻的身影。

岳锐那天从山里回家后，便四处要找岳鹏程。岳鹏程没找到，便找来淑贞审问，淑贞只是落泪。又找银屏。从石硼丁儿的讥嘲和银屏片片段段的言语里，他大致弄清了岳鹏程与肖云嫂关系演变的过程，弄清了肖云嫂目前的处境。他没有脸见肖云嫂！他要找到岳鹏程，狠狠地教训他，让他随他一起去向肖云嫂谢罪！儿子胆敢说出半个不字，他这个父亲决饶不过他！可到哪儿去找那个混账透顶的儿子呢？他家门不登，来去无踪，手下那帮喽罗似乎得到过旨令，一问三不知，胡指鸳鸯乱点兵。"先找肖云嫂去！起码我先谢罪！起码先看看她的病情！"岳锐不得不改变了原先的主意。

肖云嫂使岳锐几乎辨认不出了。这就是那个用生命支持抗日武装、支持革命的肖云嫂吗？这就是那个喝着苞米楂子、用血肉之躯垒筑新生活大厦的肖云嫂吗？这就是那个给自己留下无尽爱恋和思念，也留下终生难以报答遗憾的肖云嫂吗？……然而，不是她,是谁呢?

"奶奶,岳爷爷来啦!"小玉俯到肖云嫂耳边。

没有反响,嘴唇的嚅动和隐隐约约的声音停止了。

"云嫂,我是岳锐。岳锐看你来啦!"

蓦然,呼吸停止了;蓦然,一只干瘦的手伸出,抓住了伸过的另一只手;蓦然,两颗阳光般的明眸睁开,肖云嫂一挺身坐了起来。

"岳锐,是你,是你吗?"

"云嫂,是我,我是岳锐呀!"

两双手,紧紧地合在一起;两双泪眼,无言对视、倾流。

"云嫂,我知道得晚,知道得晚!我那不肖之子,不肖之子!我是向你请罪来的!……"

岳锐沉重地低下了那颗从未在任何时刻低下过的头颅。

"看看,这是怎么说,这是怎么说!"肖云嫂老泪淌落,"岳锐,我得谢你才是。多亏了你这个孙子,小官子,和小玉两个!玉啊,还不快叫爷!这是你爷,你俩的爷呀!"

"爷。"

"小官子,你也叫,你也叫。"

"爷……"

岳锐十年前在省里学大寨先进表彰会上,得知肖云嫂收养了一个小孙女。人还是第一次见。他打量着满面羞赧的小玉和站在小玉身后的嬴官,心里立时明亮起来。原先他对嬴官同岳鹏程的决裂,一直不以为然。回来这几天也几次想找嬴官批评劝说。此时不惟理解,而且满怀欣喜和感激之情了。他把嬴官、小玉拉到身边,声音颤抖着:

"好孩子!爷爷谢谢你们!谢谢你们!"

犀甲只剩下两个人了。肖云嫂从枕头旁拿出一叠写好的材料交到岳锐手里。这是写给县委转市委、省委和党中央的一封信。信中以一个老共产党员的身份,指出近年一批党的干部和党员蜕化变质的种种危险倾向,提请上级党委和中央引起注意。"改革好,让老百姓富起来、国家强起来好,我拥护。可是如果为了这,随便让干部和党员腐败堕落无法无天,那就是丢了根本。要是共产党成了国民党,社会主义成了资本主义,经济再发展,我也不拥护,毛主席在天之灵也得落泪……"信的末尾,肖云嫂这样说。

"说得好,说得好哇云嫂!要不要我给你当通信员?"

"我想过几天,身子骨再强些,让玉儿和小官子推着我,到县委去一趟。"

"好,好云嫂!……"

"岳锐,咱们是几年没照过面儿来着的?"

"几年?从省里开会那次呗!"

"你还记得那年省里开会时的情景不?"

"记得,怎么会不记得呢!那时'批林批孔'刚过,我这个'老右倾'刚被放出来。接到你的电话,我都差点欢喜疯了呢!"

"还记得那天我说的话?"

"怎么不记得!你说这么干下去,共产主义就有盼头啦!"

"我是那么说的?我说咱大桑园多少年,老百姓都是腰带扎得绷紧,吃饭都不敢站着吃。如今腰带总算松开了,站着吃饭也没人呵斥了,不算丰衣也算足食了。再这么连着轴干下去,老百姓就有盼头啦,共产主义就有盼头啦!"

"是,你是这么说的。当时我还把腰带松了松,站着吃了顿饭嘛!"

"发奖那天的事儿你也还记得?"

"记得!宣读名单,第一个就是你云嫂。我看着你走上主席台,还踩着音乐的拍子和台下鼓掌的拍子,跟跳舞似的。看着省里领导给你颁的大红的锦旗!……"

"怎么是大红的?你敢情是眼花啦!还镶着金边嘛!……玉啊,玉啊!"

"奶奶。"

"把奶奶那个箱子搬来。"

"奶奶,你千万别……"

"这个孩子说的!快去!"

"奶奶,箱子搬来啦。"

"打开,让你爷和小官子看看。……岳锐,你看,你看这是么个?"

"锦旗?这么多!"

"这么多?你知道这是谁的?"

"云嫂你的呗!别人谁能得一箱子!"

"是嘛!还是你岳锐知道!你岳锐知道!我当了三十二年的政!这是五十四面锦旗,奖状还不算!"

"了不起,了不起呀云嫂!……"

"玉啊,把那面大的拿出来!……"

"奶奶,你累了,歇会儿我再拿。"

"看你小孩丫丫迂道的!听话,拿省里发的那面,金丝绣着碗大字的那面!……小官子,撑起来让你爷看!岳锐,看哪,你看哪!"

"云嫂,我看见啦!'奖、给、陈、永、贵、式、的、好、十、部'。这就是那次会上发的那一面嘛!"

"你看清楚啦?"

"看清楚了嘛!"

"我下主席台时差点摔了一跤,你也看清楚啦?"

"怎么没看清楚?是省里领导把你搀下台来的嘛!"

"哎呀呀!你都看见啦!可你没看见发完奖晚上宴会的情形儿!是个老大老大的宴会厅哟,一排二十几桌。我这个老婆子和省里领导排在一桌。省里领导讲完话,让我也说几句。我说:我没别的要说,就是一句:为了让老百姓过上好日子,让社会主义东风

· 269 ·

压倒资本主义西风,多少人命都丢了。咱们这些活着的人不豁出命去干,上对不起毛主席他老人家,下对不起天地良心!省里领导说:肖云嫂,就你这句话,值得上一万两金子!敬酒时,省里领导第一个来到我面前。我就喝,一口一盅,一口一盅!那些照相的记者劈里啪啦按镜头,晃得我眼都睁不开。宴会厅里那么多人都给我鼓掌,就跟马雅河发大水似的。他们越照、越鼓掌,我就越喝!一口一盅!一口一盅……"

讲述中断了。肖云嫂面含笑容,安详地合上了眼帘。被肖云嫂的讲述打动了的岳锐,也沉浸到往事的醉人的漩涡里。

"奶奶。"小玉唤了一声。

肖云嫂带着永恒的微笑,一动不动。

小玉熟练地摸起肖云嫂的脉搏,眼睛盯着表针。但她旋即放开了,把手放到肖云嫂鼻前和胸前。她僵住了,好一会儿突然发出一声撕心裂肺的呼喊:

"奶奶!——"

得知肖云嫂过世的消息,岳鹏程正在参加月牙岛承包协议的签字仪式。他还是很沉默了一阵子,并且拿定主意,准备像模像样地为肖云嫂办一办丧事。算是对肖云嫂表示一点情谊,为自己挽回一点影响,同时也向老爷子作出一个交待。但另一个消息很快传来:小桑园决定按革命功臣和革命烈士的规格,大张旗鼓地为肖云嫂举行葬礼。岳鹏程震惊的同时,感受到了一种严峻的挑战。当即喊过齐修良,要他立马去找秋玲,务必要把肖云嫂的丧事揽过来。

经历过一场疾风暴雨式的感情危机,秋玲的心帆似乎已经驶进了宁静的港湾。几天里,上班、下班、开会、接待客人,督促小弟学习,经管父亲衣食,一切仿佛都恢复了正常。但接待处的姑娘们都以惊奇的目光观察着她,不明白她们的主任怎么会从"十八的姑娘",突然变成"八十的老太婆",任你怎么拨弄逗引也难得见出一点笑颜。

岳鹏程答应同秋玲结婚,使秋玲干苦的心田得到了滋润。但她无论如何难以兴奋起来,她的心总像是带着血痕被泡进饱和的盐水里。岳鹏程打算什么时候去和他老婆离婚,他和她什么时候能正式办理结婚手续,他没提,她也没有追问和催促。是冷静下来之后,对淑贞进行报复的念头变得淡薄了?还是岳鹏程答应结婚时的迟疑,引起了她对于他的诚意的怀疑?抑或是与贺子磊的关系又产生了某种新的猜测和希望?秋玲自己也无法弄得明白清楚。她只觉得这几天,是在一种恍惚的病态中度过的。

直到齐修良找来,传达岳鹏程的指令,秋玲才突然从那种恍惚的病态中惊醒过来。

"你说谁?肖云嫂?哪个肖云嫂死啦?"

"你还不知道哇。还有哪个肖云嫂,就是……"

"啊!……"秋玲感到一种从未有过的痛惜和悲哀。

对于肖云嫂,秋玲是怀有一种特殊感情的。小时候有一次,因为对欺侮爹的几个赖皮小子表示了不满,秋玲被从几尺高的石台上推下,摔得鼻青面肿,并且招来一阵污言秽语和石块、土坷垃的袭击。是肖云嫂闻讯赶来,为秋玲涂了药水包了伤口,又逼迫那几个赖皮小子当着众人的面儿,给秋玲赔礼认错。秋玲永远忘不了肖云嫂斥责那几个赖皮小子的话:"你们欺负人家孩子也不怕伤天害理!你们有本事,给我到越南打美国鬼子去!你们往后再敢欺负她一次,我就叫民兵连长送你们蹲牢子去!不信你们就试试!"秋玲妈死时,家里连一领席子也拿不出,街邻竟无人肯帮助送葬。又是肖云嫂把自家的炕席揭了,亲自带着人把妈送走了。小时候的秋玲,是把肖云嫂看作大恩人的。虽然这几年肖云嫂病中她只去看望过两次,但在心的底层,仍然蕴藏着对于肖云嫂的很深的爱戴和敬重。

肖云嫂的死,使秋玲心中蕴藏的情感倾泻而出。站到蒙着白布单子的肖云嫂遗体前,她不觉失声痛哭。这使身着粗布孝服守候灵前的小玉大为感动。因为赢官而在两人心中形成的怨艾和隔膜,顷刻间冰消雪化了。

吴正山、吴海江带领一伙人显然已经忙过一阵了。屋里院外收拾得齐齐整整,正在向院中用行军床临时搭起的灵床四围摆放鲜花、松柏。一切都在迅速和静悄悄中进行。齐修良和秋玲进来,招呼也没人和他们打一个。

"吴书记,吴书记。"齐修良低声喊着吴正山。

吴正山正眼不瞅,只把手一扬:"啧!没见我忙哩吗?"

"是这么回事,吴书记。"齐修良只好拉住他,"镇委通知,肖云嫂的后事由我们负责。你们是不是……"

所谓镇委通知,不过是岳鹏程让齐修良亮出的一个招牌。赢官和小桑园对镇委,一向是颇为讲究组织纪律性的。

"耶?"吴正山瞪圆两眼,"小玉是我们的职工,这职工家属的丧事,我们倒不该管啦?"

"不是这个意思,吴书记。这是镇委决定,你们有意见可以反映,可总不能不服从吧?"齐修良按照岳鹏程交待的"策略",把"镇委"和"镇委决定"一股劲儿往外抛。

"镇委决定?……"吴正山好不费力地想了一会儿,招招手把吴海江叫到面前,"哎海江,齐经理说镇委不准咱们给小玉的奶奶办丧事,你怎么也不早说一声?"

"咱村电话线路坏了三天。"吴海江打着滑腔说。

齐修良哭笑不得:"吴书记,我是说,肖云嫂的丧事按理得以我们为主。"

"得!有为主就有为辅。一会儿告别仪式准备不好,咱们可都没法交待!"吴海江龇龇牙拉着吴正山又安排调拨起来。

齐修良见小桑园已有计划安排,并且已经抢了先,知道再费口舌也是枉然。同时心里清楚,在肖云嫂的事情上,岳鹏程做得确实有悖人情事理,如果为着丧事闹起来更丢了理儿,自己也得跟着挨骂难堪,便来了干净利落的一招:回办公室找岳鹏程汇报去了。

秋玲只想表达表达自己的心思,并不去掺和那个争执,在院里帮着收拾整理起家什杂物。她拿着一把用过的扫帚朝厢屋里去时,意外地,与从院外走进的赢官撞了一个正面。

秋玲已经好久没见赢官了。更不要说近在咫尺站在一起。赢官长高、长坚实了,原本有些尖削、撑不开架儿来的肩膀,变得平实而宽厚;嘴唇上下翘起一圈胡髭,那里虽然尚未开垦,却也显出粗黑茂盛的样子;洋溢着生气和自信的面庞上,同时显出成熟和从容。因为走得匆忙,赢官几乎没有撞到秋玲身上。

"你?你也来啦?"

突如其来的情势,和显现面前的一片令人眼花缭乱的彤云倩影,猛然间把赢官推入到一个牵魂动魄的迷宫。他声音意外的轻柔,连自己也无法想象会是出于自己的口中。

那轻柔带给秋玲的是一阵慌乱。那件被剪得丝丝缕缕的蝙蝠衫留给秋玲的,不仅仅是爱情的失落,还有内心的愧怍和惊骇。她断定赢官对自己充满了铭心刻骨的仇恨。因此往日与赢官会面,不是视而不见便是远远躲避。她完全没有料到,猝然相遇,赢官竟会以这样亲热的目光和口吻向她问候。她心尖禁不住一阵狂跳,额顶也随之涌起一阵血潮。

"嗯。你也来啦?"秋玲以同样的轻柔回答着。回答的同时,伴以感激、火热的一瞥。

两双热烈、清明的眸子猝然撞到一起,一道乌喇喇的电光豁然划破浓云,顷刻间把时间老人用怨艾和仇恨在两人心灵中形成的深壑填平了。这是分手四年中——整整一个漫长的四年!赢官、秋玲之间说的第一句话,相互间投射的第一束目光。这一句话、一束目光,犹如一阵凶猛的魔风,把两人同时卷进到一种神奇迷离的境界中了。

在赢官眼睛中,秋玲又成了当年那个纯洁、美丽的安琪儿。而在秋玲心目里,她的全部的情和爱突然间一齐转移了位置:原来她的心是真正属于这个被自己伤害过的决绝刚勇的小伙子的!哪怕为了小伙子的一句问候、一个目光去死,她也觉得荣耀和幸福!

咫尺之间,四目相向,赢官和秋玲都分明地听到了对方的心跳。

然而,仅仅持续了几秒钟时间,当院子一边传来一声含糊的问话,秋玲把颤抖和贪婪的目光再次投向对面时,对面那片明媚绮丽的天空,已经被骤起的阴云改变了模样:那是冷酷、鄙视、仇恨凝成的阴霾,好厚好厚的阴霾。

多么可怕的变化!多么可怕的阴霾啊!

秋玲深深地打了一个颤栗。那颤栗直打进五脏六腑。

院外传来人声,秋玲仓皇进了厢屋。

进院的是岳锐和淑贞。淑贞被银屏搀扶着,依然显得憔悴单薄。

"妈!"赢官示威似的喊着迎到院门。

秋玲分明觉出,那喊声正如一柄带血的利刃,朝向自己心窝飞来。

小玉迎住岳锐、淑贞,小院里顿时荡起一重唏嘘、抚慰的深情。躲进厢屋的秋玲,被心中的悲哀和绝望冲击着,突然两手掩面,踉跄地奔出院门去了。

临时灵堂一切就绪,肖云嫂被安放在一张行军床上,身上破例地盖上了一面辉煌的镰刀斧头旗。

十点,县民政局长和镇委书记来了。经镇委办公会议提议并请示县委书记祖远同意,肖云嫂的遗体火化后,骨灰存放到烈士陵园纪念馆。民政局长和镇委书记来向肖云嫂告别。吴正山、赢官带着小桑园全体党员和初胜利、张仁等十几名邻近村庄的支部书记来了。岳鹏程和大桑园党总支几名成员也来了。他第一次没有走在前面,而是夹在众人中间。他始终低着头,没有向肖云嫂遗体上瞥过一眼,也没有向小玉和卫士般守护在肖云嫂遗体旁的岳锐面前靠,便悄然匆忙地走出院门去了。

一辆束了黑纱的救护车停在街面路口,车上播放着哀乐。许许多多街邻乡亲,挤在肖云嫂的院子里,站在院子外的胡同口和灵车停靠的街口路边。来得最多的是老人和孩子。老人们回想起肖云嫂的为人和当年的种种好处,为肖云嫂的遭遇和去世痛感惋惜。年轻人好像忽然发现,在自己的身边,还有肖云嫂这样一位可尊可敬的人。妇女们、孩子们则更多地受到气氛的感染,在默默地流泪或低声哭泣。

肖云嫂的遗体被抬出院门来了。一队由小桑园的学生和青年组成的"军乐队",突然敲起铜鼓和小鼓,吹起号角。鼓乐昂扬、庄严,哀乐变得有气无力了。

肖云嫂的遗体来到人群拥挤的街口,石硼丁儿和另一名少先队员正步迎上前去,举手行队礼,然后把两条红领巾系在了肖云嫂安卧的行军床两旁。

在响彻云霄的鼓乐声中,在如战旗招展的红领巾引导下,肖云嫂和她那象征着一生荣耀的五十四面锦旗一起,登上了灵车。那是按照岳锐的意见安排的,他不忍心看着那些凝聚血汗的荣耀,成为落满灰尘的"文物"。

随着灵车关闭的咔叭一声响,人群中响起第一声哭泣。立刻,被压低了的哭声、喊声、扑打声淹没了一片。连绝少在这种场合露面的彭彪子,也蹲在人群后面的土墙上,用脏兮兮的手背和衣袖,抹着迷蒙了浮肿细小眼睛的泪水。二十几年前,如果不是肖云嫂为他操持,他哪里成得了家,秋玲的母亲哪里会嫁到他的门下!

小玉感到了无比的激动和满足。肖云嫂卧病以后,尤其与岳鹏程分手之后,登门看望的人很少。偶尔还听到一些贬损的话。

· 275 ·

她原以为奶奶已经连同那个年代一起,被人们遗忘了。眼前这令人悲痛而又促人感奋的场面,使小玉真切地感到了奶奶的永恒。奶奶,你的在天之灵有知,可以安息了!

灵车在一片唏嘘声中启动。岳锐由银屏搀扶着紧随其后。在他的后面,是民政局长、镇委书记、嬴官、淑贞、吴正山、初胜利、张仁……银屏第一次经受灵魂的洗礼。十五岁的姑娘胸膛挺起,晶明的眼睛里噙满真诚,一时间仿佛长大了许多岁。

第 二 十 章

从烈士陵园纪念馆出来,岳锐觉得自己仿佛一下子变成了耄耋老翁。老,从年龄上说他早就不怀疑了,那是让岁月赶的,让孩子们赶的。但从体力上,尤其从心理上,在这之前,他还没有那个"老"的感觉。亲眼看着肖云嫂逝世,并且为她送了终,这使他内心得到了极大安慰,但也使他觉出了黯然和愧怍。"神龟虽寿,犹有竟时;腾蛇成雾,终为土灰。"自己呢?虽然身体没有大的毛病,终归是离"到烟囱冒烟"的那一天越来越近了。那一天究竟还有多远,只有天知道。当那一天到来的时候,自己能够像肖云嫂一样留下一个光彩的句号吗?他不能不怀疑。作为一名"飞鸽"牌干部,他的根绝没有肖云嫂扎得深。在闽西山区他当了八年县委书记,换了三个地方。调回北方,在地委农工部实际只干了很短一段时间,便因为所谓"右倾机会主义"而销声匿迹。调到外地搞了不到两年"四清",又摊上"红色风暴"。一九七五年好歹出来抓了一阵子"学大寨",一九七六年又成了"逸民"。后来总算"解放"了,在"落实政策办公室""落实"了一阵子,才调到鲁西南干起了二十年前的老本行。那是个很多人视若瘴疠之地的穷地区,他不怕;职务还是原先的那个小小的地委农工部副部长,他不在乎;推行以"家庭承包责任制"为中心的农村经济体制改革,他劲头十足。无奈"年龄过线",一纸红头文件下来,他便成了退役老兵,当起了三室一厅外加一个巴掌大小院的独立王国的首脑。在干休所里他心安理得。自己虽然没有显赫的功勋,毕竟为人民的事业尽了力,毕竟对得起天地良心。比起那些在位时不顾群众死活,威威赫赫,下台后被人唾为臭狗屎,以致死后悼词无法写、追悼会无人参加的人,自然要好出许多。然而在家乡的土地上,在肖云嫂面前,他不能不反躬自问了:你的功绩在哪里?除了档案馆里存放的几份可怜巴巴的文件讲话之外,你在哪里的老百姓心目里立起过丰碑?个人无法左右历史,但历史毕竟是个人写成的。他觉得自己简直无法与肖云嫂相比。倘若要比,肖云嫂是大树,他不过是枝叶;肖云嫂是甘霖,他不过是浮云。

如今大树、甘霖已去,枝叶、浮云犹在!

他的第一个念头、第一件要做的事,便是要找到儿子。父子的账应该清一清了。白天如果不是在那种场面、那么多人面前,他决不会让他溜走!不让他穿着孝袍拖着孝棍、一步三磕头,决不能完!但现在到哪儿找得见这个混账东西呢?

他从办公院出来,漫无目标地朝河滨公园那边踽踽而行。太阳已经敛起光亮的翅膀,昏暗罩住了远东宾馆不知羞耻的灯光。马雅河悲愤地呻吟,声声在他心扉上滚动。

"哎哟,我的老太爷子耶!"徐夏子婶忽然出现在岳锐面前,"你这是要去哪儿?贞子四处在找你哪!"

岳锐一向对这位张张狂狂的亲家母,并无多少好感。但听说淑贞在找自己,心下还是动了动:媳妇是个贤惠媳妇哇!

徐夏子婶见岳锐愣神发呆,拉住他的胳膊朝村里去,同时叨念着:

"你那个鹏程啊,真是丧了良心!快把个贞子给折腾死啦!"

"怎么?他对贞子也……"岳锐站定了。

"你这个当爸的,亏你还回来这一大阵子!你那儿子在外面干的那些丢人缺德的事儿啊!……"徐夏子婶到底找到了机会——她也一直在找机会,便充分发挥起固有的特长,把岳鹏程与秋玲如何乱搞,如何被许多人看见、被淑贞亲手抓住,岳鹏程这几天如何不敢进家门,如何在外边弄神耍鬼胁迫要打离婚的情形,描绘了一遍。"贞子是看你年岁大,怕你忧心。你这个当爸的不好好管管,往后这个家还不知闹成个什么样儿了呢!"

徐夏子婶说到伤心处,撩起衣襟接连在眼角那儿擦了几擦。

岳锐又一次遭到了雷击,耳鼓轰鸣,眼前一片恍惚。儿子!这就是他亲生的儿子?这就是被吹嘘成什么什么"家"、十天前自己还引以为荣的儿子?恶霸地主、国民党土匪和日本鬼子又会怎样?作孽呀!我岳锐一辈子经霜傲雪、清清白白,怎么会生下这么一个孽种?孽种啊!你让我这个做父亲的人前人后丢尽了八辈祖宗的脸面!……

徐夏子婶见岳锐一下子变得木头人儿似的,倒有些害怕了,赶忙连搀带拖,把他送回到清水桥边的那个家里。

"贞子,你爸回来啦!"

淑贞料理完肖云嫂的丧事,帮小玉安顿了一阵子,回到家里只躺了一会儿,便强打精神做好了饭。打发银屏上晚自习去后,又找岳锐。她知道老爷子心里比谁都难过,担心老爷子经受不住这场打击。岳锐没找到,刚冲了杯奶粉喝下,准备打电话让赢官和大勇帮着去找,听徐夏子婶一喊,忙出门把老爷子扶进里屋,又端上了温在锅里的饭菜。

"爸,你吃。这是新鲜蠓子虾,我连鸡蛋也没加。你不是早就说馋这口儿?"

蠓子虾虽称之为虾,实在长得极小,跟夏日傍晚空中一团一群"嗡嗡嘤嘤"的蠓虫似的。蠓子虾用肉眼根本分辨不清个儿,在浅海里也是一群一团纠缠在一起。海边的群众多是用铁丝或木条,做成一个圆的或方的框子,上面裹上层细纱布,安上把手或提手,用这种网,涉水或摇着舢板进去,把蠓子虾捕捞进木桶或铁桶里。然后,担着桶走街串户叫卖。卖时连带着水儿,虾还欢蹦乱跳。蠓子虾就大豆子粑粑,喷香喷鲜,那是百家食谱之外的一绝。海边出外的人,不管当上多大官儿享了多大洋福,一回老家,总断不了要馋这一口儿。蠓子虾本来产在桃花开的时节,多亏有了想尽奇巧办法要赚好价钱的小商小贩,淑贞才能在这种时候买回新鲜蠓子虾来。

满满一碗淌着油儿的蠓子虾,两个焦黄透暄的大豆子粑粑,摆到面前。岳锐却一点食欲也没有,只是两眼愣愣地盯着淑贞心里发酸:这样的媳妇哪儿找去?这个畜生!……

"爸,趁热吃吧。你老别太难过,保养身子要紧。啊!"

筷子塞进手里,岳锐勉强捞了一点蠓子虾放到嘴边,没有觉出一点鲜香滋味,便放下了。

"贞子,爸才知道你受的委屈。爸对不起你。爸无能,没有教训好鹏程这个东西!爸心里……"

淑贞想不出岳锐会在这种时候得知和提起这件事。她心里一揪一揪的,却把原先向老爷子告状的心思,丢到一边去了。

"爸,你别说啦。"

淑贞觉出一股灼流冲到眼眶,就要向外喷放。她慌忙抑制住,极力地要在嘴角眼角抹上一层轻松、明朗。

"爸,这怪不着你。要说,也怪我,没……没管好……鹏程……"

"不,贞子,不是这话,不是……"

"是,爸,是……我要是多看着他点,多说着他点,兴许也不至于到这一步儿……"

岳锐和淑贞都明白,两人说的都是安慰对方、为对方开脱的话,同时也都是真诚的自责和反省。这种自责和反省出自这样的时刻、这样两个人之口,使两颗同样备受煎熬的心得到了慰藉,并且相互贴在了一起。

"爸,咱不稀管他。快吃饭,蠓子虾凉了就没香味了。"

"好,吃。贞子,你也来。咱们爷俩……"

岳锐起身,亲自要去厨房给淑贞拿筷子。淑贞拦住了,自己去拿了双回来,坐到岳锐为她摆放的杌子上。

"咱吃,爸。"

"吃,贞子。"

岳锐和淑贞都觉出了有一股从未有过的、如亲生父女般的亲切和温馨的潜流在激荡。那蠓子虾和大豆子粑粑,也从未有过这般的喷香喷鲜。

"姐。"

没等吃完,大勇悄没声儿地进屋来了。他朝岳锐点点头,悄没声息地坐到一旁的沙发上。

"你吃饭了没?"

"吃了。"

"尝尝蠓子虾?"

"不。"

"有事儿?"看一眼大勇犹犹豫豫的样子,淑贞问。

大勇瞥一眼岳锐:"没。"

淑贞放下筷子,把大勇领进卧室。

"又是为东厢房的事儿,跟妈吵啦?"

"才不。"

"那是为的么?"

"……你不能跟别人说。"

这引起了淑贞的注意,催促说:"多大的人也迂迂道道!我么事跟谁说过来着的?"

"今下响俺大哥到县里去了。"

听是讲的岳鹏程,淑贞心里格登了一下,却显出没趣没味的样子:"他到县里,到外国我也不管!"

"他是到农行要贷款的。下响先是叫我和齐修良去,没要来,

281

他自己又亲自出马去找的墨行长。"

"墨行长怎么说?"淑贞不由得问。

"五十万块钱都划出来了。"

"这么说,赢官他们那五十万……"

"还用说,俺大哥抢的就是那。"

"这又是为的哪个?"

"哪个?那天小桑园收了石硼丁儿,俺大哥就一阵好骂。今儿出殡,俺大哥说是以死人压活人,故意砸他的杠子……"

淑贞沉吟片刻,又问:"那农行怎么这么办事?那五十万不是上边已经批了吗?"

"不是批文还没到嘛!再说俺大哥夸了海口:五十万么时候要么时候还。人家墨行长跟他又是铁哥们儿……"

淑贞手脚不觉一阵哆嗦。那五十万对于赢官意味着什么,岳鹏程这一手,对于赢官和"二龙戏珠"意味着什么,她心里比谁都明澈透底。如果可能,她宁愿让岳鹏程欺负自己一百次,也不能忍受他对于赢官的这样一次狠毒!

"这个遭天雷的!"淑贞暗自咒着,推门向院里去。

"姐,你干么去?"

大勇紧张起来。他是那一天在疗养院,眼看着秋玲进到岳鹏程房里,并且在院外偷偷观察了不下一个小时,终于未见房门打开、秋玲出来,才萌生起对于岳鹏程的仇恨和对于姐姐的同情的。把这种机密情报透露出来,是仇恨的第一个果实。但倘若泄露或被岳鹏程察觉,岳鹏程岂有饶他过去的道理!

"我才不管你们那些闲事。"淑贞平静地说,"我去拿双筷子,让你陪你岳大伯喝几盅酒。"

说过,真的进厨房去了。

卧室里的对话,未能逃出岳锐的耳朵。等淑贞和大勇回到面前时,他心里已经拿定了一个主意:抽空到县里去一趟,找县委书记祖远谈次话。

一下午的情况调查整理出来,小玉又翻起赢官丢下的一个蓝皮笔记本。笔记本从头至尾翻过一遍,赢官才带着一身风火回到"官邸"。

肖云嫂丧事完毕,按淑贞的意思,小玉干脆住到清水桥边的那个家里去,跟她和银屏作一家子人。小玉不肯,说自己几年没正儿八经工作过,这一次得重新开始,坚持要去职工宿舍。按吴正山和苏老的意见,让赢官和小玉直接合窀算了。但两人谋划来谋划去未敢张嘴,只是在办公室旁边给小玉腾出一间屋子。目的还是让两人时常在一起"帮助帮助",早日领张大红纸回来,让大家欢欢喜喜,也冲冲小玉满腹的悲哀和思念。

小玉送走奶奶下午便上了班,并按照苏立群的要求下到厂里。她的任务是协助苏立群掌握几个厂子的情况,同时为下月职工业校将要开设的干部班,作好讲授现代科学管理基础知识课程的准备。赢官早就注意到,跟着厂子扩大和发展带起的一批干部,经营管理水平太低太差。从长远计,他已经选派了十几名有文化的年轻有为的工人,到大专院校培训。从眼前计,他只能靠苏立群和小玉,强行突击,打开那些装满高粱花子的脑壳,灌输一些初步的和必需的经营管理知识。

这个计划最初是小玉倡议的,小玉自然责无旁贷积极认真。但这只是原因之一。原因之二三,还是小玉急于要用紧张的工作和工作的紧张来战胜自己。她心中的悲哀和思念是无尽大、无尽头的,但她决不愿意显露出来,决不愿意听到和看到别人的同情和安慰。苏立群似乎看透了她的心思,上班见面,开口第一句话就是工作、工作要求,那古板严格的劲儿,近乎于苛刻无理的程度。

每晚必须写出不少于两千字的情况报告,便是任务和要求之一。至于翻开赢官的日记,则属于"偷"的性质了:那笔记本平时放在哪里,小玉压根儿没有发现过。笔记本里除了几篇名人名言,竟然是阅读《诸葛亮集》、《孙子兵法》等军事书籍的心得。诸葛亮的"夫为将者,必有腹心、耳目、爪牙"一段论述;尉缭子的"将之所以战者,民也。民之所以战者,气也";孙子的"其疾如风,其徐如林,其掠如火,不动如山";以及《襄阳记》中的"用兵之道,攻心为上,攻城为下。心战为上,兵战为下"等等几段方略,一字不漏全文抄录,并且在心得里发挥得"面目皆非"。

赢官对于这种"偷看"行为似乎极不满意,猛地一把抢回,说:"肖小玉同志,根据中华人民共和国宪法第一千一百一十一条第一款第一项第一行,窃取国家重要机密,侵犯公民合法权益,该当如何惩治呀?"

往常只这一个动作、一句话,便足以引起一场"骚乱"。但这会儿,小玉只是撅了撅嘴唇,瞟过一个似怒非怒的冷眼儿。

赢官笑笑,掏出一张纸放到小玉面前的桌上,同时用脑壳抵住小玉的后脑勺儿。

"这是什么?"望着纸条上的几个阿拉伯数码,小玉偏起半边脑壳。

"山大来的大教授!"

"大教授?"

"管理系带新生的,住凤凰宾馆。"

"那你这是……"

"我给他们吹:咱们请了一个北大都没招去的小教授,正在讲授现代科学管理!他们一听,好不高兴!这不,说好明天上午八点,要请你去聊聊天哪!"

"哎呀,太好啦!"她这两天正为讲授现代科学管理找不到请教的人犯愁呢。

赢官得意地抓起桌上的纸条:"说,怎么谢我吧?"

小玉俏皮地噘起嘴,突然在他面颊一边吻了一下。

赢官好不惬意,却偏过另一边面颊,逼小玉再吻。小玉不肯,伸出手掌在他腮上轻轻打了一下。赢官自然不肯放过机会,一步上前把小玉拥到胸前。

"一身大烟油子味儿,少向人家身上蹭!"小玉抗议地躲避着。

"那好,等明天我去沾上点香粉味儿,再来蹭你!"

"你坏!你个坏小子!坏小子……"

屋外响起几记敲门声,没等两人作出反应,淑贞出现在了面前。

淑贞是安排大勇和岳锐喝酒之后,找个借口匆匆赶来的。进屋先以为两人闹了别扭,见迎过来的是两张笑脸才放下心,把岳鹏程抢走贷款的情形急急地讲了一遍。

几句话惊出赢官一身冷汗。收留石砷丁儿时,他就料知岳鹏程不会熟视无睹。大张旗鼓为肖云嫂发丧志哀,除了想借机褒扬肖云嫂历史上的功德,安慰小玉、岳锐之外,同样有羞辱岳鹏程的念头。岳鹏程必然采取报复行动,这是料想之中的。但他自信,凭着自己目前的地位和力量,岳鹏程纵然使出全身本领,也不过暴跳如雷或者泼到他身上几滴污水罢了。

何曾料想,人家根本不屑交手,不声不吭一个"釜底抽薪",便戳进你心窝!纵然断不了血脉,也让你成个半身瘫痪!

岳鹏程终究是岳鹏程!赢官不能不佩服他父亲的老谋深算、智高一筹。作为对手的这些年中,尤其饮料厂一次"龙虎斗"之后,赢官每每是把岳鹏程的为人和智谋反复咀嚼多少遍的。收留石砷丁儿和为肖云嫂盛葬之后,他曾经设身处地思考过,如果自己处在岳鹏程的地位上,可能做出的种种报复性反应。但他疏漏了最为致命的一着!他还是嫩!与那个淌着同一条血脉的人相比,他还不是对手!

摆在面前的形势是如此严峻!五十万贷款一丢,水泥厂眼下急需的资金一断,"二龙戏珠"只能搁浅,"西北片咨询协调中心"只能成为空谈中心,发展果品种植也必然要受到影响。

更重要的是人心。"人心鼓才能富,人心散财也完。""二龙戏珠"呼呼隆隆刚刚把李龙山区的"火"点起来,一旦浇灭,再想点起可就难了。李龙山区的贫穷落后面貌,不知还要延长多少年月!

还有反对派。小桑园老尊主那伙人早就煽风,说搞"二龙戏珠"是赢官要踩着小桑园老百姓的脑瓜子向"劳模"位子上爬,小桑园早晚要毁在赢官手里。谣言一旦找到事实作依据,就会变得像狮子一样凶猛⋯⋯

"出师未捷身先死,常使英雄泪沾襟!"赢官,你有什么办法逃脱得了厄运的调侃吗?

剜疮补肉,停建或缓建轧汁厂,把资金转移到水泥厂上去?但轧汁厂稍一停缓就会错过一年季节,造成严重损失。而且轧汁厂已近竣工,即使可行,实在也没有多少资金可以转移了。

正视既成事实,"二龙戏珠"暂停进行,把一切责任归结到岳鹏程和农行个别领导人身上去?这也许可以起到转移责任、缓解矛盾的作用。但败局已成,于人于事业何补何益?

针锋相对,找县农行领导,找上级农行领导,必要时找县委书记和副市长方荣祥干预,坚决把五十万元贷款追回来?这虽然要花费很大精力物力,但事到如今也只有这条路可走了。而且只有走通这条路,才能使岳鹏程得到必要教训,懂得老老实实做人的道理!⋯⋯

三人不约而同,都想到这条办法和出路上。但赢官沿着这条思路向前没有走出多远,便断然否定了:即使这样打赢了官司,要回了贷款,损伤了岳鹏程什么?岳鹏程轻而易举折腾你一通,岂不也算是一个胜利?日后他不以此自夸、变本加厉才怪呢!

必须让岳鹏程尝到苦头!然而⋯⋯

赢官蓦然想起一件事。还是父子携手的时候,一次赢官跟随岳鹏程去物资仓库领取特批的五吨优质钢管。当时钢材极缺,优质钢管尤甚,岳鹏程是费了好一番心思从县计委一位副主任手里抠出来的。但开单的会计一看,说少了一个公章,硬是不准提货。眼看车要放空,岳鹏程不觉急了。偏偏那会计是个二犟头,脾性比岳鹏程还大。两人你一枪我一弹便吵起来。岳鹏程那时已是大名鼎鼎的"改革家"了,他手一甩进了经理办公室。那个经理是个面善言和的"棉裤腰",回一声"你先坐一坐",把岳鹏程丢到一边。岳鹏程越是恼火着急,他越是满脸嘻嘻带笑:"先坐一坐,先坐一坐。"并且无事一样照常处理业务接待来客。岳鹏程被甩在那儿不下一小时,欲怒无由,只好悄然退出。那个"二犟头"岳鹏程转身就忘掉了,而那个面善言和的"棉裤腰",直到几年后岳鹏程提起来,还禁不住噎气翻眼,大骂不止。

不怕青锋刀,就怕棉裤腰!作为儿子的嬴官,终于找到了作为父亲的岳鹏程的致命之处。

"妈,小玉!他费尽心思把五十万贷款抢走,要把咱们打趴下了不是?咱们也来个干脆的,权当让他抢了块抹布去,不要啦!"

小玉、淑贞愕然相视。

"不行不行!那不白让他占了便宜?"

"没那事儿!他是什么人,受得了这个窝囊?他得比刀子扎了心还难受!"

"嬴官,说是说,你又没有造票子的机器,那五十万块钱,从天上能掉得下来呀?"

"咱们不求大,求地!发动群众集资入股!我就不信,咱小桑园和李龙山周围这么多村子的群众手里,集不起十万二十万块钱来!有十万二十万我就能先干起来,很快倒过手!"

"按说再穷的地场也有家里藏金的。"淑贞思索地说,"可钱在人家手里,人家要是不肯入你那个股,你可怎么办?"

"我按股分红,利息比银行高!再说可以借风吹火,把群众发动起来!李龙山区穷了这么多年,现在有这么个好机会,有人还要

287

捣鬼……对,就是这个办法啦!妈,小玉,待会儿就通知开董事会,让胜利、张仁那帮小子们都来长长见识!"

一切疑问都成为多余。淑贞感动地望着儿子,忽然起身朝门外去。

"妈,你干么儿去?"

"你不要管!我转个身就回来!"

"妈!……"赢官预感到什么,拦住淑贞。

"这个孩子!不是要集资入股吗?妈去把那五千块钱的存折给你拿来!"

"妈,我不要你这样!……"

"看你,越大越不懂事儿!妈是看着你吗?妈是想等着那厂子发啦,也跟着分点红沾点光哩!"

还有什么可说的呢?一颗母亲的心哪!

淑贞的身影消失到夜色中了。小玉扑进赢官怀里。她想起,把那座村北的旧屋院和杂旧物品卖掉,再加上自己原先攒下的零用钱,她至少也可以拿出一千块钱来。她想告诉赢官,让他高兴高兴,却终于没有开口。

第二十一章

董事会开得很成功。这一半是因为岳鹏程的举动触犯众怒和赢官的"借风吹火",另一半则应当归功于淑贞和小玉。面对淑贞的五千元存折,和小玉卖房子的一千二百元钱,"二龙戏珠"的组织者们仿佛成了赤壁大战中吴蜀联军的将领,发誓赌咒,嗷嗷大叫说:三日内完不成集资任务,拿头来见!

三天后,除了吴正山如期完成,其他各路声息全无,连打去询问的电话,也不见一声回复。

"搞的什么鬼画符!海江,走!"

帅府坐不住了,赢官拉上即将到水泥厂走马上任的吴海江,坐上小"上海"进山去。

小"上海"进得了山? 耍是搁半路上……

搁哪儿就推山沟里去,起码能听几声炮响,比那帮三脚踢不出一个屁、三声锣响爬不上杆的废物们强! ——赢官恶狠狠地回答着司机和吴海江的目光。

车行东路,第一个要找的是初胜利。你闹得最凶、喊声最大,总得拿出点"干货"来吧?

初胜利确是拿出来了。连同自家卖老母猪的钱,十几股总共集起一千五百块钱。

"老同学,这不是寒碜人吗?你不是报的一万五,还说是三个指头抓海螺?怎么睡一宿就成三两的鱼三斤的泡儿,两分钱的毛驴拉不出门来啦?"

"我跑了五十多户,人家都说穷得裤裆里打嘀嘟……"初胜利第一次露出窘困相儿。

"拉倒拉倒!上车!山前李家!"

山前李家支部书记"红鼻子哥哥",哭咧咧又是一肚子苦水:人家一听集资就皱鼻子,说早就知道你们这帮孙猴子成不了事儿,果不其然吧?果品种植许多人也不想干了,说等结了果子小桑园的厂子垮了,眼看着果子烂到树上,还不如现今就找个别的门路。

"上车!张仁那儿!"

赢官真正动了肝火。他完全没有料到会出现这种状况。岳鹏程硬刀子软刀子也罢,那是对头冤家,没气可生。这帮伙计们却这么长不起脸来,而且自己也那么糊涂,把事情看得那么简单容易!

小"上海"在山路上颠簸。初胜利和红鼻子哥哥见赢官怄着脸,只得装哑巴。倒是吴海江冲两人示过几个眼色,表示了一点安慰的意思。

前面一道山梁,上坡的路七凹八凸。小"上海"底座矮,一旦触地,可就成了旱地里的乌龟。司机想绕行大路,问过两声不见赢官回音,只好硬着头皮加大油门。凭着经验和感觉,小"上海"居然踩钢丝似的爬过了山梁。

进了龙山后,不等张仁开口,赢官直奔养兔专业户张聋子家里去。

张聋子是登海镇重点扶持的大名鼎鼎的"养兔大王",与赢官一起开过会,一起登台领过奖,算是有点情谊的。他见赢官登门,胡子梢上带着笑朝屋里让。赢官参观一通他的阁楼式环墙兔舍,夸赞了一番,才笑着说:

"张大叔,我今天想跟你求求援怎么样?"

"跟我求援?哎呀小岳经理,咱们谁是谁,只要你张嘴……"他忽然恍悟地瞥瞥张仁,问:"是你自个儿的事,还是俺这新书记说的那件?"

"一码子事。咱们几个村准备联合办个水泥厂。我们想发动群众集资入股,你张大叔带个头儿行不行?"

"哎呀……"张聋子搓起手掌来了,"不是我驳你小岳经理的面子,实在是这眼下不比以前了。兔毛降价,原先八十一百一斤,现今三四十;饲料涨价,一毛五的苞米,一下子蹦到三毛还多;加上前几个月还遭了场灾……"

赢官和张聋子说话时,院外进来几个人。都是周围几个村近几年发展起来的专业户,有养鸡的、养蜂的,也有养蝎子的、做豆腐的,五花八门。他们是来打探消息的。这儿大各村又是开会又是个别找,搞得他们心里扑扑腾腾不落实地。赢官觉得是个机会,便借题发挥动员起来:

"张大叔,要说困难肯定有。我们这帮人没困难,也求不到大伙面前。钱是个好东西,没钱办不了事儿。可也有句话,钱跟血脉似的,靠的是个流通,不流通当不住生蛆发臭。你就是把一百块钱封坛子里埋地底下,一百年以后也下不了半个崽儿。咱们建厂就不同。你投上一千,这一千就活了。按百分之二十分红,一年就是二百,三年六百块钱白赚,本钱到期还不会少你一分。"

"说是都那么说。前年集的资,说好一年还本付息,到现今还没见影儿哪。"有人低声说。

"把钱埋地底下,也比往马雅河里扔强啊。"又有人嘟哝。

有人更来了干脆的:"中央有文件没有?要是中央有文件人人都得摊派,舍了命俺也得拿!"

这些专业户最注意上边的动向,中央三令五申不准乱摊派的精神,他们从电视广播中是早就知道的。

"怎么是摊派?"张仁有些恼火,"说过多少遍了,是自愿入股,年底分红!"

"有'自愿'两字,俺还是自愿先不入。"

· 291 ·

张聋子见赢官十分尴尬,赔着笑脸说:"你不知道,这些人都让集资集怕啦。这样吧小岳经理,你跑一趟也不容易,我和俺这帮伙计再说道说道,尽可能的话也援援助,只是你别嫌少……"

话说到这份上,赢官只好谢过张聋子出门了。出门没走几步,院里传过声音:

"忒!就这帮子人吧!嘴上没毛,说句话没根鸡毛沉,还办厂子?办火葬场吧!"

"也别说这话,当不准李龙爷开恩,还真有门道咪!"

"有门道你去入上一股哇!"

"忒!我没那钱,有钱也得找个可靠的主儿!……"

赢官肝火咻咻往上蹿,也只得强自忍住。一行人闷闷地走过石子铺成的高低不平的街面。街面上"嘎哒嘎哒"的脚步响,跟卖豆腐的小贩敲的木鱼似的,单调得让人心里着火。

"我岳赢官这一下子算是一栽到底啦!"来到村边路口时,赢官终于爆发起来。他指着初胜利、张仁、红鼻子哥哥,气势汹汹地说:"你们也别埋怨人家瞧不起咱这伙人!你就看看吧,一个一个:光不溜秋的小平头,一百年前丢猪圈里的黄鼠狼子皮,推单轱辘车那阵的牛鼻子鞋,脸上跟霜打的地瓜叶子没半点两样!我要是腰缠万贯,我也不朝这伙人手里投!撕了烧火,还能烧开壶水咪!你再看看这片兔子不拉屎的穷酸地方!看看这些没见过三尺半天、有几个钱恨不能藏裤裆里的老百姓!穷?不穷那才是邪门!你想不让人家穷,求爷爷告奶奶人家还不理那个碴哪!"

赢官粗声粗气地诅咒着。他多年的心愿,筹划多时的宏图,竟然因为集资不成而濒临破灭。一腔热血,如同洒进冰窟窿里。震惊、失望、悲哀、愤怒,一齐化作火焰,突破理智的防线,喷射而出。

众人被惊住了。吴海江、张仁、红鼻子哥哥,不认识似的望着他。初胜利也愕然地皱起双眉。在他的记忆中,只有上中学时一场糟糕的篮球比赛之后,赢官有过一次类似的表现。

"行啦！"嬴官犹自舞着胳膊，"你们尽了力，我也尽了力！权当咱们吹了一通牛皮做了一场梦！水泥厂靠边！董事会解散！咱们各人还回去忙各人的事去！开路！"

他朝吴海江瞟过一眼，径直大步朝不远处的小"上海"走去。

张仁、红鼻子哥哥垂下了脑壳。吴海江打了一愣，只得随后而去。初胜利这时却突然绷起眼角，把冷冷的目光盯到嬴官脊梁上。

"岳嬴官！"嬴官来到小"上海"前，拉开车门要向上跨步时，初胜利突然一声吼，跃到面前。

"岳嬴官！你骂了我们一通、咒了我们一通，抬抬脚就想走？"初胜利指着嬴官的鼻尖，凶凶地："你说明白，哪个给你的骂人咒人的权力！是宪法、党章还是你那个无法无天的老子？还有，建水泥厂是签了合同做了公证的，董事会是大家协商推选的，你想靠边就靠边？你想解散就解散？你好大的口气！"

初胜利的反攻，使嬴官愕然地打了几个怔愣。但他留下几束冰冷的目光，还是钻进了小"上海"。

这越发激怒了初胜利，他抓住车门扶手吼着：

"滚！你滚！滚回你的大桑园去！以后你再说……"

车门关了，小"上海"一运气力，甩下初胜利等人风驰电掣而去。

一阵尘土飞扬，旋即一切都归于了平静。

初胜利一声悲叹，把半截砖头砸到路边的石阶上。张仁、红鼻子哥哥眼前一阵发潮，几乎要落下泪水来。

一切都结束了！水泥厂、董事会、"二龙戏珠"，一切都结束了！

经过了片刻沉默之后，初胜利、红鼻子哥哥跟在张仁身后，默默地朝村里走去。受了半下午气，两人还没登张仁家的门槛，还没喝一口热水呢。

三人沿着街面走出不过一百米，背后忽然一阵车声，没等他们回头察看，那辆熟悉的小"上海"已擦身而过，接着"吱"的一声，停

· 293 ·

在了前面的街口上。

车门推开,赢官神情严肃地出现在三人面前。他带着几分冲动地注视着初胜利,一步一步走上前去。突然,把重重的一拳落到初胜利肩膀上。

初胜利的双眸里荡起了碧波……

一小时后,小"上海"重新行驶在通往小桑园的公路上时,赢官已经与来时判若两人了。他的一通"气冲斗牛"和初胜利的一通"重炮轰击",使他在倏忽间看到了自己,看到了自己难以原谅的缺点和弱点。当他终于战胜了自尊心和虚荣心引起的痛苦,毅然掉转车头,追到初胜利他们面前时,他多么希望同窗好友和伙伴们,狠狠地骂他一通或者扇他几个耳光子啊!还是初胜利说得对:反对什么,不等于自己就不存在或者不会沾染、滋长什么;每一个人都必须在生活的浪涛中,不断洗刷和完善自己。

太阳西斜,镀着金辉的山、树、原野,在车窗外飞逝。赢官倚窗而坐,任随万千思绪在山林原野中飞翔。一腔热血、一场惨败,一阵歇斯底里的大发作、一次涤荡灵魂的大洗礼,使他仿佛一时间变得成熟起来了。

他想起专业户们刺得耳根子痛的话:"就这帮子人吧,说话没根鸡毛沉!还办厂子!……"

就是这帮子人!就是要办厂子!

不仅要办厂子,还非要把李龙山翻上几个跟斗不行!

赢官深邃热烈的目光执着前视。秋野如流,秋山如奔。

翻来覆去做了一夜梦,早晨起来小玉觉得头脑瓜子好不沉重。自打肖云嫂去了就没断下做梦,那梦多是做时甜蜜醒来悲哀。今天的梦不同,一只好凶好大的老虎咬住赢官的腿朝山洞里拖,赢官惊慌呼救,而她拼着命想追,衣服却被一丛荆棵死死拽住……她从惊心动魄中醒来,醒来好一阵心脏依然狂跳不止,使她好不惶惑惊惧。

起来,穿着衣服,吃着饭,小玉才想起昨晚的事,想起赢官讲的集资的情况和自己的忧虑。集资失败赢官似乎并没有悲观,但小玉心里沉甸甸的,要多难受有多难受:那是足以影响"二龙戏珠"计划和李龙山区命运的事情啊!作为李龙山的女儿和"二龙戏珠"的参与者,小玉怎么能不心急如焚呢!

她想起了昨晚迷迷蒙蒙中萌发的一个念头。那念头大胆得似乎既奇特又荒唐——去找岳鹏程,以理相争,要回被劫持的那五十万贷款!

这念头是怎样蹦出来的,小玉也说不清楚。小时候,小玉印象中的岳鹏程既威风又和善,会关心人。岳鹏程与肖云嫂、赢官分手后,那印象虽然没有完全消失,却被截然相反的另外一种印象代替了。在长达几年的时间里,小玉从未再与岳鹏程有过任何接触,连走路碰对面相互点点头、笑一笑的时候也绝对未曾有过。小玉纯洁却也执拗,她才不肯答理那种耍弄权术、断情绝义的家伙呢!

可是念头偏偏产生了,并且那样固执而又强烈,搅得小玉心绪如澜,一刻也难得平静下来。

吃饭时她有心跟赢官透透风,话到嘴边被咬住了。一上午她几次想找淑贞、岳锐,又几次打消了念头:岳家爷媳与岳鹏程正处在敌对胶着状态,这样的事他们肯定不会赞成,即使赞成,由他们出面事情也只会更糟;倒不如自己先去闯一趟,成功了更好,就算不成功,也影响不着岳家内部的关系。小玉拿定主意,下午上班后跟苏立群打过一个招呼,便过了河,按照一位司机的指点,直奔岳鹏程候客的宾馆小会议室。

岳鹏程今天等候的是几位东北老客。客人是胡强的老舅、县人大副主任陈大帅介绍来的,据说有意联营建一座啤酒厂。客人说好下午到,岳鹏程跟大勇几个边等候着,边交换着对啤酒厂联营的想法。

· 295 ·

服务员来报,说是有一个名叫小玉的人要见岳书记。岳鹏程一打愣,记忆中好像并没有哪个名叫小玉的人与自己有过交往。服务员又说了一句,岳鹏程才猛地回过脑子,想起那个熟悉得不能再熟悉、也疏远得不能再疏远的小玉来。

"小玉?她?她要见我?"岳鹏程的惊疑是不下于听到一件奇闻的。"你去看看,是不是搞错了。"他朝大勇努努嘴。大勇起身出门,旋即又回来了,告诉说一点不错,正是那个小玉,正是要求见岳鹏程本人。

岳鹏程好不愕然。在他的想象中,这个肖云嫂的小孙女、自己未来的儿媳妇,跟他恐怕一辈子也难得有几句话要说的。他断定小玉此来必是为的肖云嫂的后事,为了不至尴尬,他吩咐大勇去请,同时示意让另外几个人回避。

岳鹏程已经好多年没有端量过小玉,见小玉婷婷娉娉,好一副风韵姿采,心里不禁一动,觉得赢官还算有眼,这姑娘还算般配可心。

小玉坐到对面沙发,大勇要走,岳鹏程示过一个眼色,他只好在旁边一个位子坐下了。

"找我有事吗?"岳鹏程极力想显出和颜悦色的样子,心里拿定主意,只要小玉提出的要求有可能办到,就全部应承下来,给她一个满满意意的答复。——撇开别的不说,这姑娘实在也够让人可怜的了!

"岳书记,我想跟你谈谈那五十万块钱贷款的事儿。"尽管寻思了不知多少遍,给自己打了不知多少气儿,坐到岳鹏程面前,小玉心里还是扑扑通通直敲小鼓。有生以来她第一次扮演这样的角色。她极力平息着内心的慌乱,试图把话说得简练而又清楚;那话还是打了几个小小的哽儿,把内心的紧张和慌乱泄露出来。

岳鹏程并没有注意小玉心里的活动,引起他注意的是她说出的来意。他完全想象不出,此时此刻她会为了那件"冤债"找到自己面前。

"小时候记得听你说过,你对咱李龙山区穷成那样儿心里很不服气。可嬴官他们现今为的就是……你怎么就非得……"

想好的是据理力争,小玉的腔调却怎么也"力"不起来。最末一句与其说是"争",倒不如说是"诉"了。

小玉提起的是一段往事。那是岳鹏程刚刚接任支部书记不久,一次陪同肖云嫂去医院,正碰上李龙塘几户人家把被火灾烧伤的家人往医院送。人烧得皮焦肉裂,可医院问准是李龙山里的人坚决不肯收,非逼着先交押金才行。那几户人家拿不出钱,呼天号地,把几条上吊的绳子挂到了医院门口的树上。岳鹏程看得心酸,对肖云嫂说:"我就不信咱们世世辈辈就得这么过日子!总有一天得让李龙山变个样儿出来!"那话曾经博得肖云嫂和小玉好一番赞叹。旧事重提,岳鹏程虽然说不上有多少感触,心里确也泛起一缕暖意。只是小玉提出的问题远远不是那么简单。

他思忖了思忖,问:

"是谁让你来找我的吗?"

很明显,这样的事如果没人指派怂恿,小玉是不会贸然登门的。可又有谁能够指派怂恿呢? 如果是淑贞,那至少说明岳鹏程在淑贞心目中的地位并没有完全丢失;如果是嬴官,那其中的意味就更深了,或许那标志着的是父子争雄的胜利和父子交恶的结束呢!

"没有。是我自己来的。"小玉回答。

岳鹏程好不失望。可这怎么会呢? 或许……

"嬴官知道你来吗?"

知道没有加以阻止,至少是默许。而默许,同样意味着……

小玉这才好像领悟到岳鹏程的用意,回答说:"不,嬴官不知道我来。"

小玉不知道这个回答对于岳鹏程和自己此行的目的有多么重

要。不知道只要她回答一个"是"字,或者含含混混暗示出那个"是"字的意思来,哪怕是作为一种机谋或者善良的谎话,事情就会出现意想不到的转机,岳鹏程就会毫不犹豫地把那五十万元贷款让出,争一个父亲的大度去自得其乐了事。

"那你这是……"岳鹏程还不死心。他实在无法想象,小玉这样一个女孩子,会有这样的胸襟和胆识。

"不,的确是我自做主张来的。"小玉满面绯红,多年锁在心中的一腔激情,突然间冲破理智的封锁,倾泻而出:

"鹏程叔,赢官终究是你儿子呀!……"

话出泪出,清秀的面颊上落下两行晶莹的珠子。

岳鹏程被震撼了。他一动不动地垂着眉眼,心中一股激情泛起,眼窝里顿时湿漉漉的,好像有泪水在凝聚扩张。他急忙抑制收缩,泪水总算没有涌到眶边。

大勇装作木然地低着头朝向地板,但显然也受了感染,一只手悄悄地在揉着眼睛。

"谢谢你来找我……小玉,谢谢你……"

沉默了好一会儿,岳鹏程终于又抬起头。

"你回去告诉赢官,让他来找我一趟,我会……"

意思再明白不过了。小玉站起,默默地瞥了岳鹏程两眼,默默地向门口走去,默默地消失了。

岳鹏程一声不响地站起,一声不响地背起两只手,在地毯上踱着,踱着,直到胡强风风火火闯进门来为止。

胡强带来的是满肚子得意。小桑园罐头厂两名青工,路过园艺场时摘了几个红香蕉苹果被抓住了,他们已经把"盗窃犯"五花大绑,准备大张旗鼓押送到镇里"依法惩治"。

"好小子想逃!没门儿,早就布好口袋等着哪!想不老实,叫我上去给了个老鳖掀天!行啦,这一次镇委镇政府见吧!妈拉个巴子,不给点颜色看看,还以为大桑园都是些泥面人捏的呢!"胡强报功连带着张扬。

"人在哪儿?"岳鹏程并没有露出胡强期待的笑脸。

"已经押走了。我让他们挨着个村串,走哪儿咋呼哪儿,让大家都看看小桑园是些什么东西!"

"你混蛋!"岳鹏程踱过几步,突然把手一指。"你好大胆!谁叫你这么办的?赶快把人给我追回来!追不回来,小心我撸了你的官翅子!"

胡强猛地惊住了。"想法抓住小桑园点'熊事',臭一臭他们的名声",是作为对小桑园和赢官进行"回击"的"任务",几天前由岳鹏程亲口交待的。为了完成这个任务,他费了不少心机呢。

"还不快去!"岳鹏程又一声吼,大勇上前又推又搡,胡强才懵懵懂懂出了门。出了门也还是懵懵懂懂,不知道岳鹏程今天是招了哪路邪、犯了哪路"神经"。

小玉回到小桑园便四处找起赢官。一趟"单刀赴会"虽说没有达到既定目标,小玉心情却明朗多了。这不仅因为岳鹏程已经透出可以归还贷款的意思,更主要的是,小玉依稀看到了岳家父子重归于好的可能性。那种可能性对于未来的岳家儿媳妇的小玉,不能不是一个鼓舞。她急于找到赢官把情况详详细细告诉他,急于劝他到大桑园跟岳鹏程见见面,可找了两圈连赢官的影子也没见到。这个"坏小子",到哪儿去了呢?

赢官一整天都在为集资的事奔忙。按照昨天跟初胜利、张仁他们商量的办法,十几个董事开了一头午的会,把群众的情绪和各方面的情况、问题,透透彻彻做了一番研究;决定针对群众的不信任心理,采取新的行动,确保集资任务能够如期完成。会散后,赢官、吴海江又到县里去办了点事。此时,小"上海"正悄无声息地朝马雅河方向驶来。

"停!停!"车出县城,赢官突然发现了什么,拍着司机的肩,同时指挥着:"掉头!……那个门!……"

299

小"上海"驶进一座低矮、狭小的院门。院门上挂着一个毫不起眼的木板牌子:"登海花炮厂"。

车停人下,那个不过三十几岁的胖子厂长,已经喜眉笑眼迎到面前。

"哎呀,我的小岳经理！你这大驾能登咱这小门槛儿！欢迎,欢迎！"

"哎,胖子,刚才走你这儿,我忽然想参观参观,怎么样?"赢官说。

"你是大神,到咱这小庙来还有不行的事儿!"胖子爽声应着。

花炮厂是城关宋村去年才挂起牌子的小厂。宋村有几户人家,从老辈起传下做花炮的手艺。往时每逢新年春节临近,总要忙活一阵。但人少势孤,不成气候。眼看这几年花炮生意兴旺,钱都让南方和潍县那边的人挣去了,去年村里才以几户人家为基础,建起了这座小厂。

花炮是个节气活。旺季还得一两个月才到。眼下厂里正在试制新品种新花样,为大批量生产和抢占市场做准备。

"你一年能干多少?"赢官参观着问。

"去年产值五万,利润两万多一点。今年想把产值搞到三十万,利润搞到十三、四万。"

"哎哟胖子,好买卖呀！"

"关键是销路,还不知道打开打不开呢。"

来到挂炮组,赢官问:"一挂多少响?"

"有一百、二百、五百的,还有一千的。"

"一千就是最大的了?"

"现在是。"胖子眼珠一骨碌,"要做,多大也不成问题。"

"吹！"

"吹? 你小岳经理敢要一万响的,我做一万响的;你小岳经理敢要十万响的,我做十万响的。差你一响,你拿我胖子的屁股打响听!"

"你那屁股喧不邋遢的,打也打不出个响来。"吴海江逗趣说。

"那你拿炮仗朝我眼珠子上崩!"

"好,胖子!说话算话,我就要十万响的!"

"君无戏言。"胖子立刻盯上了,"你小岳经理真要十万响,我给你打八折!"

"那些待会儿再说。我可是急用,五天以内必须交货。"

"没问题!我胖子豁上这身肉不要啦!"

出了车间,胖子热情地朝办公室里让着。同时吆喝着:"没见贵客到了?快拿龙井、三五烟!"

半个小时后,一个消息从花炮厂传出:小桑园的岳赢官一下子掏了一万块钱,订了三挂十万响、两箱新花样,准备五天后水泥厂奠基时过过瘾!消息是如此具有权威性和传奇性,一夜之间便刮遍了整个县城和登海镇。

那消息传到半路时,不知被谁加上了一句评语:那小子准是疯啦!

第二十二章

一连几天,岳鹏程一门心思集中在筹划月牙岛开发上。这是一个关系全局的大动作。人员要重新调配、招聘,财力物力要统筹安排,岛上准备上马的几个项目也要具体考察和规划:码头水深多少,容得下多少条船?油罐怎么改造,油源怎样才能确保?游艇到哪儿去搞,海上旅游线路能否顺利开通?……岳鹏程如同一位临战的将军,精神亢奋,脑子一直处于空前活跃的状态。

顺水行舟,偏又刮起鼓帆的风:与东北老客的谈判取得了成功,双方决定,联营建一座年产千吨的大型啤酒厂。岳鹏程决定把啤酒厂作为开发建设的主要项目之一,建到月牙岛上去。为了考证落实,齐修良和大勇跑了县市几个权威部门,得出的是一个危险的结论:由于供大于求和原料没有保障,以及海岛的水不适宜造酒等原因,啤酒厂建成之后,很有可能使大桑园背上沉重的包袱。两人鼓足勇气,如实向岳鹏程作了汇报。然而陈大帅极力鼓怂,岳鹏程雄心正炽,咬定只要抓住对方一切都不成问题,断然在协议上签了字。齐修良、大勇明知后果不堪设想,却也只有暗自摇头叹息的份儿。

展现在岳鹏程面前的是一片阳光灿烂。他自信月牙岛开发、啤酒厂联营,必将在大桑园的发展史上谱下新的篇章。岳鹏程再也不是一个小小乡村的小小支部书记了,"农民企业家"桂冠上的那个"农民"二字,是注定要丢进博物馆陈列柜里去的。岳鹏程将以更加令人羡慕的形象,踏上更加广阔、壮丽的人生舞台!倚在会客室的沙发上,岳鹏程仿佛看到了自己雄视阔步的未来。

"丁零零!……"电话响了几遍,岳鹏程才从梦幻般的陶醉中惊醒过来。打电话来的是银屏。她中午忘记带钥匙了,要岳鹏程回去给她开门。

"你妈呢?"

"我怎么知道?"

"你爷哪儿去啦?"

"你净问我,我问谁去呀?你回来不回来?迟到了你负责呀?"

"你等等,我这就回去。"

岳鹏程跳起来。他足有一个星期没登家门了,趁淑贞和岳锐不在,正好回去看看。

那天秋玲突然提出结婚的要求,为了摆脱困境,岳鹏程不得不慨然应允。他把希望放在秋玲冷静下来之后。果然,这两天秋玲没有再找他,也没有再提结婚的事儿。这使他为又赢得一着好棋暗自庆幸。但秋玲的意外冲击,使岳鹏程心里产生了一种若隐若现的念头:那个已经破裂的家,真的那样值得自己留恋和维护吗?自己与淑贞什么时候才能够和好?即使和好,淑贞还会像过去一样对自己那样痴情和挚爱吗?与秋玲结婚,真的像自己原先想象的那样严重和不可能吗?离了婚,得到新的幸福又得到重用的干部,不是也不少吗?……这种种念头只是偶尔冒出,在脑子里盘旋几圈便溜走了。然而,岳鹏程对于自己的婚姻和与淑贞的关系,确实无形中在发生着一种微妙的变化。

家中似乎还是原先那个样子。恺撒听到岳鹏程的脚步声,立刻迎到面前,摇头摆尾狂喜不禁,娇嗔地表示着亲热和抗议——这位主人不在家,它的地位不知要下降多少倍。尤其是这一次,简直到了遭受虐待的程度!

安排银屏吃饭,给了恺撒几个安慰,岳鹏程进到内室。内室也没有明显变化,只是他和淑贞的卧室里显得有几分乱。一床小被叠也没叠,可怜巴巴地被冷落在炕上;枕巾不见了,只留下一个绣着白石老人大虾的枕头。岳鹏程完全想象得出淑贞起床时的情态:无情无绪,被子一掀,趿上拖鞋,只拢了一把散乱的头发,便快快地出门去了。往常的淑贞可不是这样。她手脚麻利,起床后叠被、梳头、洗脸、擦地、做饭,井井有条。等这一切忙过,岳鹏程还躺在被窝里没睁开眼。有时喊了两声不见动静,便爬上床先在脸上亲一口,然后揭开被子,在那光溜溜的屁股上叭叭落下两巴掌。于是岳鹏程像当年听到起床号一样,从床上弹起,套秋衣、穿裤子、系鞋带、上厕所,十分钟以内完成一切动作程序。然后便静等着热牛奶和早点端到面前,喝完吃完嘴唇一抹,逗恺撒蹦几个高撒几个欢儿,大敞大扬出门去了。淑贞伺候完他和孩子,还得赶紧收拾洗刷,然后马不停蹄朝班上去。自从这座新舍落成,不,早在他们结婚和他当上支部书记的时候起,他和她便经常是这样生活着的。

岳鹏程被那仿佛已经远逝的夫妻生活的乐趣温馨着。他坐到会客室的沙发上时,微微地合起了双眼。淑贞给予他的爱太多太稠,似乎已经无从追忆了。但那落在屁股上的两巴掌,此刻却出奇的真切、清晰,仿佛还带着脆亮的响声和麻沙沙的痛感,出现在耳边眼前。一切值得留恋的回忆,都蓦然浮现眼前;如文火烘烤,如细雨滋润……

这样坐了大约五分钟,岳鹏程重新睁开眼睛时,忽然发现墙上出现了一片扎眼的空白——那正是原先悬挂结婚照的地方。他惊讶地把目光四处搜寻,才在电视机橱后的墙旮旯里发现了空空的一副框子,照片和覆盖照片的玻璃不翼而飞了。他心里突突几跳。打开抽屉、橱子一看,自己的东西,包括用过的茶杯、烟斗、钢笔、印戳,以及写着自己名字的信件,统统不见了。这显然是被专门清理过的,而且清理得十分干净彻底。

他的心发出一阵颤抖。随着颤抖,他嗅到一股气味,一股不应当出现和存在的气味。他搜寻着,在墙角一个烟灰缸里,发现了几撮烟灰和烟蒂。他不在家,谁会来呢? 会不会是淑贞……岳鹏程一个激灵,警觉起来。他出屋来到伙房。

"你妈这两天还病着吗,屏?"

"俺妈病不病你不知道? 好官僚!"银屏白过一眼。

"你妈病得重不重? ——我是说,她这两天没给你说么事儿?"

银屏不回答,只顾吃自己的饭。

岳鹏程:"屏,你想想,你妈叮嘱过你么个没有?"

银屏:"你问这呀! 今儿早上还嘟囔个没完!"

"都嘟囔些么个? 你跟爸爸学学。"

"还能嘟囔么个? '好好学习,长大才有出息!''也别太累着,别成个四眼子!'"银屏不无调侃地学着淑贞的腔调。

岳鹏程微微一愣,又问:"你再想想,今天早上你妈还给你说了么儿?"

"哦,还有。"银屏调侃的矛头转移了方向,却依然学着淑贞的腔儿:"长大了要跟你哥和你小玉姐学,千万别跟你爸似的!……"

岳鹏程:"千万别跟我怎么的?"

"哎呀,爸! 你怎么这么烦人!"银屏丢下饭碗甩手走了。高考班是一种特殊生活节奏,除去吃饭睡觉,课堂便是惟一去处。银屏对这种节奏已经习惯了。

大门"叭达"一声,留下一颗空虚的心。

……床上凌乱……结婚照和物品被清除……不该出现的烟气……对银屏的叮嘱……疑惑和警觉变得真实而明朗起来了。

淑贞那种性格的女人,对于丈夫的不忠行为是决然不会放过的。从一开始,岳鹏程便设想出她可能采取的追查、哭闹、上告、离婚等种种行动。这些天淑贞一直没有行动,没有闹出使他难堪的事情来。先前他暗自庆幸,然而现在,岳鹏程却发现了比原先的设想和忧虑严峻得多的情形——绝望! 淑贞在用一种绝望的形式,

· 305 ·

对他的不忠行为进行报复和控诉!

岳鹏程全身的每一个细胞都被震撼了,眼前闪现出淑贞悲愤的神情。那神情飘飘忽忽,沉没到马雅河宽深的流水中了。

岳鹏程脑壳一阵膨胀,立刻撒腿向院外奔去。罪人!岳鹏程决不愿意做那种千人侧目、万人诅咒的罪人!他要以最快的速度找到淑贞、拦住淑贞,哪怕磕头下跪,也要把她从自我毁灭中抢夺回来!

他跑出村,来到马雅河桥上。桥上桥下没有任何异常。他忽然想到,淑贞既然要走绝路,就不会选择这种人来人往的地方。立刻撒腿又向下游水深无人的地方奔去。

沿着河滨公园的长堤奔出不远,岳鹏程蓦然停住了:下游河边的一方石阶上,一个熟悉的身影正在洗衣服,那正是淑贞。

岳鹏程紧绷的心弦霍然松脱,身上一阵酥软,瘫坐到河边的一方石凳上了。

他忽然想起,淑贞因为自小在河边洗衣服,腿和手都落下关节痛的毛病。家里那台洗衣机坏了几个月了,淑贞几次让他找人修一修,他都忘到了脑后。

"马上!马上让商场送一台洗衣机回去!"岳鹏程心里默默地说。

淑贞拿准主意,明天无论如何要上班去。一者花卉公司人原本少,自己又是个头儿,甩下几天,大家急急惶惶,自己心里也空空落落;二者经过了几天,心情基本趋于平稳,觉着老是闷在家里太没味道,身子也容易出毛病。头午屋里屋外拾掇了一遍,下午见日头好,又硬撑着,把春天欠下的债——一家人没有拆洗的棉衣,和几件应该收起来的衣物翻弄出来。别人的自然没话可说,岳鹏程的那几件着实让她翻肠倒胃好一阵折腾。你个丧了良心的!烂了臭了我也不管!她把那几件衣服扔到地上。扔到地上也觉得扎眼,又用脚踢着,"驱逐"到屋外的廊台上。她对岳鹏程的怨恨是无法用言语描绘的。单身孤影,夜半醒来,泪水多少次湿透枕巾,想止也止不住。她只好爬起,坐一会儿,或者跑到院里,在秋夜的群星和凉风下呆立,直到心情平静下来才重新回到屋里。而一合上眼,又挡不住一场噩梦或一场甜梦。噩梦和甜梦给予她的是同样的一件东西——怨恨。往日她对岳鹏程的爱累积起来有多深多重,如今她对岳鹏程的怨恨也便有多深多重。她恨岳鹏程,也恨这个年月。如果不是这几年翻天覆地,还是过去扛大枪、钻山洞、修大寨田,岳鹏程也不见得坏到如今这种份上。作为大桑园的一名群众和花卉公司经理,她不能不承认这种翻天覆地带来的好处。作为一个女人和妻子,她却是宁愿要那个穿一身旧军衣,啃着玉米饼子地瓜干,一手老茧一身臭汗的大头兵和临时工的岳鹏程,而不愿意要这个坐小车住洋楼,财大气粗八面威风的"岳书记"和"农民企业家、改革家"!

把银屏、赢官、小玉和自己的棉衣拆完,棉絮晾起,外罩、里子和其他要洗的衣物搁进盆里端起要走,屋外廊台上那几件衣物却又扯住了她。她终于不得不闭着眼,把那几件衣物也收拾起来,拿到河边。收拾着、搬弄着,心里又是恨——恨自己没个好命,不顾死活恋上这么个负心郎;恨自己太老实没本事,没有看住岳鹏程;恨自己没出息心太善,一肚子苦水没出来,倒又给欺负自己的人……"痴心的老婆负心的汉",老天爷呀,你可真够公道的啦!

秋风凉,河水也凉,她还是愿意到河边来洗。那个家让她伤心,憋闷得要死。而河边的清风流水中,漂荡着她许许多多美好欢乐的记忆。

衣服洗完,淑贞回到家里刚刚躺下,徐夏子婶吵吵嚷嚷进门来了:

"我说你这个贞子呀!你是不要命啦!"

这段时间,徐夏子婶每天都来跑几趟。来给淑贞煎药,来给女儿宽心,来发泄对那个未来的儿媳妇的怨恨——大勇和小林子并没有因为她的阻拦,改变拆迁东厢房的蓝图。

"贞子,你这是怎么着!拖个病身子朝河边上跑!你要拆洗东西说一声儿,妈给你拆洗不得啦?你要是有个三长两短,你让妈这往后的日子……"

徐夏子婶坐到炕上,摸着淑贞的手和头数落着,干瘪的眶子里又发了潮汐。

淑贞见她这样,安慰说:"妈,没事儿。我是想到河边去清亮清亮。哪儿就那么娇惯!"

徐夏子婶抹抹眼角,道:"贞子呀,不是我说,你那心里可别老是那么闷憋着。敞亮些!那些事就别去寻思啦!英雄爱美人哪朝哪代都一样。从前哪个有能耐本事的人,不是三妻六妾?银屏她爸能不撇下这个家,也就算……"

"又是这些歪理!我不听!"淑贞拉过一条枕巾捂到耳朵上。

"好好,不听。我不说了行吧?"徐夏子婶下炕要去煎药,嘴里却又嘟哝着:"你个贞子呀,性子比你妈还犟!犟也好,我要是你,就跟那个骚狐狸精去争争试试!我就不信,你们一起过了那么多年,有儿有女,鹏程就定准能让那个狐狸精争了去?"

"妈,你说么个?"淑贞一骨碌翻身坐起。

"好好!你妈该死,你妈该死!"徐夏子婶连忙找出药铫子,进厨房去了。

……跟那个骚狐狸精去争争试试……不信……鹏程就定准让那个狐狸精争了去……徐夏子婶的话带着强大的电磁波,蓦然打开了淑贞封闭、沉闷的脑壳。是的,为什么不去争呢?岳鹏程是自己的丈夫,丈夫被人抢走了,为什么不可以再争回来呢?

争!淑贞呆坐片刻,一个主意便在脑子里形成了。她下床梳洗一番出门,穿街过巷,直朝建筑公司奔去。

来到建筑公司,淑贞同值班的文书拉了一会儿呱,这才推开了

"工程师室"的门。

"哟,曲工在呀。"淑贞走进,朝正在伏案忙碌的曲工递过一个笑脸,"我还以为你们建筑公司没个活人呢!"

曲工是贺子磊大学时的同学,又经贺子磊引荐来到大桑园,两人可谓莫逆之交。贺子磊与秋玲关系中牵扯着淑贞,他是知道的。

"哦,是徐经理。"曲工带着一种莫名的忐忑,连忙站起。

"我找你们经理有事儿,可好,都锁着门!贺工也上工地啦?"淑贞完全是一副随意的神情。

"嗯……"

"你忙、你忙。"淑贞佯作出门,一脚出门却又站住了:"哎,你们贺工结婚的日子定了没有?"

曲工见问到这件事上,支吾道:"这我可说不好。"

淑贞似作惊讶地说:"你不是跟他是好朋友吗?他跟秋玲谈了半年多,怎么连个日子到现在还没……"

曲工大惑不解地瞟了淑贞几眼,心下反倒平稳了,说:"听贺工的意思,好像是有些不大放心的事儿。"

"哦,怪不得呢!这八成又是哪个背后嚼舌头根子啦!"淑贞激愤之情溢于言表。片刻却又不无责备地说:"嗨!你们贺工也真算是个有知识的!他今年多大岁数、么个情况?人家秋玲多大岁数、么个情况?要是我说呀,别说人家秋玲不定有那些嚼舌头根子的事儿,就算是原先有点么个大不了的,只要人家现如今真心诚意跟他贺工过日子,那也是他的福分!你曲工评评,我这话在不在理儿?"

曲工被说得一愣,随即赞许地连连点起了头。

第二十三章

县委大院坐落在县城西北面的山上。说是山,实际原本不过一道土丘;土丘一平,一片高地而已。高地也还是山——西山。西山上如何如何,西山上某某人如何如何;西山就是县委,县委就是西山,县城里的人多少年前就把二者混同了。"文化大革命"小将造反,把国民党邹鲁、谢持等人的"西山会议派",和共产党毛泽东的"东风压倒西风"的名言同时搬出,经过论证,提出了"砸烂西山各昧会(革委会)"的响彻云霄的口号。好在砸烂的不是西山,西山上的县委才得以由那时的可怜寒碜的几排青石红瓦小平房,发展成今天高楼连幢,庄重而又森严的机关办公大院。

大城市里的人讲起县城,每每要在前边加上一个"小"字。小县城,不屑一顾的意思。县城里的官员们也由此遭到褒贬。有部电影竟然把堂堂县令百姓父母,标之以曰"七品芝麻官",实在可惊可叹!不管大城市里的人如何不屑一顾,不管电影的编导们如何褒贬,在方圆数十百里的数十百万老百姓的心目中,县城依然是与首都大致差不多少的地方,县委依然是威令四方高可入云的所在。西山上的那个被高墙围起的大院,自然也不是随便什么人都可以进去落下几个脚印来的。

岳锐终非寻常百姓可比。走进传达室,通过名报过姓,点出要见的人,不过三五分钟时间,不过百十米距离,县委办公室秘书便带着一辆尼桑轿车来到面前。车停下,县委书记祖远已经在迎候着了。

"岳老,有什么事打个电话来,我们去就是了。怎么敢让您向这儿跑哇!"祖远尊敬地扶着岳锐,进到二楼小会客室。他是两天前刚刚从市里开会回来,两分钟前刚刚又从会议室出来的。

"你们忙,不像我如今闲人一个。"

寒暄几句,岳锐拿出肖云嫂留下的那封信。肖云嫂没能实现亲自送来的愿望,他是责无旁贷的。

祖远以最快速度把信浏览了一遍,露出异常感动和愧惜的神情:"一个多好的前辈呀!可惜我来蓬城晚,不认识她,不了解她这几年的处境。"他把信小心地放起来,又说:"谢谢岳老亲自把信送来。这封信我们一定认真研究,并按信上的要求转送上级党委。我个人认为,这封信提出的问题,是跟中央有关两个文明一起抓的精神一致的。一个革命老前辈,临终还这样关心党的建设,我们县委,首先是我,一定好好学习这种精神!"

几句话暖得岳锐心窝滚沸。他回乡后与祖远第一次接触,就留下了一个不错的印象。祖远对肖云嫂后事的处理和方才的这番话,使岳锐对这位年轻而文质彬彬的县委书记,产生了一种特别信任和亲近的感情。

他讲起了儿子。讲起岳鹏程如何负情绝义,打击迫害肖云嫂;如何欺骗他,使他几乎错过了与肖云嫂会面的机会;如何独断专行、骄横跋扈,把大桑园搞得乌烟瘴气……他以父亲和老党员的身份,检讨自己无能、没有教育好儿子,要求县委对岳鹏程进行严肃的批评和教育。

祖远认真地听着,不时"嗯"一声、问一句,但态度变得十分谨慎了。

这对于他,不可谓不是一个非常敏感而且棘手的问题。

祖远大学毕业后当过两年中学教师,又在市委机关当了将近十年大头兵,才熬上一个副科长。包括他自己在内,没有谁看出他

· 311 ·

在仕途上会有多大发展。鲁光明调任市委书记,开始推行生产责任制时阻力很大。他写的一份调查报告,对相对富裕、集体经济相对发达地区实行责任制的必要性和重要性进行了论证。这引起了鲁光明的注意。很快他当上了所在那个部的副部长。蓬城县委书记缺位后,他被派下来。鲁光明说得很明白:"下去锻炼锻炼,提高提高全面领导工作的能力,以后有机会再上来。"

然而,蓬城的一把手却不是好干的。蓬城在全市算得上"地大物博、人口众多"的县份。黄公望在这里惨淡经营将近十年,拉起一个相当可观的"统一阵线"。黄公望以市政协副主席身份离开蓬城后,市委从邻县选拔了一位颇有才能和魄力的常务副县长前来接任。这位新的一把手,一上任便大刀阔斧,急于改变蓬城经济上封闭、政治上保守的局面。他犯下一个致命的错误——低估了那个由利害关系、亲缘关系,以及其他种种复杂关系结成的"统一阵线"的力量。只干了一年稍多,便不得不离开了事。祖远接受前任的教训,对老干部尊敬有加,处理问题稳重灵活,使"统一阵线"对他无怒可发无冤可申。在这个前提下,他大张旗鼓抓了两件事。一件是开展"文明村"创建评比活动;一件是外引内联"攀高亲",搞横向联合。两件事一抓,局面大变。在这个基础上,他才十分策略地把几个关键性的岗位抓到自己手里。这样做,不可避免地使他建功立业的宏图大略受到影响。但他只能这样做,只能把更深的心机寄托到"统一阵线"的几名年龄过线的"领袖"体体面面下野之后去。他获得了成功。创建"文明村"活动和"攀高亲"的做法,在全市得到了推广和表扬。稳重、能团结人、有魄力的评价,也由此而生。前几天在市委开会,鲁光明透了口风:准备下一步安排他当市委副书记,已经给省委领导汇报过了。这是个关键时刻。关键时刻又传来了关键性的好消息:邢老从电话上告诉他,大小桑园进行经济改革发展商品生产的经验,已经给省委汇报过了。省委领导很重视,准备作为几种不同类型致富之路中的主要的两种,提到省委农村工作会议上讨论,并在全省农村改革先进经验交流大会上,予以重点介绍推广。这无疑是一件了不起的喜事!不仅对于蓬城县的工作成绩是一个充分肯定,对于他的那个"下一步",也无异于在省委领导面前争得了一张无可置疑的"王牌"。

偏偏在这种时候,大小桑园闹出一连串风波。先是石衡保告状,惊动了省里领导。他得知石衡保这个人确实是个"惹祸精"、"告状油子",但得知大桑园的处理态度很不错之后,总算放心了。接下是肖云嫂的丧事。大桑园主张作为一般丧事处理,小桑园则力主按革命功臣对待。他指示民政局和登海镇委提出意见后,反复掂量,又请示鲁光明同意,作出了既不同于一般丧事,又不同于革命功臣的处理决定。事情也总算得到圆满解决。现在,岳鹏程的父亲、蓬城革命的元老、又来反映起儿子的问题来了!

对于岳鹏程的一些问题,对于蔡黑子等人拉帮结派、贪污腐化的一些问题,登海镇委书记向他作过汇报。有关蔡黑子等人的问题,他指示组织力量查清,该怎么处理就怎么处理。有关岳鹏程的那些问题,他的态度是:爱护、教育、疏导、扶持。这不仅因为岳鹏程是鲁光明亲手树起的一面旗帜,不仅因为岳鹏程在发展商品经济中确实做出了贡献,也因为岳鹏程的命运,或多或少与自己的命运连结在一起。但这些,他怎么能对这位革命老人讲呢?老人反映的情况和表现出来的义愤、希望,是符合事实和合乎情理的。即使他站在老人的位置上,或许也要这样做的呀!

虚与应付不行,不表态也不行。叫怎样才能处理好这件事?怎样表态才能既使老人满意——这种革命老人的能量是不可小视的,又不至于使岳鹏程受到伤害?

人们只羡慕这位一把手坐小"尼桑",喝茅台、五粮液,前呼后拥,何曾想到过他的难处?何曾想到他的一个不慎重或不周全的表态,就有可能给自己带来影响,甚至是悲剧性的影响呢?

领导人的才能,大量的、有时甚至是主要的,表现在对于这类复杂微妙的事情的处理上。

耐心认真地听完岳锐的话,祖远亲自为他添着水,贴心贴意地安慰着,同时表态说:听了岳老的话他很吃惊,很理解作为父亲和革命前辈的心情。自己到蓬城来得晚,又有点官僚主义,听说过岳鹏程工作作风方面的一些问题,其他问题就不了解。岳鹏程有他的功绩,应该肯定。但在对待革命前辈,对待群众,对待党的组织原则方面存有问题,同样应当批评教育和纠正。这不是一个父亲有能无能、教育好没教育好子女的问题,而是党的上级组织和领导干部,对于下级缺少教育和管理的问题。岳老对于县委提出的希望和要求,表现了老前辈对我们县委的信任。我们非常感谢这种信任。对于岳鹏程的那些问题的处理,以及对他本人的批评教育,我跟县委其他同志通通气,就尽快采取措施。岳老尽可放心。岳老还有什么其他想法和要求,对蓬城的工作还有什么意见或希望,欢迎提出。县委,首先是我这个班长,保证诚恳接受,坚决照办或改正。

祖远估计得完全正确。他十分诚恳地讲完这番话后,岳锐心满意足地起身告辞了。在搀送岳锐下到楼梯半腰时,岳锐甚至把岳鹏程与淑贞的关系的变化也告诉了他。

"岳老,这种事你千万别生气。必要时可以跟鹏程谈谈,您终究是他父亲。也算是对我们工作的支持嘛!"祖远亲切而又颇有意味地说。

从河滨公园回到办公室,岳鹏程给商场经理打过电话后,就被山大管理系来招生的两名副教授缠住了。他们听说岳鹏程的企业办得不错,想请他介绍介绍管理方面的经验,同时聘请他当一名"名誉教授"。岳鹏程对大学那套所谓"现代管理科学",一向不感兴趣。"管理科学没管理!你们到那些大学里去看看,有一个像样的没有?管理学教授到我的企业里还是小儿班!"岳鹏程时常贬斥说。经验自然也就无从介绍。至于社会名誉职务,岳鹏程头上顶着不下十几个,开始还觉得荣耀,现在早已成了负担和累赘。正愁得驱逐不得脱身不得,商场经理打来电话,说给他搞到一台原装进口全自动滚筒洗衣机,脏衣服放进去,按一下开关,静等着朝身上穿干净衣服就行了。岳鹏程觉着新奇,立刻借机甩开两位副教授回到家里。

洗衣机虽然不像商场经理吹得那么神乎,也确是不同凡响。岳鹏程高兴了一阵子关门要走,见一辆熟悉的小"尼桑"向这边开来,以为县委书记有事来找,便停下等候。等到看清车上下来的是岳锐,想溜已经来不及了。

"爸,回来啦。"他打个招呼,急忙要走。

岳锐得知肖云嫂真情后,一个劲儿要找他算账,而肖云嫂不早不晚又在这个时候死了。岳鹏程想象得出老爷子会气成什么模样。因此只好退避三舍,想等老爷子气消了或回城里去之后,慢慢再说。这会儿被意外截住,他自然不想乖乖巧巧成为老爷子的猎物。

"你哪儿去?回来!我有话说!"岳锐自然也不肯放过机会。

"我有事!"

"什么事也不行!"

逃是逃不脱了。也罢,不过早晚轻重的事儿。听听老爷子的高见,让他发泄发泄也免了以后麻烦。岳鹏程这样想也便坦然了,随在岳锐身后又回到院里。

恺撒先前讨了欢心,被赏了一盘猪肝、几块酒心糖,此时扑过来又要撒欢,被岳鹏程一脚端开了。它委屈地低吠着在一旁打着盘桓,同时朝这边瞟着黄黑相间的眼珠儿,不明白今天这位一向宠爱自己的主人,何以如此喜怒无常。

岳锐坐在院中的石凳上,用力沉静着心神。也许是方才祖远那几句话起了作用,也许是自知一切过火的行为都没有丝毫价值可言。此刻,他只想认认真真地跟儿子谈谈思想。

"坐吧。"他朝儿子做了一个手势。

儿子并不领情,依然站立一旁。

"找你多少次你知道不知道?"

"知道。"儿子等待着的是雷霆和风暴。

"怎么不回家来?"

"忙。"

"就那么忙?"

"是。"

"对你云婶的事,有什么话要说吗?"

"没有。"

"没有?"

"我不该瞒你,不该让你……"

"就这些?"

"对。"

"当初我是怎么跟你讲的,你还记得吗?"

"记得。"

"你按我的话做了没有?"

"做了!"

这是一种奇怪的现象:岳锐声调越平缓、沉稳,岳鹏程觉出的威慑胁迫越大、越沉重。他无法忍受这种威慑胁迫,哪怕来自他的亲生老子。他的语调不由地高出了八度。

"做了?你是怎么做的?"岳锐疾言厉色。儿子的骄横跋扈使他痛心疾首,他同样不能忍受这种强硬和狡辩。"你登门骂娘、断情绝义,也是按我的话做的吗?啊?你说说清楚!"

岳鹏程并不正面回答,说:"爸,你不觉得有点过分吗?你是老子我是儿子,我有做得不对的地方,你可以打可以骂,可以管教。可你以前管教我多少?我和俺爷一起吃的那个苦,你知道吗?我当兵回来遭的那个罪,你问过吗?我差点被关进大牢,你管过吗?现在才想起朝我这样,不有点晚了吗?"

岳锐猛地被撞进墙角。这正是他自感愧疚的。大儿子是部队南下前生的。先放在老乡家里,他在南方落根后,才接去住了不到两年便又送回家乡来。那时家乡穷、父亲多病,少年的儿子伺候父亲吃了多少苦,他远隔千里万里,自然难以顾及。岳鹏程当兵是他同意的。他曾打算等他从部队回来就把他接到城里。但儿子复员时,他正作为"机会主义代表人物",在接受审查批判,与儿子见一面的要求也遭到拒绝。媳妇、孙子是在几年后才认识的。至于儿子一家因为黄公望的一个批示落难,他是住进干休所之后,才听别人当做故事讲的。城里的小儿子和女儿,尽管跟着他这个爸爸吃过苦头,但终究是他抚养大的,得到过他的父爱的培育。而这个被遗弃在家乡土地上的大儿子,无论是那个早逝的母亲还是他这个健在的父亲,都没有给予过多少雨露滋润。他像丢落山中的一棵幼苗,完全是靠着自己的坚韧和顽强才得以生存,并且长成一棵大树的。岳锐曾经为这个儿子骄傲过,也曾经为这个儿子惭愧过。岳鹏程的话,戳到了他心灵的伤痂。

"那么,你的意思是说,因为我这个当父亲的欠了你的债,你朝你云婶行威作恶就有理由了是吗?"沉吟了片刻,岳锐反问道。

"我没有埋怨爸爸的意思。"岳鹏程狡猾地躲避开去,"在对云婶的态度上,我承认有些不妥当。但我和她闹崩不是我引起的,不是因为私事。"

"为的什么?"

"我要改革,让大桑园富起来,而她……阻拦!"

"你倒卖钢材是改革吗?"

"是。乡镇企业本来就是拾漏补遗。我需要钢材,有人要卖,我为么个不能买?我买得多,别人需要,为么个不能卖?"

"好一个理论家!这么说,你打人骂人、搞个人独裁,搞那些乌七八糟的外交,也是改革啰?"岳锐本想在"乌七八糟的外交"后面,把"欺骗淑贞、乱搞妇女"一条也加上。但他觉得有些拗口,话到嘴边时删去了。

"是,不那样就改不动革。"

"你混蛋!"岳锐的沉稳和耐心被打破了,"你张口改革、闭口改革,你改的什么革?人都逼死了,共产党的章法都踩脚底下了!我看你是地地道道挂羊头卖狗肉!"

"这由不得你说!"岳鹏程处之泰然,言语却变得锋利起来。他无法接受父亲这种审讯式的指责。你有你的感情,我有我的感情,你否定我,我也否定你;不能因为你是老子我是儿子,我就装鳖装猴,屎尿一口吞!"八百块钱家底是谁留下的?几千万家业是谁创下的?'企业家''改革家'也不是我自己封的!千秋功罪得让老百姓说话,让事实说话!你倒革命、云婶倒革命,你们干了那么多年革命,老百姓吃饱了穿暖了,还是买上电视机、电冰箱了?大桑园盖起几座大楼、公园,还是建起了几个工厂、学校?你们那是么个?"

"你混蛋透顶!"岳锐成了一头毛发怒竖的狮子,跳起,急促地来回走动着。

恺撒发出几声惊吠。风与凋零的梧桐树叶喳喳吵闹。一只红脸大公鸡,高傲地昂起脖子,发出"咯咯咯"的呐喊。

"你混蛋透顶!"岳锐站住了,手指颤抖着指向大逆不道的儿子:

"大桑园的家业是你一个人创下来的?日本鬼子扫荡时你在哪儿?土改合作化的时候你干了什么?你连祖宗都不要了,几十年的革命都否定了,你还有脸谈改革!功劳!我告诉你,我的大改革家,只要是共产党的天下,你胡作非为,总有一天要倒霉!不信你就等着瞧!"

"我等着瞧哪,爸。"岳鹏程干笑一声,说,"共产党也不是过去的共产党了。你那一套,恐怕只能到干休所去说啦。"

"好!好!这就是我的儿子,我的好儿子呀!……"岳锐忽然大笑着坐回到石凳上;声腔颤抖着,一手捂住额头哽咽起来。

好像是过了很久很久,岳锐终于止住哽咽,抬起头来。他打量着空空荡荡的院落,毅然进屋,收拾起自己的洗漱用具和衣物、被褥……

第二十四章

回家,还是一个孤冷空荡的屋院,还是一地碎纸杂物,还是只有盛在井筒里的凉水,秋玲还是系起围裙一阵清扫之后又做起了饭,但那情态神气儿,那举手投足的节奏韵致,与往日大不相同了。

这些天,秋玲恰似置身于太平洋中的狂涛区,整个身心一直经受着一个波澜又一个波澜的冲击。最先是贺子磊"变卦",引起的她要与岳鹏程结婚的冲动。但在肖云婶丧事上,嬴官由亲热到仇恨的突变,嬴官及一家老小簇拥淑贞的情景,使她恍然明白了自己的渺小和淑贞的强大,明白了岳鹏程对于结婚态度迟疑的因由。同时也明白了,自己一旦同岳鹏程结合所必然面临的危境——不仅淑贞、岳锐、小玉,就连她所钟爱着的嬴官,也必然把她视为寇仇宿敌;那时,被剪破的或许就不仅仅是一件蝙蝠衫了。

她感到了悲观和绝望,从未有过的、彻头彻尾的悲观和绝望!那悲观和绝望使秋玲心力交瘁,仿佛就要变成一具木乃伊。如果不是工作逼着撑着,如果不是家里还有一个彭彪子和向晖等着她伺候,秋玲怕是早就趴到炕上起不来身了。命啊!看来这一辈子,秋玲是确确实实不会有几天好时辰过的了。

屋子收拾好,饭做好,院门那边传过几声嗒嗒的声音,像是敲门。秋玲以为是向晖回来在摆弄门鼻子,没在意。那声音又传来几下,不紧不慢清清楚楚,秋玲这才聚了聚神,拢了拢头,喊过去一声:"谁?进来!"

随着喊声门被推开了,门前出现了一个高挺的身影——竟然是贺子磊。贺子磊穿一件毛呢中山装,鼻梁上架着一副宽边眼镜,惯常难得擦一擦的皮鞋上也露出了光亮。

"你?你来干什么?"

秋玲愕然地注视着这位不久前还寄托着自己美好情思的男人。她断定他是来报复和羞辱她的,拿定主意,不等他话说完,就把他轰出门去。

"……秋玲……我这几天忙……"贺子磊却是满脸憨笑,一双大手用力搓揉着。

"秋玲,那天曲工都跟我说了……"

"什么?"秋玲茫然了。

"哦不,是徐大姐——淑贞经理那天跟曲工拉呱……"

那天,淑贞好像无意地跟曲工讲过一番道理之后,晚上曲工便把那道理连同淑贞来时的情形,原封不动地告诉了贺子磊。

"怪了!"贺子磊一阵惊讶之后说,"我总觉得这里边好像有点什么事儿。"

"你别钻那个牛角尖。你就说人家讲的那个理儿对不对吧!"

贺子磊默然不语。

曲工说:"你呀,一朝被蛇咬,十年怕井绳!秋玲对你是不是真情实意,你就真的品不出来?"

"真心,那倒好像是……"

"那个得啦!擂鼓战金山的梁红玉是什么出身?血染栖霞山的李香君原先是干什么的?我看你呀,早晚闹个后悔药难吃!"

曲工的一番话,在贺子磊心中激起了深长的波澜。他与秋玲相识并建立起特殊关系的半年多里,几度波澜几度平息。先是耳闻秋玲与岳鹏程如何如何,使他不寒而栗—— 他被原先那个妻子吓破了胆,即使打一辈子光棍,也不肯再找那样一个女人了!秋玲似乎看透了他的心思,发誓一辈子对他好,对得起他。他与秋玲交往中,也觉出她是真心爱着自己,不像是前妻那样的人,才算宽释了。但那风言风语在他心底深处造成的阴影,并没有泯除干净。那天"浪漫"引起的风波,把他心底的阴影重新勾了出来;尤其当他问明,那天学校那儿并没有发生过彭彪子耍酒疯的事之后,断然割断了与秋玲的一切联系。然而,淑贞似乎全然无意的话,曲工掏心剖腹的劝导,使他的决心不知不觉动摇了。经过几个不眠之夜,他终于鼓起勇气,找到秋玲门上。

"真的,我真的想通了。"面对秋玲一脸冷漠矜持,贺子磊想过多少遍的话,也变得零碎了:"只要你……你以后真心真意跟我好,我保证……秋玲,我可是特意来向你赔不是的,你要是觉着……"

秋玲惊喜交汇,却一时难得吐出一字,脸色依然呆板冷漠。贺子磊见状,只得转身向门外去。

"你站住!"秋玲突然一声喊,拦到门前。她动情地注视着,猛地扑到贺子磊身上,把大颗的泪滴和雨点般的拳头,落到贺子磊胸膛和面颊上……

他们很快确定了婚期。悲观和绝望望风披靡,秋玲的生活又飘扬起歌声。

因为月牙岛上马的事儿,岳鹏程连日召开各种会议动员部署,每次会议都要通知秋玲参加。那天会议结束时,岳鹏程把她单独留下了。

"秋玲,你那个接待处我想换个人,你看谁合适?"岳鹏程坦然地问。那次答应结婚以来,除了开会,秋玲没有再找过岳鹏程,岳鹏程也没有再找过秋玲。工作上的事儿之外,两人甚至没有额外讲过一句话。

"换人? 换什么人?"秋玲觉出意外。

"换接你的人哪。"

"接我的?"

"月牙岛上马,人员不调整不行。我想让齐修良上岛,你把他现在这一摊儿顶起来。你看怎么样?"

秋玲猛地惊住了。连日通知参加会议,秋玲觉出岳鹏程可能有些想法用意,却绝没想到会让她去接那样一摊责任。在大桑园和远东实业总公司,不管实际权力大小,常务副总经理是仅次于岳鹏程的第二把交椅;部队下来的团职干部、国营厂子来的县级领导也得向后排。

"不!这不可能!我怎么干得了……"

"么事不是人干出来的?原先你想过能干好那个接待主任?原先我想过能干好这个总经理和总支书记?"

"不!我怎么能跟你比!我实在就不是那个材料……"

岳鹏程见秋玲态度坚决,倚到沙发上稍许沉吟了片刻,说:"秋玲,你也得替我想想。摊子越铺越大,真正能干事业的人有几个?咱们一起创业的年轻些的还有谁?你不干,我不干,总不能眼看着这笔家业晾到太阳地里不管吧?"

见秋玲还要坚辞,忽然一转话题道:"听说你和贺工结婚的日子定了?"

秋玲决定结婚没有告诉岳鹏程,也没有打算告诉他。听他问起,心里不觉一动,嘴上依然不肯吱声。

岳鹏程并没有等待回答的意思,径直又道:

"秋玲,你要结婚、安家立业过新生活的心情我都理解,也从来没有阻止过你吧?不过个人生活得要,事业也得要。人活的不就是个滋味?趁着年轻有滋有味干一场,死了也闭得上眼!咱们一起把大桑园翻了几个个儿,再一起把月牙岛开发出来,那就是一座纪念碑!就算咱们有天大的错儿,一万年以后这座碑也没人推得倒!"

秋玲心中掀起一层热浪。她何曾没有一副不甘寂寞荒凉的肝胆!何曾不是那副不甘寂寞荒凉的肝胆,促使她跟随岳鹏程经历了众多的风风雨雨。

323

"你考虑考虑。不但你,贺工下一段我也想给他在建筑公司挂个衔儿;没个衔儿,工作起来不方便嘛。"

岳鹏程扔下几句话走了。秋玲带着一腔难以抑制的兴奋和激动,踏进了贺子磊的那个"工程师室"。

"工程师室"里静悄悄的,贺子磊正伏在案前。秋玲悄悄入内,有心跟他再玩一次捂眼猜谜的小游戏,见他正用笔尖胡乱地在面前的几页白纸上戳刺着,显出心烦意乱的样子,只好住了手。

"你这是发的什么呆呀?"秋玲奇怪地问。

贺子磊似乎没听见,只用笔尖戳着,把旁边一份油印件推到秋玲面前。

那是一份保证书。

尊敬的岳书记并总公司:

我叫×××,是×××的×××。我自××年到大桑园工作以来,受到岳书记和总公司的很多关照和教育。这次岳书记批准把我的户口迁到大桑园,更是对我的极大关怀和爱护,我从内心里感激不尽。今后我保证,一切服从岳书记和总公司的安排,一切……

秋玲秀眉紧蹙:"这是让你也照着样子写?"

"昨天就拿来了,说是迁户口都得写,书记说了谁也不能例外。"

秋玲的目光骤然冷峻起来,拿着保证书的手禁不住打起颤抖。迁户口写保证书是大桑园多年的惯例,往常秋玲并没有觉出什么,此时她心中却突然涌起一股凶猛的浪潮。

"嗤——"保证书油印件被撕作了两半。

"秋玲?……"

"嗤——嗤——"保证书变成了一撮烂纸。烂纸又被丢进了墙边的垃圾桶。

"子磊，咱们结婚迁户口是天经地义的事儿！凭什么低三下四给他写这种效忠信！天下大得很！发挥能力的地方多的是！咱们凭什么偏要困在这儿，受这种窝憋子气？子磊，咱们走！"

贺子磊对写这种保证书，正气得牙根发痒，愁得没有办法。见秋玲如此决绝，对自己如此真诚忠贞，心中不觉涌起一股决然而又神圣的感情。

"秋玲，你说吧！到哪儿去我都跟你一道！"

秋玲只沉吟了不过几秒钟，便毅然地从贺子磊抽屉里，找出了那封来自潍坊的邀请信。

第二十五章

赢官在办公室坐了不到一小时,电话铃至少响了七八次。本来是要研究几项工作。一项是农工补差。小桑园的土地,一部分口粮田早已分到各户,另一部分一直由几个自愿组成的生产队组承包。由于这几年工副业发展快,为了保证粮食稳步增长,村里每年都要拿出相当一部分资金往农业上投。如免费购买化肥、优良品种,免费机耕机播、浇灌收割等等。但就个人收入而言,农业承包队组与从事工副业的人员仍然存在一定差距。这个问题解决不好,势必影响农业承包队组的积极性。秋收秋播时节已到,必须尽早拿出章程稳定和鼓舞人心。另外一项是村规民约的检查评比。一个村子经济发展起来固然不易,形成一个良好的村风村气更不容易。小桑园的村规民约不是仅仅写在纸上、贴在墙上,每年都要专门组织检查、公布奖惩。赢官对于这件事的重视程度,并不在办轧汁厂罐头厂之下。

但是,三番五次的电话把个会议搅得七零八落了。电话来自四面八方,但张口一律找的岳赢官,张口一律问的一万块钱、十万响花炮。

那天从花炮厂回到村里,小玉把去找岳鹏程的情形讲述了一遍。赢官对小玉的举动好不惊讶也好不气恼。那个人已经把他和"二龙戏珠"逼进死胡同里,眼下正是你死我活的时候,小玉竟然"求"到"仇人"头上——即使撇开"仇人"二字不说,你力争也罢不力争也罢,你找到人家门上的本身,就是穷途末路的表现,就是束手无策的表现,就是"熊"和"草鸡"的表现!而这些表现跟投降、求饶并没有多少明显区别。这是赢官现在——尤其是现在,无论如何不愿意接受的。他朝小玉瞪了好一通眼珠子,直瞪得小玉泪眼汪汪把他赶出门去,扑到床上大哭起来。也直到这时,直到站到凉风飕飕的月亮地里,听着小玉委屈怨恨的号啕声,赢官才慢慢地品出了小玉的心思,品出了岳鹏程答应有条件地归还贷款的内在涵义:那作为胜利者和作为父亲的双重意义上的宽容。对于那"胜利者"的宽容,赢官有的只是轻蔑和自信;而对于作为父亲的宽容,尽管眼下他不甘于认领,心底深层还是泛起了一重暖暖的涟漪。他好不容易叫开了小玉的门,道着歉赔着情儿,连哄带劝、发誓赌咒,格外还加上学鸟叫装狗咬,才好不容易逗得小玉抹干了香腮。

知道了十万花炮的底细和赢官他们的对策谋略,小玉自然也只有拥护赞赏的份儿。

十万花炮消息的传播,已经使之成为一个令人瞩目的大事件了:不仅人人皆知、人人皆惊,人人都千方百计希求证实,而且引起了上级领导的注意。昨天镇委办公室来过电话,要求说明情况和意图。办公室请示怎么回话,赢官只一笑:"我买挂鞭炮放响听也得汇报?再问,就说我这个人从小好坑炮仗,毛病到现在还没改得了。"

"丁零零!丁零零!"

赢官只好让吴海江通知总机话务员,把找他的电话一律接到办公室,一律回复不在。

但吴海江刚刚去通知过,办公室又找来了:"镇委新调来的白副书记说有重要事,非找赢官商量不可。"

顶头上司,赢官只好自食其"令"了。

"白书记,我是赢官。你有什么指示?"

几句寒暄之后,便是关于十万花炮事件了:"赢官同志,你那十万花炮,该不是成心要把李龙山崩个窟窿的吧?"

"哪能啊,白书记。不过真能那样,可就太好啦!"

"哎哟哟,我的同志!上边正在抓党风,你这么闹得满城风雨怎么样啊?蔡镇长昨天就发了脾气,帅书记的意见是让你考虑一下,是不是就别那么张扬了,啊?"

"哎呀,白书记,详细情况我以后汇报。那十万响我是给花炮厂签了字的,人家要是告到法院,那可不是……"

"这你不用顾虑,我们可以替你说话。那花炮做出来也生不了蛆嘛!"

"别,可别惊动镇委。我们再考虑考虑就是了。"

"好嘛,影响咱们总还是要照顾的!"

电话放下了,一屋人大眼瞪着小眼。赢官晃晃脑壳,幽默却又哭笑不得地说:

"怎么样?没钱建厂,天老爷不管地老爷不问。买挂鞭炮崩崩邪气,上上下下都来了。多亏咱没有金元宝,要是有,想朝太平洋里扔个响听,还不知要惊动哪位天神下凡哩!"

他说着,朝吴海江努努嘴,说:"你给胖子去个电话,别让他朝上边吆喝。另外问问他完事了没有,完事了,你带几个人去拉回来。"

吴海江心领神会起身欲退,赢官又道:

"还有,你告诉胖子,明天头午让他跟我一起到县里镇上转一圈儿,免得真的降下个罪儿来。"

"好咪。"吴海江诡秘地笑笑,消失了。

"正山叔,看来咱这个会是开不成了。干脆等这阵风过去,再坐下好好研究吧。"赢官虽然早已负起支部领导责任,逢事总还是先要征得吴正山同意。

"我看也是。"吴正山应着,"干脆咱俩去趟医院得了。"

"好咪!"

村里两名职工因为意外事故住进医院,两人早就准备去看看,这会儿正好又可避避风头。两人当即喊过司机,一溜烟出村去了。

十万花炮酿成的风雨并没有因为嬴官、吴正山的躲避而消散。风雨惊动了一个人——嬴官的爷爷、蓬城革命元勋岳锐。

岳锐那天与岳鹏程闹翻之后,并没有返回城里去。从县委回来的路上他原是拿定主意尽快走的。岳鹏程的"混蛋透顶"的那番话,改变了他的主意。他提着随身衣物昂然地跨过了马雅河桥。他要让那个混账儿子看一看,是不是只有胡作非为那一套算是"改革",他这个当父亲的是不是只配到干休所去开清谈馆吃清闲饭!

岳锐的到来使吴正山喜出望外。岳鹏程的亲爹跑到小桑园来了,而且这位亲爹是大名鼎鼎的"岳司令"和原先地委的大干部。仅此一条,大桑园减色十分,他和嬴官的小桑园增光百倍。因为嬴官那天不在家,吴正山把岳锐安排住进与苏立群毗邻的一套空着的招贤楼。又让人送来饭菜,把苏立群请过门。岳锐早就听说过这位当年孔祥熙的大红人,对苏立群怀有一种神秘感。苏立群对这位当年的红胡子司令和地委部长的大名也早有耳闻,对岳锐同样觉得莫测高深。两人见面,相互一打量:不过平常一老翁而已!神秘感和莫测高深同时消失了。加上吴正山从中出着题目撺掇,一个讲打土匪和闽西山区风情,一个讲与洋鬼子打交道、斗智法和孔祥熙的轶事逸闻;啤酒喝过几杯,两人便成了好朋友。

"你哪儿像是孔姓家族的大老板嘛!"岳锐极不满意地说。

"你哪儿像是杀人放火的红胡子司令嘛!"苏立群同样极不满意地回敬着。

三人畅怀大笑。笑毕,"国共"双方以酒为誓:坚决协助嬴官完成振兴小桑园和李龙山区的伟业,让他那个混账老子见一见威风颜色!

嬴官对于岳锐的到来自然高兴。但他听岳锐郑郑重重提出要来小桑园当顾问,不觉又缄默了。他敬佩爷爷的功勋和荣誉,敬佩爷爷的正直和刚强,但他有着自己更深一层的考虑。

"怎么,不欢迎我来?"

"不,爷。我是想,城里还有大姑、小叔他们。再说你老年龄大了,身体也怕……"

"不管那些!爷爷比苏老还小几岁,身体也不比他差。再说,爷爷是想试巴试巴能耐嘛!"

"要不这样吧,爷。"赢官思忖了思忖说,"你就在这儿住下,算顾问也行,算考察也行,愿住多久住多久,什么时候想走我送你走,什么时候想回来我就接你回来。来去自由,你看好不好?"

虽然不及原先想象的味儿足,岳锐想想,也算合情合理,也便应了。

他的第一项工作是考察。从自己住的两排一式两层小楼、花园式庭院的招贤楼开始,礼堂俱乐部、教育中心、体育中心、幼儿园、职工宿舍、群众家庭,然后是工厂、商店、果园、庄稼地……作为一个农村的儿子和多年从事农村工作的领导干部,岳锐一眼便看出了小桑园的发展前景及其不可估量的意义。他的欣悦和激动是难以自禁的。孙子!这才是他岳锐的孙子!这才是他岳锐的孙子的事业!他对自己出走小桑园得意极了,淑贞几次要搬他回去,都被他拒绝了。

十万响花炮事件,岳锐是昨天从陪同考察的人那儿听到的。他一笑置之。建水泥厂是李龙山区的一件大事,搞个奠基仪式,仪式上放一通鞭炮热闹热闹,他想得出,也赞成拥护。但说为了那么个仪式和热闹,赢官不惜拿出上万块钱,买回几十万响花炮(那花炮扯起怕不止二里路长吧),他觉得跟神话差不去多少。那明明是拿着老百姓的血汗——集资的事他是听说过的——朝马雅河里扔嘛!那明明是连胡作非为的岳鹏程也难得干出的勾当嘛!而赢官是谁?是肖云嫂喜爱看重的小伙子,是同他岳锐骨血一脉的好后生!

今天早起,苏立群老伴又提起这件事。他倒是上了心,埋怨赢官年轻,办事粗糙,不知哪时说句笑话就让人当了真,而且传得走了样儿。年轻人当领导,最忌讳的莫过于说话办事随便。他得找赢官提醒提醒:这也是他这个非正式任命的"顾问"的职责所在呢!

下午考察回来天时尚早,岳锐溜溜达达在院外看一家一户种的小菜园。一行人忽然喊喊喳喳从村口那边回来,苏立群老伴也扭着小脚随在后边。岳锐随口问过一句:

"老嫂子,看什么热闹哪?"

"哟,岳兄弟,没去看哪?那十万响拉回来啦!三辆汽车排一溜儿,十好几个人擎着,披红挂彩,跟条龙似的,好看看哪!"

"老嫂子,你是说,那十万响花炮实有其事?"

"哎呀,这怎么假得了?从花炮厂出来,围着几个村子兜了好大一圈儿。你孙子这会儿也正在那儿瞧哪!这一回,可有好景看啦!连我家老头子,也是头一回听说!"

苏立群老伴喜气盈盈回家去了。岳锐一下子如同掉进一口黝黑干枯的井里。一种受到欺骗和侮辱所生发的不可名状的火焰,又一次点燃了他的每一根神经。简直不成体统!简直不成体统!先祖在天之灵,我岳锐前世犯下什么罪孽,竟然养出这么两个无法无天、不忠不孝的儿孙!你叫我这老脸朝哪儿搁呀!……

"没有一个好东西!没有一个好东西!"岳锐似乎真的成了耄耋老翁,步履蹒跚地回到屋里。

"爷!"院外响起赢官的声音。随之是一串开门、入室的脚步。

岳锐旋即翻身上床,拉下床被了整个儿盖到身上。这一次他铁了心:什么也不说、什么也不问,收拾收拾回城里去;以后说得李龙爷还世,派专机专列接送,也决不再踏大小桑园这片地面了!

时间定在傍晚,董事会的成员上午便汇集到小桑园俱乐部,任务就是一个:修容整貌。毛料西服、皮鞋、领带,每人必备必穿。是

· 331 ·

三天前随同奠基仪式的通知一起下达的。通知的这一条后面注明:这些东西如带不来,便以自愿退出董事会和拒绝参加奠基仪式视之。

号令严明,不好不遵。衣物是按照要求带来了,一律没沾身,放在包袱里提溜着。嬴官并不责怪,让大家先洗澡理发。理发师是特意从县里请来的高手,一阵施展,土拉巴唧的小书记们如同换了另外一个人模子。接下才是穿西服、打领带,练走路、练站坐。小书记们被折腾得汗流如雨,但人前镜前一站,呀哈!这哪儿是李龙山里歪七扭八的刺槐树,分明就是海南岛既标致又风流的椰子林嘛!

"妈拉个巴子!原先总寻思咱天生地瓜秧子命,这不也成百万富翁了吗!"吴正山冲着镜子龇牙咧嘴。

嬴官的西服是小玉跑到城里新挑回的一套,可身如意,好不潇洒。小玉那天去宾馆见过山大两位副教授。请教之后,意外的是两位副教授提出,要向学校力荐,争取让小玉破格进山大管理系学习,毕业后还可以再回小桑园。条件是日后双方建立一种固定联系,共同为研讨、推广现代管理科学作出贡献。小玉好不高兴,嬴官也为之一阵"发狂"。如今小玉只等通知了。能够实现自己和奶奶多年的心愿,小玉兴奋不已。然而想到要离开嬴官和小桑园,她心中又时时一阵空落。因为有了这一层,小玉对嬴官的感情比起往日,不觉又增添出几分深沉的成分。

载着董事们的面包车来到龙山水泥厂奠基现场时,现场上已经挤满了许许多多群众。

李龙山区旷古未闻的奇特事件,惊动和吸引了山区的人们。一万块钱,十万响花炮!起初是新奇和震惊,继之是怀疑。事件尽管从多渠道、多方面得到证实,人们还是怀疑。这是不是做梦发魇了?这不是哪帮小子造了瞎话,拿咱老百姓穷开心吧?这要是真的,小桑园的干部群众不得反啦?……眼看三辆汽车敲锣打鼓把十万响拉回小桑园,耳听着奠基仪式确定的时间、地点,应该说证据确凿、断无疑点了吧?不,还是怀疑。那汽车上拉的会不会是用红纸包的柳树枝和土坷垃?仪式上就真的把那三汽车一呼隆放光了?那十万响光放怕也得一天,把李龙山崩烂了就没人问一声?……如今来到现场,眼看人山人海,眼看山坡上搭起的高台子和横跨高台子的彩门,眼看被用花炮搭起的"二龙戏珠"的巨型网架和网架上、地面上点缀的许许多多说不清道不明的新花样,百分之七、八十的人们,不得不把几天里的种种疑惑抛到爪哇国去了。然而,另外一些人的怀疑越发加重了:嬴官这小子到底想干什么?县里和镇里就能眼看着他这样胡作非为?会不会一刹那间传下道命令,或者刮起阵大风,把那台子、彩门、网架一古脑儿拆散或者刮跑?……

怀疑!怀疑!这才是十万花炮事件掀起如此狂波大澜的真实原因!

千载难逢的光景,谁肯错过呢?孩子们、老人们、奶着婴儿的母亲们,那些断言嬴官是个疯子、大骂嬴官是个败家子的人们,那些磨破嘴皮不肯掏一分钱腰包、以致使各自的支部书记哭丧着脸挨批挨呲的人们,哪一个肯错过这个机会呢?

张聋子来了,张聋子的那帮养鸡、养蜂、养蝎子、做豆腐的伙计们来了。来干什么?看热闹呗!哪个有本事把眼珠子抠了去不成!

表针指到七点一刻,面包车首先出现了。十几名小伙子——吴正山也让人看不出老头模样了,排作一溜儿,雄赳赳气昂昂上了主席台。头发油亮,领带轻飐,脚下"嘎嘎"脆响。人们以为来了华侨或外宾,伸长脖子瞪酸眼,好一会儿才断断续续认出,竟是那帮土拉巴叽、让人瞧不进眼里去的小书记们。

"哎呀!那不是俺胜利哥吗?大妈你看!"

"胜利?我怎么认不出来?"

· 333 ·

"北边第三个,一、二、三!"

"那怎么是他?他能有那么出息?"

"红鼻子哥哥!快看,放光啦!比电灯泡子还亮!"

"红鼻子哥哥!你蓝鼻子弟弟在这儿哪!"

"聋子叔,快看张仁那小子!"

"哪个张仁啊?"

"还有哪个,被咱们呲得哭鼻子那个呗!"

"穷烧包!穷烧包!"

"哎,你也别说!有头发才能缩纂,这些小子们八成是靠上硬后台啦!"

…………

不管台下怎么看、怎么喊、怎么议论,十几个董事一排落座,好庄重自信的样子,好像一个个真的都成了财力雄厚的大亨。

接踵而来的是祖远和镇委书记。蔡黑子和登海镇各村的党政首脑一溜随在后边。只有岳鹏程是个例外。给岳鹏程的请柬是特意派人送去的,那意味自然是在请柬之外的了。

几声汽车笛声响过,赢官、吴海江陪着一个人登上主席台。那人身着棕色西服,好不魁伟潇洒。祖远和镇委书记迎住,热情地拉着那个人的手,晃着笑着,表示着欢迎。赢官向主席台上的人们作过介绍,主席台上发出一阵掌声。

"那是谁?"台下的人群被惊动了。在蓬城,有资格享受这种礼遇的,似乎还未曾见到过。

"八成是上边来的大官!"

"那还用说!要不……"

一个声音打破了猜测:"么个大官啊!那不是那年来的那个'运贸'的总经理嘛!"

"哎呀!不是他是谁!就是那个叫安么个的哩?"

"哟嘀!那可是个大财团头儿!他来该不是……"

· 334 ·

"那还用说!人家跟嬴官是把兄弟!"

来人的确是运河贸易公司总经理安天生。他是接到嬴官的电报专程赶来的。"二龙戏珠"是嬴官的得意之作,他自然没有不鼎力相助的理由。只是嬴官邀他来,还有着更大更长远的考虑。

安天生落座,会议也便开始了。先是讲话,嬴官、镇委书记、祖远依次而行。讲话很短,并没有多少人认真在听,那意思无非是龙山水泥厂要开建了,李龙山区要腾飞了,云云。

十五分钟讲话完毕,天已灰蒙,星月已在浓云中出没。主席台上电灯一灭,方圆几百里的李龙山区,处在了一片夜的寂静之中。花炮燃放的时刻终于到了。

署着嬴官名字的请柬,是前天晚上经由小白鸽送到岳鹏程手中的。请柬朴素无华,短短几行字庄庄重重,印在衬着现代派风格图案的纸面上:

尊敬的岳鹏程同志:

  在您的大力支持和关怀下,龙山水泥厂筹建工作胜利结束。定于本月十日下午七时半举行奠基仪式,请您务必光临指导。典礼后将举行花炮燃放晚会,以表谢忱。

             专此

恭候

     龙山水泥厂董事长 岳嬴官

当着小白鸽的面儿,岳鹏程只掠了一眼便若无其事丢到一边。小白鸽出门,岳鹏程仔仔细细研究了一番之后,毫不犹豫地撕成碎片,丢进墙角的纸篓,又倒进卫生间的马桶里了。但这并没有能够消除请柬带来的讥嘲和挑战。躺到床上,那挑战搅得他几乎一夜未能成眠。这是多少年中未曾有过的情形,是他最初决定截贷断血时绝对预想不到的。那天小玉来找,他凭着小玉的面子和父子情谊,答应只要赢官来找他一趟——那找本身自然就包括了他所要求的意思——他就放回贷款。原想那要算是对赢官了不得的恩赐了。可哪曾想这小子非但没来,还闹出一个精神道道的十万花炮来!而且竟然……请柬是油印的,并没有特别之处,岳鹏程望着末尾那带着几分潦草的落款,却分明看到了赢官嘲弄蔑视的眉眼。又何止赢官一人,包括淑贞、秋玲、蔡黑子等人在内的许多人,都把他当做了嘲弄、蔑视的对象!不知由于天气突然变冷还是别的什么原因,一夜辗转过来,岳鹏程头晕力乏,体温表的水银柱升到了三十九度的位置。受了一天一夜"二级护理",岳鹏程自觉好了些,便悄然地搬着一只藤椅,上了二楼东头的那个凉台。

凉台很大,是供疗养的干部们眺海、乘凉的所在。海风裹着爽心沁肺的凉意,从海湾那边吹来。天空像经过净化的湖泊,极蓝、极高。偶尔飘过几片云朵,也像小兔子似的奔跑着,眨眼间消失到目不可及的、海天一色的画幅之外去了。崂山显出了磅礴的气势。松涛像无数身着绿裙的妖女,在轻轻舞蹈和歌吟。金秋的海滨虽然不及夏日那般喧嚣,却也显出了独有的风采。岳鹏程在夕阳和海风中沐浴了不一会儿,便觉得紧箍的脑门松开了,身上脱下了一层又酸又硬的皮。

这一段他心情一直不好。先是秋玲的"叛变"和淑贞的"起义"。他不想失掉淑贞也不想失掉秋玲,而现在两人都离开他远远的。他自信自己并不是那种欺男霸女的恶棍。不错,从正统的观念和道德上说,他有愧于淑贞也有愧于秋玲。但他不能躺在观念和道德上生活。在他看来,生活创造道德,道德理应随着生活的变化而变化。唉!为什么人们只为外在客观世界的变化欢呼雀跃,而漠视和否认人的主观世界必然随之变化的合理性呢?接下是肖云婵的死和与父亲的决裂。他内心曾为对肖云婵的处理失当感到过疚悔,但葬礼远远超出了他能接受的程度。老爷子的走在他料想之中,但走过马雅河,与赢官粘到一起,是他始料不及的。这使他陷入了窘困的境地——等于向外人昭示了自己的失败和儿子的胜利。家事如此,公事亦如此。胡强、岳建中对那两句话的指示理解执行得不错。有石衡保亲笔签名的退还承包果园协议书的副本,逐级地呈送到省里去了;园艺场依然如故,石衡保因为告状胜利过于高兴,突然"欢喜"疯了,再也不可能去重操那个"告状专业户"的旧业了。石衡保的那个叫做石珊丁儿的儿子却失踪了,这不能不算作心腹之忧。惟一使他宽释和自得的,是月牙岛的开发筹备进展顺利,第一批工人已经招完,现场清理工作也正在进行。他原打算隆隆重重庆贺一番,何曾想又偏偏冒出一个惊天动地的十万花炮!

仲秋已过,海天空阔、寂寥,只有一两只孤雁、一两只孤舟在游荡。海风吹来,使岳鹏程打了一个寒噤。他觉得自己简直成了天边雁、海上舟,于茫茫中显出孤零零一个身影!而往常,无论何时何地,仿佛他只要把手张开,就可以把地球也装进自己衣兜。

"岳书记,岳书记!"小白鸽几乎俯到耳边的呼唤,使岳鹏程从联翩浮想中醒来。他看到了一个人:程越。

程越是来向岳鹏程辞行的。她有很多话要同岳鹏程谈。这一段在蓬城她看到听到了很多,也想了很多。作为第一个扶持宣传(或许还可说是保护)过岳鹏程的人,作为岳鹏程的一个朋友,她觉得自己有责任坦率地与岳鹏程谈一次,提醒他注意自己在社会上的形象。

谈话必须是随便的、讨论式的,必须使岳鹏程易于接受、乐于接受。为此,她反复考虑,作为辞行和探病来到疗养院。

问候过病情,汇报式地讲了这一段活动的情况,然后切入正题。

"那天,我们还去采访了你儿子。他对你这个父亲还是尊敬的。说你从小受了很多苦,创业时遭了很多罪,说他跟着你自小学到了不少本事。"这的确是赢官讲过的,只是经过了程越删繁就简的提炼和归纳。

岳鹏程感到十分意外,眸子缓缓地旋了几圈儿,厚嘴唇翕动了几下,道:

"他没骂我的祖宗?"

"哪能呢。你是他父亲嘛。他对你的评价,我觉得还是挺公正的。"

"哦?"

"他说你是个英雄,当代的农民英雄。你想改变大桑园的落后面貌,就把落后面貌改变了,而且走在别人前头。还说,他从来不想否定这一点,也不相信别的什么人能够否定得了。"

岳鹏程惊讶地注视着程越,怀疑自己的听觉出了毛病,或者是程越为了缓和他们父子之间的关系,在编造善良的谎话。

"但他又说,你的英雄带有悲剧色彩。"

"悲剧……色彩?……"

"是啊,起先我也不明白,问他这个悲剧色彩指的什么。"

程越给岳鹏程递过一个橘子,自己也吃了一瓣,有意显出十分轻松和随便的样子。

"他说,你为了改变落后面貌,采取了一些落后的办法和行动。有时是以落后反对落后,以错误反对错误;痛恨反对封建主义、专制主义,可自己又常常自觉不自觉地搞起那一套,而且认定是最正确、最先进的……"

程越适时停住,又吃起橘子。这些话确是出自赢官之口,是在一片诘难和质询式的采访中被迫讲的。这些话,包括程越在内的作家采访团几名成员,都颇为赞赏。

岳鹏程听懂了赢官的话的真意,也听懂了程越转告这番话的苦心。英雄!我岳鹏程的英雄还需要有人来认证?而且是那么一个儿子!而且是什么"悲剧色彩"!他想骂娘。但流露出的却是宽容和不以为然的一阵笑声。

"他才吃了几碗干饭！他现在一时得意，就以为是喜剧英雄了？你看看社会现实，哪儿没有他说的那种悲剧色彩？要是像他想得那么简单，中国早不是现在的样子啦！"他只一摆手："他那个话不听也罢！哎，程主任，这次回去你见了柳秘书……"

程越感到一种悠远、深沉的悲哀。不是为了岳鹏程一个人，而是为了岳鹏程讲的那个"社会现实"——那的确是社会现实啊！她觉得有一条长长的河流，从混沌初开、猿猴变人就开始了的长河，在缓慢而沉重地从她心头淌过。

有谁讲得清楚，那长河已经流淌了多少年代、淤积了多少泥沙？有谁讲得清楚，那长河还要流淌多少年代，淤积多少泥沙？

啊，那长河！那长河淤积的泥沙啊！……

那悲哀压迫着程越，直到告别出来，重新闻到海的鲜腥气息时，心情才逐渐得到了宽释。

岳鹏程心中并没有留下多少痕迹，这类劝告他听得多了，从来这耳进那耳出。只是在送走程越之后，要找小白鸽和病友们凑凑乐散散心，却得知小白鸽和病友们都为十万花炮助兴去了时，他心中才涌起一重难言的辛酸和懊恼。

十万花炮燃放，是从两串二百响开始的。当人们怀着难解的疑虑，焦急地竖起耳朵，等待那个时刻到来的时候，二百响犹如新生婴儿的第一声啼哭，在满野满山坡的人群中引起一片欢乐的尖叫。并未等尖叫声平息，彩门两侧的空地上同时腾起两枚礼花。礼花如同两个神奇的魔术师，在连续不断的、脆亮的爆响声中，在夜空上布起两个美丽而耀目的圆阵。圆阵扩展，倏忽间两条颀长的、霓虹灯似的标幅飘逸而出："庆贺龙山水泥厂奠基！""登海花炮厂向您致敬！"焰火尚在喷放，标幅尚在飘摇，缀扑在彩门上的数不清多少彩灯一齐点亮，一幅"二龙戏珠"的巨型图案，赫然地展现到人们面前。随着一片欢呼、一片焰火，两条龙尾被同时点燃了。无数只花炮以饱满、雄浑的气势勃然放开歌喉。那声音一开始,有如一群骏马奔驰,急促脆亮,细细地尚可分辨;只过了短短一瞬间,奔驰的骏马就被一片洪涛淹没了。于是,天地间只剩下震耳欲聋的雷鸣、惊天地撼鬼神的狂飙呼啸。

一切一切的怀疑,一切一切的忧虑,都被洪涛冲散了,被惊雷击碎了,被狂飙卷走了!

人们由新奇而震惊,由震惊而振奋,由振奋而平静。平静又随着各种新品类、新花样的出现,而变成狂欢。

"聋子叔!原先你说是胡吹海唠!信了吧?"张聋子的那伙揣着一肚子小算盘的同伴们,相互巴在耳边上大声地叫嚷着。

"你哪!我早说过人家赢官一口唾沫一个钉!你们不信!"

"谁想到姓安的那小子来?……"

"那咱们哪?就让他给甩啦?"

"他敢!说好的入股分红!不上法院告他才怪!……"

下边的话,被又一个新花样激起的欢呼淹没了。"二龙"所戏的那个"珠"中间,旋起一个巨大的光环;光环升到空中一声炸响,化作一条彩带;彩带上七色变幻,出现了七个艳丽的大字:"李龙山人民万岁!"

"噢!——""万岁!——"

欢呼声中,张聋子和他的那帮伙计们,想起埋在自家墙下、土炕里、猪圈外的钞票,悄没声息地离去了——此时此景,他们是决不肯再错过入股的机会了。

在人群背后的一片高地上,岳锐陷入了激动的思索。那天他执意要回城里去,被淑贞和小玉强行拦下。他被逼不过说出十万花炮所引起的愤怒时,小玉扑到他身上笑成了一团。

"岳爷爷,你上当啦!那是赢官他们的计谋!"

"计谋?"岳锐一愣,"什么计谋?那一万块、十万响是真是假?"

"真是真,可那里面有别的意思。"

"别的意思？别的什么意思？"岳锐疑惑地问。

"那当然啦!"小玉说,"岳爷爷,这么说吧。你们过去打仗,首先靠的是人心齐士气足。要是人心不齐士气不足,就得想办法鼓起来对不对？眼下咱们李龙山区这么穷,商品经济这么落后,可群众还像过去一样把自己闷在山沟里。还有,水泥厂明明建起来就能赚大钱,就能带动起很多村子,集资就偏偏集不起来。人家就是不信服嬴官这伙子人！嬴官他们的意思是得干成一件事,把李龙山惊一惊、震一震,也让群众看一看他们这伙子人到底说话算不算数！这跟商鞅变法,在城门口竖一根杆儿,悬赏让人扛是一个道理。"

"一个道理,就是一万块钱？"

"嬴官说,一万块钱眼前是让人心痛,可舍不得这一万就不会有以后的十万、一百万、几百万。"

"那,就算是你那十万响放成了,群众就肯掏腰包集资办厂啦？"听过小玉解释,岳锐又提出疑问。"不见兔子不撒鹰",对于山区群众的心理,他是再清楚不过的。

"岳爷爷,嬴官他们还有办法哪!"小玉说。

那天嬴官从花炮厂出来后,把自己的想法又向董事会作了汇报。人家一致认为十万花炮是个好点子,然而对于能不能马上产生效应不无疑虑。列席会议的苏立群提出"以虚求实,以实补虚"八个字启发了嬴官,他当即给"运贸"发去一封电报请求支援。第二天一早安天生便回电表示,愿意全力以赴,为创建龙山水泥厂和进一步开发李龙山区效力。

弄清了事情的原委,岳锐的怒气算是消了。但他怎么寻思,总觉得嬴官这套做法别别扭扭,不像是共产党的传统作风。他是带着满腹疑虑被淑贞和银屏搀扶到现场来的。场上群众情绪的变化,他一丝不漏瞧在眼里。无形中,自己的心也变得滚烫起来了。他从人群中寻找孙子的身影,同时不知不觉想起了自己。他十七岁时领着几个天不怕地不怕的毛头小伙子上山当红胡子时,他的父亲和当时还在世的爷爷简直把他视若寇仇。有一次他被两位老人缠住,差一点打断了腿。直到他当了游击队长,父亲还对他耿耿于怀,把他看作岳家的"孽子"和"克星"。整整五十年过去了,赢官这些孩子正处在自己当年那种血气方刚、雄心勃勃的年龄。自己这个当爷爷的人,是不是还要重蹈自己的父亲和爷爷当年的旧辙呢?一种悲凉、苦涩而又混合着某种甜蜜的情绪从心底泛起,岳锐觉得眼前有些迷茫了。

在岳锐、淑贞稍后的一个土包上,秋玲也被面前的场景震撼了。本来,有了肖云婵葬礼上与赢官的一面,她决然不会也来赶十万响花炮的热闹。她是来告别的。向李龙山,向李龙山区认识的和不认识的父老兄妹,也向赢官——这个使她欲爱不能、欲恨无由的刚毅决绝的小伙子告别的。

决定了要离去,要远走高飞,秋玲的心境大不同往日了。站在李龙山的土包上,望着面前的盛景盛情和众多乡亲,她不觉热泪盈眶,涕泗横流。

淑贞今天是和小玉一起陪同岳锐来的,但她此时已经无心顾及岳锐了。只是把急切渴求的目光,一次次投向人群前方的空地那边。作为母亲,这要算是她最为幸福的时刻了。儿子的事业、儿子的成功,这其中包含着她的多少心血和寄托啊!水泥厂奠基,十万花炮齐鸣,淑贞的命运原本就是与此相连的呀!

然而,随着花炮燃放临近结束,随着场上气氛由热烈而凝重,淑贞的心不知怎么变得有些空虚起来。是的,儿子是成功了,李龙山是有了希望了,可自己呢?那孤寂、悲哀和怨恨交织的生活,什么时候才是结束呢?

一切仿佛都已经形成定局。赢官、小玉忙于他们自己的事业。银屏早起晚归,面儿也难得见上,见上了张口就是:"妈,你怎么这么迂磨!""妈,我急着考试哩!"惟一可以说说话的老爷子,也搬走了。偌大的屋院里空空洞洞,只剩下她和那个并不讨人喜欢的恺撒。也许恺撒与她遭受着同样的孤寂和折磨,晚间一缕风吹,一丝草响,两声蛐蛐叫,一个黄鼠狼子或一只蝙蝠一闪即逝的身影,都会引起它的一阵持续狂吠。那声音,远不如往昔或歌唱、或呐喊、或示威的嘹亮圆润,简直便是嚎叫,便是乞怜,便是哭泣。每到这时,淑贞便从迷迷蒙蒙和噩梦中醒来,平静地,一次次地重复起悲哀、怨恨和怨恨、悲哀。

岳鹏程!这个让人怨恨、让人爱怜的负心郎啊!……

岳鹏程病倒的消息,淑贞是上午刚刚知道的。上午上班只一会儿,淑贞正带着人为越冬花木做清盆整枝,大勇来了。他不言语,不靠前,站在花棚外面,拿一双眼睛朝淑贞骨骨碌碌瞅。淑贞被瞅得犯疑,走过去问:

"上班时间,你不在办公室,到这儿逛游么个?"

"我昨晚去'一〇一',俺大哥病了。"

"病了?他怎么不死?"

"病两天了,躺着。妈叫我来告诉你。"

"告诉我干么个?他住的么个高级地方,妈不知道你也不知道?"

"妈说……冲着那台洗衣机,就看出俺大哥心里对你还是……"

"我才不稀罕他那个破烂玩艺儿!你告诉妈,说我正找人给他往大街上当破烂扔呢!"淑贞似乎毫无来由地发泄着。本来那天回家见到洗衣机,她心里着实高兴了一阵子,也觉出了一些宽慰。听大勇把徐夏子婶的话一学,倒觉得那洗衣机是岳鹏程存心买回来气她似的。

"反正我告诉你了。"大勇见她变了脸色,转身便走。走着,又递过一句:"俺大哥这次可是真病了。镇委帅书记昨天也去看过了。"

眼望大勇离去,回到花棚里淑贞犯起了寻思。岳鹏程的体质没有谁比她更清楚的。虽说以前落下几种毛病,但没有一种是能够影响他欢蹦乱跳工作的。别的病,不论大小,一年三百六十五天难得沾上一点,更不要说被撂到床上一躺两天了。她恨他,恨他背着自己跟别的女人干丢人现眼的事儿。但她平心静气时肚里也明亮,岳鹏程跟那种为了另寻新欢,不惜把老婆孩子朝茅厕坑里丢、朝死里逼的男人——那种男人有多少,天王老子说得清?——还有不同,算是良心和夫妻情义没有丧尽。不凭这一条儿,那天她也不会起心去找曲工演那么出戏来。昨天听到秋玲与贺子磊准备马上结婚的消息,她又暗自庆幸了一番。如今她对岳鹏程还是恨,但已经不是那么撕心裂肺,更多的是凄楚、幽怨。至于对徐夏子婶和大勇原先的怨恨,早就被感激的心情取代了;虽然表面上,她还是很少把好脸子给他们看。

……躺了两天……这次是真的病了……镇委书记去看过……大勇和徐夏子婶的用意,淑贞不需猜测。但要按他们的用意去行事,淑贞却大费踌躇。既然是躺倒两天,病情肯定不轻;镇委书记也被惊动了,去看望的人一定不少;按理她是该去的。可他并没有要她去,并没有让人告诉她。她去了,他会怎么想?别人又会怎么想?可如果不去,假如他得的不是好病(肿瘤、癌症!),假如他出了三长两短……一上午,淑贞几次要去医院,却又几次动摇了。中午思前想后总算下了决心,下午却被一连串的事情缠住手脚。此时,龙山水泥厂奠基结束,十万花炮惊天动地,数千群众欢呼雀跃,淑贞再也无法收拢胸腔中的那双翅膀了。

他这会儿怎么样了?病情会不会突然加重?……

犹豫什么呢?岳鹏程纵然有天大错,毕竟是与自己共同生活了二十几年的夫妻啊!自己心里,毕竟也是在盼望着他能回到自己身边的啊!

去!立马就去!这里离疗养院近着呢!

淑贞顾不上抹一把鬓发,甚至忘记了该向岳锐和银屏打个招呼,便把匆匆的身影撒到通往崂山的小路上了。

在她身后,又是一片耀眼的通明,一片震耳欲聋的轰鸣和欢腾。

1986年6月—1989年5月

五稿于济南—博山—北京

后　　记

　　一部作品面世,作者的喜悦应当是不言而喻的。何况,这是一部凝聚了作者大量心血和情感的作品,而且自从她来到人间,已历经三个春秋了。

　　三年前,当商品经济如海潮般在中国农村广阔的土地上席卷时,我怀着满腔的热情写出了这部作品。当时我决没有想到,商品经济的大潮同样使这部作品和作者自身,经受了汹涌的冲击:几度兴奋,几度绝望,几度喜得青睐,几度濒临夭折。这大潮及其冲击,如今已经变成了我的财富。因为正是它,教会了我如何重新看待文学和世界。

　　如同所有作品都是作者的心血结晶一样,《骚动之秋》是我三年劳动的结果。但它又绝不仅仅属于我一个人,它同时属于创造了生活奇迹的我亲爱的故乡的人民。我衷心感谢孕育了这部作品的土地和时代,衷心感谢为之诞生付出了辛勤劳动的编辑同志。

　　荒煤同志是我国著名的前辈作家、评论家和文艺界领导人,他的序言为作品增添了光彩。著名书法家李铎为本书题写了书名,在此一并致以谢意。

　　我还要向这部作品的读者朋友遥致问候。我要说:我期待着你们的爱和帮助。

作　　者
一九八九年五月

再 版 后 记

一九九〇年夏天,在济南召开的一次《骚动之秋》讨论会上,一位老作家对我说:"刘玉民你很幸运,这么多前辈、领导和专家都这样关心你的这部作品,这是很不容易的。"那话确实说出了我当时内心的感受。事隔不久,在北京召开的另一次讨论会上,我的这种内心感受越发变得强烈了。

的确,我是幸运的,《骚动之秋》是幸运的。

《骚动之秋》问世不足一年,在文学艺术界和广大读者中,引起如此热烈的反响是我所始料不及的。这使我感受到了鼓舞鞭策,也使我从中学到和领悟到不少有益的东西。我知道,那赞扬也好,批评也好,都并不仅仅是针对这部作品和作品所反映的生活人物的,那更多地表达的,是人们对于真诚、真实地反映时代和人民心声的文学作品的期待和呼唤。

我的幸运,《骚动之秋》的幸运,或许首先应当归功于这个真诚和真实。作家只有真诚,才能赢得读者的信任;作品只有真实,才能引起读者的共鸣。这是一个被唱滥的调子,然而也是一个常青的调子。只要生活存在,真诚和真实的文学就会存在,就会受到欢迎,这是不以什么人、什么主义为转移的铁的定律。

真诚和真实何尝是一件轻易的事情啊!我惟愿自己永葆一颗真诚之心,把追求"**惊人的真实、力量和美**"(高尔基语)视为目标,一如既往和坚持不懈地去拥抱生活、拥抱文学。作为反映新时期农村变革生活的系列长篇,《骚动之秋》只是第一部。我希望自己在日后的岁月里,不要辜负了众多前辈、专家和读者朋友所给予的幸运。

  感谢人民文学出版社给予了我再版修订的机会。尽管如此,作品仍难尽如人意。我说过,这部作品如果能够跟作品的主人公一样,身上虽然存在着诸多缺点毛病,却是实实在在和活生生的,我就自觉欣慰了。

作 者

一九九一年四月